KB092900

天才小毒妃

천재소독비 6

ⓒ지에모 2019

초판1쇄 인쇄	2019년 6월 7일
초판1쇄 발행	2019년 6월 18일

지은이	지에모 芥沫
옮긴이	전정은

펴낸이	박대일
편집	이문영 · 임유리 · 신지연 · 전보라 · 신지은
마케팅	임유미 · 손태석
디자인	박현주
일러스트레이션	우나영

펴낸곳	파란미디어
출판등록	2004년 9월 14일 제313-2004-00214호

주소	03992 서울시 마포구 동교로23길 14 국제빌딩 6층
전화	02.3141.5589 영업부 070.4616.2012 편집부
팩스	02.3141.5590
전자우편	paranbook@gmail.com
카페	http://cafe.naver.com/paranmedia
페이스북	http://www.facebook.com/paranbook

ISBN	978-89-6371-670-1(04820)
	978-89-6371-656-5(전26권)

천재소독비

6

天才小毒妃

지에모 芥沫 지음 | 전정은 옮김

파란

차례

창피, 본 왕이 기꺼이 당해 주겠다 | 7

너를 죽일지도 모르지 | 17

기분이 안 좋아 보여 | 27

너무 낯부끄럽지 않아요 | 37

진짜 괴롭히는 건 이런 거야 | 46

저울질, 말해 말아 | 57

반드시 전력을 다해 돕겠소 | 67

나도 성질 있어 | 77

고칠소를 실망시킨 일 | 87

절세 공자의 귀환 | 97

꼬맹이의 비밀 | 107

온 김에 알아보는 것뿐 | 117

쓸모없으면 죽여 | 127

내가 함께 앞장서겠다 | 137

고수가 말하지 말라고 | 147

일대일 대결 | 156

내가 걱정한다는 걸 아는군 | 166

억지를 부리면 대가를 치르는 법 | 176

천재꼬맹이 | 185

터놓고 묻기 | 195

망설이는 동안 | 205

억류, 그렇든 아니든 | 216

천심, 목심 | 226

분노, 천하에 현상금을 걸다 | 236

용비야의 현상금 소식 | 245

꼬맹이 소동 | 254

좋아, 그 사람이 오길 기다리겠어요 | 264

벙어리 노파의 눈물 | 274

폭풍전야 | 284

네 발로 오겠느냐 본 왕이 손을 써야겠느냐 | 294

얼음 왕도 마음이 따뜻할 때가 있다 | 304

본 왕은 너로 충분하다 | 314

그 여자는 영원히 아니다 | 324

변고, 노파가 사라졌다 | 334

일부러 그런 게 아니야 | 344

진귀한 보물, 둘 다 가질래 | 354

어디로 이사를 | 364

차디찬 경고 | 374

공연한 걱정이었나 | 384

진왕 전하 분노하다 | 394

왜 고북월을 조사할까 | 404

여자가 셋이면 나무 접시도 들썩들썩 | 414

사실은 구해 준 거야 | 424

태후의 생신 연회 (1) | 434

태후의 생신 연회 (2) | 444

태후의 생신 연회 (3) | 453

태후의 생신 연회 (4) | 462

태후의 생신 연회 (5) | 471

태후의 생신 연회 (6) | 481

존귀함, 연주하지 않고 승리하기 | 491

창피, 본 왕이 기꺼이 당해 주겠다

천녕국 진왕이 도착했다고?

높은 외침소리에 장내에 있던 모든 사람들이 순식간에 조용해졌다.

천녕국 진왕이 의성에 올 줄은 그 누구도 예상하지 못했다. 그것도 이런 때에!

한운석과 고북월이 천녕국 태자를 오진해 감옥에 갇힌 일은 이미 알려져 있었다. 당시 진왕 전하는 처음으로 감옥에 면회를 갔지만 한운석을 석방하지 않고 구양 대인에게 법대로 처리하라고 분부했다고 했다.

이는 분명 한운석이 태자를 오진한 일에 연루되지 않으려고 선을 딱 긋는 행동이었다.

낙취산이 한운석과 고북월이 억울하다고 고발했을 때도 나타나지 않던 그가 어째서 이런 때 찾아왔을까?

자정이 되었으니 한운석은 패했고 의성의 입성 금지 명단에 올랐다. 이런 때 와 봤자 창피스럽기밖에 더할까?

물론 일을 저지른 사람은 한운석이지만 그녀는 진왕비의 자리에 있었고 용비야의 여자였다.

설령 이름뿐이라 해도 부부란 영광과 치욕을 함께해야 했다.

영리한 진왕이 어째서 끝까지 모르는 척하는 것이 최선의 선택임을 모르고 이 자리에 나타났을까!

영친왕이야말로 가장 뜻밖이었다. 그는 어제 천녕국 황제와 소식을 주고받으면서 용비야가 한운석을 어떻게 생각하는지 이야기를 나누었다. 애초에 천녕국 황제는 용비야가 한운석을 버리게끔 만들기 위해 구태여 그녀를 괴롭히지 않았다.

그렇지 않았다면 감옥에 갇힌 한운석이 고생 한 번 하지 않았을 리 없었다. 알다시피 대리시 구양 대인도 황제의 명을 받으면 진왕의 눈치를 볼 이유가 없었다.

후원을 뒤덮은 정적과 사람들의 시선 속에서 용비야가 홀로 걸어 들어왔다. 고급스러운 비단 옷을 입고 싸늘한 얼굴을 한 채 고고하고 오만하게 걸어오는 그의 한 걸음 걸음은 그 자리에 있는 사람들의 마음을 뒤흔들었다.

그가 나타나면 하늘의 달도 빛을 잃은 것처럼 어두워졌다.

"진왕 전하께서 왕림하셨는데 멀리 나가 맞지 못했군요. 용서하시지요!"

사장로가 벌떡 일어나 자리를 양보했다. 용비야는 영친왕보다 한 항렬 아래지만 무게감은 그보다 컸다. 영친왕은 삼장로에게 예의를 차렸지만 용비야는 그런 것도 없었다.

이 왕이 대체 얼마나 대단한 권력을 쥐고 있는지는 모르지만, 천녕국에서든 다른 곳에서든 그에게 죄를 지으면 좋을 것이 없다는 것을 사실 증명하고 있었다.

삼장로와 오장로도 일어나 맞이했다. 삼장로가 예의를 갖추어 말했다.

"진왕 전하, 참 오랜만에 뵙습니다."

그런데 용비야의 입에서는 아무도 짐작하지 못한 말이 흘러 나왔다.

"본 왕의 왕비가 의성에서 실종되었다고 들었네. 그런 일이 있었는가?"

삼장로는 뜻밖의 질문에 멍해졌고, 주위에 있던 사람들도 한순간 어리둥절했다.

진왕 전하가 왕비를 찾아 왔다고?

한운석과 삼장로가 내기를 한 것은 알까? 지금은 자정이고 한운석이 이미 졌다는 것은 알까?

아무도 그의 속마음을 짐작할 수가 없었다. 삼장로는 확신이 없었지만 그래도 세상 경험이 풍부한 덕에 곧 냉정을 되찾고 웃으며 대답했다.

"진왕 전하, 그렇지 않습니다. 진왕비께서는 실종된 것이 아니라……, 죄가 두려워 달아나신 것입니다!"

용비야는 서둘러 대답하는 대신 태연자약하게 높은 자리에 앉았다. 마치 이곳이 의학원이 아니라 천녕국이고 그 자신은 손님이 아니라 주인이라도 되는 것 같았다.

그는 차갑고 무거운 목소리로 느릿느릿 물었다.

"삼장로, 진왕비가 무슨 죄를 지었나?"

이 말에 삼장로는 심장이 싸늘해지는 것을 느꼈다. 용비야는 시비를 걸러 온 것이 분명했다!

이자가 왜 이런 때 나타나 한운석을 보호하는지는 모르지만 자정이 지난 지금, 한운석의 틀림없는 패배였다!

패배하면 이 많은 사람들 앞에서, 이 의학원에서 반드시 그 대가를 치러야 했다. 그 누구도 예외는 아니었다.

천녕국 진왕의 무게감은 크지만 이번에는 그 체면을 봐줄 생각이 없었다.

삼장로는 설명하지 않고 영친왕을 바라보았다. 죄는 천녕국 황제가 결정한 것이고 의학원과는 무관했다.

영친왕도 용비야가 정말 한운석을 보호하러 올 줄은 예상하지 못했다. 일이 이렇게 된 이상 용비야가 뜻을 이루면 돌아가서 천휘황제에게 할 말이 없었다.

"진왕, 태자의 목숨이 한운석 손에 끊어질 뻔했다. 그 여자와 고북월은 오진을 했을 뿐 아니라 이곳에서 감히 삼장로와 내기를 해 우리 천녕국의 체면을 떨어뜨렸다. 자시가 지났는데도 나타나지 않으니 죄가 두려워 달아난 것이 아니면 무엇이냐?"

영친왕이 비분강개하며 말했다.

뜻밖에도 용비야의 목소리가 확 쌀쌀해졌다.

"그건 추측일 뿐입니다. 그 여자가 누군가에게 납치된 것이 아니라 죄가 두려워 달아났다는 것을 누가 증명할 수 있습니까? 증명할 수 있는 자가 있다면 나와서 말해 보라!"

용비야의 얼음장 같은 얼굴에 사람들은 입도 뻥긋하지 못했다.

한운석과 고북월은 까닭 없이 사라졌으니 무슨 사고를 당했을 수도 있었다.

아무도 나서지 못했다. 만에 하나 정말 납치되었다면 책임질 방법이 없었던 것이다.

결국 그 말에 대답한 사람은 이번에도 영친왕이었다.

"진왕, 태자의 병이 재발한 것이 바로 그 증거다. 한운석은 분명히 거짓말을 했다. 배독은 무슨 배독, 하나같이 속임수였을 뿐이야."

"한운석이 용천묵을 치료했다고 했습니까?"

용비야가 눈썹을 추키며 반문했다.

영친왕은 갑자기 할 말을 잃었다. 곰곰이 생각해 보니 그날 한운석은 용천묵의 독을 해독했다는 말은 물론, 그의 병이 나았다는 말도 하지 않았다.

해독되었다는 것은 사람들이 주관적으로 생각한 것뿐, 그녀는 이틀 후 다시 보겠다고 했지 명확하게 치료했다고는 하지 않았던 것이다.

그 자리에 있던 사람들은 공연히 양심이 찔려 용비야의 질문에 누구 하나 명확히 대답하지 못했다.

그때 연심부인이 일어나 화제를 돌렸다.

"진왕 전하, 어쨌든 진왕비는 자시 안에 재진하지 못했고 천녕국 태자의 지병이 재발한 원인도 밝히지 못했습니다. 진왕비와 삼장로의 내기에서 진 셈이지요."

어쨌든?

연심부인의 저 말은 무슨 뜻일까?

한운석이 납치되었건 죄가 두려워 달아났건 어쨌든 진 것은 똑같다는 말인가?

단어 한번 잘 고르는군!

용비야는 입가에 냉소를 떠올리며 일어나 연심부인을 내려 다보았다.

"어쨌든 그녀가 사라졌으니 본 왕은 의학원에게 책임을 묻겠다!"

말을 마친 그가 낙취산을 바라보았다.

"낙 이사, 본 왕의 기억이 틀리지 않았다면 영친왕이 그들을 압송하려 할 때 그대는 분명 병에 관한 모든 것은 의학원이 호송한다고 하지 않았던가?"

멍해 있던 낙취산은 용비야의 창날이 이쪽으로 찔러 올 줄 전혀 몰랐다.

그가 대답할 말을 찾지 못하고 있자 용비야의 얼음장 같은 목소리에 분노가 실려 나왔다.

"낙 이사가 이 질문에 대답하지 못하겠다면 원장을 부르게!"

원장이라니!

겨우 앉았던 장로들도 또다시 벌떡 일어났다. 용비야가 일개 이사에게 이런 말을 하는 것은 장로회를 안중에 두지 않는다는 뜻이었다.

하지만 그의 저력과 힘, 능력이라면 장로회를 거치지 않고 바로 원장을 만나는 것도 불가능한 일은 아니었다.

게다가 이야기를 들어 보면 일리가 있는 것 같았다.

용천묵이 납치되었을 때 천휘황제 역시 의학원에 며칠의 말미를 주며 해결하라고 요구한 적이 있었다. 이번에 그들이 해결해야 할 사람은 진왕비였다.

천휘황제는 아무래도 한 나라의 군주로 꺼리는 것이 많아 함부로 의학원을 건드리지 못했지만, 진왕은 달랐다. 그는 천녕국을 대표하지도 않았고 천녕국의 황위는 그의 것이 아니었다. 게다가 지금은 천휘황제와의 관계도 좋지 않으니 일부러 의학원을 건드려 천휘황제에게 뒤치다꺼리를 안겨 주지 못할 까닭이 없었다.

여기까지 생각하자 장로들은 말할 것도 없고 영친왕마저 긴장했다.

영친왕이 자세를 낮추고 달래려 하는데 갑자기 낙취산이 입을 열었다.

"진왕 전하 말씀이 옳습니다. 진왕비는 달아난 것이 아니라 분명히 납치되신 겁니다. 장로들께서는 어서 사람을 보내 찾아보십시오. 만에 하나 진왕비께 무슨 일이라도 생기면 천녕국을 대할 낮이 없어집니다."

사람들이 그쪽을 주시했지만 낙취산은 철판을 딱 깔고 말을 끝냈다. 장로들이 있는 자리에서 그가 이런 말을 할 자격은 없었다!

하지만 꼭 말해야 했다. 어떻게든 장로들에게 물러날 길을 마련해 주어야 했다.

사태는 이미 의학원과 천녕국 황족의 충돌로 번져 있었다. 의학원의 세력도 강하지만 원장은 천녕국을 적으로 만드는 것을 반기지 않을 것이다.

삼장로의 내기는 잠시 제쳐두고 한운석을 찾는 것이 우선이었다. 그렇지 않으면 용비야의 성격상 사태는 걷잡을 수 없이 커질 게 분명했다.

삼장로는 미간을 잔뜩 찌푸렸다. 반갑지도 않고 받아들이기도 싫지만 원장까지 나서게 할 수는 없으니 일단은 양보하는 수밖에 없었다.

"그렇다면야. 여봐라, 당장 사람을 보내 성 안을 샅샅이 수색하라!"

그는 이렇게 말한 뒤 용비야를 위로했다.

"진왕 전하, 만약 납치되었다면 반드시 구해 낼 것입니다. 며칠 안에 반드시 소식이 있을 것이니 너무 심려치 마십시오."

한운석이 납치되었다고는 때려 죽여도 믿지 않았지만, 일단 용비야를 달래 놓으려는 것뿐이었다.

의학원의 세력은 천하에 퍼져 있으니 한운석과 고북월이 평생 숨어 있을 수는 없었다.

그들을 찾아내면 내기 기한이 훌쩍 지났다 해도 한운석을 놓아주지 않을 것이다.

본디 오늘 밤 지난 치욕을 씻을 예정이었는데, 이번에도 가장 체면이 떨어진 사람은 그였다!

삼장로는 가만히 헤아려 보았지만 애석하게도 오늘 밤 용비야가 나타난 진짜 목적은 알아낼 수가 없었다.

용비야는 다시 자리로 돌아가 냉담하게 말했다.

"진왕비가 납치되었다면 자시가 지나더라도 늦은 것은 아니겠지."

삼장로는 눈을 휘둥그레 뜨며 단숨에 정신이 돌아왔고, 연심부인은 더욱더 기막혀 했다. 용비야가 오늘 한운석을 위해 생떼를 부리기로 한 모양이었다!

연심부인이 펄쩍 뛰려는데 삼장로가 막았다. 참아야 했다!

한운석이 달아난 이상 아무리 시간을 준들 용천묵을 치료하지는 못할 것이다.

용비야는 자리에 앉은 채 더는 입을 열지 않고 먼 곳으로 시선을 던졌다. 마치 누군가를 기다리는 것처럼.

그가 갈 생각이 없어 보이자 세 장로도 신경 쓰지 않고 자리를 지켰고 모인 사람들도 따라 머물렀다. 사태가 어떻게 진행될지 아무도 짐작할 수 없었다.

멀지 않은 누각에서는 단목요가 창가에 앉아 사람들이 가득한 후원을 바라보고 있었다. 그녀는 한눈에 그 많은 사람들 속에서 용비야를 찾아낼 수 있었다.

밀실에서 한참 기다리다가 식인 쥐가 흩어지자 용비야는 목령아를 붙잡아 제일 먼저 그곳을 떠났다. 그의 움직임이 너무 빨라 고칠소가 정신을 차리고 쫓아갔을 때는 이미 늦은 후였다. 다행히 단목요는 당리에게 딱 붙어 이곳까지 올 수 있었다.

그녀도 용비야가 한운석을 위해 나섰다는 것을 도저히 믿을 수 없었다. 한운석은 그저 자신과의 혼담을 거절하기 위한 핑계요, 천휘황제가 주는 여자를 거절하기 위한 핑계에 불과하다고, 해독을 도와주는 여자에 불과하다고 생각했다.

그런데 그는 천녕국에서 몇 번이나 공개적으로 그녀를 보호했을 뿐 아니라 천녕국 밖에서도 남들의 시선을 꺼리지 않았다.

사형, 진심이에요?

"어이, 안 갈 거야?"

당리가 자포자기한 얼굴로 물었다. 겨우 목령아를 처리했는데 이번에는 또 단목요를 상대하게 된 것이다.

목령아야 방에 가두고 용비야가 돌아와서 처분하기를 기다리면 되지만 단목요를 상대하기는 쉽지 않았다.

"군역사는 찾기도 어렵고 독짐승은 사라졌어. 한운석을 찾아온다 해도 똑같이 사형을 창피하게 만들기만 할 거야."

군역사와 손을 잡았으니 단목요도 당연히 용천묵이 당한 독에 대해 알고 있었다.

용비야는 갱을 떠나자마자 부근에 있던 부하를 모두 동원해 군역사를 추적했고 이제는 의학원 사람들까지 가세했다. 군역사가 채 하루도 안 되는 시간 안에 한운석을 데리고 의성을 나가기란 쉬운 일이 아니었다.

당리는 함부로 정보를 누설할 만큼 어리석지 않아서 웃으며 이렇게만 말했다.

"또 모르지. 진왕은 기꺼이 창피를 당하고 싶어 할지도."

너를 죽일지도 모르지

단목요가 제대로 알아듣지 못했을까 봐 당리는 창가로 걸어가 좀 더 직접적으로 말했다.

"진왕은 진왕비를 위해 창피를 당하러 간 거야. 휴, 누가 말려."

단목요가 고개를 홱 돌리더니 화가 나서 시퍼레진 얼굴로 표독스레 당리를 노려보았다.

"그만해!"

당리는 어깨를 으쓱하며 그만 나가 보라는 손짓을 했다.

용비야가 목령아를 감시하라고는 했지만 단목요까지 맡긴 적은 없었다. 이 여자는 부르지도 않았는데 제 발로 찾아온 것이다.

단목요는 당리의 동작을 무시하고 계속 대진실 쪽을 살폈다. 자시가 된 지 반 시진이나 지났는데 설마 저기서 한운석이 나타날 때까지 기다리려는 걸까?

사형이 언제부터 기다리는 법을 배웠지?

한운석은 납치되었으니 쉽게 찾아낼 수 없다는 것을 알 텐데 언제까지 기다리려는 걸까? 너무 어리석지 않아?

"당리, 사형이 한운석을 이용해서 군역사를 상대할 생각이라면 나도 도울 수 있어. 한운석까지 갈 필요도 없다고!"

단목요가 진지하게 말했다. 군역사와 손잡은 것은 각자 원하는 것이 있기 때문이지 진심일 리 없었다. 용비야가 말만 하면 그녀는 반드시 전력을 다해 그를 도울 생각이었다.

당리가 고개를 외로 꼬며 그녀를 바라보았다.

"거 참, 몇 번이나 말해야 알아듣겠어? 한운석은 진왕비야, 알겠어?"

한운석은 진왕비이자 용비야의 정비였다. 사실 그 한마디로도 용비야의 모든 행동을 설명할 수 있었다. 함께 그 많은 일을 겪고, 입맞춤을 보고, 용비야가 위험을 무릅쓰고 갱에 들어가는 것을 보지 못했다면 당리 역시 깨닫지 못했을 것이다.

더할 나위 없이 간단한 일이었다. 용비야의 성격으로 보아 그 마음속에 한운석의 자리가 없었다면 그녀가 진왕부에 머물 수나 있었을까? 지아비를 위해 기도하라는 명분으로 아무 절에나 보내 불상이나 보며 지내게 하면 그뿐이었다.

단목요는 이런 말을 제일 싫어했기 때문에 당리를 힘껏 밀어냈다.

"좀 진지해져 봐. 농담은 하고 싶지 않아!"

"누가 농담이래!"

당리가 버럭 화를 냈다. 잘 알지도 못하는 사이에 친한 척하지 말라고.

"사형 마음속엔 내가 있어. 그렇지 않았다면 날 구하지 않았을 거야. 당신도 봤잖아. 날 구하기 위해 한운석을 내팽개치고 못 본 척한 거!"

단목요가 다급히 말했다.

당리는 기가 막혀 하늘을 올려다보았다. 목령아가 느닷없이 한운석을 밀쳤고 너무 갑작스러워서 아무도 손쓸 틈이 없었을 뿐이었다. 왜 여자들은 이렇게 마음대로 사실을 왜곡할까?

당리는 단목요를 상대하는 것조차 귀찮았다. 그가 가장 걱정하는 사람은 역시 용비야였다. 밀실에서 나온 후부터 지금까지 용비야는 어딘지 이상했다.

솔직히 이렇게 의학원을 찾아가 한운석을 대놓고 보호하는 용비야의 행동은 당리에게도 의외였다. 이건 용비야 자신에게나 한운석에게나 썩 좋은 일이 아니었다.

그동안 용비야가 보호해 주었기 때문에 한운석은 더 많은 위험에 처했다. 그가 손을 떼고 모른 척하면 도리어 적이 줄어들 것이다.

"당리, 묻고 있잖아!"

단목요가 미친 사람처럼 당리의 옷자락을 잡아당겼다.

당리는 성가셔 죽을 맛이었다. 이 여자는 생긴 것은 선녀 같은데 성질머리는 딱 마녀였다! 목령아도 그랬다. 그렇게 귀엽고 사랑스러운 여자가 배은망덕한 짓을 할 줄이야. 그러니 용비야가 가두라고 했지.

여자는 정말이지 끔찍하다니까!

"단목요, 네 사형이 너를 구한 것은 네가 아직 열여덟 살이 되지 않았기 때문이야. 나이가 찬 후에도 이런 식으로 군역사와 결탁하면 네 사형이 직접 너를 죽일지도 모르지!"

잔인하다고 생각했지만, 단목요 같은 여자에게는 잔인할 필요가 있었다. 잔인하게 해야만 정신을 차릴 테니까.

용비야가 몇 번 그녀의 목숨을 구한 것은 막내 사매가 열여덟 살이 될 때까지 보호하라는 사문의 명 때문이었다.

용비야는 그러겠다고 했지만 그가 생각하는 보호란 단순히 단목요가 죽지 않도록 지키는 것뿐 그 밖의 문제는 신경 쓴 적도 없었다.

단목요는 충격 받은 얼굴이 되었다.

"그런…… 누가 그래?"

그 일을 아는 사람은 거의 없었다. 사형이 말했을 리 없는데…….

"뻔히 알면서 자신까지 속이려 들지 마! 하하하!"

당리가 냉소를 흘렸다.

그의 눈에 어린 경멸을 보자 단목요는 부끄럽다 못해 화가 치밀어 발을 쿵쿵 구르며 입을 꼭 다물었다.

사실 그 이야기는 그녀 자신이 누구보다 더 잘 알고 있었지만 지금까지 애써 모르는 척한 것뿐이었다.

그녀는 몸을 돌려 눈 하나 깜짝하지 않고 창밖으로 보이는 후원을 죽일 듯이 노려보았다. 그리고 한참만에야 혼잣말을 했다.

"그렇게 창피를 당하고 싶다 이거지? 그 여자가 어떤 꼴이 되는지 어떻게 쫓겨나는지 똑똑히 지켜보겠어!"

한운석, 사형이 이렇게까지 널 보호한다면 난 무슨 수를 쓰든 널 천하의 죄인으로 만들고 말 거야! 의학원이 그 첫 번째야!

최근 적잖은 이들이 독짐승을 노리고 의성을 찾아왔고, 지금도 주위에 숨어 의학원의 재미난 구경거리를 지켜보며 한운석이 나타나기를 기다리는 사람들이 얼마나 될지 알 수 없었다.

자정이 지난 후 시간은 유난히도 빨리 흘러 어느덧 하늘이 점점 밝아 왔다.

많은 사람들이 돌아갔지만 대부분은 남아 있었다. 그들이 지금껏 남아 있는 까닭은 한운석이 아니라 용비야 때문이었다.

이 남자는 날이 밝을 때까지도 떠날 기미가 없었다. 설마 정말 한운석이 돌아올 때까지 여기서 기다릴 생각일까?

용비야는 기다리고 있었다. 부하에게서 소식이 올 때까지. 그리고 마음이 진정될 때까지.

그도 이 방법이 현명하지 않다는 것을 잘 알고 있었고, 주변에 숨은 수많은 눈동자가 자신을 지켜보고 있다는 것도 잘 알고 있었다. 하지만 그런 것을 따질 여유가 없었다.

그 여자의 절망에 찬 눈빛은 평생 처음으로 그에게 '두려움'을 가르쳐 주었다. 그녀를 위해 뭐라도 해야 조금이나마 마음이 진정될 것 같았다.

부하들과 의학원 사람들이 성을 샅샅이 수색하고 있지만, 그가 부근에 주둔하던 비밀 군대를 동원해 의학원 바깥을 단단히 포위했다는 사실은 아무도 몰랐다. 군역사가 감히 모습을 드러내면 죽어도 묻힐 곳이 없게 만들어 줄 생각이었다!

하늘이 점점 밝아왔다. 그때 한운석은 수풀 속에 쓰러져 인사불성이 되어 있었다.

그녀는 밤새 버티면서 의지력으로 한 걸음 한 걸음 걸었다.

그녀는 이처럼 고집 센 여자였다. 자신마저 놓아주지 않을 만큼.

어제 자시는 지났으니 시간을 맞추지 못했고 패배한 것이 분명한데도, 그녀는 끝내 포기하지 않고 악착같이 한 걸음 한 걸음 내딛었다. 마침내 힘이 다해 무너지듯 쓰러졌지만 그래도 안간힘을 써서 일어나려고 했다.

버티다 버티다 대체 무엇 때문에 이렇게 버티는지조차 잊은 채 계속 앞으로 나아갔다. 머리가 텅 비어 아무 생각 없이 그저 끝없이 걷기만 했다.

연화산 입구에 도착해 의학원 경내에 들어서자 마침내 그녀도 버티지 못하고 쓰러졌다.

사실 그녀는 평범한 사람이었다. 지치기도 하고, 괴로워하기도 하고, 상처받기도 하고, 버티지 못해 쓰러지기도 하는 사람이었다.

그때 백의 남자는 이미 깨어나 있었다. 하룻밤 휴식을 취한 덕택에 비록 원기나 내공은 되찾지 못했지만 체력만큼은 회복되었던 것이다.

그는 한운석 옆에 앉아 옥같이 매끄러운 손가락으로 그녀의 뺨을 살며시 쓰다듬었다. 소중한 보물을 다루듯 조심스러운 동작이었고 눈동자에는 지워 낼 수 없는 애정이 진하게 묻어 있었다. 그의 손가락이 그녀의 눈썹, 콧날을 스쳐 입술 쪽으로 향했지만 군자답게 거기서 멈추고 대신 헝클어진 머리카락을 쓸었다.

"운석, 정말 당신을 데려가고 싶군."

그는 가볍게 탄식하며 자신의 귀에도 들리지 않을 만큼 작은 소리로 속삭였다. 그는 입은 옷을 벗어 그녀를 덮어 준 뒤 말을 이었다.

"하지만 애석하게도 내겐 당신을 수호할 자격밖에 없지."

다람쥐도 막 깨어나 피곤한 얼굴이었다. 사실 녀석은 놀라서 혼절한 것이 아니라 피를 뽑은 후유증으로 잠든 것이었다. 녀석은 살그머니 진료 주머니에서 기어 나와 새 주인과 백의 남자를 살펴보더니 곧 소리 없이 주머니로 돌아갔다. 백의 남자를 별로 경계하지 않는 것 같았다.

백의 남자가 한운석을 의학원의 방에 데려다준 후 떠나려는데 갑자기 다람쥐가 훌쩍 뛰어나와 그의 어깨에 올라타더니 옷자락을 붙잡았다.

백의 남자는 고개를 갸웃했다. 어디서 나타난 다람쥐이기에 이렇게 낯을 가리지 않을까? 한운석이 기르던 것일까? 아니면……

"찍찍! 찍찍!"

다람쥐가 큰 소리로 울어 대는 통해 한운석이 깨어났다. 백의 남자가 다급히 떠나려 했지만 애석하게도 한운석이 불러 세웠다.

"잠깐!"

떠나려던 백의 남자는 하는 수 없이 웃음을 지으며 걸음을 멈추었다.

"무슨 일입니까?"

"독짐승을 찾으러 왔다고 하지 않았어요? 그런데 왜 날 구했죠?"

한운석이 진지하게 물었다.

"다음에 알려드리지요."

백의 남자는 그녀를 등진 채 돌아보지도 않았다.

"내가 서진 황족과 무슨 관계가 있나요? 우리 어머니는 어떤 사람이죠? 아버지는 또 어떤……."

한운석은 묻고 싶은 것이 너무 너무 많았지만 애석하게도 질문이 끝나기도 전에 백의 남자는 돌아보지도 않고 떠났다.

다음에 알려 주겠다고 했는데 다음 만남은 언제일까?

한운석은 멍하니 있다가 곧 정신을 차리고 허둥지둥 침상에서 내려왔다. 벌써 정오였으니 한참 늦은 셈이었다. 용천묵은 어떻게 되었을까?

그녀는 깊이 생각지 않고 다급히 대진실 쪽으로 달려갔다. 방에서 나온 지 얼마 되지 않아 의도 몇 사람과 마주쳤다.

"진왕비?"

"어……, 어디서 나타나신 겁니까?"

"납치되지 않으셨습니까?"

의도들은 저마다 놀라 비명을 질렀다. 어젯밤 대진실에서 있었던 다툼이 벌써 쫙 퍼진 상태였다. 원장이 대진실에 오는 일이 거의 없고 평소 이런 일에 잘 나서지 않았기 망정이지, 만에 하나 그 귀에 들어갔다면 삼장로는 된서리를 맞았을 것이다.

어젯밤부터 지금껏 진왕 전하는 내내 아무 말도 없이 기다리고 있었다.

삼장로는 방으로 들어가 용천묵을 치료해 보았지만 여태껏 진단을 내리지도 못했다. 방에 있는 사람 말로는 용천묵의 목숨이 며칠 남지 않았다고 했다.

한운석은 오는 내내 마주치는 이상한 시선과 쑥덕거림을 무시하고 곧장 대진실로 달려갔다.

밀실에 갇혔던 그 인간은 빠져나왔을까? 그녀를 찾을까? 이곳까지 찾아올까?

그녀가 의학원에서 쫓겨나 영원히 발을 들여놓지 못하게 된 것을 알면 어떻게 나올까?

한운석은 고개를 저었다. 관두자, 무슨 상관이람.

이렇게 된 이상 우선 사람부터 구하는 수밖에 없었다. 삼장로와의 내기 문제는 그가 하고 싶은 대로 하도록 내버려 두자고 생각했다. 최선을 다했으니 양심에 한 점 부끄러움도 없었다.

마음속에서 피어나는 실망감을 무시하며 한운석은 당당하게 앞으로 걸어갔다!

입구에 이르러보니 후원은 사람들로 가득해서 길도 막히고 시야도 막혀 보이지 않았다.

이게 무슨 일이지? 하룻밤 사이 이렇게 많은 사람들이 몰려들다니, 삼장로가 아주 광고를 해야 직성이 풀리려나 봐?

그녀는 심호흡을 한 뒤 큰 소리로 말했다.

"한운석이 왔으니 길을 좀 비켜 주시오!"

그 말이 떨어지는 순간 모든 사람들이 그쪽을 돌아보았다.

사람들 앞쪽 주인 석에 앉은 용비야가 벌떡 일어났다. 밤새도록 차갑던 눈동자에도 마침내 햇살이 비쳐들어 따스해졌다.

한운석은 충격에 빠진 눈들을 바라보며 어쩔 수 없이 다시 말했다.

"길을 좀 비켜 주시오."

그 말에 그녀 앞을 가로막았던 사람들이 좌악 갈라지며 길이 열렸다.

바로 그 순간 그 모습이 보였다.

기분이 안 좋아 보여

사람들이 비키고 저 앞에 선 크고 우뚝한 모습이 드러나자 한운석은 그 자리에 굳어 버렸다.

놀랍게도 그 사람, 용비야였다!

한운석은 머리가 텅 비었다. 믿을 수가 없었다.

그녀는 멍한 얼굴로 한참 동안 바라보다가 서서히 입꼬리를 휘며 자조 섞인 웃음을 떠올렸다. 아직도 완전히 정신을 차리지 못해서 꿈속을 헤매는 게 분명했다. 그렇지 않고서야 저 낯익은 모습이 이런 공개적인 장소에 나타날 리 없었다. 늘 피하지 못해 안달이던 사람이!

포기하겠다 했지만 사실은 진심으로 포기하지 못했기 때문에 이렇게 꿈에 그가 나타난 것일까?

한운석은 차마 더는 생각지 못하고 멀리서 그를 바라보며 꼼짝없이 서 있었다.

꿈이기를, 어서 빨리 이 길이 끝나기를 바라면서도 한편으로는 꿈이 깨 모든 것이 사라질까 두려웠다.

용비야, 당신도 움직이지 마, 제발.

언제까지나 이렇게 서 있을 수 있다면 얼마나 좋을까?

한운석을 보자마자 용비야는 쏜살같이 다가왔다. 항상 감정을 드러내지 않는 그의 얼굴에는 기쁨이 고스란히 드러나 있었다. 하지만 그 발길은 곧 우뚝 멈췄다.

하마터면 앞뒤 가리지 않고 달려가 그녀를 품에 안을 뻔했지만, 문득 그녀가 몸에 걸친 하얀 옷이 눈에 들어온 것이었다. 한눈에 백의 남자의 겉옷이라는 것을 알아볼 수 있었다.

비록 군역사가 부상을 입었다지만 한운석 혼자 힘으로는 절대 군역사를 이길 수 없었다. 그의 부하나 의학원 사람이 구해 냈다면 벌써 소식이 왔을 것이다.

저 여자는 어떻게 돌아왔을까? 그 백의 남자가 구해 준 것일까?

백의 남자는 무엇 때문에 그들을 현금 문으로 유인했을까? 식인 쥐가 공격하려고 할 때 어떻게 문을 여는 기관을 찾았을까?

식인 쥐 앞에서 혼자 달아날 능력이 충분했는데 어째서 내공을 모조리 써 버리면서까지 한운석을 구했을까?

독짐승을 노리고 왔다면 어째서 밀실에 들어서자마자 사라졌을까?

용비야의 머릿속에 수많은 질문이 떠올랐다. 그 질문이 뿌리를 두고 있는 것은, 그를 가장 신경 쓰이게 하는 것은 다른 무엇도 아닌 한운석의 신분이었다.

그녀가 서진 황족의 핏줄일까? 영족이 수호하는 사람일까?

그는 이미 약성에서 천심부인의 신분에 관한 실마리를 찾았지만 이 여자가 서진 황족과 관계있으리라곤 생각지도 못했다. 이것이야말로 그가 가장 원치 않는 일이었다.

천 명에 가까운 사람들 속에서 두 사람은 멀찍이 선 채 멀리

서 서로를 바라보았다.

"진왕비, 결국 돌아왔군! 납치된 것이 아니었나 보군?"

별안간 연심부인이 침묵을 깨뜨렸다.

그 말은 한운석에게 사형을 내리는 것이나 마찬가지였다. 납치당하지 않았는데도 늦었으니 분명한 패배였다.

용비야는 그제야 혼란스러운 마음을 가라앉히고 모든 감정을 마음속에 갈무리했다. 준수한 미간에는 다시금 아득히 멀게 느껴지는 차가움이 어렸다.

"한운석, 어서 오지 않고 뭘 멍하니 있느냐?"

그 말투에는 귀찮은 기색이 역력했다.

저 인간은 늘 저렇게 말 한마디, 표정 하나로 꿈을 깨뜨리는군.

뭐, 좋아!

한운석은 정신을 가다듬고 그를 찬찬히 살펴 다친 곳 없이 무사히 돌아왔다는 것을 확인한 다음에야 성큼성큼 다가갔다.

그녀는 이곳에서 무슨 일이 벌어졌는지도 몰랐고, 그가 대체 왜 왔는지도 몰랐다.

"전하, 어떻게 오셨는지요?"

그녀는 허리를 숙이며 예를 갖추었다. 공개적인 장소이니 그에게 맞춰 연기는 해 주지만 더 이상 예전처럼 그의 눈을 똑바로 바라보지는 않았다.

그녀가 시선을 피하자 용비야의 눈동자에 복잡한 빛이 스쳤지만 얼굴에는 아무것도 드러내지 않았다.

그는 높은 곳에서 한운석을 내려다보며 차가운 시선으로 그녀를 아래위로 샅샅이 훑어보았다. 하얀 옷에 묻은 핏자국 외에 다친 흔적은 없었다.

"일어나라. 어떻게 된 것이냐? 본 왕의 옷에 왜 피가 묻어 있지?"

정적 속에서 그의 감정 없는 나지막한 목소리가 유난히 또렷하게 퍼져 모두가 들을 수 있었다.

어쩌면 한운석의 출현이 너무나 의외였는지, 용비야가 이렇게 말한 다음에야 사람들도 한운석이 남자의 옷을 걸치고 있다는 것을 알아차렸다. 한운석 자신도 마찬가지였다.

너무 급히 오느라 이 옷이 다시 돌아온 것도 깨닫지 못했던 것이다.

이 옷은 그녀가 살면서 가장 두려웠을 때 안도감을 주었다. 그 백의 남자가 아니었다면 그녀의 인생은 완전히 끝났을 것이다.

여자가 남자의 옷을 걸치고 낭패한 몰골로 나타났으니 누구든 이상한 생각을 할 수 있었다.

사람들은 뒤늦게야 세심한 용비야가 미리 유언비어를 차단했다는 것을 깨달았다.

그런데 한운석은 '그의 옷'을 입고 있는 이유를 어떻게 설명해야 할까?

한운석은 눈을 내리뜨며 망설였다.

"보아하니 진왕 전하께서 그 전에 진왕비를 만나셨나 보군요?"

연심부인이 재빨리 허점을 물고 늘어졌다.

그때 당리가 사람들 틈을 비집고 나와 비웃는 투로 말했다.

"오장로, 진왕비께서 납치되었지만 우리 주인께서 구해 오셨소. 의학원이었다면 아마 지금껏 찾아내지도 못했을 거요."

그는 이렇게 말하며 한운석에게 눈짓한 뒤 돌아서서 용비야를 향해 공손히 예를 갖추었다.

"전하, 성 서쪽에서 왕비마마를 찾아냈습니다만 애석하게도 도적은 달아났습니다. 부디 벌을 내려 주십시오!"

당문의 후계자인 그가 이렇게까지 몸을 낮추는 것을 당문 사람이 보았다면 그를 어떻게 볼까?

사람들 속에 숨어 있던 단목요는 화가 치밀어 얼굴이 새파래졌다.

당리가 용비야의 친구라는 것만 알지 그 신분은 알지 못하는 그녀는 무슨 수를 써서라도 반드시 저 얄미운 녀석을 없애 버리겠다고 다짐했다!

용비야는 고개를 끄덕이고 손을 저어 당리를 물러가게 했다. 두 사람의 주종 연기는 위화감이 전혀 느껴지지 않았고 용비야를 바라보는 당리 또한 진짜 아랫사람이 된 기분이었다.

그는 묵묵히 옆으로 물러났다. 용비야의 기세가 너무 강해서 어쩔 도리가 없었다.

"진왕 전하께서 친히 보호하신 덕분에 진왕비께서 무사히 돌아오신 거군요. 다행입니다!"

사장로가 웃으며 말했다.

무심코 한 말 같지만 그 말은 적잖은 사람들의 마음속에 파

문을 일으켰다.

진짜 소문, 가짜 소문, 온갖 소문이 퍼졌지만 오늘 직접 보고 들으니 진왕 전하는 정말 저 여자에게 신경을 쏟고 있었다.

용비야는 사장로의 말을 반박하지 않았지만 당연히 인정하지도 않고 침묵을 지켰다.

한운석은 이미 이런 태도에 익숙했다.

그는 언제나 그녀를 침묵으로 대했는데, 묵인처럼 보이지만 사실은 아니었다.

용비야가 의성에 온 진짜 목적은 그녀가 누구보다 잘 알고 있었다.

이유를 생각하는 것도 귀찮아서 한운석은 그 이야기는 더 하고 싶지 않았다. 영리한 그녀는 조금 전 당리가 한 말의 의미를 알아들었다.

그녀는 전처럼 자신 있고 침착한 모습으로 돌아가 삼장로를 향해 웃으며 말했다.

"삼장로, 내가 죄가 두려워 달아났다고 오해하지는 않으셨겠지요?"

용비야가 어젯밤에 말한 것처럼 진왕비가 납치된 것은 의학원이 제대로 보호하지 못했다는 뜻이고, 설사 내기 기한에 맞추지 못했다 해도 패배가 아니니 기다려야 했다.

삼장로가 끝까지 '늦었다'고 우기면 용비야는 의학원의 책임을 추궁할 것이다.

삼장로로서는 어쩔 도리가 없었다. 게다가 어제 밤새도록 진맥했지만 용천묵의 병을 진단하지도 못했기 때문에 한운석을 혼내 주고 싶어도 그럴 입장이 아니었다.

"그럴 리가 있겠소. 보다시피 지금까지 기다리지 않았소."

삼장로가 억지로 웃으며 말했다.

가식!

한운석은 속으로 냉소를 지었지만 이런 사람들과 쓸데없이 입씨름을 하고 싶지 않았다.

"일단 태자부터 재진한 다음 지병이 재발한 원인을 말씀드리겠습니다."

그녀는 오로지 사람을 구할 생각밖에 없었다. 내기 결과를 따지는 것은 나중 일이었다.

그런데 용비야가 입을 열었다.

"삼장로가 어젯밤 내내 치료했으니 진왕비가 재진할 필요는 없지 않은가?"

그런……. 빤히 알면서 비꼬는 것이 분명했다!

삼장로는 화가 부글부글 끓었다. 자신은 진왕의 체면을 세워 주었는데 이렇게 인정사정없이 나올 줄이야.

남들이 보면 용비야가 한운석의 복수를 위해 삼장로를 깎아 내린 줄 알겠지만, 골독의 진상을 아는 사람들은 그가 한운석이 치료에 실패해도 물러날 길을 마련해 주려는 것임을 알 수 있었다.

독짐승은 그림자도 보이지 않았으니 해약을 구했을 리 없었다. 한운석도 단순히 자존심을 세우는 것뿐일 테니 용비야가 마련해 준 길로 물러나야 옳았다.

한운석은 당연히 용비야의 의중을 알아차렸지만 그럴 필요가 없었다.

사실 그가 나설 필요도 없었다. 그녀는 목숨을 던져서라도 그의 체면을 지키고 진왕부의 체면을 지켰을 테니까.

진왕부에 들어간 첫날, 의태비는 그녀에게 이렇게 말했다. 그녀의 일거수일투족이 진왕을 대표하고 진왕부를 대표하니 체면 깎일 일은 하지 말라고.

아직도 기억하고 있었다!

한운석이 말을 하려는데 낯익은 목소리가 들려왔다.

"납치당해 기한을 맞추지 못했다면 당연히 재진을 해야지요. 진왕 전하, 누가 뭐래도 내기는 내기 아니겠어요! 이 많은 사람들이 기다리고 있는데 없던 일로 할 수는 없어요. 본 공주도 이야기를 듣고 견식을 넓히기 위해 일부러 찾아왔으니까요."

단목요였다!

한운석이 고개를 돌려보니 언제 왔는지 단목요가 한쪽에 서서 도발하듯 바라보고 있었다.

용비야가 이 여자를 구해 주지 않았다면 이 자리에 무사히 서 있지도 못하고 일찌감치 군역사에게 버려져 식인 쥐를 막는 방패로 쓰였을 것이다.

용비야가 데려왔을까?

비록 자기 입으로 고자질하지는 않았지만 용비야도 이 여자가 군역사와 함께 있는 것을 직접 보았다. 구해 준 것이야 그렇다 쳐도 여기까지 데려올 줄이야?

한운석은 차갑게 단목요를 바라보았다. 밤새 부글부글 끓었던 감정이 또다시 치솟으며 단단히 화가 났다!

한운석의 얼음 같은 눈빛을 보면서도 단목요는 전혀 주눅 들지 않았다.

군역사는 용천묵에게 쓴 독에 해약이 없다고 했고, 한운석은 독짐승을 찾지 못했다. 용비야가 그녀를 보호하려고 연기를 하지만 남들은 속여도 단목요까지 속일 수는 없었다!

오늘은 사형이 화를 내더라도 물러날 길을 철저히 망가뜨려 그의 왕비가 웃음거리가 되는 장면을 똑똑히 보여 주고 말 것이다!

"삼장로도 그렇게 생각하시지요? 호호, 그래야 삼장로께서 너무 쉽게 이겼다는 말을 듣지 않지요."

단목요는 농담처럼 말했지만 사실은 삼장로를 자극하고 있었다. 삼장로 정도 위치에 있는 사람이 내기에서 지면 체면이 깎이겠지만, 겁을 먹고 물러나면 그보다 더 입방아에 오르내릴 것이다.

개인적으로는 여기서 그만두고 화해하고 싶어도 장로회와 의학원의 입장을 생각하면 지더라도 시원시원하고 당당하게 져야 했다.

삼장로는 단목요를 거들떠보지도 않고 한운석을 바라보며 거리낌 없이 들어가 보라는 손짓을 했다.

"진왕비, 천녕국 태자는 방 안에 있으니 들어가 보시오."

단목요는 흥미로운 눈길로 한운석을 바라보더니 잔뜩 기대하며 의미심장하게 웃어 보였다.

"진왕비의 독술이 그렇게 뛰어나다니, 진왕 전하의 체면을 깎지는 않겠지요?"

방으로 들어가려던 한운석은 그 말을 듣자 더욱더 분노가 치밀었다!

오늘은 반드시 단목요를 단단히 혼내 주고 말리라. 용비야 때문이 아니라, 저 여자의 존재 자체가 밉살맞았다!

너무 낯부끄럽지 않아요

단목요가 무슨 속셈인지 한운석은 훤히 꿰뚫어 보았다. 단목요는 군역사와 손을 잡았으니 골독에 해약이 없다는 것을 알고 있을 것이고, 또 갱에서 독짐승의 그림자조차 보지 못했다는 것도 알고 있었다. 용천묵을 치료하지 못할 테니 어디 맛 좀 보라는 속셈이 분명했다.

좋아, 맛 좀 보게 될 사람이 누군지 두고 보시지!

한운석은 차가운 눈빛으로 단목요를 쏘아보며 사정없이 반문했다.

"영락공주는 전하께 혼사마저 거절당했는데 전하의 체면이 깎이든 말든 무슨 상관이시죠?"

한운석이 화친 건을 가지고 사람들 앞에서 단목요를 공격할 줄은 아무도 몰랐다. 애초에 화친 이야기가 나왔을 때 정비인 그녀는 한마디도 한 적이 없었다. 그런데 지금 이 태도는 마치 정실부인이 첩을 꾸짖는 것 같았기 때문에 일순 모든 사람들이 비웃거나 무시하거나 혹은 동정하는 눈길로 단목요를 쳐다보았다.

단목요는 허를 찔리고 말았다. 심심해서 찾아온 구경꾼 노릇을 할까 했는데 도리어 자신이 웃음거리가 된 것이다.

그녀도 처음에는 참았지만 여기저기서 비웃음이 들리자 금세 눈시울이 빨개졌다. 여자에게 있어 혼인을 거절당한 것보다 더 치욕적인 일이 있을까?

단목요는 부끄럽다 못해 화를 냈다.

"한운석, 말이 지나치군!"

뜻밖에도 한운석은 몹시 억울한 표정이었다.

"공주를 거절한 건 진왕이지 제가 아니에요. 탓하려거든 진왕을 탓하셔야죠."

오늘 그녀는 화가 많이 났다. 용비야와 단목요가 대체 무슨 관계인지 모르지만 그녀의 기분을 망치면 단목요는 물론이고 용비야라 해도 자근자근 짓밟아 줄 것이다!

그 말에 장내가 조용해졌다. 용비야 역시 예상 밖이었는지 냉혹한 입매를 움찔했다. 하지만 그는 아무 말도 하지 않고 침묵을 지키며 바라보기만 했다.

"너……, 너…….”

단목요는 화가 나서 말조차 나오지 않았다.

화친을 거절당한 일은 소문이 파다했는데, 개중에는 세상 사람들이 진왕이 그녀를 거절한 데는 그럴 만한 고충이 있고 내막이 있다고 생각하도록 그녀 스스로 일부러 퍼트린 것도 적지 않았다. 그래야만 체면치레나마 할 수 있기 때문이었다.

그러나 한운석은 화친을 거절한 것은 진왕 자신의 뜻이었다고 똑똑히 밝힌 것이다. 다른 사람과는 아무 관련이 없고, 숨겨진 내막도 없고, 순전히 진왕 스스로 그녀를 거절했다는 말이었다.

이 소식이 퍼지면 앞으로 어떻게 얼굴을 들고 살 수 있을지!

"내가 왜요?"

한운석은 천진난만한 표정으로 계속 놀렸다.

"영락공주, 내가 공주였다면 진왕을 보자마자 멀리 달아났을 거예요. 너무 낯부끄럽지 않아요?"

"한운석, 나를 이렇게 업신여기다니!"

단목요는 화가 머리끝까지 나서 울음이라도 터트릴 것 같았다. 검을 뽑아 단숨에 이 여자를 베어 버리고 싶었지만 이런 곳에서는 공격할 수가 없었다. 공격하는 순간 패배였기 때문이었다.

그녀는 용비야를 바라보며 목멘 소리로 투정을 부렸다.

"사형, 좀 보세요. 진왕비가 절 너무 괴롭혀요!"

용비야는 단목요는 거들떠보지도 않고 줄곧 한운석만 바라보고 있었지만 한운석은 그를 쳐다보지 않았다. 이 여자는 나타나서 지금까지 똑바로 그를 바라본 적이 없었다.

사실 그가 가장 싫어하는 것이 여자들의 말싸움이었다. 하지만 한운석의 옆모습을 바라보고 있자니, 그녀가 고개를 돌려 자신을 바라보며 어떻게 하기를 원하는지 알려 주었으면 하는 생각이 문득 들었다.

안타깝게도 한운석은 고개를 돌리지 않았다. 사람들 한가운데 선 그녀는 마치 고독하고 오만한 전사 같았다.

"사형!"

단목요가 발을 동동 구르며 아양을 떨었다. 그녀는 사형이 갱에서 자신을 구한 것이 오로지 사부와의 약속 때문만은 아닐 거라고 고집스레 믿었다. 두 사람은 어려서 천산검종에 들어갔고 천산검종의 단 둘뿐인 막내 제자가 되었다. 그 오랜 세월 사형매로 지냈는데 정이 한 올도 없을 수는 없었다. 단지 사형이 천성적으로 차가운 성품이어서 표현을 못하는 것뿐이리라.

모두들 용비야의 대답을 기다리고 있었지만 용비야는 한운석이 고개를 돌리기만을 기다렸다.

결국 그는 아무 말도 하지 않았고 단목요에게 눈길도 주지 않았다. 단목요의 생각은 대부분 틀렸지만 그중 한 가지는 옳았다. 저 남자는 천성적으로 차가운 성품이었다.

무시가 바로 그의 대답이었고, 그녀는 언제까지나 그 대답을 기다릴 수가 없었다.

용비야가 끝까지 침묵하자 한운석의 눈동자에도 실망이 어렸다. 하지만 그 빛은 곧 사라졌다. 그녀는 그제야 몸을 돌렸지만 여전히 용비야의 눈을 피한 채 웃으며 말했다.

"진왕 전하께서도 묵인하시는군요. 아무래도 그만 돌아가시는 것이 좋겠어요, 영락공주."

"너……!"

단목요는 피를 토할 것처럼 화가 났지만 어쩔 수가 없어 화제를 돌렸다.

"진왕비, 혀를 놀려 시간 끌지 말아요. 사람 목숨이 달려 있는데 당신 같은 의원에게는 시간이 곧 목숨 아닌가요? 어서 치료나 해요."

"영락공주, 본 왕비와 내기한 사람은 삼장로이시고 본 왕비가 구할 사람은 우리 천녕국 태자예요. 본 왕비가 치료를 하든 말든 공주와 무슨 상관이죠? 왜 그렇게 서두르는 거예요?"

한운석은 태연자약했다.

"그야 당신이 정말 실력이 있는지 아니면 속임수를 써서 헛이름을 얻었는지 궁금하니까요!"

단목요가 마구 몰아붙였다.

"본 왕비가 공주를 함정에 빠뜨렸던가요, 아니면 속였던가요? 영락공주, 본 왕비는 그저 매화 시를 지어 공주를 이기고 공주가 평생 시나 노래를 짓지 못하게 했을 뿐이에요. 설마 여태 그걸 꽁하니 마음에 새기고 있는 것은 아니겠죠?"

한운석이 또다시 옛일을 끄집어냈다.

그만한 치욕이라면 누구라도 평생 꽁하니 마음에 새길 만했다. 그런데 한운석이 버젓이 그런 질문을 던진 것이다.

적잖은 이들이 참지 못하고 웃음을 터트렸고 사방에서 쑥덕임이 일었다. 서주국 공주는 미모에 문무를 겸비한 재녀로 그 이름을 흠모해 만남을 청하는 사람들이 매년 줄을 설 정도인데, 오늘 보니 헛이름이 났던 모양이었다.

미모를 논하자면, 아름답긴 해도 선량한 구석이 없었고 분노로 벌벌 떠는 지금은 흡사 사람 잡아먹는 암호랑이 같았다.

재주를 논하자면, 평민 출신인 한운석에게도 질 정도였다.

그리고 무예는 사람들의 관심 분야가 아니었다. 이 시대 여자는 무공을 모르는 것이 곧 덕이었다!

주위의 쑥덕거리는 소리에 간간이 비웃음이 섞여들자 단목요의 선녀 같은 얼굴이 일그러졌다. 지난 일은 따지지 않으려고 했는데 도리어 이 여자가 먼저 지난 일을 꺼내 자신을 모욕하다니.

"한운석, 넌 분명히 치료할 자신이 없어서 시간을 끌고 있는 거야."

그녀가 노성을 터트렸다.

"그렇지 않아요!"

한운석은 큰 소리로 반박했다.

"그럼 가서 치료해 봐!"

단목요는 더는 한운석과 입씨름하고 싶지 않았다. 이렇게 나가다가 한운석이 또 무슨 이야기를 꺼낼지 알 수 없었다.

그러나 이미 늦은 깨달음이었다. 한운석은 그녀처럼 서두를 까닭이 없었다.

"영락공주, 지난번에 보니 북려국 강왕과 함께 계시더군요. 강왕 전하도 해독의 고수라고 들었는데 그분도 이곳에 오셨나요? 그분을 증인으로 모시고 싶군요."

한운석의 이 말에 장내가 술렁였다!

천녕국, 서주국, 북려국의 관계는 세상에 모르는 사람이 없었다. 단목요가 군역사와 결탁했다는 것은 사사로운 교분으로 나라의 대사를 그르치는 일이었다.

그 순간 분노로 빨갛게 달아올랐던 단목요의 얼굴이 창백해졌다. 한운석이 이런 자리에서 그녀와 군역사의 관계며 군역사가 독술을 할 줄 안다는 이야기를 꺼낼 줄이야.

오늘 일은 의학원의 절반이 넘는 사람들이 지켜보고 있으니 한운석의 말은 금방 의학원에 퍼지고 의성에 퍼지고 전 운공대륙에 퍼질 것이다.

그렇게 되면 부황께 뭐라고 말씀드리지? 화친이 거절당한 일로 부황은 그녀를 전처럼 아껴 주지 않았고, 군역사가 독술을 한다는 사실 또한 북려국에 큰 풍파를 일으킬 수 있었다.

군역사야 상관없지만 어쨌든 그녀는 몹시 곤란해질 것이다!

"한운석, 모함하지 마!"

그녀가 다급히 부인했다.

그러자 한운석은 마침내 고개를 돌려 용비야를 똑바로 바라보았다.

"진왕 전하, 전하께서도 영락공주와 강왕이 함께 있는 것을 친히 목격하셨지요. 신첩이 거짓말을 하고 있나요?"

단목요는 까무러칠 듯이 놀라 곧바로 용비야를 바라보았다. 그 눈에는 애원의 빛이 가득했다. 당리에게 말한 것처럼 사형이 원하기만 하면 언제든 사형을 도와 군역사를 상대할 마음이 있었다.

사형도 그녀처럼 황실에서 자랐으니 혼기가 찬 공주가 황제의 총애를 잃으면 어떤 결말을 맞는지 잘 알 것이다.

사형, 그렇게 매정하시진 않겠죠!

용비야는 단목요를 무시하고 한운석의 진지한 모습을 바라보았다. 눈동자에 절로 따스함이 떠올랐다. 이 여자는 정말이지 일처리 솜씨가 절묘했다.

그러잖아도 단목요와 군역사가 손잡은 일과 군역사가 독술을 할 줄 안다는 것을 알릴 만한 기회가 없어 고민하던 차였는데 한운석이 말다툼을 하면서 해결해 준 것이다.

한운석을 좀 더 바라보고 싶었던 탓인지 그는 곧바로 대답하지 않았다.

유감스럽게도 한운석은 잠시 그를 바라보다가 곧 시선을 돌렸고 맑은 눈동자에는 아무런 감정도 드러나지 않았다.

용비야는 그제야 생각을 거두고 담담하게 말했다.

"본 왕도 보았다. 삼장로는 독술을 모르니 영락공주가 강왕을 불러와 증인으로 삼아도 좋다."

용비야의 이런 대답은 그리 뜻밖이지는 않았다. 세 나라의 관계에 영향을 미치는 일이기 때문에 소문이 나면 용비야에게는 이득만 있지 손해날 것은 전혀 없었던 것이다.

그러나 단목요는 절망했다.

"사형……."

목멘 소리가 흘러나오고 눈시울은 순식간에 빨개졌다. 정말 울고 싶었다.

한운석의 말은 무게가 없을지 몰라도 용비야는 달랐다. 그가 이렇게 말하는데 누가 믿지 않을까? 이제 그녀는 서주국 황족들 앞에 고개를 들 수가 없게 되었다!

주위는 더욱 시끄러워졌고 온갖 추측들이 쏟아졌다. 심지어 단목요와 군역사가 그렇고 그런 사이라 진왕이 화친을 거절했다는 말까지 나왔다.

단목요는 제자리에 서서 이를 악물고 한운석을 노려보았다.

쳐다보기만 해도 사람을 죽일 수 있을 것처럼 흉악한 눈빛이었다.

한운석이 패배하는 것을 보기 위해 치른 대가가 너무 컸다. 그러니 무슨 일이 있어도 용천묵의 병을 물고 늘어져야 했다.

한운석, 달아날 생각 마. 본 공주가 오늘 패가망신하게 된 이상 너도 똑같이 되어야 해!

단목요가 흉악한 얼굴로 입을 열려는데 뜻밖에도 한운석은 공격할 기회조차 주지 않으려는 듯 먼저 말을 꺼냈다.

"영락공주, 본 왕비의 내기에 그렇게 관심이 많으면 용기 있게 따라 들어오세요. 똑똑히 보여드리죠!"

말을 마친 그녀는 우아하게 몸을 돌려 방 안으로 성큼성큼 걸음을 옮겼다.

이 광경에 소란스럽던 소리가 뚝 그쳤다. 모두들 이 여자는 걷는 모습마저 몹시 고귀하다는 느낌을 받았다.

단목요는 한운석이 문지방을 넘은 후에야 정신을 차렸다. 한운석을 놀리고 비웃어 줄 생각이었는데 상대가 먼저 도발하자 마음속에서 깊은 패배감이 솟구쳤다.

이게 무슨 꼴이지? 나 혼자 좋아하고 있었으면서 여태 스스로를 속이며 혼자 꿈꾸고 있었던 거야?

도저히 받아들일 수 없었다!

한운석은 일부러 저러는 게 분명했다. 일부러 자신을 겁주려고 저러는 것이다.

단목요는 망설이지 않고 따라 들어갔다.

진짜 괴롭히는 건 이런 거야

용비야는 따라가지 않고 주위의 다른 사람들처럼 방문 쪽으로 시선을 던지고 기다렸다. 살짝 찡그린 미간 위로 마음속의 불안감이 드러났다.

저 여자는 내내 그를 피했다. 게다가 저리로 들어간 것은 무엇 때문일까? 그가 자신을 구하러 왔다는 것을 알아차리지 못했을까?

혹시 용천묵을 구할 자신이 있는 것인가? 어디서 해약을 구했을까?

어쨌든 그에게 눈짓이라도 한 번 해야 할 텐데 그러지도 않았다. 마치 그의 존재를 무시하는 것처럼.

무시당한 용비야의 기분은 몹시 좋지 않았다!

"어이, 한운석이 왜 저래?"

당리도 어리둥절했다.

처음에는 한운석이 그와 함께 끝까지 연기를 하며 약속을 무효화하고 새옥백과 낙취산이 실컷 싸우도록 내버려 둘 줄 알았는데, 뜻밖에도 그녀는 진짜 용천묵을 구하겠다며 자신 있게 걸어 들어간 것이다.

용비야는 대답이 없었지만 그 눈빛은 더욱 깊어졌다.

당리도 입을 다물었다가 한참 후에야 슬그머니 물었다.

"설마 그 영족이 독짐승의 피를 찾아 준 걸까?"

당리는 예사로 행동하는 것 같아도 생각이 무척 깊었고, 대부분의 경우 묻지 않는다고 해서 반드시 몰라서 그런 것은 아니었다.

그는 조금 전 한운석이 나타났을 때 용비야가 이성을 잃을 뻔했다는 것까지 알고 있었다.

이번 일에 몇 년간 기른 비밀 군대마저 망설임 없이 불러들인 것만 봐도 용비야가 얼마나 필사적이었는지 알 수 있었다.

그런 그를 순식간에 가라앉힐 만한 것이 서진 황족 핏줄에 관한 소식 외에 또 있을까?

영족이 그렇게까지 한운석을 보호한 것은 독짐승 때문이 아니라 한운석 본인 때문일 것이다.

당리의 직접적인 질문에 용비야는 여전히 반응이 없었다. 그런 그를 바라보는 당리의 얼굴은 몹시 답답해 보였다.

"네 여자는 서진 황족의 핏줄일 가망성이 아주 높아!"

당리도 이번에는 더욱 직접적으로 말했다.

"음."

용비야가 마침내 대답했다.

"그래서? 이제 어쩔 거야?"

당리는 낙담한 얼굴이었다. 한운석의 출현으로 그들의 본래 계획이 궤도를 벗어나 이리저리 바뀌었으나, 영족이 나타난 지금은 단순히 계획을 바꾸는 정도로 끝낼 수는 없었다.

그는 잠시 망설이다가 진지하게 말했다.

"적어도 미접몽은 되찾아 와야 해. 그 여자에게 줄 순 없어!"

하지만 용비야는 대답하지 않았다.

당리는 그를 어째야 할지 알 수가 없었다. 그저 용비야가 그 백의를 보고 정신을 차렸고 너무 깊이 빠지지 않아 다행이라며 스스로를 위로할 뿐이었다.

하지만 용비야가 한운석을 어떻게 처리할지는 영 짚이는 것이 없었다.

방 밖에서는 사람들이 기다리고 있었고 방 안도 마찬가지였다.

한운석은 침상 옆에 앉았고 장로들과 두 이사, 영친왕이 그녀를 에워쌌다. 단목요는 반대편에 서서 무슨 수작이라도 부리지 않나 살피려는 듯 한운석의 손에서 시선을 떼지 않았다.

한운석은 그녀를 흘끗 바라보았다. 당연히 모두가 보는 앞에서 독짐승의 피를 꺼낼 만큼 멍청하지는 않았다. 이미 독짐승의 피를 해독시스템에 넣어 금침에 묻혀 놓았기 때문에 침을 놓기만 하면 독짐승의 피를 용천묵의 관절에 주입시킬 수 있었다. 해약뿐만 아니라 특효약까지 첨가했으니 해약을 직접 복용시키는 것보다 효과가 좋았다.

용천묵은 반쯤 깨고 반쯤 혼절한 상태였다. 지독한 통증에 시달리다 못해 거의 죽어가고 있어서 주위에서 무슨 일이 일어나는지 인식하고 있는지 아닌지 알 수는 없었지만, 어쨌든 반쯤 뜬 눈동자에는 한운석의 모습이 비쳤다.

방 안은 고요했다. 아무도 말이 없었고 한운석 역시 아무 설명이 없었다. 그녀는 지난번과 똑같이 침을 놓아 용천묵의 크고 작은 관절에서 독을 빼내고 약을 발랐다.

한운석에게는 무척 고생스러운 과정이지만 지켜보는 주위 사람들에게는 길고 지루한 시간이었다.

한운석은 오로지 침술에 집중했다. 예닐곱 명이 둘러싸고 있었지만 이들뿐 아니라 온 세상 사람이 둘러싸고 있다 해도 그녀는 정신을 집중하여 일사불란하게 처리할 수 있었다.

이번에는 용천묵의 병을 치료할 뿐 아니라 완전히 깨어나도록 만들어야 했다!

삼장로 등 의학원 사람들은 한운석을 바라보다가 이따금씩 서로 마주보곤 했다. 지난번과 전혀 차이가 없는 치료법인데 이걸 재진이라고 할 수 있을까? 누가 봐도 다시 치료하는 것이 분명했다.

제 힘으로 용천묵을 구할 수 없던 삼장로는 내기가 취소되기를 바라 마지않았지만, 취소할 수 없는 지금은 어떻게든 한운석에게 꼬투리를 잡아 비기기라도 해야 낯이 섰다.

"진왕비, 이것이 재진이오?"

삼장로가 입을 열었다.

한운석은 침술에 몰두하면서 나오는 대로 반문했다.

"아닙니까?"

"이건 다시 치료하는 것이오. 당신은 사흘 전에 독을 해독하지 못했소."

삼장로가 추측을 내놓았다.

한운석은 여전히 눈을 내리뜨고 용천묵의 관절만 쳐다보면서 입가에 냉소를 떠올리며 아랑곳없이 대답했다.

"침으로 해독할 때의 재진은 본래 이런 식입니다. 모르셨습니까?"

"이 늙은이는 본래 침으로 해독하는 방법을 알지 못하오!"

화가 난 삼장로가 대뜸 대답했다.

말을 마친 후에야 한운석에게 당했다는 것을 깨달았지만 이미 늦은 후였다.

"모르신다면 공연한 말씀은 하지 마십시오."

한운석이 웃으며 말했다.

삼장로마저 이렇게 되었는데 누가 감히 끼어들 수 있을까? 좌우에 선 새옥백과 낙취산은 제각각 고민에 빠져 불안해하고 있었다.

단목요는 옆에서 지켜보면서 말 한마디 하지 않았는데 무슨 생각을 하고 있는지는 알 수 없었다.

"삼장로, 태자 전하의 안색을 살펴 주십시오."

갑자기 한운석이 말했다. 그러자 한운석의 손만 바라보던 사람들이 그제야 용천묵의 얼굴로 고개를 돌렸다. 그렇게 시선을 돌린 사람들은 다시는 그 얼굴에서 눈을 뗄 수가 없었다.

지금껏 이렇게 빨리 안색이 회복되는 환자는 본 적이 없었다. 본래 용천묵의 안색은 종이처럼 창백해 핏기 하나 없었고 눈은 언제 감아도 이상하지 않을 만큼 반쯤 감겨 있었다. 그런데 이제는 발그레 생기가 돌고 있었다.

"회광반조廻光返照(사람이 죽기 직전에 마지막으로 기운을 차리는 것)?"

단목요가 저도 모르게 외쳤다.

보통 사람은 이 모습에 저런 반응을 보이겠지만, 이 방에 있는 사람들은 명의들이어서 의품이 가장 낮은 오장로 연심부인조차 회광반조가 아니라 기색이 회복되는 징조임을 알 수 있었다.

삼장로는 믿을 수 없는 표정이었다. 그는 이것저것 가리지 않고 달려가 용천묵의 맥을 짚었다. 놀랍게도 허약하던 맥상이 별안간 강해져 정상인과 다를 바가 없었다.

"정말 회복되었습니까?"

사장로가 황급히 물었다.

삼장로는 인정하고 싶지 않았지만 어쩔 수 없이 고개를 끄덕였다.

"팔 할은 회복되었네."

"침을 뽑고 나면 구 할은 회복될 겁니다."

한운석은 차분하게 말했다.

"어떻게 한 것이오?"

삼장로는 무척 진지해져 있었다.

뜻밖에도 한운석은 침을 뽑아내고 친히 용천묵에게 이불을 덮어 주며 말했다.

"마지막 일 할은 휴양과 보신에 달려 있으니 천녕국으로 돌아간 후 푹 쉬셔야 합니다. 전하의 몸에 있던 독은 모두 제거되었으니 안심하시지요."

이제 보니 용천묵에게 말을 하고 있었던 것이다! 삼장로는 민망해서 헛기침을 했다!

용천묵은 반쯤 감겼던 눈을 천천히 떴다. 두 눈동자가 축축하게 젖어 있어 유난히 반짝거리는 것 같았다. 그는 한참 동안 그녀를 바라보다가 중얼중얼 입을 열었다.

"한운석, 또 당신이……."

그랬다, 또 그녀였다. 그녀는 두 번이나 그를 구했고 그때마다 그 일로 목숨을 잃을 뻔했다.

"황숙모라고 부르셔야지요. 예의도 모르시는군요!"

한운석은 장난스레 말하며 이불을 잘 여며준 후 몸을 일으켰다.

용천묵은 주위 상황은 안중에도 없이 오로지 한운석만 바라보고 있었다. 하지만 애석하게도 한운석은 응답할 겨를이 없었다.

"삼장로, 독은 모두 제거되었습니다……."

한운석의 말이 끝나기도 전에 단목요가 끼어들었다. 그녀는 이 순간만 기다리고 있었다.

"삼장로, 독의를 청해 확인해 보세요. 저 말을 곧이곧대로 믿을 수는 없어요."

한운석도 그럴 생각이었다. 단목요가 저렇게 서둘러 봤자 곧 후회하게 될 것이다.

지난번 일로 삼장로 역시 깨달은 것이 있어서 일찌감치 솜씨 좋은 독의를 옆방에 청해 놓고 있었다.

하지만 용천묵의 기색을 보자 부질없다는 것을 알 수 있었다.

"됐소……."

삼장로는 가만히 탄식했다.

"이렇게 끝낼 수는 없어요. 확인하지 않으면 사람들이 믿어 주지 않을 거예요. 밖에 저렇게 많은 사람들이 기다리고 있잖아요!"

단목요가 다급히 말했다.

그녀는 사람들에게 골독의 진상을 알려 주지 못해 안달이 났다. 어쨌든 한운석에게는 해약이 없으니 용천묵이 깨어난 것도 뭔가 수작을 부린 게 분명했다.

"아니, 공주께서는 바깥에 있는 사람들을 대표해서 본 왕비를 감시하러 온 건가요?"

한운석이 싸늘하게 물었다.

"그렇다면 어쩔 거야?"

단목요가 거리낌 없이 대답했다.

"그렇다면 나중에 공주께서 사람들에게 결과를 알려 주시죠."

한운석은 그래도 예의 바르게 말했다.

"걱정 마!"

단목요는 자신만만하게 말했다.

바깥에는 확실히 많은 사람들이 기다리고 있었다. 삼장로가 독의를 부르자 장로들은 실망했고 단목요는 기대에 찬 얼굴이 되었다.

용천묵은 단목요를 가만히 바라보았을 뿐 별말이 없었다.

독의가 검사를 끝내자 단목요가 성급하게 물었다.

"어떠냐?"

"하하, 진왕비께서는 참 대단하십니다. 중독된 흔적조차 찾지 못할 정도로 독이 깨끗하게 가셨군요. 탄복했습니다!"

독의는 거의 숭배하는 표정까지 지었다.

"뭐라고?"

단목요는 믿을 수 없어 고개를 저었다.

"그럴 리 없어. 넌 분명히 해약을 가지고 있지 않았다고!"

"영락공주, 왜 그렇게 확신하시죠? 설마 독을 쓴 사람이 공주인가요?"

한운석이 반문했다.

단목요는 그제야 추태를 깨닫고 재빨리 부인했다.

"아니야. 그냥 추측한 거야."

한운석은 그녀와 다투기도 귀찮아 치료 도구를 챙기고 진료 주머니를 어깨에 멘 다음 가슴 앞에 팔짱을 끼고 진지하게 말했다.

"이제 태자께서 나으셨으니 영락공주께서 나가서 사람들에게 알려 주시죠."

순간 단목요는 완전히 넋이 나갔다!

조금 전까지 사람들 앞에서 한운석과 얼굴이 빨개지도록 다투고 치욕을 당했는데, 다시 사람들 앞에 나가 한운석이 용천묵을 치료했다고 선언하면 체면이 뭐가 될까! 나가서 웃음거리가 되라는 말이었다!

하지만 어쩔 수가 없었다.

"영락공주, 자, 함께 나가죠."

한운석이 손수 문을 열었다.

문이 열리자 바깥의 시선이 날아들었다. 한운석은 일부러 길까지 비켜 주었다.

"영락공주, 가시죠."

바깥에 새까맣게 몰려 있는 사람들, 특히 용비야를 보자 단목요는 쥐구멍에 기어들어가고 싶은 심정이었다.

그녀는 꾸물거리며 움직이지 않았다.

"왜요, 약속을 어기시겠다는 건가요, 아니면 차마 나갈 용기가 없으신 건가요?"

한운석이 입가에 비웃음을 떠올리며 바라보자 단목요는 눈꼴시어 견딜 수가 없었다. 갑자기 피를 토할 것처럼 가슴이 답답해졌다.

진정한 괴롭힘이 무엇인지 묻는다면 이것이 바로 그것이었다!

나가지 않으면 한운석은 더욱더 그녀를 깔볼 것이다.

단목요는 두 주먹을 꽉 움켜쥐고 걸어 나갔고 한운석이 바짝 뒤를 따랐다. 순간 모든 이들의 시선이 그들에게 쏠렸다.

한운석은 문가에 기대 팔짱을 꼈고, 단목요는 문 가운데 서서 고개를 숙인 채 미적거렸다.

"영락공주, 어떻게 됐습니까?"

갑자기 누군가 큰 소리로 물었다.

생전 처음으로 이런 곤경에 빠진 단목요는 하마터면 엉엉 울음을 터트릴 뻔했다. 그녀는 부끄러움과 두려움을 억누르며 목멘 소리로 말했다.

"한운석이 치료했소."

목소리가 너무 작아 한운석에게만 들릴 정도였다.

한운석은 발끝으로 그녀를 툭툭 차며 웃었다.

"안 들리면 무효예요."

항상 귀한 대접만 받던 단목요는 물에 빠진 생쥐 꼴이 되어
코를 훌쩍거리고는 눈을 꼭 감고 큰 소리로 외쳤다.

"한운석이 치료했소!"

저울질, 말해 말아

"한운석이 치료했소!"

단목요의 외침이 후원의 정적을 무너뜨렸다. 영문을 모르는 사람들은 처음에는 얼이 빠졌다가 곧 폭발하듯 비웃음을 쏟아냈다. 온갖 비아냥이 단목요에게 날아들었다.

공연히 남의 일에 나섰다가 저런 꼴을 당하다니, 저런 여자를 누가 좋아할까? 조금 전 한운석과 다툴 때부터 적잖은 사람들이 그녀에게 불만을 품었다. 그리고 이제는 이때다 싶어 물어뜯기 시작했다.

"진왕비, 아주 훌륭하십니다!"

"하하하, 쓸데없는 일에 나서면 저런 꼴이 된다니까."

"아이고, 영락공주가 조금 전만 해도 해독하지 못할 거라고 하지 않았나?"

"하하하, 영락공주 뭐라고 하셨습니까? 잘 못 들었으니 한 번 더 말씀해 주시지요!"

단목요는 울음을 터트렸다. 이렇게 속수무책인 적은 처음이었다. 인정하고 싶지는 않지만 한운석을 너무 얕보았던 것이다.

그녀는 너무 오만하고 너무 자신만만해서 비슷한 나이의 여자들은 안중에도 없었다. 그러다가 이번에 제대로 벌집을 건드린 것인데 이제 와서 후회한들 아무 소용이 없었다. 미리 알았더라면 한운석을 건드리지도 않았을 것이다.

그녀는 차마 사람들을 쳐다보지 못하고 곁눈질로 용비야 쪽을 흘끔거렸다. 놀랍게도 용비야도 웃고 있었다!

세상에!

오랫동안 사형매로 지냈지만 그가 웃는 것은 본 적이 없었다. 그런데 처음 보는 그 웃음이 자신을 비웃는 웃음이라니!

단목요는 더는 견딜 수가 없어 입을 가리고 옆으로 달아났다.

여기서는 울면서 내뺄 수 있지만, 오늘 일어난 모든 일은 금세 파다하게 퍼져 오늘 보인 추태와 군역사와 결탁한 일은 운공대륙 모든 사람들 입에 오르내리게 될 것이다.

용비야에게 화친을 거절당한 것만으로도 그녀의 혼삿길은 가시밭길이었다. 어떤 남자가 다른 남자에게 거절당한 여자를 기꺼이 맞으려 할까?

황족의 적출 공주라는 신분 덕에 그래도 좋은 사람에게 시집갈 수는 있었지만, 이제는 서주국 황제가 그녀를 폐하지 않더라도 명성이 땅에 떨어져 아무도 맞아들이려 하지 않을 것이다.

여자에게는 치명적이었다!

줄행랑을 치는 단목요의 뒷모습을 보자 한운석의 울적하던 기분도 한결 좋아졌다. 만약 그녀가 잠깐이라도 용비야를 보려고 했다면 그의 웃는 얼굴을 볼 수 있었을 것이다. 하지만 그녀는 끝끝내 시선을 피했다.

영친왕은 용천묵 곁에 남았고 삼장로 일행은 밖으로 나왔다.

단목요는 제 발로 찾아와 굴욕을 자초했을 뿐, 이번 내기의

당사자는 삼장로와 한운석이었고 두 사람의 일은 아직 끝나지 않았다. 내기가 취소되지 않았으니 끝까지 진행해야 했다.

한운석은 후원 가득한 사람들을 둘러보고 다시 낙취산에게 시선을 돌렸다. 예상대로 낙취산은 계속 그녀에게 눈짓을 하고 있었다.

그는 한운석을 데리고 갱으로 가면서 용천묵의 배에 관한 진실을 알려 주었다.

용천묵은 고에 당한 것이고, 고충蠱蟲 때문에 배가 불룩해진 것이었다.

고술은 독종에서 만들어 낸 독술의 하나로, 풀로 만드는 하급 고, 벌레로 만드는 중급 고, 사람으로 만드는 고급 고로 나뉘고 각각에는 또 세세한 구분이 있었다.

고술은 의학원의 절대 금기였는데 새옥백이 어디서 배웠는지는 알 수 없는 일이었다. 낙취산 역시 들은 적은 있지만 할 줄은 몰랐다.

한운석은 의아했다. 낙취산과 새옥백은 똑같은 이사이자 똑같은 의종이니 새옥백이 할 줄 알면 낙취산이 못할 까닭이 없었다! 혹시 어떤 고수가 새옥백을 도와 고를 쓴 건 아닐까?

물론 그녀가 고민할 일은 아니었다. 그녀가 고민해야 할 문제는 이 공개적인 장소에서 진상을 밝히느냐 마느냐였다.

일단 사실이 알려지면 연루된 사람들이 많고 새옥백은 그 자리에서 의학원의 처벌을 받을 것이다. 한운석이 그보다 더 관심을 가지는 것은 일단 이 이야기가 전해지면 수많은 사람들이 고술에 달려들게 되리라는 것이었다.

소문에는 지난날 독종이 무너진 것도 고술과 관련이 있었다고 하니, 고술은 결국 재앙이었다!

옆에서는 낙취산이 비밀을 지켜 달라며 열심히 눈짓을 해댔다.

밝히지 않으면 삼장로와의 내기는 어떻게 된담?

삼장로는 진상을 모르는 것 같았다. 알고 있다면 절대 공개 대진을 허락하지 않았을 것이다.

한운석은 어느 쪽이 나을지 저울질을 했고, 삼장로 역시 마찬가지였다.

단목요의 최후와 두 번에 걸쳐 한운석의 솜씨를 직접 보자 당당한 7품 의성인 삼장로도 뒤늦게 두려움이 밀려왔다. 한운석과 내기할 때 최악의 상황을 헤아려 단순히 용천묵을 치료하는 것으로 끝내지 않았던 것이 천만다행이었다.

애당초 내기에서 그는 한운석이 용천묵을 치료할 뿐 아니라 용천묵의 지병이 재발한 원인을 설명해야 한다고 못 박았다.

이제 그의 승리는 불가능해졌지만 비길 수는 있었다. 그렇게 되면 장로로서 체면을 구길 일도 없었다.

그때 줄곧 말이 없던 새옥백이 갑자기 그에게 다가가 소리 죽여 말했다.

"삼장로, 내기는 아직 끝나지 않았습니다. 한운석은 원인을 밝히지 못할 겁니다."

사실 삼장로는 일찍부터 새옥백을 의심하고 있었다. 삼장로는 어젯밤 용천묵이 중독된 것도 알아보지 못했고, 지병이 재발한 이유 역시 밝히지 못했다.

태중태를 생각하기는 했지만 재발한 이유는 설명할 수가 없어 어렴풋이 새옥백이 어떤 밀술密術을 써서 수작을 부렸다고 짐작했다. 다만 체면 때문에 아랫사람인 그에게 물을 수가 없었던 것뿐이었다.

새옥백이 밀술을 썼다면 한운석은 절대 원인을 설명할 수 없었다.

밀술이란 의원들이 직접 공부해서 만들어 낸 비밀 처방으로, 일반적으로 다른 사람은 풀 수 없었다.

삼장로가 미적미적 대답이 없자 새옥백은 초조했다. 삼장로가 지면 곧 장로회가 지는 것이었다.

용천묵 사건은 그가 벌인 일이니 앞으로 장로회가 자신을 좋게 대할 리 없었다.

"삼장로, 이사의 자리를 걸고 보장합니다. 한운석은 절대 설명하지 못합니다!"

한운석이 설명하지 못하면 이길 수 없고 삼장로는 용천묵을 치료하지 못해 역시 이길 수 없으니 무승부였다.

삼장로는 새옥백을 흘끗 바라보며 입 다물라는 눈짓을 했다.

새옥백은 고술을 아는 사람이 없으니 나중에 삼장로가 물으면 아무 밀술이나 지어내면 된다고 생각하고 있었다.

새옥백이 보장하자 삼장로는 망설이지 않고 물었다.

"진왕비, 우리는 계속해야 하지 않겠소?"

한운석은 잠시 망설이다 말했다.

"삼장로, 지난번에는 비공개 대진이라고 하지 않으셨습니까? 태자 전하의 병은…… 방에서 이야기하는 것이 어떻겠습니까?"

방에서?

유리한 위치에 있는 그녀가 먼저 방으로 들어가서 이야기하자고 하다니?

"진왕비, 지면 사람들의 웃음거리가 될까 봐 두려운 건 아니겠지?"

연심부인이 냉소를 지으며 말했다. 한운석이 대체 무슨 일로 그녀의 눈 밖에 났길래 이러는지 알 수가 없었다. 삼장로도 이렇게까지 기회가 있을 때마다 트집을 잡지는 않았다.

한운석은 눈을 찡그렸다. 무척 짜증이 났지만 그래도 인내심을 발휘하며 설명했다.

"태자의 병은 누가 뭐래도 개인적인 일이니 이런 곳에서 말하기는 적절하지 않습니다."

이 말은 핑계에 불과했다. 온갖 고생 끝에 여기까지 왔으니 그녀 역시 이기고 싶은 것은 당연했다. 하지만 고술에 관해 쉽게 떠들 수는 없으니 절충안을 찾을 수밖에 없었다.

그런데 뜻밖에도 연심부인이 매섭게 몰아붙였다.

"의학원이 대진을 하기로 한 이상 개인적인 일이라 할 수 없다!"

한운석이 개인적인 일을 이유로 삼은 것은 모두 핑계 때문만은 아니었다. 확실히 용천묵의 입장을 고려해야 했던 것이다.

"환자는 우리 천녕국의 태자이고 평범한 사람이 아닙니다."

한운석은 불쾌한 듯 삼장로를 바라보았다.

연심부인에 비해 삼장로는 그래도 말이 통했다.

하지만 바로 그때 새옥백이 입을 열었다.

"왕비마마, 천휘황제께서 귀국 태자를 보내실 때 의학원의 이런 규칙을 알고 계셨을 겁니다."

저 영악한 늙은이. 천휘황제까지 끌어들이다니. 천휘황제가 알았다면 당신을 부른 걸 후회할 거야.

"삼장로, 장로회의 명예가 달린 일이니 쉬쉬하면 안 됩니다. 제 생각에는 여기서 밝히는 것이 좋을 것 같습니다."

연심부인이 또 말했다.

"사람도 살렸는데 무슨 병인지 설명하는 것쯤이야 어렵겠소?"

새옥백이 의미심장하게 말했다.

마침내 삼장로가 결심을 내렸다.

"진왕비, 말씀하시오."

한운석은 화난 눈길로 새옥백을 쏘아보았다. 새옥백의 마음 속까지 꿰뚫어 보는 것처럼 예리한 눈빛이었다.

새옥백은 저도 모르게 시선을 피했다. 어쨌든 저 여자가 모함이라는 것을 간파했다 하더라도 용천묵의 병을 설명할 수는 없을 것이다.

상황이 이렇게 되자 낙취산도 초조해졌다. 그는 끊임없이 사방의 지붕을 살폈지만 고칠소의 모습은 끝내 보이지 않았다.

이 중요한 순간에 그는 어디로 갔을까?

한운석을 바라보는 용비야의 눈빛도 복잡했다. 이 상황에서는 그 역시 한운석이 정말 병을 설명할 수 있을지 짐작이 가지 않았다.

"진왕비, 말씀하시오!"

삼장로가 다시 재촉했다.

뜻밖에도 한운석은 망설임 없이 대답했다.

"모릅니다."

이 말에 후원 전체가 바늘 떨어지는 소리까지 들을 수 있을 만큼 조용해졌다.

한운석이 제 입으로 모른다고 말했어?

못할 것이라 생각했던 새옥백과 삼장로조차 그녀가 이렇게 솔직하게 나올 줄은 몰랐다.

승리가 바로 눈앞인데 이렇게 쉽게 포기하다니.

이 자리에 있는 모든 사람들 중에 사실을 아는 사람은 낙취산뿐이었다. 그는 한운석을 완전히 다시 보게 되었다. 이 여자가 대국을 보는 눈은 남자 못지않았다.

"모릅니다. 삼장로, 비긴 것으로 하시지요!"

한운석은 태연하게 말한 뒤 주위의 이상한 시선을 무시하고 성큼성큼 걸어갔다.

내기가 끝났고, 그녀는 이기지도 지지도 않았으니 이제 갈 수 있었다!

이번 의성행은 정말 마음에 들지 않았다.

한운석이 소탈하게 돌아서자 용비야마저 멍해져 한참 동안 정신을 차리지 못했다.

방 안에서는 용천묵과 영친왕이 바깥의 모든 움직임을 주시하고 있었다. 용천묵의 눈동자에 감격의 빛이 어른거렸다. 그는 한운석이 틀림없이 그의 개인적인 문제를 발설하지 않으려고 삼장로를 이길 기회를 포기했다고 생각했다.

부황마저 그의 목숨을 가지고 놀이판을 벌이는 마당에 세상을 통틀어 진정으로 그를 신경써 주는 사람은 황조모를 제외하고 한운석밖에 없었다.

삼장로는 보면 볼수록 이상했다. 저 여자는 반전이 너무 심했다.

숨겨진 내막이 있는 것이 분명했다!

삼장로는 패배가 두려웠지만 이유도 모르는 무승부는 원치 않았다. 자신보다 몇 십 살이나 어린 여자에게 양보를 받는 것은 부끄럽기 짝이 없는 일이었다.

삼장로는 이유가 무엇이든 반드시 물어서 확인해야겠다고 생각했다.

내기는 이렇게 끝났고 이득을 본 사람은 아무도 없었다. 주인공이 떠났으니 구경꾼들도 자연히 흩어졌다.

용비야가 제일 먼저 움직여 한운석을 쫓아갔다.

한운석은 곧바로 방으로 돌아가 물건을 챙겼다. 걸치고 있던 피 묻은 백의는 벗어서 침상 위에 올려놓아 용비야가 들어오자마자 볼 수 있었다.

"괜찮으냐?"

그가 진지하게 물었다.

당리는 입구에 서서 기가 막힌 듯이 고개를 저었다. 용비야가 제일 먼저 백의 남자가 구해 주었느냐고 물을 줄 알았던 것이다.

"네, 괜찮아요."

한운석은 더없이 차분하게 말하며 짐을 챙겼다.

그때 삼장로가 들어왔다.

반드시 전력을 다해 돕겠소

용비야는 왜 그리 서둘러 짐을 싸느냐고 물으려다가 삼장로를 보고 입을 다물었다.

삼장로는 용비야가 있는 것도 아랑곳 않고 들어오자마자 물었다.

"진왕비, 태자의 지병이 재발한 까닭이 대체 무엇이오?"

한운석은 그제야 동작을 멈추고 냉소를 지었다.

"삼장로, 내게 묻기보다는 새 이사에게 묻는 것이 좋을 겁니다."

한운석이 쉽게 내기를 포기하고도 이런 투로 말하자 삼장로는 더욱 의심이 들었다.

"일부러 이 늙은이에게 양보한 것이오?"

삼장로는 지는 것도 싫고 비기는 것도 싫었지만, 그보다는 한참 어린 여자에게 양보 받는 것이 더욱 싫었다. 당당한 7품 의성인 그에게 그런 양보는 커다란 모욕이어서, 다른 누구도 아닌 그 자신이 견뎌 낼 수가 없었다!

"아뇨, 쓸데없는 생각을 하시는군요. 내가 무엇 때문에 삼장로에게 양보를 하겠습니까?"

온갖 고생 끝에 가까스로 용천묵의 독을 제거했는데 일부러 삼장로에게 양보할 까닭이 없었다. 그저 고술이 미칠 영향을 생각했던 것뿐이었다.

고술은 좋은 기술도 아니고 커다란 재앙이었다. 지난날 의학원이 독종을 완전히 없애 버린 가장 큰 이유도 독종의 고술 때문일 것이다.

이제 고술을 아는 사람이 거의 없는데 사람들 앞에서 용천묵이 고에 당한 것이라고 말하면 세상 사람 모두가 고술의 존재를 알게 되고, 그로 인해 고술을 파헤치고 배우는 것이 유행할 것이 분명했다. 그렇게 되면 고술이 되살아나 천하에 큰 난리가 벌어지고 그녀 자신은 원흉이 될 것이다.

한운석 같은 여장부들은 늘 스스로를 평범한 사람으로 여기며 세상의 흥망에 신경 쓰지 않으려 하지만 이런 일 앞에서는 망설임 없이 대국을 위한 선택을 하곤 했다.

한운석의 반문에 삼장로는 할 말을 잃었다. 병 하나 때문에 두 사람은 처음 만났을 때부터 말다툼을 벌였고 결국 한운석이 이겼으니 확실히 양보할 이유는 없었다. 삼장로도 자신이 너무 쓸데없는 생각을 한 건 아닐까 싶었다.

그런데 뜻밖에도 짐을 다 싼 한운석이 태연하게 앉으며 입을 열었다.

"단지 의학원에 큰 소란이 일어나는 것을 원치 않아 양보한 겁니다."

"그런……!"

삼장로는 또다시 놀림을 당하는 기분이었다.

"진왕비가 이긴다 해도 의학원에 큰일이 벌어지지는 않소!"

한운석이 이기면 삼장로가 그녀의 부탁을 하나 들어주기로 했을 뿐이니 그리 심각한 일은 아니었다.

이 못된 계집이 멍석을 깔아 주니 하늘 높은 줄 모르는구나! 아무래도 헛걸음을 한 것 같았다.

삼장로가 더 묻기도 싫어 돌아서려는데, 그제야 한운석이 진지한 얼굴로 소리를 죽였다.

"삼장로, 새옥백이 고술을 썼는데 못 알아보셨겠지요?"

그 말이 떨어지자 삼장로는 경악한 얼굴로 한운석을 홱 돌아보았다! 한운석의 말이 사실인지 아닌지를 떠나 그녀가 '고술'을 알고 있다는 것만으로도 삼장로를 긴장시키기 충분했다.

한운석처럼 젊은 여자가 어떻게 고술을 알고 있을까?

용비야와 당리도 똑같이 경악했지만, 서로 눈짓을 주고받기만 하고 말은 하지 않았다.

고술은 의학원의 금기였고, 지금도 가장 항렬이 높은 사람들만 알고 있었다. 게다가 대부분 듣기만 했을 뿐 정확히 알지도 못하고 할 줄도 몰랐다.

그런데 한운석은 어떻게 알았을까?

삼장로의 경악한 표정에 한운석은 자신의 추측이 옳다는 것을 알았다. 삼장로는 역시 모르고 있었다.

"삼장로, 용천묵의 배에는 고충이 있었습니다. 그래서 하룻밤 사이 배가 부른 것이지요. 새옥백이 말한 만성 복수니 하는 것은 애초에 존재하지도 않습니다!"

한운석이 진지하게 말했다.

사실 그녀가 일부러 시원시원하게 포기한 것은 삼장로를 이곳으로 유인하기 위해서였다. 아무래도 많은 사람들 앞에서 이야기할 말은 아니었으니까.

삼장로는 눈을 잔뜩 찌푸리고 한운석을 바라보며 한참 동안 입을 열지 않았다.

그 역시 만성 복수 따위는 없다는 것을 알고 있었고, 용천묵이 재발한 것이 새옥백과 관련 있다는 것도 눈치채고 있었다. 다만 새옥백의 밀술이라고만 생각했지, 고술이라고는 꿈에서도 생각지 못했다!

"삼장로, 본래 태자의 배가 불렀던 것은 독에 의한 혹이었고 내 손으로 해독했습니다. 혹이 피가 되어 나오는 것을 천휘황제께서도 직접 보셨습니다. 두 번째는 새옥백이 고를 썼기 때문입니다. 태자는 의성으로 오는 길에 납치당했는데 그때 누군가 그의 고를 풀고 대신 독을 썼습니다."

한운석은 자세히 설명했다. 조금 전에 말해야 했던 이야기이고 그랬다면 내기에서 이겼을 것이다. 하지만 그녀는 지금 삼장로에게만 말해 주고 있는 것이다.

삼장로가 여전히 눈을 잔뜩 찌푸리고 있자 한운석은 계속 말했다.

"새옥백이 태자가 가짜라고 의심한 것은 아무도 고를 풀 수 없다고 자신했기 때문입니다."

여기까지 듣자 삼장로는 믿고 싶지 않아도 믿을 수밖에 없었다.

그는 본래 새옥백이 주장하는 '만성 복수'를 믿지 않았고 새옥백이 밀술을 썼다고만 생각했다. 그래서 한운석은 절대 처리할 수 없다고 확신했던 것이다.

그런데 이제 보니 고술이 더 가능성이 높았다!

밀술은 각 의원들이 가진 독특한 기술로, 남에게 전수하지 않는 한 자신 외에는 아무도 알아볼 수 없다. 새옥백의 밀술이라면 용천묵을 납치한 사람도 결단코 그것을 알아낼 수 없었을 것이다!

하지만 고술은 일반적인 상황에서는 그 고를 쓴 사람만이 풀 수 있지만 고술의 고수가 나타나면 꼭 그렇지도 않았다.

이렇게 분석해 볼 때 용천묵의 병을 설명하기에는 고술이 딱이었다!

삼장로는 정신이 번쩍 들어 믿을 수 없는 얼굴로 중얼거렸다.

"그랬구나! 그랬어!"

그러다가 퍼뜩 생각이 났다.

"진왕비, 천녕국 태자를 납치한 사람이 누구였소?"

새옥백이 어디서 고술을 배웠는지 당장은 중요하지 않았다. 어쨌든 새옥백은 의학원을 떠날 수 없으니 달아날 수도 없기 때문이었다.

그의 최대 관심은 한운석, 그리고 태자를 납치한 고술의 고수였다.

"내가 아는 것은 그자가 백독문 사람이고 납치 당시 수많은 독인을 보냈다는 것뿐입니다."

한운석은 기다렸다는 듯이 대답했다.

직접적으로 군역사를 언급하지도 않았고 심지어 백독문의 문주라고도 하지 않았다. 의학원에게 실마리를 던져주어 직접 백독문을 조사하게 할 생각이었던 것이다.

여기에 군역사와 단목요가 함께 의성에 나타났다는 소식이 전해지면 북려국 황족은 필시 군역사를 추궁할 것이다.

고자질이나 폭로가 썩 당당한 방법은 아니지만, 군역사 같은 짐승을 상대할 때는 이래야만 했다!

북려국 황족이든 백독문이든, 앞으로 크게 골치 아프게 될 것이다!

삼장로는 고술을 몰랐지만 '독인'이 무엇을 말하는지는 똑똑히 알고 있었다. 백독문이 독인을 길러냈다면 고술을 하는 것도 이상하지 않았다!

삼장로는 수염을 쓰다듬으며 연신 고개를 끄덕이다가 곧 경계하는 눈빛으로 한운석을 바라보았다.

"진왕비, 진왕비께서도 고술을 할 줄 아시오?"

고술을 알아보았으니 할 줄 아는 것이 분명했다!

낙취산은 고칠소의 사람이고 한운석은 절대 그를 배신할 수 없었다.

그녀는 일어서서 짐을 등에 메고 대범하게 웃어 보였다.

"삼장로, 나는 할 줄 모릅니다. 그래서 오늘도 비긴 것이지요. 새옥백이 있으니 상부에 보고하기에는 충분할 겁니다."

삼장로는 영리한 사람이라 곧 그 말을 알아들었다.

한운석이 대진실에서 공개적으로 고술 이야기를 꺼내지 않은 것은 고술의 위험을 알고 있다는 뜻이었다. 분명히 내기에서 이길 수 있었고 그 틈에 천하에 이름을 날릴 수 있었지만, 그녀는 대국을 위해 모든 것을 포기했다.

여자도 그렇지만 남자라고 해서 다 이렇게 흉금이 넓은 것도 아니었다.

더욱이 이런 마음이야말로 의원이 반드시 갖추어야 하는 것이었다. 사람을 구하고, 나라를 구하고, 천하를 구하는 것이 진정한 의원이었다!

그녀는 장로회를 건너뛰고 직접 의학원 원장을 찾아가 진상을 밝힐 수도 있었다. 그렇게 하면 새옥백뿐만 아니라 장로회 대표인 그 역시 연루되었을 것이다.

그러나 그녀는 그러지 않고 물러날 길을 마련해 주었다. 의원답게 결국 선량한 마음이 앞섰던 것이다.

시원시원하게 '모릅니다. 비긴 것으로 하시지요'라고 했던 그녀를 바라보면서, 삼장로는 어떻게 해야 좋을지 갈피를 잡지 못했다.

지금까지 그는 이 여자가 자만심 강하고, 싸움을 좋아하고, 버릇없고, 악착같이 물고 늘어지는 성품이라 비록 독술은 뛰어나도 훌륭한 여자는 아니라고 생각했다.

그런데 이제는 그녀를 다시 보게 되었다.

삼장로는 처음으로 후배에게 크게 감탄하여 진지한 얼굴로 말했다.

"진왕비, 이 늙은이가 졌소. 다른 것은 모르지만 의성에 부탁할 일이 있다면 이 늙은이가 반드시 전력을 다해 돕겠소!"

아니…….

한운석은 몹시 놀랐다. 그녀는 자신이 옳다고 생각하는 일을 했을 뿐이고, 심지어 조금 전에는 삼장로를 놀리기까지 했다. 그런데 삼장로가 패배를 시인하고 이런 약속까지 할 줄이야.

세상만사 새옹지마라더니, 이제 그녀에게도 의성에 인맥이 생긴 것이다!

한운석은 기쁨을 숨기지 않고 진심으로 놀라워하며 두 손을 포개어 예를 갖추며 시원스레 그 약속을 받아들였다.

"삼장로, 그러시다면 기꺼이 따르겠습니다. 그 말씀 기억해 두지요!"

삼장로는 고개를 끄덕였다.

"이 늙은이는 중요한 일이 있어 그만 가 보겠소!"

당연히 서둘러 새옥백을 찾아가야 했다. 새옥백 그자는 어디서 고술을 배웠을까?

한운석은 그 문제에 관심이 없었다. 그녀의 관심은 드디어 골칫거리를 해결해 자신과 고북월의 억울함을 풀었다는 것이었다.

고북월이 어디로 갔는지 모르지만 의학원 사람들이 찾고 있으니 부디 어서 빨리 찾아내기를 바랄 뿐이었다.

그때 줄곧 침묵하던 용비야가 마침내 입을 열었다.

"한운석, 훌륭하다."

그가 드물게 칭찬을 하며 진심으로 기뻐했다. 이 여자가 자기 힘만으로 삼장로의 인정을 받을 줄은 생각지도 못한 일이었다. 삼장로의 인정을 받았으니 비록 마음대로 하지는 못해도 최소한 순조롭게 지낼 수 있게 된 것이다.

그런데 누가 짐작이나 했을까. 한운석은 공손하기 짝이 없는 투로 말했다.

"과찬이십니다, 전하. 신첩이 전하의 체면을 깎지 않아서 천만다행이지요."

때로는 공손함이 꼭 예의 바른 것만은 아니었다. 도리어 차갑고 멀게 느껴지는 것이기도 했다.

용비야는 약간 당황한 듯 그녀를 바라보았다. 어떻게 대답해야 할지 알 수가 없었다.

"전하께 다른 분부가 없으시다면 신첩은 이만 물러가겠습니다."

말을 마친 한운석은 짐 보따리를 들고 문을 나서려고 했다.

지금까지의 무시는 은근한 무시였다면 지금은 더없이 명확한 무시였다.

한운석의 뒷모습을 보는 용비야의 얼굴이 얼음처럼 차가워지자 당리는 오싹 소름이 끼쳐 황급히 말했다.

"한운석, 잠깐. 내가 먼저 가겠어!"

이럴 때는 일단 피하는 것이 상책이었다.

한운석은 정말 걸음을 멈추고 당리에게 길을 양보해 주었다. 그제야 용비야의 얼음 같은 얼굴도 살짝 따스해지며 뭐라고 말하려는 듯 입이 살짝 열렸지만, 뜻밖에도 한운석이 조그만 청자 병을 꺼내 용비야에게 다가가지도 않고 탁자에 올려놓았다.

다름 아닌 미접몽이었다!

그녀는 더욱더 공손하게 말했다.

"신첩은 무능해서 알아낼 수가 없습니다. 부디 용서하시지요, 전하."

나도 성질 있어

방 안이 조용해졌다.

용비야의 얼굴에 떠올랐던 따스함이 깡그리 사라졌다. 싸늘하게 한운석을 노려보는 그의 깊은 눈동자에는 광택이라곤 전혀 없고 마치 세상만물을 빨아들일 것처럼 새까맸다.

그는 한운석을 노려보며 한참 동안 대답이 없었다. 그 태도에 당당하고 자신 있던 한운석도 다소 겁이 났다.

그녀는 또다시 그의 시선을 피하며 아무 말 없이 돌아섰다……. 달아나려고.

그때 그가 입을 열었다. 처음 만났던 날 밤처럼 싸늘하기 짝이 없는 목소리였다.

"만약 본 왕이 용서하지 않겠다면?"

이렇게까지 그의 한계를 시험한 사람, 이렇게까지 그의 존재한 무시한 사람은 여태 한 번도 없었다.

최소한, 늘 넋이 나간 얼굴로 자신을 바라보던 이 여자가 자신을 거들떠도 보지 않는 날이 오리라고는 생각해 본 적이 없었다.

한운석, 본 왕을 먼저 건드린 사람은 너다. 네가 오고 싶으면 오고 떠나고 싶으면 떠날 수 있는 사람이 아니다!

용비야는 미접몽을 들고 한 걸음 한 걸음 한운석 앞으로 다가왔다.

그가 가까워지자 강력한 위압감이 덮쳐왔다. 거대한 산이 덮치는 것 같은 기분에 한운석이 무의식적으로 뒷걸음질 쳤지만 용비야가 단번에 그녀의 허리를 휘감아 자신에게 바짝 끌어당겼다.

허리를 끌어안은 팔에 별로 힘이 들어가지 않았는데도 한운석은 마치 허리가 이대로 부러져 버릴 것 같은 끝없는 두려움에 휩싸였다.

한운석은 살짝 고개를 들어 시선을 옮겼다. 그를 보고 싶지 않았다.

용비야는 입을 다문 채 느릿느릿하게 미접몽을 그녀의 진료 주머니에 넣었다. 지독히도 느린 그 동작에 한운석은 온몸의 솜털이 쭈뼛쭈뼛 섰다. 병을 주머니에 넣고 나자 용비야가 갑자기 그녀의 턱을 잡고 와락 힘을 주어 억지로 자신을 쳐다보게 했다.

아무 말도, 소리도 없었지만 두 사람의 싸움은 격렬했다.

한운석은 온몸의 힘을 턱에 쏟아부으며 굴복하지 않으려 했고, 용비야는 조금씩 조금씩 힘을 가해 뼈가 부러질 것처럼 움켜잡았다.

결국에는 한운석이 패배했다. 그의 힘이 그녀의 고개를 돌려 정면으로 자신을 바라보게 만들었다.

하지만 한운석은 고집스레 눈을 감고 보지 않으려고 했다.

"눈을 떠라!"

용비야가 분노에 차 명령했다. 무시무시한 목소리였다.

한운석은 들은 체 만 체하며 꼼짝도 하지 않았다.

그녀가 눈을 뜰 기미가 없자 용비야의 눈동자에 난폭한 빛이 번쩍였다. 그가 그녀의 턱을 힘껏 잡으며 고개를 숙여 입술로 그녀의 입술을 와락 덮었다.

그제야 한운석도 눈을 반짝 떴지만 애석하게도 이미 늦은 후였다.

용비야는 강압적이고 난폭하게 그녀의 입술을 빼앗았고 그녀는 이를 악물고 저항했다. 그는 점점 더 분노해 그녀의 허리를 잡은 손에 사정없이 힘을 주었다. 순간 그녀가 고통을 못 이겨 입을 벌렸으나 신음을 지르기도 전에 입술과 혀가 그에게 삼켜지고 말았다.

부드러웠던 첫 번째와 강압적이던 두 번째와 달리, 이번에 그는 마치 이성을 잃은 것처럼 점점 더 세게, 점점 더 깊이 입 맞춰 왔고 한운석으로서는 도저히 버텨 낼 수가 없었다. 마치 통째로 잡아먹히는 기분이었다.

하지만 허리와 턱을 붙잡혀 아예 발버둥을 칠 수도 없었다.

별안간 용비야가 그녀의 턱을 놓더니 그녀를 훌쩍 안아들어 침상 쪽으로 성큼성큼 걸어갔다.

한운석은 필사적으로 그를 때려 대며 드디어 침묵을 포기하고 노성을 터트렸다.

"용비야, 그만! 그만해!"

그 역시 그녀를 침상에 내려놓으며 드디어 입을 열고 분노의 포효를 터트렸다.

"그만 못해!"

"난 당신이 싫어! 비켜!"

화가 머리끝까지 난 한운석이 손을 뻗자 독침이 쏟아져 나왔다. 용비야는 침을 피한 뒤 독침을 숨긴 그녀의 팔을 잡아 눌렀다.

그녀가 가진 모든 암기는 그가 가르쳐 준 것이었다. 그가 대비하기로 마음먹으면 맞힐 생각은 꿈도 꾸지 말아야 했다.

"당신이 뭔데 이렇게까지 괴롭히는 거야? 당신이 뭔데!"

한운석은 다른 손으로 주먹을 쥐고 때렸지만 안타깝게도 용비야가 또 잡아챘다.

"본 왕은 너의 지아비이고 너의 하늘이고 너의 땅이고 너의 일생이다!"

"개소리!"

한운석이 그의 얼굴에 침을 뱉었다.

지독한 결벽증인 용비야는 놀랍게도 전혀 아랑곳하지 않고 차갑게 말했다.

"그 백의인이 너를 구해 주었느냐?"

한운석은 냉소했다.

"그럼 설마 당신이겠어?"

그가 단목요를 구하러 가지 않았다면 그녀가 밀실 입구에서 기다릴 일도 없었고, 시간이 촉박하지도 않았을 것이고, 목령아에게 밀려나 군역사의 손아귀에 떨어지지도 않았을 것이다.

본디 그들 일행은 무사히 물러나 밀실 문을 닫고 단목요와 군역사가 식인 쥐에게 잡아먹히도록 놔둘 수 있었다.

그녀가 군역사에게 납치되어 그 모든 일을 겪은 까닭은 그가 다른 여자를 구하러 갔기 때문이었다.

"신경 쓰이느냐?"

용비야가 주저 없이 반문했다.

무엇이 신경 쓰이는지는 확실히 말하지 않아도 두 사람 다 알고 있었다.

"그렇다면 어쩔 거야?"

한운석은 대범하게 시인했다.

용비야, 나에게 잘해 줄 거라면 절대로 다른 여자에게까지 잘해 줘서는 안 돼. 그렇지 않으면 그딴 호의 필요 없어!

감정 문제에 있어서라면 그녀도 성질을 부릴 수 있었다!

용비야는 해명하려고 했지만 말이 입 밖으로 나오기 직전에 우뚝 멈추었다. 그의 눈빛이 뭐라고 형용할 수 없을 정도로 복잡해졌다.

한바탕 쏟아붓던 폭풍우가 갑자기 뚝 그치고 악마의 화신처럼 격해졌던 남자가 갑자기 주저했다.

한운석은 그런 그를 가만히 바라보았다. 본래도 반은 죽어 있던 그녀의 마음이 조금씩 조금씩 가라앉았다.

이건 무슨 뜻이지? 대답하지 않을 생각이야? 그 일에 대해서는 할 말이 없는 거야?

잠시 기다렸지만 용비야가 여전히 말이 없자 한운석이 정신이 나가 있는 그를 느닷없이 홱 밀어젖히며 차갑게 말했다.

"이젠 나도 신경 쓰지 않겠어요. 서로 각자 갈 길 가자고요. 신첩은 전하를 귀찮게 하지 않을 테니 부디 전하께서도 신첩을 방해하지 말아 주세요."

그녀는 이렇게 말하고 침상에서 내려왔지만 용비야는 조용히 그녀를 바라보기만 할 뿐 막지도 않았다.

옷매무새와 머리를 매만진 한운석은 잠시 망설였지만 결국 그가 보는 앞에서 그의 숨결이 남은 입술을 힘껏 닦아 냈다.

"신첩은 독초 창고에 가지 않을 테니 따로 사람을 찾아보시지요."

말을 마친 그녀가 돌아서서 나갔지만 문가에 이를 때까지도 그는 붙잡지 않았다. 한운석은 이를 악물어 씁쓸한 마음을 무시하려 애쓰며 큰 걸음으로 그곳을 떠났다.

방 안의 용비야는 침상에 앉아 한운석이 두고 간 백의를 바라보았다. 그는 무서우리만치 조용했고 눈동자에는 복잡한 감정이 뒤얽혀 있었다. 눈빛이 어두워졌다 밝아졌다 해서 그가 지금 대체 무엇을 망설이는지 아무도 짐작할 수가 없었다.

당리는 문가에 한참 동안 서 있었다. 그는 알 수 있었다.

그는 한마디도 하지 않고 기다렸고 그 기다림은 날이 밝을 때까지 이어졌다.

몇 시진이면 용비야가 감정을 추스를 수 있으리라 생각했다. 늘 그렇게 단호하던 사람이었으니까. 그런데 용비야는 여전히 조용히 앉아만 있었다.

남녀 간의 정분은 그가 가져야 할 것은 아니었다. 특히 신분이 의심스러운 저 여자와는.

결단을 내리지 못하면 도리어 해를 입을 수 있었다!

당리는 도저히 두고 볼 수가 없어 방으로 들어가 담담하게 말했다.

"형, 괜찮아?"

여태껏 장난삼아 '진왕'이라 부르거나 숫제 대놓고 이름을 불렀지, 이렇게 '형'이라고 부른 것은 어려서부터 지금껏 몇 번 없었다.

아버지도 그랬고, 고모 역시 그가 용비야를 형이라고 부르는 것을 허락지 않았다.

그들은 가족의 정마저 버릴 수 있어야만 대업을 이룰 수 있다고 했다.

용비야가 열 살 되던 해, 고모는 용비야에게 미접몽을 건네고 대임大任을 넘긴 뒤 그가 보는 앞에서 스스로 목을 베어 자결했다.

피가 그의 얼굴에 튀었다. 겨우 열 살이었던 그는 놀라 울음조차 터트리지 못했다. 그날 이후 그는 장장 1년 동안 한마디도 하지 않았다.

당리는 지난 생각을 그만두고 용비야의 어깨를 가볍게 두드렸다. 그러나 용비야는 그의 손을 뿌리치고 마치 아무 일도 없었던 것처럼 싸늘한 얼굴로 돌아왔다.

그는 백의를 당리에게 던지며 담담하게 말했다.

"준비해라. 사흘 후 독초 창고에 들어간다."

당리는 무슨 말을 하려는 듯했지만 용비야의 차갑게 갈무리된 두 눈을 보자 달래려던 말을 꿀떡 삼켰다.

"사람을 보내 그녀를 천녕국으로 호송하고 목령아도 함께 돌려보내라. 약성에서 얻은 천심부인에 관한 실마리는 계속 조사하도록."

용비야는 그 말을 남기고 훌쩍 사라졌다.

그때 한운석은 고북월의 방에 있었다.

고북월은 여태 소식이 없었지만 그가 가져온 약상자는 본래 있었던 자리에 덩그러니 놓여 있어서 마치 방금 나간 것 같았다.

한운석은 긴 의자에 앉아 양팔로 무릎을 감쌌다. 기분이 암담했다.

그녀는 그렇게 아침부터 밤까지 앉아 있었다. 그 하루 동안 의학원이 새옥백을 찾느라 난리였다는 사실조차 몰랐다. 새옥백이 달아난 것이다!

그는 의학원에서 달아난 것이 아니라 독종의 금지에 숨어 있었다.

백의 남자가 어디선가 휙 나타나자 새옥백은 조그마한 나무 옆에서 허둥지둥 달려 나가 몹시 공손하게 불렀다.

"주인님."

백의 남자는 다름 아닌 영족 그 남자였다.

새옥백이 고개를 들자마자 놀랍게도 백의 남자가 그를 힘껏 걷어찼다. 그 거친 행동은 그가 입은 새하얀 옷과는 너무나 어울리지 않았다. 그 발길질에 새옥백은 벌러덩 넘어졌다.

새옥백은 바닥에 늘어져 시뻘건 피를 토했다!

"주인님!"

충격 받은 새옥백은 심장의 통증을 참으며 억지로 몸을 일으켜 화난 소리로 말했다.

"주인님, 왜 이러시는지 모르겠습니다!"

'주인님'이라고 부르기는 하지만 그가 누구인지도 모르고 그의 진짜 얼굴을 본 적도 없었다.

그는 의술에 타고난 재능이 없어 오로지 후천적인 노력으로 익혀야 했다. 6품 의종이 되고 이사 자리에 오를 수 있었던 것은 모두 이 백의 남자의 도움 덕분이었다. 그가 의술을 가르쳐 준 것이다.

고술도 이 백의 남자가 준 비급祕笈에서 본 것이었다. 그렇지 않고서야 무슨 수로 배울 수 있었겠는가. 그가 용천묵에게 고를 쓴 것도 백의 남자의 지시였다. 그러니 그가 이렇게 나오는 까닭을 알 수가 없었다.

"알 필요 없다. 누가 네 멋대로 한운석을 건드리라고 했느냐?"

백의 남자가 꾸짖었다. 부드럽고 온화하다고 해서 성질이 없는 것은 아니었다.

그가 이 일을 꾸민 첫 번째 이유는 한운석을 의성에 유인하기 위해서이고, 두 번째 이유는 고칠소의 진짜 신분을 조사하기 위해서였다.

안타깝게도 그 역시 도중에 군역사가 끼어들 줄 몰랐고 용비야가 직접 오리라고도 예상하지 못했다.

두 사람의 출현이 그의 계획을 완전히 어그러뜨렸지만 다행히 한운석은 무사했다.

새옥백은 씩씩거렸지만 확실히 제멋대로 한 일이니 할 말이 없었다. 하지만 그래도 이해가 가지 않았다. 분명히 자신더러 한운석과 고북월을 모함하라 했으면서, 왜 대진실에서 한운석을 괴롭힌 일로 화를 내는 것일까?

이자는 대체 어떤 사람일까? 고술의 비급은 어디서 났을까? 한운석을 의성으로 유인한 까닭은 무엇일까?

갖가지 의문이 솟구쳤지만 새옥백은 감히 물어볼 수가 없었다. 한 번 물어본 적이 있지만 돌아온 대답은 '너는 그렇게 많이 알 필요 없다'였다.

"늘 가던 곳으로 돌아가거라. 다음번에는 용서하지 않겠다."

백의 남자가 싸늘하게 명령했다.

그때 새빨간 그림자 하나가 휙 날아들었다. 새옥백은 황급히 피했고 백의 남자는 달아나는 그를 엄호하기 위해 갑작스레 허공으로 몸을 날려 모습을 드러냈다.

이 빨간 그림자는 바로 한참 동안 백의 남자를 추격해 온 고칠소였다. 백의 남자가 중상을 입지 않았다면 이렇게 오랫동안 쫓아오게 내버려 두지 않았을 것이다.

고칠소를 실망시킨 일

갱 밀실에서 식인 쥐들이 물러가자 고칠소는 목령아마저 까맣게 잊고 곧바로 뛰쳐나갔다.

온 산을 샅샅이 뒤졌지만 한운석을 찾지 못하자 어쩔 수 없이 의학원 대진실로 돌아갔는데 마침 떠나는 백의 남자가 보였다. 그를 발견한 고칠소는 놓칠 새라 뒤를 밟아 어젯밤부터 지금까지 쫓아온 것이었다.

새옥백을 엄호하느라 부상을 입은 백의 남자는 또다시 그와 맞서야 했다.

"중상을 입었군? 독짐승이 네 손에 있느냐?"

고칠소가 눈썹을 치키며 물었다.

한운석 쪽의 상황을 모르는 고칠소는 백의 남자의 옷에 피가 얼룩덜룩 묻어 있고 안색이 창백한 것을 보자 중상을 입었다는 것을 알았고, 그 때문에 현금 문을 연 후 사라진 그가 독짐승의 실종과 무슨 관계가 있지 않을까 생각했다.

"있다면 당신이 아직 살아 있을 것 같습니까?"

온화한 성품답게 백의 남자가 빙그레 웃었다. 고칠소가 여기까지 쫓아왔는데도 별로 초조해하는 것 같지도 않았다.

"그럼 어쩌다 다쳤지?"

고칠소는 호기심이 일었다. 영족을 상처 입힐 수 있는 사람은 보통이 아니었다. 용비야는 그와 함께 있었고 군역사는 중독되었으니 둘 다 아니었다.

"당신과 나는 아무 원한이 없는데 왜 이렇게 쫓아오는 겁니까?"

백의 남자가 담담하게 물었다.

그 말에 고칠소는 냉소를 터트렸다.

"하하하, 아무 원한이 없다니 누가 그래!"

가짜 지도가 아니었다면 그와 목령아는 일찌감치 밀실에 도착했을 것이고 뱀 굴에 떨어지지도 않았을 것이다. 그는 중독되는 것도 두렵지 않았고 뱀에게 물리는 것도 두렵지 않았지만 목령아 앞이라 연기를 해야 했다.

"갱의 지도는 네가 훔쳤지?"

고칠소가 차갑게 물었다.

백의 남자는 조용히 고개를 저었다.

"아닙니다."

"분명히 너다!"

고칠소는 확신했다. 지도가 없는데 무슨 수로 그렇게 순조롭게 길을 찾아갈 수 있었을까?

백의 남자는 여전히 고개를 저었다.

"그저 한 번 보고 불태웠을 뿐 절대 훔치지 않았습니다."

고칠소는 멈칫했다가 곧 버럭 화를 냈다.

"너……!"

평소 검을 쓰는 그지만 검을 뽑는 대신 백의 남자에게 씨앗

하나를 휙 던졌다.

"죽고 싶구나!"

한운석을 제외하고는 그 누구에게도 말장난에 놀아난 적이 없었다. 그런데 이자가 감히 그를 놀리다니 역겨워 죽을 맛이었다!

고칠소에게 이런 암기술이 있는 줄 몰랐던 백의 남자는 제때 피하지 못하고 어깨에 씨앗을 맞고 말았다.

곧 통증이 밀려왔다. 마치 뭔가 피와 살 속을 마구 파고드는 듯한 통증이었다.

설마 씨앗에 독이 있었나?

그는 고술 비급을 가지고 있었지만 독에 대해서 알지 못했고 고술도 할 줄 몰랐다.

그런데 곧 이 씨앗에는 독이 없다는 것을 알 수 있었다. 씨앗이 그의 피와 살을 흙 삼아 순식간에 싹을 틔우고 이름 모를 새싹을 피웠기 때문이었다.

"어화술馭花術!"

백의 남자는 속으로 깜짝 놀랐다. 이런 신비한 술법을 쓸 줄이야. 통증이 지독하다 했더니 씨앗이 살 속에 뿌리를 내리면서 일어난 통증이었다!

새싹은 작아 보이지만 곧 그의 정혈을 빨아먹으며 쑥쑥 자라 온몸을 차지할 것이다. 이 식물이 꽃을 피우면 그의 몸은 이미 식물의 비료로 전락했다는 뜻이었다.

백의 남자는 전혀 망설이지 않고 작은 칼로 어깨를 찔러 새

싹을 뿌리째 뽑아냈다. 어깨에서 피가 철철 흘렀다.

잔인하기는 해도 어화술을 상대하는 유일한 방법이었다.

"좀 아는군!"

고칠소는 자못 감탄했지만 곧바로 두 번째 씨앗을 던졌다. 이번에는 백의 남자도 순조롭게 피했다.

"그런 재주를 숨기고 있는 줄 몰랐군요."

백의 남자도 진지해졌다.

"그걸 알아 봤자 네게 좋을 게 없다!"

고칠소는 나무 위에 서서 빨간 옷자락을 휘날렸다. 요사하고 거만하면서도 잔혹한 기운이 쏟아져 나왔다.

확실히 그는 숨기는 게 많았다. 화가 나지 않았다면, 만부득이한 경우가 아니었다면 진짜 실력을 드러내는 일이 거의 없었다.

백의 남자는 알 수가 없었다. 고칠소처럼 오만방자하고 세상 두려운 줄 모르는 사람이 어떻게 그 성질을 참고 진짜 실력을 숨길 수 있었을까?

그는 고칠소와 싸우지 않고 달아나려 했다. 부상당한 몸으로는 고칠소를 이길 수가 없지만 경공 바탕이 좋아서 달아날 수는 있었다.

"용기가 있으면 거기 서라!"

고칠소가 즉시 쫓아왔다.

그러나 백의 남자는 단 한마디로 고칠소를 그 자리에 묶어 놓았다.

"나를 쫓아오기보다 대진실에 가서 운석 낭자의 상황을 살

퍼보는 것이 좋을 겁니다."

분노에 찬 고칠소는 순간 움찔하더니 놀라움을 숨기지 못하고 말투마저 싹 변했다.

"한운석이…… 돌아왔어?"

백의 남자는 대답 없이 웃으며 그 틈을 타 멀리 달아났다.

누군가를 좋아하면 우중충하던 마음도 금세 환히 갤 수 있었다. 고칠소는 더는 쫓지 않고 돌아서서 의학원 쪽으로 나는 듯이 달려갔다.

한운석이 대진실에 있다니. 스스로 군역사에게서 달아났을까, 아니면 누군가 구해 주었을까?

독짐승의 피를 찾지도 못했으니 대진실에서 괴롭힘을 당하고 있을 것이다. 그런 일이 일어나게 놔둘 수는 없었다.

사실 백의 남자는 멀리 간 것이 아니었다. 고칠소의 그림자가 사라지자 그가 나무 아래에 모습을 드러내며 혼잣말을 했다.

"고칠소? 후후……. 역시 너였구나!"

고칠소가 의학원 대진실에 돌아갔을 때 대진실은 이미 텅 비어 있었다. 고칠소는 곧바로 한운석의 방으로 달려갔지만 그녀는 보이지 않았고 대신 낙취산이 앉아 기다리고 있었다.

"어디 있어?"

고칠소가 다급히 물었다.

낙취산이 이곳에서 기다린 것은 고칠소가 오리라 예측했기 때문이었다. 그가 대진실에서 일어난 일을 이야기해 주었는데 이야기가 끝나기도 전에 고칠소가 호기심에 찬 목소리로 중얼거렸다.

"어떻게 해독했지?"

"뭐라고?"

낙취산은 어리둥절했다.

그는 한운석이 이미 독을 해독했고 재진을 하러 왔을 뿐이라고 생각했다.

고칠소는 그 질문을 피했다. 갱에 들어가 독짐승을 잡지는 못했지만 한운석이 당문과 아무 관계가 없다는 것은 알아냈다.

용비야가 당문과 무슨 관계가 있든 추호도 관심이 없었다. 그가 관심 있는 것은 오직 한운석의 내력이었다.

솔직히 말해 이 결과는 실망스러웠다.

한운석이 당문 사람이라면 필시 그가 줄곧 찾아다니던 독녀는 아니었다. 그래야만 그도 마음이 놓였다.

하지만 당문을 제외하고 나면, 독누이의 내력은 또다시 천심부인이라는 단서밖에 없는 수수께끼로 돌아갔다.

"그래서, 용비야와 함께 떠났어?"

고칠소가 화제를 돌렸다.

"아마 그렇겠지."

낙취산도 자세히 알지 못했다. 그가 왔을 때 한운석과 용비야는 둘 다 이곳에 없었다.

사건이 마무리되었으니 그들 부부는 당연히 떠났을 것이다.

"그녀는 확실히 무사한 거지?"

고칠소가 다시 물었다.

낙취산은 확신했다. 대진실에서 단목요를 따끔하게 혼내 주던 기세로 봐서 그 여자는 신체적으로든 정신적으로든 아주 원기 왕성했다.

고칠소는 그제야 안심하고 햇살처럼 찬란한 웃음을 떠올렸다.

"괜찮으면 됐어. 다행이야!"

그가 얼마나 걱정했는지 아는 사람은 아무도 없었다. 평소에는 한운석에게 농담이나 하고 진지하게 행동한 적이 없는 그였지만 그녀에게 정말 문제가 생기자 히죽거리는 것조차 할 수 없었다.

고칠소가 떠나려는데 낙취산이 붙잡아 세웠다.

"소칠, 새옥백 그 놈은 어디서 고술을 배웠느냐?"

진작 묻고 싶은 말이었지만 애석하게도 고칠소가 워낙 동에 번쩍 서에 번쩍 하다 보니 차분하게 물어볼 시간이 없었던 것이다.

새옥백도 의심스럽고 군역사의 고술도 호기심을 일으킬 만했지만 고칠소는 전혀 신경 쓰지 않았다. 그가 원한을 가진 곳은 의학원이었고, 이번 공개 대진에서 고술 이야기가 튀어나와 의학원을 혼란에 빠뜨리게 만들지 못한 것이 안타까울 따름이었다.

"고술이 실전된 지가 언젠데……."

낙취산의 말이 끝나기도 전에 고칠소는 손을 흔들고 성큼성큼 문밖으로 나갔다.

낙취산은 초조하고 화가 나 허둥지둥 뒤쫓았다. 저 녀석, 차

분히 앉아서 이야기 좀 할 수 없나? 그가 일부러 여기서 기다린
데는 다른 이유도 있었다!

"소칠, 방금 장로회 쪽에서 목씨 집안 따님이 실종되었다고
했다. 늦어도 어제면 도착했어야 하는데 여태껏 소식이 없다는
구나!"

낙취산이 말하지 않았다면 고칠소는 정말 목령아를 까맣게
잊어버렸을 것이다. 하지만 생각이 나자 곧 눈을 가늘게 뜨며
무서운 표정을 지었다.

"어디 갔어?"

배은망덕하게 독누이를 식인 쥐 먹이로 던져주다니. 쳇, 역
시 내가 그 녀석을 너무 얕봤어.

"내가 어떻게 아느냐?"

낙취산은 참지 못하고 눈을 희번덕거렸다. 의당 그가 해야
할 질문이었다.

어디 있느냐고?

줄곧 너를 따라다녔잖아?

"찾자!"

고칠소는 과감하기 짝이 없었다.

낙취산은 그래도 이 녀석이 양심이 있어서 남의 집 귀한 딸
의 안위를 책임질 줄 아는구나 싶었지만 고칠소의 다음 말이
그 선량한 상상을 깨뜨렸다.

"못된 것, 찾기만 해 봐라!"

감히 그의 독누이를 해치면 목씨 집안사람이라 해도 절대 쉽

게 용서하지 않을 것이다!

고칠소는 씽하고 밖으로 나갔고 남겨진 낙취산만 멍한 표정으로 서 있었다. 목령아가 언제 저 녀석 눈 밖에 났지?

그렇게 저 녀석을 좋아하고 시키는 대로만 하던 아이가 대체 어쩌다 저 지경으로 화를 돋운 걸까?

용비야와 당리는 이미 떠났고 용천묵과 영친왕도 귀국할 준비를 했다. 모두들 한운석도 떠난 줄 알았지만 지금 그녀는 고북월의 방에 틀어박혀 넋을 놓고 있었다.

"왕비마마, 마마를 천녕국으로 호송하라는 전하의 명입니다."

호위병이 문을 두드려 한운석의 생각을 방해했다. 그녀는 신경 쓸 여유가 없어 아무렇게나 대답했다.

"물러가거라. 내가 알아서 돌아갈 것이다."

"왕비마마, 전하의 명령입니다."

호위병은 감히 물러날 수가 없었다.

그런데 뜻밖에도 한운석이 버럭 화를 냈다.

"왜, 그 사람 말은 명령이고 본 왕비의 말은 명령도 아니냐?"

호위는 까무러칠 듯 놀라 안색마저 파랗게 질렸다. 망설여지기는 했지만 차마 더는 말을 꺼낼 수가 없었다.

하지만 예상과 달리 한운석이 문을 열고 나와 싸늘하게 노려보며 물었다.

"전하께서는 돌아가시지 않느냐?"

"전하와 당리 소주께서는 먼저 떠나셨습니다."

호위병이 바보처럼 대답했다.

"그랬군."

한운석은 태연하게 대답한 뒤 더는 묻지 않았다.

"왕비마마, 저희와 함께 돌아가시지요. 부디……."

호위병의 말이 끝나기도 전에 한운석이 버럭 외쳤다.

"꺼져!"

"예, 예. 명대로 하겠습니다."

호위병은 허겁지겁 물러났다. 다들 왕비마마가 성격 좋다고 하던데 왜 그런 말이 나왔는지 도무지 알 수가 없었다.

아무래도 어서 빨리 전하께 보고하는 것이 좋겠다 싶었다.

한운석은 방으로 돌아가 '쾅' 하고 방문을 닫았다. 이런 감시는 정말이지 딱 질색이었다.

천녕국으로 돌아가고 싶지 않았지만 지금은 어디로 가야 할지 알 수가 없었다. 본래는 의학원에 남아 있을 생각이 아니었는데 삼장로가 봐주기로 했으니 며칠 묵을까 싶기도 했다.

한운석이 멍하니 있을 때 별안간 진료 주머니에서 '툭' 하는 소리가 들렸다. 재빨리 주머니를 열어 보니 다람쥐가 어느새 미접몽이 든 병의 뚜껑을 열고 입에 가져가고 있었다!

절세 공자의 귀환

"안 돼!"

한운석이 비명을 지르며 번개 같은 기세로 다람쥐에게서 청자 병을 빼앗았다. 어찌나 힘을 줬는지 다람쥐는 뒤로 발라당 넘어졌고 한운석은 심장이 튀어나올 것처럼 놀랐다.

용비야와 그 소동을 피우며 싸워 놓고 이걸 돌려주는 걸 깜빡했던 것이다.

이게 어디서 났든 간에 무척 중요한 것이니 다람쥐가 먹어 버리기라도 했다면 정말 평생 동안 용비야의 얼굴을 볼 수 없었을 것이다.

다람쥐도 한운석의 사나운 태도에 놀라 몸을 옹송그렸지만, 배불리 먹는 바람에 통통한 배가 도무지 말려들어가지 않아 배는 쑥 내민 채 네 발과 머리만 바짝 움츠리고 가엾게 한운석을 쳐다보았다.

한운석은 미접몽이 줄어들지도 더러워지지도 않았다는 것을 확인한 후에야 크게 안도의 숨을 내쉬었다. 놀라 죽을 뻔했네.

이게 뭔지도 모르는데 만에 하나 잘못되기라도 하면 어디 가서 다시 구해 오겠어?

정신을 가다듬고 병뚜껑을 잘 닫은 뒤, 한운석은 화난 눈으로 다람쥐를 노려보았다.

주인님, 무서워요!

다람쥐는 머리를 더욱더 푹 숙이고 억울한 듯 새까만 눈동자를 끔뻑끔뻑하며 순순히 처분을 기다렸다.

한운석은 아직 놀람이 가라앉지 않았지만 다람쥐의 귀여운 모습을 보자 웃음이 나왔다. 이 녀석을 어떻게 해야 할지 도무지 알 수가 없었다.

어쩌다 이런 먹보를 주워 왔을까? 완전히 손해 보는 장사잖아! 먹어 치운 독약이 벌써 두 주머니째였는데 그 속에는 약성의 약재시장에서 큰돈 주고 사들인 약재로 만든 것들도 많았다. 이런 식으로 먹어 대다가는 해독시스템의 창고마저 위험했다!

한운석은 다시 한 번 진료 주머니를 검사해 보았다. 독약은 싹 사라졌지만 금침은 건드리지 않아 그대로였다.

녀석, 그래도 눈치는 있군. 안 그랬으면 자루를 가져와 단단히 가둬 버렸을 거야.

다람쥐를 쳐다보던 한운석은 갑자기 뭔가 떠오른 듯 놀란 목소리로 물었다.

"이 독약을 알아?"

용비야가 시험 삼아 보여 주지 않았다면 한운석은 바로 눈앞에 있어도 극독인지 알아보지 못했을 것이다. 다람쥐는 먹으려고 했으니 독인 줄 아는 게 분명했다.

잘못을 저질러 불안해하던 다람쥐는 깜짝 놀라 자꾸만 뒤로 숨으려고 했다. 한운석이 무슨 말을 하는지 모르는 것 같았다.

한운석도 이 녀석과 어떻게 의사소통을 해야 할지 몰라 미접 몽을 다람쥐에게 보여 준 후 손을 내저었다.

"명심해. 아무리 배가 고파도 이건 건드리면 안 돼, 알겠지?"

다람쥐도 알아들었는지 발딱 일어나 불룩한 배를 바닥에 끌면서 한운석이 알아듣지 못할까 봐 두려운 것처럼 힘껏 고개를 끄덕여 보였다.

그 귀여운 모습에 한운석도 '풋' 하고 웃음을 터트렸다. 뿌옇게 흐렸던 기분도 조금 밝아졌다.

한운석이 웃자 다람쥐는 그제야 긴장을 풀고 곧 한운석의 팔위로 기어올라 찍찍거리며 웃어 댔다.

한운석은 두 손가락으로 다람쥐의 목을 잡아 손바닥 위에 올려놓았다.

그리고 옆에 있는 흔들의자에 누워 다람쥐를 얼굴 앞으로 가져왔다.

"그 많은 사람 중에 왜 나한테 왔어?"

답답할 때 말할 사람이 없어도 다람쥐가 있어서 좋았다.

"하루에 몇 끼나 먹니?"

사실 혼잣말을 하는 것뿐 다람쥐가 대답하리라 기대하는 것은 아니었다.

"나이는 몇 살이야? 이름은 뭐고?"

다람쥐는 귀를 쫑긋 세우고 진지하게 들었지만 갈수록 멍해졌다. 인간의 몸짓이나 표정에서 뜻을 읽어낼 수는 있지만 이렇게 대량으로 쏟아지면 전혀 알아들을 수가 없었던 것이다.

한운석은 요리조리 다람쥐를 살피다가 폭소를 터트렸다.

"앞으로는 널 꼬맹이라고 부를게, 어때?"

독짐승 고서라는 멋진 이름이 있는데 꼬맹이가 뭐람?

다람쥐는 영문을 몰랐지만 한운석이 즐거워하자 따라서 기분이 좋아져 헤죽 웃었다.

이렇게 해서 독짐승 고서의 애칭이 반강제로 정해졌다.

꼬맹이!

기분이 썩 좋지 않아도 자꾸 웃으면 좋아지기 마련이었다.

"삼장로에게 가자, 꼬맹아!"

그녀는 실망을 숨기고 소탈하고 굳센 한운석으로 돌아왔다. 아직 할 일이 많았다.

억지로 의성에 오긴 했지만 온 김에 천심부인에 대해 알아보고 싶었다. 오래전 천심부인은 대체 어떻게 한종안을 이사 자리에 앉혔을까?

낙취산에게 물어봤지만 그는 한종안 정도 되는 사람에게는 관심을 가진 적이 없었다. 도리어 천심부인의 이름은 들어본 적이 있다고 했으나 아는 사이는 아니었다.

이사 직함은 늘 장로회가 수여해 왔으니 삼장로에게 물어보는 것이 제일 빨랐다.

방에서 나가려던 한운석은 곧 다른 일을 떠올렸다.

그녀는 다시 돌아와 앉은 다음 꼬맹이를 진료 주머니에서 꺼내 한동안 눈을 감고 정신을 집중했다가 다시 녀석을 주머니에 넣었다.

뭘 한 걸까?

당연히 진료 주머니에 필요한 약재를 다시 채운 것이었다. 자기방어용 독약과 해약 조금이었다. 의학원에는 자신을 지켜 보는 눈이 많으니 신중히 움직이는 편이 나았다. 해독시스템을 쓰다가 실수라도 해서 쓸데없이 성가신 일을 만들어서 좋을 것이 없었다.

꼬맹이는 주머니를 가득 채운 독약을 보자 어리둥절했다. 이게 어디서 나온 거야? 혹시 새 주인님은 빈손으로 독약을 만들어 낼 수 있는 걸까?

나 주인을 잘 골랐나 봐.

꼬맹이는 무척 신이 나서 조금 전 무시무시하던 주인의 모습을 까맣게 잊고 눈앞에서 독약을 마구 먹기 시작했다.

대식가지만 먹을 때는 소리를 내지 않았고 마치 깊이 음미하는 것처럼 눈마저 꼭 감았다.

한운석이 그쪽을 보았기 망정이지 안 그랬으면 급히 진료 주머니를 써야 할 때 일을 그르쳤을 것이다.

꼬맹이는 얼마 지나지 않아 독약을 반이나 먹어 치웠고 이를 본 한운석은 눈가를 실룩였다.

저녁부터 지금까지 하루 밤낮 동안 두 보따리를 먹어 치우고도 계속 먹다니.

식사량이 대체 얼마나 많은 거야? 날 거덜 내는 건 아니겠지?

한운석이 느닷없이 꼬맹이를 낚아채자 녀석이 눈을 반짝 떴다. 녀석은 처음에는 어리둥절했지만 곧 화들짝 놀라 흰털뭉치처럼 몸을 말았다.

주인이 또 화가 난 것 같았다. 하지만 일부러 그런 게 아니었다. 5년이나 잠들었다가 이제 막 깨어나 배가 꼬르륵거리는 건 당연했고 피까지 한 병 뽑는 바람에 더더욱 배고파 죽을 것 같았다.

"아직도 배고파?"

한운석이 물었다.

꼬맹이는 차마 큰 소리는 못 내고 조그맣게 찍찍거렸다.

한운석은 이해가 가지 않아 독약을 집어 꼬맹이에게 내밀었다. 꼬맹이는 차마 받아먹지 못했지만 음식의 유혹을 도저히 견딜 수가 없어 한입 크게 입에 넣고 오물거리면서 억울한 듯이 찍찍거렸다. 정말 일부러 그런 게 아니란 말이에요.

졌다, 졌어!

한운석은 숫제 자리에 앉아 꼬맹이를 다시 진료 주머니 속에 넣고 독약이 줄어들 때마다 해독시스템에서 다시 꺼내 채워 주었다. 이 쬐끄만 녀석의 배가 독약을 얼마나 담을 수 있는지 두고 보자 싶었다.

하지만 이 방법이 얼마나 어리석은지 곧 알게 되었다!

반 시진도 못되어 해독시스템에 비축된 독약 절반이 꼬맹이의 뱃속으로 들어가고 말았다!

그런데도 꼬맹이는 배부른 기색 없이 주는 족족 먹어 댔다!

결국 한운석도 마음이 아파 더는 독약을 꺼낼 수 없게 되었다!

독약과 독약 제조에 필요한 약재들은 천신만고 끝에 구해 해독시스템에 채워 넣은 것이었다.

대체 무슨 업보를 쌓았기에 이런 먹보를 떠안았을까?

꼬맹이를 어찌해야 할지 몰라 갈팡질팡하는데 갑자기 문 두드리는 소리가 들려왔다.

누구지?

이곳은 고북월이 쓰는 방이고 주인은 여태 소식이 없는데 찾아올 사람이 누굴까?

한운석은 재빨리 꼬맹이를 숨기고 문을 열었다. 뜻밖에도 열린 문 밖으로 백의를 입은 남자가 보였다. 눈처럼 하얀 옷, 맑고 따뜻한 눈빛. '낯선 청년의 얼굴 옥같이 고우니, 절세의 공자 뉘인가' 시 한 구절이 절로 생각나는 모습!

고북월, 그가 돌아온 것이다.

하지만 지금 고북월의 안색은 종잇장처럼 창백했고 몸도 마치 큰 병을 앓은 듯 허약해져 있었다.

"어떻게 된 거예요? 어딜 갔었어요?"

한운석이 경악한 목소리로 물었다.

마지막으로 고북월의 이런 모습을 본 것이 벌써 몇 달 전이었다.

고북월은 대답하지 않고 먼저 물었다.

"왕비마마, 태자의 병은 어떻게 되었습니까?"

"그런 건 나중에 생각해요. 대체 무슨 일이에요?"

한운석이 초조하게 말했다.

어쨌건 고북월도 그녀 때문에 이번 일에 휘말린 사람이고 더욱이 천녕국 궁궐 안에서 그녀의 유일한 친구이기도 했다. 그에게 무슨 일이 생기는 건 원치 않았다.

"병이 나서 돌아올 수가 없었습니다. 왕비마마께 걱정을 끼쳤군요."

병을 앓는데도 예의범절은 나무랄 데가 없었다.

한운석은 재빨리 그를 부축해서 방으로 들어간 뒤 손수 끓인 물을 따라 주었다.

"옛 벗을 만나러 나갔다가 그만 밤바람에 풍한이 들어 며칠 동안 일어나지 못했습니다. 사람을 보내 소식을 전하는 것도 잊고 있었군요. 부디 용서하십시오."

고북월이 해명했다.

"어디 봐요!"

한운석이 그의 팔을 잡아당겨 맥을 짚었다. 지난번에도 풍한에 걸려 골골했던 그였다.

약골로 태어나 체질이 허약하기 때문이었다.

맥을 짚어 보니 말할 필요도 없이 지난번과 꼭 같았다.

본래 고북월에게 의심을 품지 않았던 한운석은 그 맥상을 보자 그의 말을 완전히 믿었다.

병이 나서 친구 집에 누워 있었다니 의성 사람들이 찾아내지 못한 것도 당연했다.

"돌아왔으니 됐어요. 무슨 일이라도 생긴 줄 알았잖아요."

한운석은 안도의 숨을 내쉰 뒤 삼장로를 이긴 이야기를 해 주었다.

"해약이 없다고 하지 않으셨습니까?"

고북월이 심각하게 물었다.

"나중에 생겼죠!"

한운석은 웃으면서 고북월에게 독짐승 이야기를 해야 할지 말아야 할지 망설였다.

이유는 모르지만 그에게는 늘 믿음이 있었고, 해독을 할 때가 되면 습관처럼 그의 도움을 받곤 했다.

그런데 그때 진료 주머니 속에 숨어 있던 꼬맹이가 머리를 쏙 내밀더니 고북월의 팔에 기어 올라갔다. 녀석은 전혀 낯을 가리지 않고 신나게 그의 양팔 위를 폴짝폴짝 뛰어다녔다.

고북월은 의아해했다.

"왕비마마, 마마께서 기르시는 겁니까?"

한운석도 어이가 없었다. 정말이지 두 손 두 발 다 들게 만드는 녀석이었다.

하지만 생각해 보면 이상했다. 의학원에 돌아온 후로 내내 주머니 속에 숨어 있기만 하던 꼬맹이가 고북월은 전혀 경계하지 않는 것이다.

영문은 알 수 없지만 꼬맹이가 저렇게 즐거워하는 것을 보면 둘이 인연이 있는 모양이었다.

"기르던 것이 아니라 주운 거예요. 용천묵의 독도 이 녀석이 해독했어요."

한운석이 장난스레 말했다.

"독짐승?"

고북월은 깜짝 놀랐다.

한운석도 놀라기는 마찬가지였다.

"당신도 독짐승을 알아요?"

고북월은 몹시 진지하게 고개를 끄덕였다.

"왕비마마, 직언을 용서하십시오. 이 동물은 마마께서 기르실 수 없습니다."

꼬맹이의 비밀

고북월의 모습을 보니 꼬맹이에 대해 꽤 알고 있는 것 같았다. 하긴 이사 할아버지를 두었으니 이상한 일은 아니었다.

"무엇 때문이죠?"

한운석이 흥미롭게 물었다.

고북월은 어이가 없다는 듯이 웃어 보였다.

"먹성이 너무 좋아서 먹여 키우시려면 빈털터리가 되실 겁니다."

한운석은 쿡쿡거리며 진료 주머니를 열어 보여 주었다. 길게 말할 필요도 없이 두 사람은 약속이나 한 듯 서로를 바라보며 웃음을 터트렸다. 그 순간 두 사람은 모든 고민거리를 잠시 떨쳐 버린 것 같았다.

고북월은 겨울의 햇살처럼 따뜻하면서도 따갑지 않아 부지불식간에 한운석의 마음을 뒤덮었던 어둠을 몰아내 주었다.

한바탕 웃고 나자 고북월은 다시 진지하게 설명했다.

"왕비마마, 독짐승의 이빨에 독이 있고 그 피로 모든 독을 해독할 수 있는 까닭은 온갖 독을 먹기 때문입니다. 그렇기 때문에 사람을 물거나 피로 사람을 치료하려면 끊임없이 먹여야 하지요. 그렇지 않으면 생명이 위험합니다!"

수많은 사람들이 독짐승을 노리고 있지만 이런 비밀을 아는 사람은 많지 않았다.

한운석은 뜻밖의 이야기에 놀라 꼬맹이를 돌아보았다. 꼬맹이는 고북월의 목덜미 옆에 웅크리고 앉아 눈을 깜빡거리며 그녀를 바라보았는데 조그마한 입을 자꾸만 오물거리는 것을 보니 또 배가 고픈 모양이었다.

그랬구나. 어쩐지 그렇게 화를 내도 계속 훔쳐 먹더라니.

"얼마나 먹어야 배가 부를까요?"

한운석이 다급히 물었다. 꼬맹이의 능력을 떠나 저 귀여운 모습 때문에라도 모질게 굶길 수가 없었다.

고북월은 고개를 돌려 꼬맹이를 바라보았다. 연민에 가득 찬 그 부드러운 눈빛에 꼬맹이마저 그 속에 뛰어들고 싶을 정도였다.

꼬맹이는 그가 누군지도 모르고 주인과 무슨 관계인지도 몰랐지만 그의 몸에서 나는 깨끗한 냄새가 좋았다.

"그건 이 녀석에게 물어보는 수밖에요. 하지만 설사 배불리 먹었다 해도 피 효과는 없어집니다. 한 번 피를 뽑아 사람을 구하면 일정한 시간이 지나야 약효가 생기고, 피를 너무 많이 흘리면 오래 살지 못합니다."

고북월의 말에 한운석은 쿡쿡거렸다. 요 조그만 녀석은 독약이 먹고 싶어서 자기 피와 바꾸기까지 했는데, 피를 흘리면 위험해진다는 것을 알기나 할까!

대체 누가 독짐승이 불사의 몸이라는 유언비어를 퍼트렸담!

"그럼 얼마나 먹어야 회복되죠?"

한운석이 진지하게 물었다.

고북월은 유감스레 고개를 저었다. 역시 꼬맹이만 알고 있지, 그 자신도 알지 못했다.

"왕비마마, 지금 가장 중요한 것은 어서 빨리 배불리 먹어야 한다는 것입니다. 하는 양을 보니 무척 배가 고픈 것 같군요."

고북월은 손이 커서 한손에 꼬맹이를 감싸 안을 수 있었다. 그가 살며시 귀를 쓰다듬자 꼬맹이는 기분이 몹시 편안해져 평생 이 남자 손안에 누워 다시는 일어나고 싶지 않은 생각이 들었다.

그런데 곧 한운석이 따뜻하고 부드러운 굴속에서 녀석을 쏙 빼냈다.

"가자, 먹을 걸 찾아야지."

고북월이 있어서 해독시스템에서 독을 꺼낼 수가 없으니 차라리 나가서 사들일 생각이었다. 어쨌든 해독시스템에도 약을 보충할 필요가 있었다.

"저도 함께 가겠습니다."

고북월이 곧바로 일어섰다.

"갓 병이 나았는데 쉬어야죠. 금방 다녀올게요."

허약해진 모습으로 보아 바람이라도 불면 쓰러질 것 같아 걱정스러웠지만, 고북월은 꿋꿋했다.

"왕비마마, 저는 의성의 약재상을 많이 알고 있으니 추천해 드릴 수 있습니다."

약성과 의성의 가장 중요한 연결 끈이 바로 약재상이었고,

그들이 운공대륙 전체 약재시장을 좌지우지하고 있었다.

하긴, 큰 거래를 하려는 건 아니지만 필요한 약재가 적지 않으니 약재상을 찾아가는 것이 훨씬 편리했다.

이런 생각을 하자 한운석은 소매 속에 있는 한도가 없는 금패를 만지작거렸다. 약성에서 용비야가 준 것으로, 현대의 신용카드처럼 외상으로 구매한 뒤 나중에 용비야가 갚는 방식인데 운공대륙 어디에서나 사용할 수 있었다.

해독시스템에도 이 패로 구매한 약재가 적잖게 있었다. 한운석은 잠시 망설이다가 조용히 금패를 꺼내 탁자 위에 올려놓았다. 필요 없어.

그녀가 고북월과 함께 문을 나서는데 꼬맹이가 진료 주머니에서 쪼르르 나와 번개같이 방으로 들어가더니 금패를 입에 물고 이빨로 깨물어 진짜인지 확인한 뒤 다시 번개같이 진료 주머니 속으로 돌아갔다.

꼬맹이에게는 조그마한 비밀이 있었다. 바로 먹성만 좋은 것이 아니라 물욕도 많다는 것이었다!

한운석과 고북월은 문을 나서기 무섭게 고칠소와 맞닥뜨렸다.

의성을 샅샅이 뒤졌지만 목령아를 찾아내지 못하고 이제야 돌아온 그는 한운석을 발견하자 뛸 듯이 기뻐했다.

"독누이, 안 갔구나?"

한운석은 대뜸 분노를 터트렸다.

"목령아는 어디 갔어?"

이 남자를 보기 전에는 목령아를 까맣게 잊고 있었던 것이다. 그 계집애가 밀실 밖으로 밀어낸 일을 이렇게 대충 넘길 수는 없었다. 배은망덕한 행동일 뿐만 아니라 살인 음모였다!

"나도 찾고 있는 중이야. 찾아내면 단칼에 죽여 버려."

고칠소가 진지하게 대답했다.

죽여?

한운석은 고칠소와 목령아의 관계가 보통이 아니라는 것을 알아보았다. 이 녀석은 내력이 신비에 싸여 있었다. 그런 그와 밀접한 관계가 있는 사람을, 어떻게 그리 쉽게 죽일 수 있을까?

"당신을 그렇게나 좋아하던데 안됐네."

한운석이 떠보듯 물었다.

뜻밖에도 고칠소는 그럴듯하게 한숨까지 푹 쉬어 보였다.

"안타깝지만 어쩌겠어. 내가 좋아하는 건 넌데."

옆에 있던 고북월이 눈을 찌푸렸지만 한운석은 그의 경박함에 이미 익숙해져 눈을 흘기면서도 구태여 따지지 않았다.

고칠소가 쫓아와서 물었다.

"영족의 그 녀석이 구해 줬어?"

"목령아를 찾아오면 말해 줄게."

한운석이 진지하게 말했다.

"말해 주는 김에 누구한테 독술을 배웠는지도 알려 줘."

고칠소가 옆에 있는 고북월이 듣든 말든 개의치 않고 재빨리 덧붙였다.

그가 죽자 살자 잘해 주는 까닭은 그녀가 가진 독술의 내력을 알고 싶어서가 분명했다. 대체 뭘 알고 싶은 걸까? 뭘 의심하는 걸까? 매번 그렇게 물었지만 그는 대답하지 않았다.

한운석은 그를 상대하기도 귀찮았다. 그녀 자신도 스스로에 대해 모르는 것이 많았다. 출생의 비밀이라든지, 천심부인의 죽음이라든지, 독종의 조그만 다람쥐가 그녀를 친근하게 대하는 이유라든지, 영족이 구해 준 까닭이라든지.

한운석은 고칠소에게 선웃음을 지어 보이고는 성큼성큼 걸어갔다. 고칠소도 곧바로 쫓아갔다.

"어디로 가려고? 용비야를 따라가지 않을 거야?"

한운석은 대답하지 않았고 고북월이 그녀의 곁으로 걸어가 고칠소를 흘끗 바라보았다. 그 눈동자에 희미하게 웃음기가 어렸다가 재빨리 사라졌다.

"독누이, 용비야를 따라가지 않기로 했다면 이 오라버니를 따라와. 산해진미를 먹으며 신선처럼 사는 거야!"

고칠소가 장난스럽게 말했다.

신선? 산해진미? 저 녀석 입에서 저런 단어가 나오자 한운석은 하마터면 웃음을 터트릴 뻔했다. 하지만 꾹 참고 무시한 채 더욱더 빨리 걸었다.

그런데 얼마 지나지 않아 그녀가 느닷없이 걸음을 멈추고 고칠소를 홱 돌아보았다. 고칠소가 움찔하며 뒤로 한 발 물렀다.

"왜……, 왜 그래?"

한운석은 한참 동안 말없이 그를 바라보다가 갑자기 생긋 웃었다.

"날 데려가 줄 곳이 있어."

그녀가 무슨 말을 하리라고 생각했는지 모르지만, 이 말을 듣자 고칠소는 입꼬리를 씩 올리며 시원시원하게 대답했다.

"어디로? 어디든 말만 해!"

한운석도 사양하지 않고 말했다.

"독초 창고!"

독초 창고는 독종의 곳간이나 다름없었다. 연화봉 주봉우리에 있는 천연적인 독초 숲인데, 주 봉우리의 산기슭에서부터 꼭대기까지 각양각색의 독초가 가득 자라고 있었다.

처음에는 독종이 독초를 심었지만 독초답게 생명력이 강해 독종이 무너진 후 돌볼 사람이 없는데도 불구하고 여전히 똑같이 산을 가득 뒤덮을 정도로 자라 있었다.

한 번은 의학원이 불을 질러 태웠지만 거센 들불도 만물이 생장하는 봄을 막지는 못했고 산은 새로이 자라난 독초들로 더욱 무성해졌다. 그 후로 의학원도 더 이상 손대려 하지 않고 산을 통째로 지키게 되었다.

고칠소를 만나지 않았다면 꼬맹이를 데리고 그곳에 갈 수 있으리라는 생각조차 못했을 것이다. 그녀와 고북월의 힘으로는 독종의 금지에 들어갈 수 없지만 고칠소가 도와주면 달랐다.

"거길 가서 뭐 하려고?"

고칠소는 고개를 갸웃했다. 독누이가 독초 창고를 알고 있을 줄이야.

"견식을 넓히려고."

한운석이 겸손한 대답을 내놓았다. 설사 그녀가 독초 창고를 해독시스템에 통째로 옮겨 놓아도 아무도 알아채지 못할 것이다.

"좋아!"

고칠소는 과감하게 승낙한 뒤 한마디 덧붙였다.

"영족 그 놈이 왜 널 구해 줬는지 알려 줘! 전부터 아는 사이였어?"

한운석의 안색이 살짝 어두워졌다.

"그냥 평범한 친구가 될 수는 없는 거야?"

꾸밈없이 솔직하게 마음을 털어놓을 친구는 없을까? 정말 짜증나!

고칠소의 눈에 복잡한 표정이 어렸지만 곧 본래의 요사한 웃음을 지어 보였다.

"당장 데려가 줄게. 가자."

그가 말하며 한운석의 손을 잡아끌었지만 한운석이 뿌리쳤다.

"고 태의도 함께 갈 거야!"

고칠소가 즉각 걸음을 멈추고 한운석 너머로 고북월을 똑바로 바라보며 물었다.

"뭐 하러?"

한운석이 자신까지 데려가려 할 줄 몰랐던 고북월이 대답하려고 입을 여는데 한운석이 선수를 쳤다.

"견식을 넓혀야지."

고칠소는 무자비했다.

"귀찮아!"

"뭐야, 너무하잖아!"

한운석이 화를 냈다. 고북월은 독을 모르지만 독을 만드는데 필요한 몇몇 약재를 알고 있으니 함께 가면 도움이 되었다. 게다가 견식을 넓히는 것도 틀린 말은 아니었다. 그만한 독초 창고는 일반 의원이든 독의든 가 보고 싶어도 쉽게 갈 수 없는 곳이었다!

고북월은 화를 내지 않았고 영리하게도 당연히 의견을 밝히지 않았다.

고칠소는 한 번 두 번 장난스레 대해 주다 보니 어느새 이 여자의 먹잇감이 되었다는 것을 깨달았다. 세상 두려운 것 없이 제멋대로 살아온 그가 놀랍게도 그녀의 요청은 거절한 적이 없었다.

천둥벌거숭이 방탕아가 혼례를 올리면 공처가가 된다는 말이 있지만, 그는 그저 한운석을 좋아할 뿐 두려워하는 것은 아직 아니었다.

고칠소는 속으로 꼼꼼히 주판알을 튕긴 뒤, 용비야가 한운석을 쫓아내게 만들어 손쉽게 그녀를 맞아들일 방법을 찾아보기로 했다.

그는 한운석의 손을 놓아주고 시원스럽게 몸을 돌렸다.

"같이 가지 뭐. 놓치지 말고 잘 따라와!"

한운석은 몹시 기뻐하며 고북월에게 걱정 말라는 듯 눈썹을 치켜 보였다.

고북월은 고개를 끄덕이더니 따뜻해진 눈빛으로 바라보며

나지막이 물었다.

"영족이 마마를 구해 줬습니까?"

"그래요. 당신도 영족을 알아요?"

그녀는 고북월에게는 훨씬 솔직했다. 사실 다른 꿍꿍이를 품고 있지 않았다면 고칠소에게도 몇 가지는 솔직히 말해 주었을 것이다.

"들은 적이 있습니다."

고북월은 잠시 망설이다가 말했다.

"대진제국의 동서황족과 일곱 귀족 가운데 영족은 일찌감치 멸망했다고 하지 않았습니까?"

동서황족이 모두 죽은 뒤 다른 일곱 귀족의 후예들은 이름을 숨긴 채 아직 세상에 남아 있었지만, 영족은 반드시 서진 황족을 좇아 사라져야 했다.

"나도 이상하다 싶었어요. 무엇 때문인 것 같아요?"

한운석이 고개를 갸웃했다.

무심결에 나온 그 질문에 고북월의 눈동자 위로 서글픔이 떠올랐다. 옅지만 아무리해도 흩어지지 않는 서글픔이었다.

원락을 벗어나자 고칠소는 그들을 데리고 오솔길로 접어들었다.

그들은 누구를 만나게 될까?

온 김에 알아보는 것뿐

고칠소가 길 안내를 하자 일행은 반나절도 못되어 연화봉 주봉 산허리에 도착했다.

기후가 식생 분포에 영향을 미치기 때문에 고위도 고산 지역 식생은 확실히 달랐다. 그래도 이렇게 독특한 식생은 처음이었다.

연화봉 주봉 산허리에는 아무런 식물도 없었다. 약 세 걸음 정도 되는 너비의 풀 한 포기 자라지 않는 지역이 산을 휘감고 있었던 것이다.

이 불모지 아래에는 정상적으로 식물이 자라나고 자못 울창했지만 위로는 괴상한 숲이 펼쳐져 있었다. 큰 나무는 하나같이 우산 모양으로 용수榕樹(벵골보리수)처럼 무성하게 수염을 늘어뜨렸고, 바닥에는 덩굴 식물이 마구 자라 사실상 산 절반이 초록색 융단을 두른 셈이었고 그 위로는 오색빛깔 화려한 꽃이 활짝 피어 있었다.

산허리에서 산꼭대기까지 둘러보면 마치 신비한 숲을 보는 것 같았다.

한운석은 눈을 휘둥그레 뜨고 바라보았다. 해독시스템의 최대 용량이 얼마인지는 모르지만, 이 산에 펼쳐진 독초를 옮기려면 해독시스템 열 개가 있어도 모자랄 것이라고 확신했다.

같은 이유로 꼬맹이의 식사량이 아무리 많아도 이번에는 배불리 먹일 수 있으리라 확신할 수 있었다.

이곳을 생각해 냈으니 망정이지 안 그랬다면 손해가 이만저만이 아니었을 것이다!

한운석이 없으니 용비야는 오지 못했을 것이다. 어쨌든 그 인간은 독에 대해 전혀 몰랐고, 그녀를 호송하려던 호위도 그들이 먼저 떠났다고 했다.

한운석은 꼬맹이를 불러내려고 진료 주머니를 두드렸다. 이곳에 왔으니 마음대로 먹어도 돼!

그런데 발이 간질간질해서 쳐다보니 언제 내려갔는지 꼬맹이가 발치에서 흥분에 찬 몸짓으로 그녀를 부르고 있었다.

고칠소만 없었다면 흥분해서 고래고래 소리를 질렀을 것이다. 새 주인님이 이곳을 생각해 내다니, 이렇게 똑똑할 줄이야.

녀석이 매일매일 꾸역꾸역 엄청난 식사를 했던 곳이 바로 여기였다!

한운석이 몰래 손을 흔들자 꼬맹이는 알아들은 듯 즉시 불모지를 넘어 달려갔다. 하지만 멀리 가지 않고 한운석을 돌아보았다.

한운석은 녀석이 알아듣지 못했을까 봐 계속 마음대로 가서 놀라는 손짓을 했지만 꼬맹이는 몇 걸음마다 한 번씩 돌아보며 확인했다.

이를 본 고북월이 소리 죽여 물었다.

"작별을 하고 있는 걸까요? 저렇게 떠났다가 다시 마마께 돌아올까요?"

한운석은 생각지도 못한 질문이었다.

"아마 그럴 거예요."

사실 그녀는 용천묵의 독을 해독하는 것이 아니라면 특별히 독짐승을 갖고 싶다고 생각하지 않았다. 독으로 천리를 어지럽히는 일을 하겠다는 생각은 해 본 적이 없어서 저렇게 강력한 독짐승이 필요하지도 않았다.

꼬맹이가 그녀를 좋아해서 함께 있는 것도 인연이고, 꼬맹이가 떠나고 싶어 하더라도 인연이 이끄는 대로 하면 그만이었다.

어쨌든 독초 창고는 진료 주머니보다 훨씬 꼬맹이에게 잘 맞았다.

멀리서 주인과 고북월이 이야기하는 모습을 보자 꼬맹이는 마음이 급해져 부르려고 했지만 옆에 있는 고칠소에게 들킬까 무서웠다.

아이참, 아무래도 새 주인님과 서로 적응할 시간을 좀 더 가져야 자기가 뭘 알려 주려 하는지 알아들을 것 같았다.

녀석은 새 주인님을 독초 창고 봉우리 꼭대기로 데려갈 생각이었다. 그곳에는 희귀한 약재가 어마어마하게 많고 독종에게만 있는 부식성 독초도 몇 포기나 있었다. 수십 년간 이 사실을 아는 사람은 아무도 없었다.

꼬맹이는 다시 한 번 멈추었지만 한운석은 고북월과 속삭이느라 녀석은 쳐다보지도 않았다!

주인님 바보!

백의 공자도 바보!

꼬맹이는 두꺼운 덩굴 위를 데구르르 굴러 연기처럼 사라졌다. 먼저 꼭대기에 올라가 배를 채운 다음 다시 찾아올 생각이었다.

수를 헤아릴 수 없는 독초들을 보자 배가 고팠지만 가장 맛있는 것을 찾을 때까지 버텨야 했다!

꼬맹이가 달려가면서 내는 바스락거리는 소리에 한운석과 고북월은 깜짝 놀라 고칠소를 바라보았다.

뜻밖에 고칠소 같은 고수도 그 소리는 알아차리지 못한 듯 멀리 봉우리 꼭대기를 바라보고 있었다. 무슨 생각을 하는지 표정이 다소 무거웠다.

"고 공자는 이곳을 아주 잘 아시는 것 같군요."

고북월이 입을 열었다.

고칠소는 고개를 돌리고 퉁명스레 말했다.

"몰라!"

한운석은 일부러 쿡쿡 소리 내어 웃었다. 분명히 지름길을 골라 수비병들을 따돌리고 여기까지 왔고, 도중에 함정도 몇 곳 피했으면서 모르는 곳이라면 누가 믿어?

저 자는 십중팔구 의학원 사람일 것이다. 그렇다면 대체 의학원에서 뭘 했을까? 어째서 이곳까지 와 놓고 얼굴도 내밀지 않았을까?

하긴 별로 알고 싶지도 않았다. 지금은 어서 빨리 독초 창고에 들어가 독초를 싹싹 긁어서 해독시스템을 살찌우고 싶을 뿐이었다.

"들어가요!"

한운석이 말하며 불모지를 성큼성큼 뛰어넘자 고북월도 곧바로 따라갔다. 고칠소는 제일 뒤에 따르며 웃음 섞인 소리로 물었다.

"독누이, 어떻게 견식을 넓힐 거야?"

"그냥 이것저것 보는 거야!"

한운석은 위로 올라가면서 해독시스템으로 각종 독초를 스캔했다. 말한 대로 이것저것 보긴 했지만 다 보고 나면 당연히 곧바로 주머니에 넣었다.

고칠소는 말할 것도 없고 고북월도 한운석이 견식을 넓히러 왔다고는 믿지 않았다. 하지만 그녀는 산에 오르면서 정말 좌우를 둘러보기만 할 뿐 멈춰 서서 독초를 캐지도 않았다.

저 여자는 대체 뭘 하러 왔을까?

고북월과 고칠소가 멍청하게 그 뒤를 따르는 동안 한운석은 소리도 없이 적잖은 독초를 손에 넣었다.

해독시스템이 산꼭대기의 독성이 가장 강하다고 측정하자 한운석은 위로 갈수록 강한 독초가 자라고 있다고 생각했다. 다시 말해 좋은 것들은 꼭대기에 있다는 뜻이었다.

좋은 것이라고 꼭 유용한 것은 아니었다. 보충해야 할 독초가 제법 많지만 계속 올라가면서 모으면 충분할 것 같았다.

걷고 또 걷는 동안 고북월은 조용했지만 고칠소는 견디지 못했다.

"독누이, 등산하러 온 거야?"

한운석이 이곳에 오면 미친 사람처럼 독초를 캘 줄 알았는데 예상과 달리 그녀는 아무것도 하지 않았다.

한운석이 고개를 꼬아 돌아보며 생긋 웃었다.

"응."

이 여자 정말!

고칠소는 기가 막혀 웃었다.

"그래, 따라가 주지! 하지만 이곳에는 해가 지면 온갖 벌레들이 득시글거려 아주 위험해. 말해 주지 않았다고 뭐라고 하지 말고 그 전에 떠나야 해."

한운석은 그제야 진지해졌다.

"정말?"

밤에 벌레들이 득시글거린다는 것은 독개미나 독 도마뱀 같은 독벌레가 무리지어 먹이를 찾아 나온다는 말이었다.

독초가 많은 곳에는 그런 현상이 나타나기 마련이었다. 독초 창고에 독약이 이렇게 많으니 밤이 되면 어떤 모습일지 상상이 갔다.

고칠소가 알려 주자 한운석도 그제야 생각이 났다.

그녀는 잠시 망설였지만 진지하게 말했다.

"부식성이 강한 독초를 찾고 있어."

이왕 왔으니 미접몽과 관련이 있는 독초를 찾아보지 뭐.

미접몽이 뭔지 모르지만 부식성이 그처럼 강력한 것을 보면 제조법에 부식성 강한 독초가 들어가는 것이 분명했다.

용비야가 이곳에 오겠다고 한 데에는 그만한 이유가 있었다.

솔직히 그녀도 오는 내내 해독시스템으로 부식성 강한 독초를 찾고 있었다.

마음이 약해져서 그러는 게 아니라 할 수 있다고 약속했으니 끝까지 하는 것뿐이라고 스스로에게 변명하면서.

해독시스템의 창고를 채우고 꼬맹이를 먹이는 것이 주 목적이고 미접몽은 온 김에 알아보는 것뿐이었다.

"그게 필요해?"

고칠소가 궁금해하며 물었다.

그와 고북월이 나란히 서자 두 사람의 차이점이 선명히 보였다. 고북월은 아무것도 묻지 않았지만 고칠소는 무엇이든 물었다.

한운석이 대답하려는데 별안간 등 뒤에서 덩굴 하나가 쓱 튀어나왔다. 고칠소가 재빨리 그녀를 획 밀치며 놀란 소리로 외쳤다.

"조심해, 식인덩굴이야!"

하지만 안타깝게도 한발 늦은 후였다. 한운석은 무사했지만 고칠소 자신이 휘감긴 것이다. 굵직한 덩굴 입이 끈적한 액체를 머금은 입을 쩍 벌리고 곧장 고칠소를 덮쳤다.

"안 돼!"

한운석이 독침을 쏘았지만 또 다른 덩굴이 앞에서 튀어나와 그녀를 막았다.

다행히 고북월이 두 팔로 덩굴을 껴안아 막았다. 하지만 시간만 조금 끌었을 뿐이고, 고칠소는 온몸이 친친 감긴 바람에 아무리 날고 기는 재주가 있어도 쓸 수가 없었다.

고북월은 온 힘을 다해 덩굴을 잡고 늘어졌지만 한운석은 더욱 위험해졌다. 덩굴들이 그녀를 포위하려는 것처럼 하나둘 튀어나왔다.

이 식인 덩굴에 변종이 있는지 모르지만, 그녀가 독을 마구 뿌렸는데도 시들 기미가 없었다.

이를 본 고북월이 눈을 잔뜩 찡그리며 진짜 힘을 쓰려는데, 바로 그 순간 예상치 못한 검은 그림자 하나가 획 날아와 덩굴의 포위를 뚫고 단숨에 한운석을 안았다.

"용비야……."

고칠소는 입마저 덩굴에 막혔는데도 억지로 그 이름을 뱉어 냈다.

그 말대로 나타난 사람은 용비야였다.

그는 한운석을 끌어안고 한 손으로 검을 이리저리 휘둘러 주위를 에워싼 덩굴을 잘라 냈으나 고칠소는 구해 주지 않았다. 그가 차가운 눈으로 고북월에게 흘끗 시선을 던지더니 한운석을 안은 채 획 돌아서서 걸어갔다.

한운석은 처음에는 어리둥절했지만 곧 정신을 차리고 외쳤다.

"고칠소를 구해야 해요! 어서요!"

용비야는 얼음장 같은 얼굴로 대답 없이 그녀를 데리고 산 아래쪽으로 내려갔다.

한운석이 힘껏 발버둥 치며 초조하게 말했다.

"고칠소는 날 구하려다 잡힌 거란 말이에요. 구해 줘야 해
요!"

고칠소가 그녀를 밀어내지 않았다면 지금 위험에 처한 사람
은 그녀였을 것이다.

그러나 용비야는 대답조차 없었다. 그저 앞만 바라보고 있었
고 무시무시할 정도로 엄숙했다.

"놔!"

혼란에 빠진 한운석은 그제야 용비야가 아니라 자기 힘으로
도 고칠소를 구할 수 있다는 것이 떠올랐다. 부식성 강한 독을
그렇게 많이 갖고 있는데 조금 전에는 왜 생각하지 못했을까!

"한운석, 지아비가 있는 여자가 남자 둘과 산에 오르다니 무
슨 짓이냐?"

용비야가 차갑게 물었다.

한운석은 움찔했지만 곧 화가 머리끝까지 치솟았다. 무슨 자
격으로 그런 걸 묻는 거야? 서로 신경 쓰지 말고 각자 갈 길 가
기로 했잖아?

"일단 사람부터 구해요, 네?"

그녀는 끓어오르는 화를 누르며 진지하게 말했다. 고북월이
얼마나 버틸 수 있을지 아무도 알 수 없었다.

용비야 역시 화가 치밀어 아무 말도 하지 않았고 심지어 그
녀를 쳐다보지도 않았다.

한운석은 여전히 격렬하게 발버둥 치다가 결국 공격을 시도
했다. 용비야는 그녀를 나무줄기에 내려놓고 한 손으로 껴안은

뒤 다른 손으로 그녀가 쏘아 대는 독침을 막았다. 두 사람은 점점 더 격렬하게 싸웠지만 보는 눈이 있는 사람은 용비야가 내내 한운석을 봐주고 있다는 것을 알 수 있었다. 그렇지 않았다면 그녀가 이렇게 오래 버틸 수도 없었다.

그때, 옆에서 차가운 여자 목소리가 들려왔다.

"야아夜兒, 그 사람이 한운석이니?"

쓸모없으면 죽여

야아?

의태비도 용비야를 이렇게 부른 적이 없었다.

갑작스레 들려온 목소리에 한운석은 충격에 빠져 자기도 모르게 그쪽을 돌아보았다. 푸른 옷을 입은 부인이 걸어오고 있었다. 나이는 마흔 살 가량이지만 외모가 곱고 몸매도 나긋나긋해서 스무 살 난 처녀 못지않고 세월에 차곡차곡 쌓은 아취 덕에 온몸에서 말로 표현하기 힘든 매력을 뿌리는 여자였다.

얼핏 보면 단정하고 고귀한 귀부인 같지만 자세히 보면 눈빛이 매섭고 싸늘한 것을 알 수 있었다.

이 부인은 결코 보통 사람이 아니었다.

한운석이 그녀를 쳐다보는데도 그녀는 낯빛 하나 바뀌지 않고 한운석을 훑었다. 오만한 눈빛에 기세도 무척 사나웠다.

한운석의 멍한 표정을 보자 용비야는 휘두르던 손을 즉시 거두었다. 정말 그녀를 다치게 할까 봐 두려운 것처럼.

푸른 옷의 부인은 이 모든 것을 지켜보고 있다가 갑자기 웃음을 터트리며 비꼬았다.

"야아, 언제부터 여자를 아끼게 됐지?"

용비야는 한운석을 꼭 끌어안은 채 무표정한 얼굴로 반문했다.

"여姑 이모, 언제 오셨습니까? 당리는요?"

이모?

그 호칭에 한운석은 깜짝 놀랐다. 하지만 고칠소의 목숨이 경각에 달려 있는 지금 이 여자가 대체 누군지 신경 쓸 겨를이 없었다.

그녀가 소리 죽여 말했다.

"용비야, 사람이 죽어 간다고요, 이거 놔요!"

용비야는 그녀를 무시하고 여 이모에게만 신경을 쏟았다. 여 이모가 한 발 한 발 다가왔다.

뜻밖에 그녀 역시 용비야의 질문에 대답하지 않고 한운석에게만 신경을 쏟았고, 몇 차례나 한운석을 아래위로 훑어보았다.

분명히 한운석을 보고 있으면서도 그녀는 용비야에게 물었다.

"이 여자의 독술이 아주 대단하다던데?"

당사자를 앞에 두고 뭐하는 거야?

한운석도 여 이모의 오만한 눈길을 느꼈다. 처음부터 좋은 마음으로 찾아온 사람은 아니라는 생각을 했지만 지금은 이 여자가 자신을 노리고 왔다는 것을 확신했다.

하지만 상대해 줄 틈이 없었다!

정말이지 이럴 시간이 없었다. 고칠소가 식인덩굴에 먹히는 것은 물론이고 고북월도 위험했다.

반드시 가서 구해 내야 했다!

"용비야, 할 이야기가 있으면 나중에 해요, 네?"

한운석은 그에게 애원했지만 목소리가 무척 작아 여 이모는 들을 수가 없었다.

안타깝게도 용비야는 꿈쩍도 하지 않고 여 이모만 바라보았다. 그는 소개를 하거나 해명하지 않고 담담하게 이렇게만 말했다.

"이 여자를 돌려보낸 후 돌아오겠습니다."

말을 마친 그가 한운석을 안고 걸어가려는데 뜻밖에도 여 이모가 한 팔을 뻗어 막으며 차갑게 말했다.

"야아, 왜 이렇게 서두르니?"

한운석은 경악했다. 감히 용비야의 길을 막다니. 이 여자 보통이 아니구나!

"날이 어두워지고 있는데 아직 꼭대기에 오르지 못했으니 오늘은 헛걸음한 것 같습니다."

용비야가 말하며 여 이모의 팔을 피해 계속 걸어갔다. 그러나 여 이모는 한운석의 어깨를 잡으며 결국 그녀에게 직접 물었다.

"너, 미접몽을 가지고 있지?"

그 한마디에 그러잖아도 썩 좋지 않던 용비야의 안색이 순식간에 어두워졌다. 그가 말하기도 전에 한운석이 대답했다.

"당신이 무슨 상관이에요. 놔요!"

누가 알았을까? 여 이모가 갑자기 어깨를 잡은 손에 힘을 주며 사납게 말했다.

"교양머리 없는 것, 미접몽을 내놔라!"

교양?

나이깨나 먹고도 아무 이유 없이 사람을 무시하고 함부로 손을 대는 당신이나 교양 좀 챙겨! 존중이란 양쪽이 서로 하는 거야!

"당신 것도 아닌데 뭘 믿고 내놓으란 거죠?"

한운석이 불쾌한 목소리로 반문했다.

여 이모는 순간적으로 말문이 막혔지만 손에 다시 한 번 힘을 주며 명령했다.

"내놔!"

한운석의 어깨가 비명을 질러 댔다! 그녀는 청자 병 하나를 꺼내 아무렇게나 뒤로 휙 던졌다!

"별것도 아닌 걸 가지고. 필요 없어요!"

"방자한 것!"

여 이모는 분노를 터트리며 한운석을 놓고 청자 병을 쫓았다. 그와 동시에 예상치 못한 상황에 용비야도 그녀를 놓고 뒤를 따랐다.

한운석은 그 틈을 타 자리를 벗어나 필사적으로 왔던 길을 내달렸다. 여 이모의 신분이 궁금하지 않다면 거짓말이지만 지금은 호기심에 빠져 있을 때가 아니었다!

고칠소, 고북월. 제발 무사해야 해!

그녀는 온 힘을 쏟아부어 달리고 또 달렸다. 뒤에서는 청자 병을 주워든 여 이모가 안색이 싹 변한 채 의미심장한 냉소를 터트렸다.

"감히 나를 놀려? 오냐!"

비슷하게 생긴 병이었을 뿐 미접몽이 아니었다.

현금 문 앞에서도 미접몽을 꺼내지 않았던 한운석이 고작 그런 위협에 내줄 리 없었다.

미접몽은 용비야가 준 것이니 돌려주더라도 용비야에게만 주어야 했다.

깨진 병을 바라보는 용비야는 아차 싶었지만 그래도 웃음을 참을 수가 없었다. 그의 입가에 자신조차 알아차리지 못하는 웃음이 떠올랐다.

여 이모가 날카롭게 그를 쳐다보더니 곧장 한운석을 쫓아가려고 했다. 이번에는 용비야가 가로막을 차례였다.

"할 이야기가 있으면 나중에 하십시오."

여 이모는 눈썹을 치키며 코웃음을 쳤다.

"무슨 이야기? 당리가 모두 털어놓았다. 도움 되지도 않는 여자 따위가 무슨 자격으로 미접몽의 존재를 아는 거니?"

당리 그 멍청한 녀석이 무슨 이야기를 털어놓았을까?

영족의 일? 아니면 다른 것?

상황을 정확히 모르는 용비야는 이것저것 설명하지 않고 단순하게 말했다.

"저 여자는 미접몽이 무엇인지 모릅니다."

뜻밖에도 여 이모가 버럭 소리를 질렀다.

"미접몽이라는 세 글자만 알아도 죽어 마땅해!"

이렇게 외친 그녀가 용비야의 손을 뿌리쳤지만 용비야가 다시 막았다. 그는 쓸데없는 말을 하지 않고 여 이모를 슬쩍 밀어

냈다. 가볍게 민 것 같지만 강력한 힘이 실려 있었기 때문에 여이모는 한참이나 비틀거리며 쓰러질 뻔했다.

여 이모가 균형을 잡고 섰을 때 용비야는 이미 한운석을 쫓아간 후였다.

"야아, 쓸모없는 여자 때문에 감히 나를 밀어?"

여 이모는 놀란 소리로 외치더니 눈빛을 굳히며 곧바로 뒤를 쫓았다.

본래 있던 곳으로 돌아간 한운석은 눈앞에 펼쳐진 광경에 까무러칠 듯이 놀랐다!

고칠소와 고북월은 보이지 않고 미치광이처럼 이빨을 드러내고 덤비던 식인 덩굴도 보이지 않았다. 덩굴의 커다란 입 두 개만, 정확히 말해 이빨이 없는 입 두 개만 덩그러니 바닥에 떨어져 있었는데 그중 하나는 쩍 벌어져 있고 다른 하나는 꾹 다물고 있어 무척 우스꽝스러웠다.

두 사람 다 어딜 갔지? 덩굴은 또 어딜 갔지? 이빨은?

대체 무슨 일이 있었던 거야?

"고칠소! 고북월!"

한운석이 큰 소리로 외쳤다.

앗……, 주인님 목소리잖아.

한쪽 구석에 숨어 맛있게 식사 중이던 꼬맹이가 수풀에서 쏙 튀어나와 '찍찍' 울었다. 마치 '주인님, 나 여기 있어요!' 하는 것 같았다.

"꼬맹아!"

놀란 한운석은 급히 그리로 달려가다가 또다시 화들짝 놀랐다. 꼬맹이가 죽은 식인덩굴 더미에 앉아 한 손에 하나씩 식인덩굴 이빨을 들고 와작와작 먹고 있었던 것이다.

신나게 먹는 그 모습을 보니 역겹기는커녕 사랑스럽기만 했다.

꼬맹이는 해독시스템보다 보는 눈이 있었다. 식인덩굴은 독이 아니지만 식인덩굴 이빨은 독을 만드는 중요 재료였고 뼈가 아니라 단단한 식물이었다.

한운석이 안도하며 물었다.

"고북월과 고칠소는 어디 있어?"

꼬맹이가 이렇게 한가롭게 식사 중인 것을 보면 두 사람도 아무 일 없는 것이 분명했다. 꼬맹이가 그들을 구해 준 것이다.

꼬맹이가 먹느라 바빠 아는 척도 않자 한운석은 녀석을 집어 들고 다시 물었다.

"어디 있냐니까?"

꼬맹이는 그제야 고개를 들었는데, 갑자기 뭐에 놀란 듯 잽싸게 한운석의 손을 벗어나 반쯤 먹은 식인덩굴 이빨까지 팽개치고 진료 주머니 속으로 쏙 들어갔다.

"왜 그래?"

한운석이 고개를 갸웃하는데 뒤에서 용비야의 살벌한 목소리가 들려왔다.

"한운석!"

깜짝 놀란 한운석은 재빨리 진료 주머니를 누르던 손을 떼고 정신을 가다듬은 뒤 돌아보았다.

"고북월과 고칠소는 어디 있느냐?"

용비야가 어떤 사람인가. 그는 주변을 한 번 휙 훑어본 후 뭔가 이상하다는 것을 알아차렸다. 특히 이빨이 없는 식인덩굴이 이상했다.

한운석은 대답하지 않고 소매 주머니에서 진짜 미접몽을 꺼내 내밀었다.

"돌려줄게요."

용비야는 미접몽을 노려보았다. 두 주먹을 서서히 움켜쥐는 것으로 보아 화가 났다는 것을 충분히 알 수 있었다.

사리분별 못하는 여자 같으니!

용비야가 움직이지 않자 한운석이 강제로 쥐여 주려고 한 발 다가갔다. 바로 그때 별안간 옆에서 날카로운 암기 하나가 거침없이 날아들었다.

용비야는 단숨에 한운석을 품으로 끌어당겨 힘껏 안고 자리를 떠났다.

"야아, 거기 서!"

쫓아온 여 이모가 소리소리 질렀다.

용비야는 들은 체 만 체하며 돌아보지도 않았다. 여 이모는 초조하고 화가 나 침이며 표창이며 비도 등 각종 암기를 잇달아 던져 댔다.

용비야는 계속 피했지만 반격하지 않고는 지탱하기 어려워져 어쩔 수 없이 산 위로 올라가는 길을 택했다. 산 위에는 나무가 많아 암기를 막기가 편했다.

그의 품에 단단히 안긴 한운석은 몇 차례 뒤를 돌아보려고 했지만 용비야가 너무 세게 끌어안아 옴짝달싹할 수 없었다.

여태 자신이 몸에 숨긴 독침이 충분히 많다고 생각했는데, 그보다 더 많은 암기를 가진 사람이 있다니 놀라웠다. 게다가 암기 종류도 한 가지가 아니라 각양각색이었다.

여태 당리의 암기술이 충분히 뛰어나다고 생각했는데, 저 부인은 그보다 더 사나워 용비야조차 산 위로 올라가 나무를 방패 삼아야 할 정도였다.

분명히 당문 사람일 거야.

여 이모라고?

용비야의 친 이모일까? 친어머니의 누이동생?

이렇게 생각하자 한운석은 흠칫 놀라 까닭 없이 긴장하며 더욱더 돌아보고 싶어졌다.

쫓고 쫓기는 동안 암기가 끊임없이 날아들었지만 용비야가 있어서 다행이었다. 다른 사람이었다면 이 지독한 공격에 결국 상처를 입었겠지만 용비야는 털끝 하나 상하지 않았다.

결국 노한 여 이모가 사납게 소리를 질렀다.

"비야, 거기 서! 못 들었니!"

용비야는 그래도 무시하고 계속 위로 올라갔고 어느덧 산꼭대기에 도착했다.

이곳은 다른 산꼭대기와는 달랐다. 산꼭대기라면 보통 뾰족해서 제일 위에 조그마한 봉우리 정도 있는 것이 고작인데 이곳은 평평하고 울창한 수풀이었다. 커다란 나무들이 빽빽하게 솟아 있고 나무 사이 간격은 한두 사람만 통과할 수 있을 정도였는데 수풀 자체가 미로 같아 들어가면 방향을 찾을 수가 없었다.

용비야는 수풀 밖에 걸음을 멈추더니 곧바로 들어가지 않고 망설였다.

하지만 한운석은 해독시스템에 몰두하고 있었다. 해독시스템은 줄곧 부근에 부식성 강한 독이 있다고 알려 주고 있었다.

용비야가 그녀와 함께 독초 창고에 오려고 했던 것은 이 산꼭대기에서 독초를 찾기 위해서였던 것 같았다. 한운석은 해독시스템을 이용해 독의 방향을 찾으면서 이왕 왔으니 온 김에 알려 주기나 하자고 생각했다.

그런데 한운석이 방향을 찾아내기도 전에 여 이모가 쫓아왔다.

내가 함께 앞장서겠다

여 이모가 도착하자 암기도 따라왔다!

쉭! 날카로운 소리와 함께 등 뒤로 오성표五星鏢가 날아들어 두 사람을 살짝 비껴난 맞은편 나뭇가지에 콱 박혔다.

한운석이 무의식적으로 돌아보았지만 제대로 보기도 전에 가지에 박혔던 표창이 갑자기 튕겨나 한 치 오차도 없이 한운석의 얼굴로 날아들었다.

용비야는 되돌아올 것을 예상했지만 그렇게 빠를 줄은 몰랐기 때문에 피할 겨를이 없어 다른 손을 내밀어 한운석 대신 맞았다.

오성표가 순식간에 그의 팔을 찔러 들어갔고 나뭇가지에 박혔을 때와 달리 살 속으로 완전히 파고들었다.

반탄력마저 이렇게 강하다니 정말이지 무시무시한 솜씨였다!

분명 무척 아프겠지!

한운석조차 미간을 잔뜩 찌푸렸지만 용비야는 눈썹 하나 까닥하지 않고 망설임 없이 곧바로 수풀로 들어섰다.

그러나 그가 안으로 들어서자 여 이모가 소리를 질렀다.

"야아, 나와!"

오랫동안 연화봉 주봉에 숨어들어 왔던 그녀는 산 구석구석을 모두 가 보았다고 해도 과언이 아니지만, 이 수풀만큼은 함부로 들어갈 수가 없었다.

이번에도 이곳에 가려던 용비야의 계획을 몰랐다면 나타나지 않았을 것이다.

이 미로 같은 숲에서 빠져나오지 못한 채 날이 어두워져 벌레가 극성을 부릴 때가 되면 목숨을 내놓는 수밖에 없었다.

"야아, 나와, 어서 나와! ……야아, 말로 잘 풀어 보자꾸나!"

여 이모가 큰 소리로 불렀지만 안타깝게도 용비야는 돌아보지 않고 점점 더 깊이 들어갔고 그의 뒷모습도 점점 희미해졌다.

여 이모는 두려움에 휩싸여 곧바로 쫓아 들어갔다. 조금만 더 지체했다가는 그를 찾고 싶어도 찾아내지 못할 수도 있었다.

수풀로 들어서자 여 이모는 암기를 쓰지 않았고 용비야도 걸음을 늦추었다.

그들을 쫓아간 여 이모가 강경한 태도로 용비야의 손을 잡아 끌었다.

"아직은 나가는 길을 찾을 수 있으니 어서 따라와."

"이왕 들어왔으니 찾아보겠습니다."

용비야가 담담하게 대답했다.

"야아, 너 미쳤니! 세 시진만 있으면 날이 어두워질 거야."

여 이모가 화난 소리로 말했다. 종종 찾아오는 곳이지만 밤에 활동하는 벌레를 대응할 방법을 찾기 전까지는 함부로 위험을 무릅쓸 수 없었다.

여 이모의 목소리는 처음처럼 강경하거나 냉혹하지 않고 걱정스럽고 초조해했지만 용비야는 흔들리지 않았다.

"겁이 나면 먼저 돌아가십시오."

여 이모의 눈이 휘둥그레졌다. 10여 년간 그녀에게도 냉담했던 용비야지만 이렇게 무례한 말을 한 적은 없었다.

그녀는 용비야의 앞으로 돌아와 분노에 찬 눈빛으로 내내 그가 품에 안아 보호하고 있는 한운석을 훑어보며 매섭게 일깨워 주었다.

"야아, 네 목숨은 네 멋대로 버릴 수 있는 게 아니야! 당장 돌아가자!"

한운석은 그 말뜻을 알 수가 없었지만 용비야의 손이 뻣뻣하게 굳는 것은 똑똑히 느꼈다.

한참 후 용비야는 아무 말 없이 한운석을 보호한 채 몸을 돌렸다.

여 이모는 그제야 안도했다.

"가자."

그런데 그때 줄곧 입을 다물고 있던 한운석이 말했다.

"부식성 강한 독을 찾으려는 거죠?"

여 이모는 무시했지만 용비야는 걸음을 멈추었다.

"뭔가 발견했느냐?"

"바로 근처에 있어요."

한운석은 확신했다. 지금까지 묵묵히 독초만 찾고 있었던 것이다.

바로 근처에서 부식성이 매우 강하게 느껴졌다. 무슨 독초인지 말할 수는 없지만 독성을 탐지할 수는 있었다.

"확실하냐?"

용비야는 몹시 기뻐했다. 미접몽의 수수께끼를 풀고 싶어 하는 그의 마음이 얼마나 강한지는 아무도 모를 것이다.

"근처?"

여 이모는 가소로운 표정이었다.

사방에는 곧게 자라난 나무들뿐 독초는 보이지 않았고, 이 나무들은 모두 독 자작나무로 부식성은 없었다.

순전히 헛소리였다!

한운석이 진왕부에 시집간 후 여 이모는 곧 폐관 수련에 들어갔고 며칠 전에 나와 진왕부를 찾아갔다. 그리고 그제야 수많은 일이 있었다는 것을 알게 되었다.

한씨 집안의 폐물은 의태비에게 이리 치이고 저리 치이다 금세 죽으리라 생각했는데, 뜻밖에도 의태비 대신 진왕부 여주인 자리를 꿰찼고, 해독에도 뛰어나 여러 사람을 구했다는 것이었다.

초서풍의 입에서 용비야가 연화봉 주봉으로 갔다는 말을 듣자 그녀는 만류하기 위해 곧바로 이곳으로 달려왔다. 오는 길에 당리를 만나 묶어 놓고 심문한 결과, 한운석의 독술은 별것 아니어서 용비야에게 큰 도움이 못 된다는 이야기와 다른 남자들과 얽혀 있다는 것, 그리고 놀랍게도 용비야가 그녀에게 미접몽을 주었다는 것을 알게 되었다.

보통 그런 여자는 능력은 없으면서 술책이 뛰어나기 때문에 필시 무슨 수작을 부려 용비야를 홀렸을 것이다.

막 이곳에 도착해 용비야와 한운석이 싸우는 것을 보았을 때, 그녀는 자기 눈을 믿을 수가 없었다.

어려서부터 지금까지 용비야는 그 누구와도 놀거나 웃거나 농담을 한 적이 없었다.

한운석이 대체 무슨 수작을 부려 용비야를 홀렸는지 알 수가 없었다.

저런 여자는 남자의 대사를 그르칠 뿐이었다!

"바로 근처에 있으니 찾아볼게요. 그리 오래 걸리지 않을 거예요."

한운석이 진지하게 말했다. 용비야의 말마따나 이왕 왔는데 빈손으로 돌아갈 수는 없었다.

하지만 여 이모는 엄한 얼굴로 말했다.

"찾고 싶으면 혼자 찾아라. 우리는 널 상대할 틈이 없어. 야 아, 따라와!"

그 말을 듣자 한운석도 화가 치밀었다.

"미접몽이 내 것도 아닌데 내가 왜 찾아요? 누가 밥 먹고 할 일이 없을까 봐?"

"방금 네 입으로 찾아보겠다고 하지 않았느냐? 누가 찾으라 하든?"

여 이모가 반박했다.

한운석은 멍해졌다. 확실히 찾으라고 한 사람은 없었는데 화가 나서 헷갈린 모양이었다.

그때 용비야가 입을 열었다.

"찾아보게 하겠습니다."

한운석의 심장이 살짝 떨렸다. 그녀는 곁눈질로 흘끔 용비야를 바라보다가 그가 자신을 쳐다보고 있는 것을 알고 황급히 시선을 거두었다.

여 이모는 초조한 마음에 화난 소리로 말했다.

"근처에 있을 리가 없어. 야아, 나를 믿니, 아니면 저 여자를 믿니?"

용비야는 화난 그녀의 눈빛을 피하고 물었다.

"한운석, 어서 찾아보지 않고 뭘 하느냐?"

그의 선택은 분명했다.

여 이모는 크게 실망했다. 10여 년간 키워준 자신이 만난 지 1년도 안 된 여자보다 못하다니.

그녀는 심호흡을 하며 냉정을 되찾았다.

"한운석, 차 한 잔 마실 시간을 주겠다."

냉정해야 했다. 일단은 한시바삐 이 수풀에서 나가는 것이 중요했다.

한운석의 대답은 뜻밖이었다.

"필요 없어요. 벌써 찾았으니까."

여 이모는 금세 눈을 찌푸렸다. 한운석의 말을 믿지 않았지만, 이런 일을 두고 대담하게 허풍을 친다는 것도 믿을 수 없었다!

그래서 이번에는 가만히 있었다.

"어디냐?"

용비야는 일말의 의심도 없이 그녀를 믿는 것 같았다.

한운석이 바라보자 두 사람의 눈이 마주쳤지만 둘 다 피했다. 한운석은 말없이 오른쪽 옆으로 걸어갔고 용비야와 여 이모도 얼른 따랐다.

한운석은 큰 나무 앞에서 걸음을 멈추고 나무 위로 시선을 던졌다.

"어디 있다는 거야?"

여 이모가 참지 못하고 물었다.

"이 나무를 베어 봐요."

한운석이 진지하게 말했다.

"이건 독 자작나무다."

여 이모가 알려 주었다. 용비야의 어머니가 세상을 떠난 이래로 당문에서 가장 독을 잘 아는 사람이 그녀였다.

"알아요. 용비야, 어서 베어요. 조심해야 해요."

한운석이 말하며 뒤로 몇 걸음 물러났다.

그때 진료 주머니 속에 웅크리고 있던 꼬맹이가 살그머니 머리를 내밀었다가 용비야가 검을 뽑아 나무줄기를 겨누는 것을 보고 깜짝 놀라 다시 안으로 쏙 들어갔다.

검을 든 저 남자가 저 속에 비밀 통로가 숨겨져 있는 걸 어떻게 알았지? 비밀 통로가 지하 독초 창고로 연결된다는 것을 아는 걸까?

독초 창고에는 지상과 지하가 있는데, 지상에는 독초가 있고 지하에는 독수가 있었다. 그 독수가 산에 가득한 독초를 길러 내고 있어서 망가지면 독초 창고는 끝장이었다!

꼬맹이는 달려가서 저 남자의 손을 물어뜯어 영원히 검을 쥐지 못하게 만들어 주고 싶었다! 하지만 여전히 겁이 났다. 이유는 모르지만 본능적으로 저 남자가 두려웠다.

그래, 부적을 그려서 저주해야지!

꼬맹이가 제멋대로 부적을 그리고 있을 때 용비야는 한운석의 말대로 검으로 커다란 나무를 싹둑 베어 냈고 그제야 나무 안이 텅 비어 있다는 것을 알아냈다. 시큼한 냄새가 확 끼쳤다.

용비야가 안을 들여다보려 하자 여 이모가 황급히 소리를 질러 막았다.

"조심해라! 독이 있을지 몰라!"

그렇지만 한운석은 달랐다.

"냄새로 보아 독은 없으니 걱정 말아요."

여 이모는 민망한 마음에 헛기침을 했다.

부식성이 강한 독초는 아직 보이지 않았지만 눈앞에 펼쳐진 상황을 보면 한운석이 거짓말을 한 것은 아니었다.

용비야가 한운석을 믿는 것이 마음에 들지는 않았지만, 이유 없이 시비를 거는 성품도 아니고 단순무식한 계집아이도 아닌 여 이모는 곧 자신이 당리에게 속았다는 사실을 깨달았다.

다른 방법은 쓰지도 않고 눈으로만 이 나무를 찾아낸 한운석의 능력은 보통이 아니었다!

아무래도 한운석을 다시 한 번 살펴봐야 할 것 같았다.

용비야는 나무 속에 비밀 통로가 있는 것을 발견했다.

"지하로 이어지는 비밀 통로가 있군. 아주 깊다."

여 이모와 한운석이 약속이나 한 듯 다가왔다. 여 이모가 입을 여는 순간 한운석이 먼저 말했다.

"내려가요!"

여 이모도 그 말을 하려던 차였다. 몇 년이나 찾아 헤맸는데 실마리를 얻었으니 내려가 보지 않을 까닭이 없었다. 독충 같은 것은 머릿속에서 사라진 지 오래였다. 어쩌면 나무 아래에 원하던 것이 있을 지도 몰랐다.

한운석을 쳐다보는 그녀의 눈에 감탄의 빛이 스쳤다. 이 계집애가 주도적으로 결정을 내리고 이런 위험을 무릅쓸 만큼 용기가 있다니 뜻밖이었다.

종이호랑이는 아닌 것 같으니 잘됐군.

여 이모가 제일 먼저 안으로 뛰어내렸고 한운석이 뒤를 따랐다. 그녀는 자못 흥분해 있었다. 시큼한 냄새에는 독이 없었지만 어딘지 이상하게 느껴졌다. 어쩌면 농도가 옅어 독성을 띠지 않을 수도 있었다.

혹시 나무 아래에서 미접몽을 풀어낼 실마리를 찾아낼 수 있을지도 몰랐다.

한운석이 아주 진지하게 말했다.

"내가 앞장설 테니 모두 조심해요!"

뜻밖에도 용비야는 곧바로 내려오지 않고 한운석을 바라보며 물었다.

"한운석, 정말 본 왕과 함께 가겠느냐?"

그……, 무슨…….

벌써 들어왔는데 무슨 뜻으로 묻는 걸까?

지난번 그녀는 분명 자신의 입으로 오지 않겠다고, 돕지 않겠다고 말했고 미접몽도 그에게 돌려주었다.

그렇지만 왔고, 도왔고, 이렇게 흥분하기까지 했다.

한운석의 귀뿌리가 발그레해졌다. 부끄럽고 화가 나 머뭇거리다가 뛰쳐나가려는데 용비야가 그보다 먼저 아래로 뛰어내리며 차분하게 말했다.

"내가 함께 앞장서겠다."

한운석에게는 거절할 기회조차 없었다. 용비야가 그녀의 손을 잡아끌었기 때문이었다.

두 사람 뒤를 따르며 단단히 얽힌 열 손가락을 바라보는 여이모의 눈동자에 복잡한 빛이 어렸다. 당리가 왜 거짓말로 저 여자를 헐뜯었는지 이해가 가지 않았다.

고수가 말하지 말라고

용비야는 한운석의 손을 잡고 앞으로 걸어갔고 여 이모는 뒤를 따르며 비밀 통로를 따라 아래로 내려갔다. 경사는 점점 가팔라지다가 나중에는 거의 수직으로 꺾였다.

용비야가 한운석을 안고 뛰어내리자 여 이모도 곧장 따라왔다. 놀랍게도 아래쪽은 지하 석실로, 야명주가 주위를 환하게 밝히고 있었다. 석실은 텅 비어 있었고 알 수 없는 곳으로 이어지는 문이 있었다. 시큼한 냄새는 지상에서보다 더 짙게 났다.

용비야는 내려선 후에도 한운석을 놓아주지 않고 또다시 손을 잡아끌었다. 한운석의 시선이 그에게 단단히 얽힌 손가락을 스쳤다. 살짝 움직여 벗어나려고 해 보았지만 용비야는 더욱 단단히 잡았다.

한운석은 눈을 잔뜩 찌푸리고 일부러 그를 바라보았지만 그는 그녀를 바라보지 않아 옆모습밖에 볼 수 없었다. 조각한 것 같은 옆선은 준수하고 차가우면서도 엄숙하고 강압적이었다.

한운석은 한동안 그를 응시하다 다시 움직여 보았지만 용비야는 그녀가 쳐다보는 것을 아는지 모르는지 여전히 차갑고 강압적인 얼굴로 무시하며 손도 놓아주지 않았다.

결국 힘이 빠진 한운석도 싸우기를 포기하고 내버려 두었다.

여 이모는 이 모든 장면을 똑똑히 보았다. 그녀는 돌아가면 당리를 제대로 심문해서 저 두 사람이 대체 어떤 관계인지 알아내기로 결심했다.

용비야는 대업을 이루어야 할 사람이었다. 한운석이 그에게 쓸모가 있다 해도 마음이 쏠려서는 안 되었다. 남녀 간의 애틋한 감정은 일을 그르치기만 했다!

용비야의 어머니도 일찌감치 아들에게 경고했다. 대업을 위해서라면 아무리 가까운 사람이어도 죽일 필요가 있을 때는 죽이고 버릴 필요가 있을 때는 버려야 한다고.

"산을 뚫고 지하 궁전을 지은 것을 보니 독종의 요새가 분명해."

여 이모가 진지하게 말했다.

안타깝게도 용비야과 한운석은 들은 체도 하지 않고 석실에 있는 유일한 문을 향해 걸어갔다. 여 이모는 그들의 뒷모습을 바라보며 입을 열었지만 결국 뭐라고 해야 할지 몰라 입을 다물고 뒤를 따랐다.

석실 문을 나서자 돌길이 나타났다. 길고 긴 돌길 끝은 약간 꺾여 있었고, 공기 속의 시큼한 냄새는 점점 더 짙어져 지하 궁전이라기보다는 무덤이란 말이 더 잘 어울렸다.

반 시진이 지나자 그들은 돌길 끝이 꺾인 것이 아니라 돌문이라는 것을 알게 되었다. 문 안쪽에는 바깥보다 더 밝은 야명주가 빛나고 있었다.

그때 한운석이 걸음을 멈추었다.

"안에 독 연기가 있어요. 자장紫瘴이에요."

여 이모는 의아했다. 그들이 서 있는 곳에서 돌문까지는 아직 거리가 약간 있어 그녀 자신은 아무 것도 볼 수가 없었다. 그런데 한운석은 어떻게 알았을까?

조금 전에 한운석의 솜씨를 보지 않았더라면 분명히 믿지 않았겠지만, 이번에는 믿었다.

"이 길밖에 없다."

용비야가 말했다. 이 길로 갈 수밖에 없다는 뜻이었다.

여 이모가 황급히 나섰다. 자장은 장기 중에서도 가장 약한 것으로, 독성이 무시해도 좋을 만큼 약해 중독되어도 약간 어지러움을 느끼는 것이 전부였다.

이런 독은 해약이 없지만 해약이 필요하지도 않았다. 들이마시더라도 공기가 깨끗한 곳에서 잠시 쉬면 아무 문제없기 때문이었다.

"우리처럼 건강한 사람들에게는 독이라고 할 수도 없지."

여 이모가 자신 있게 말했다.

상황을 파악하자 용비야는 두말없이 걸음을 옮겨 들어가려 했다. 한운석은 묵묵히 따라갔지만 문 앞에 이르자 멈췄다.

"잠깐만요."

그녀는 진료 주머니에서 조그만 약초 세 포기를 꺼내 용비야와 여 이모에게 하나씩 건넸다.

"해약처럼 쓸 수 있을 거예요. 입에 넣어 씹기만 하면 돼요."

여 이모는 한눈에 신선한 박하 잎이라는 것을 알아보았다. 그녀가 고개를 갸웃하며 물었다.

"자장에도 해약이 있느냐?"

언니가 세상을 떠난 후 그녀는 오로지 독술만 연구하며 언니의 장서를 모두 뒤졌다. 장기는 가장 흔히 보는 독인데 해약이 있다는 말은 들은 적이 없었다.

"해약이 없거나 필요 없는 독이 가장 무서운 독이에요. 그런 독을 상대하는 제일 좋은 방법은 억지로 버티는 게 아니라 예방하는 거죠. 박하는 해약이 못되지만 자장이 몸속 호흡기관으로 들어오는 것을 막아 주어 중독되지 않게 해 줘요. 이것조차 없으면 자장의 농도가 표준치를 넘어가는 순간 손댈 수 없는 극독이 되는 거예요!"

한운석은 그렇게 설명하며 박하 잎을 입에 넣고 씹었고, 그 틈에 용비야의 손을 뿌리치고 먼저 돌문으로 걸어갔다.

용비야는 그녀의 자신감 넘치는 모습과 우아한 뒷모습을 다소 넋을 놓고 바라보았다. 여 이모가 참지 못하고 소리 죽여 물었다.

"야아, 저 여자의 독술은 누구에게 배운 거니? 한씨 집안이 독술을 안다는 이야기는 듣지 못했어."

"고수입니다."

용비야는 생각조차 해 보지 않고 대답했다.

"고수?"

여 이모가 호기심을 보였다.

"어떤 고수?"

"고수가 말하지 말라고 했습니다!"

용비야는 박하 잎을 입에 넣고 씹으며 곧바로 한운석을 뒤쫓았다. 혼자 남겨진 여 이모는 혼란에 빠진 얼굴이었다.

"고수라고?"

지금 독술계에서 이름깨나 날린 사람은 몇 사람 없는데 그 고수란 누구일까? 저 녀석, 나한테까지 숨기는 이유가 뭐지?

돌문 가까이 가자 여 이모는 문 뒤쪽에 단순히 자장이 있는 것이 아니라 농도도 아주 짙다는 것을 알 수 있었다. 한운석이 미리 준비해 주었기 망정이지, 저렇게 짙은 장기라면 필시 들어가는 순간 혼절해 쓰러질 것이다.

한운석이 들어가려 하자 용비야가 다시 강압적으로 그녀의 손을 잡아 열 손가락을 단단히 깍지 꼈다. 이번에는 한운석이 고개를 홱 돌리고 맑고 투명하고 당당한 눈빛으로 그를 바라보았다.

그녀는 그저 그를 응시하기만 할 뿐 말은 없었다.

하지만 이건 분명한 질문이었다. 혹은 기회를 주는 것일 수도 있었다. 해명할 기회를.

그러나 용비야는 옆에서 그들을 빤히 바라보는 여 이모를 흘끗 바라보더니 한운석에게 응답하기는커녕 또 시선을 피했다.

한운석은 아미를 찡그리며 느닷없이 힘껏 손을 뿌리쳤다. 용비야도 이럴 줄은 몰랐는지 이번에는 놓치고 말았다.

용비야, 어쩔 수 없이 손을 잡을 수는 있지만 아무렇게나 손가락을 얽는 건 안 돼!

손가락을 얽는 게 무슨 뜻인지 알기나 해?

용비야의 손을 뿌리친 한운석은 성큼성큼 돌문으로 들어갔다. 용비야가 제자리에 멍하게 서 있는 사이 여 이모가 먼저 들어갔다. 안으로 들어간 그녀가 곧 놀란 소리로 불렀다.

"야아!"

용비야가 서둘러 들어가 보니 돌문 뒤에는 커다란 석실이 있었다. 야명주와 자장의 작용으로 석실 전체가 보랏빛으로 물들어 있었는데, 그 몽롱한 보랏빛 안개 속에 그들 맞은편에 나타난 것은 어디로 통하는지 알 수 없는 활짝 열린 돌문 다섯 개였다.

한 길로 여기까지 왔는데 이런 상황이라니!

여 이모가 돌문 다섯 개를 하나씩 살펴보니 어느 쪽이든 시큼한 냄새는 똑같았다.

그녀는 무의식적으로 한운석을 돌아보았다. 그때 한운석은 눈을 잔뜩 찌푸리고 돌문을 훑어보고 있었다. 해독시스템에 따르면 어디에도 독은 없었다!

눈앞에 다섯 개의 선택지가 나타났는데 어떻게 해야 할까?

"나눠서 가?"

여 이모가 물었다.

"안 됩니다."

용비야는 즉시 거절했다. 시간을 절약하기에는 가장 좋은 방법이지만 가장 위험한 방법이었다.

"어떠냐, 한운석?"

용비야가 입을 열었다. 한 시진 만에 드디어 말을 꺼낸 것이다.

애석하게도 한운석은 그를 쳐다보지도 않고 고개만 저었다.

"모르겠어요. 독은 느껴지지 않아요."

그녀는 여전히 신중했다. 시큼한 냄새는 점점 짙어졌지만 아직 독은 검출되지 않았다. 이곳 공기에 부식성 있는 독소가 없다는 뜻이 아니라 해독시스템이 검출해 내지 못한다는 뜻이었다.

산성을 띤 이 공기와 미접몽이 무슨 관계가 있다면, 미접몽을 독으로 판단하지 못하는 해독시스템은 이곳의 독성도 검출해내지 못할 가능성이 컸다.

그녀는 다른 무엇에도 정신 팔지 말라고 스스로를 다잡았다. 예민하게 살피다가 중독 현상이 느껴지면 당장 후퇴해야 했다.

여섯 갈래 길 중 다섯 갈래는 앞으로, 한 갈래는 뒤로 나 있었다. 앞으로 난 길은 미지의 장소로 이어졌고 미지의 장소에는 미지의 위험이 있었다. 뒤로 난 길은 되돌아가는 길이었다.

어쨌든 선택을 해야 했지만 한운석과 여 이모는 어느 쪽이라고 제안할 수가 없었다. 용비야는 망설이지 않고 첫 번째 문으로 걸어갔다. 그런데 놀랍게도 첫 번째 문 안에서 남자 둘과 여자 하나가 튀어나왔다!

남자 둘은 불에 그을린 듯한 낭패한 모습에 옷은 누더기가 되고 머리는 봉두난발이었다. 여자는 다친 곳은 없지만 상태는 똑같이 엉망이었다.

그렇다고 해도 한운석은 한눈에 그들을 알아보았다.

이목구비가 또렷하고 늠름하며 몸집이 크고 용맹한 남자는 바로 서주국 태자 단목백엽이었다.

눈썹이 옆머리까지 뻗고 기개가 넘치는 또 한 명의 남자는 서주국 명장 초천은楚天隱이었다. 한운석은 그를 알지 못했지만 등에 멘 진귀한 흑단 활을 보고 신분을 짐작했다.

고운 얼굴에 냉랭하고 오만한 표정을 짓고 초천은과 똑같이 등에 활을 멘 여자는 온몸에서 도도한 기운을 풍겼는데, 아마 초천은의 누이동생인 초씨 집의 유명한 냉미녀 초청가楚清歌일 것이다.

단목백엽과 초천은도 한운석 일행을 보자 뜻밖인 듯 멍해졌다.

일순 각기 딴 생각을 품은 양측이 대치하며 분위기가 긴장되었다.

의성에서 단목요를 만났으니 단목백엽이 있는 것도 이상한 일은 아니었다. 이 태자는 누이동생을 아끼기로 유명해서 자주 같이 다녔다.

하지만 이런 곳에서 마주친 것은 깊이 생각해 볼 문제였다! 그가 어떻게 이곳을 알까? 무얼 하러 왔을까?

그들이 미접몽을 알 리는 없을 텐데!

한운석은 단목백엽뿐만 아니라 초천은까지 살폈다.

초씨 집안은 서주국의 명문으로 장군을 배출하는 가문인 것은 운공대륙 모두가 아는 일이었다. 초천은은 젊은 세대 장군으로 천녕국 목청무보다 더 유명했다. 그의 궁술은 운공대륙에서 최고라 할 만해서 전쟁터에서 활 한 번에 줄지어 선 병사 열 명을 쏘아 맞힐 수 있었다.

이런 사람이 어째서 단목백엽과 함께 이곳에 왔을까?

한운석이 생각에 잠겨 있을 때 용비야가 불쑥 그녀의 손을 잡았다. 단순히 잡기만 한 것이 아니라 마치 보호하려는 듯 자신의 뒤로 끌어당겼다.

서주국과 천녕국은 혼인동맹을 맺었지만 그와 단목백엽은 사이가 좋지 않았다. 게다가 얼마 전 단목요가 혼인을 거절당한 일도 있으니 단목백엽도 원한을 품고 있을 것이다.

하물며 이곳은 독종의 금지 지하 궁전이고 양쪽 모두 몰래 들어온 입장이라 이곳에서 일어난 일은 바깥에 알려질 수가 없었다. 이곳에서는 진왕도 없고 엽태자도 없었다. 그저 적일뿐이었다.

단목백엽과 초천은도 한운석 일행을 살폈다. 은인자중하는 초천은과 달리 단목백엽은 오만방자했다.

그는 여 이모에게 한 번 눈길을 주었지만 별로 신경 쓰지 않고 초천은에게 조용히 속삭였다.

"한운석은 무공을 모르니 우리 쪽 승산이 크오. 그대와 내가 용비야의 발을 묶고 청가에게 여자 둘을 맡긴 뒤 나머지 문을 살펴보기로 합시다."

일대일 대결

단목백엽은 이곳에 온 지 오래였다. 그들 역시 다섯 갈래 길이 나오자 별수 없이 하나씩 살펴보기로 했는데 뜻밖에도 첫 번째 길에서 큰 피해를 입고 말았다.

족히 하루를 걸었지만 아무 것도 발견하지 못하다가 결국 길 끝에서 갑작스레 큰 불길을 만난 것이었다. 빨리 달아났기 망정이지 자칫하면 활활 타서 재로 변해도 이상하지 않았다.

다섯 개 길 중에서 딱 한 곳에만 그들이 원하는 것이 있었고 다른 곳에는 위험한 기관이 숨겨져 있었다.

오만하고 잘난 척하기 좋아하는 단목백엽이지만 용비야 앞에서는 늘 경계를 돋우곤 했다.

하지만 이번에는 달랐다. 초천은과 초청가의 존재 덕분이었다.

초씨 집안의 궁술은 보통 전쟁터에서 위력을 발휘했고 개인 싸움에서 쓴 적은 거의 없지만 그 용도로도 손색은 없었다. 적어도 단목백엽이 보기에 초천은의 궁술로 용비야의 검술을 막을 수는 있었다.

단목백엽은 초조했지만 초씨 남매는 조용했다. 초청가는 싸늘하게 한운석을 훑어보며 눈을 반짝였다.

"저들이 왜 이곳에 왔는지 궁금하지 않습니까?"

초천은의 목소리는 매력적인 저음이었다.

"분명히 그 물건을 노리고 왔겠지. 일단 용비야부터 제압하고 물건을 손에 넣읍시다. 나머지는 나중에 물어도 늦지 않소."

예전 같으면 의성에서 단목요를 철저하게 모욕한 한운석을 보자마자 검을 뽑았을 단목백엽이었다. 그런 그가 대체 무슨 물건 때문에 사랑해 마지않는 누이동생조차 잠시 미뤄 두려는 걸까?

독종이 남긴 금고였다!

단목백엽은 의성이나 독술은 전혀 아는 바가 없었고 최근에는 황위 싸움에 바빠 외부 세력과의 왕래도 뜸했다.

솔직히 이번에도 단목요를 쫓아온 길이었다. 단목요가 강왕과 결탁한 것을 제일 먼저 안 사람이 그였고, 누이동생을 설득해 데려오기 위해 직접 의성까지 따라온 것이다.

그런데 의성에 도착한 첫날, 초천은과 초청가가 먼저 그를 찾아와 독종의 금지 지하에 독종이 남긴 어마어마한 재물과 거대한 금고가 있다고 알려 주었다.

단목백엽은 몇 년째 형제들과 황위를 두고 다투면서 큰돈을 쓰느라 주머니 사정이 좋지 않았다. 게다가 등극하면 군심을 얻기 위해 상을 듬뿍 내릴 필요가 있었다. 그러잖아도 초천은과 손을 잡기를 몹시 바라고 있었는데 더불어 재물까지 얻을 수 있다니 거절할 까닭이 없었다.

그는 거의 생각도 해 보지 않고 초씨 남매를 따라나섰다. 그가 볼 때는 용비야도 그 금고를 노리고 온 게 분명했다.

오늘은 초씨 남매와 협력해 용비야를 죽이는 한이 있어도 반드시 금고를 얻어야 했다.

단목백엽의 손은 벌써 검 자루를 잡으며 움직일 준비를 하고 있었다. 하지만 초천은이 나지막이 말했다.

"그래 봤자 비기는 것이 고작일 겁니다."

"한운석은 무공을 모르고 저 여자도 고수 같지는 않은데 뭐가 두렵소?"

단목백엽이 언짢은 듯 물었다.

"한운석은 독술을 합니다."

초천은이 나지막이 말했다.

"청가도 하지 않소?"

단목백엽이 반문했다. 이번 일이 아니었다면 그 역시 초청가가 궁술뿐만 아니라 독술에도 일가견이 있다는 사실을 알지 못했을 것이다. 그녀가 준 박하 잎이 아니라면 이 자장 속에서 오래 버티지도 못했다.

그때 내내 조용히 있던 초청가가 입을 열었다. 경어였지만 말투는 싸늘했다.

"일찍부터 저 여자와 대결을 하고 싶었습니다."

한운석은 흑단 활로 그녀의 신분을 짐작했을 뿐이지만 초청가는 한운석을 조사한 지 오래였다.

"청가!"

초천은이 꾸짖었다. 뜻밖에도 단목백엽이 검을 홱 뽑으며 외쳤다.

"용비야, 한운석. 요요를 그 모양으로 만들다니 목숨을 내놔라!"

단목백엽의 움직임이 워낙 빨라 초천은도 막을 수가 없었다.

한운석은 정말이지 단목백엽이 경멸스러웠다. 공격하려면 할 것이지 단목요 핑계를 대다니, 구역질이 났다.

용비야는 단목백엽이 안중에도 없었고 싸울 생각은 더욱더 없어서 한운석을 보호하며 뒤로 물러섰다. 그의 신경은 초씨 남매에게 집중되어 있었다.

여 이모도 움직이지 않고 제자리에서 서서 표창 하나를 날렸다. '땡' 하는 소리와 함께 단목백엽의 검이 뚝 부러졌다!

단목백엽은 손에 든 부러진 검과 여 이모를 번갈아 바라보았다. 이제야 상대를 얕보았다는 것을 깨달은 것이다!

하지만 인정할 수가 없었다. 그는 부끄럽다 못해 화가 치밀어 차갑게 외쳤다.

"초천은, 본 태자의 명이오! 공격하시오!"

초천은이 미처 움직이기도 전에 초청가가 활을 꺼내 용비야의 등 뒤에 있는 한운석을 조준했다.

"죽고 싶군!"

용비야는 검에는 손도 대지 않고 허리에 감은 채찍을 당겨 꺼냈다.

용비야를 보는 초청가의 눈동자에 고통이 스쳤지만, 깊이 숨겨 아무도 알아차리지 못했다. 그녀는 단호하게 활시위를 잔뜩 당겼다!

이렇게 되자 초천은도 가만히 있을 수 없었다. 그 역시 활을 꺼내 한쪽에 서서 다른 방향에서 용비야를 겨누었다.

이를 본 여 이모가 즉시 용비야에게 달려가 한운석을 사이에 보호하며 용비야와 등을 마주했다.

초씨 집안의 궁술은 결코 허명이 아니어서 경솔하게 상대할 수 없었다.

단목백엽도 부러진 검을 던지고 다른 쪽으로 자리를 옮겨 싸늘하게 말했다.

"한운석은 내게 맡기시오!"

소문대로 비열한 엽태자를 보자 한운석은 처음으로 사람에게 독을 쓰고 싶은 강렬한 충동을 느꼈다.

삼 대 삼. 분위기는 더욱 긴장되었다.

"걱정 마라."

용비야가 나지막하게 말하며 초천은을 살폈다. 세 사람 중에서 그가 안중에 두고 있는 사람은 초천은뿐이었다. 초천은의 궁술은 한 번 겪어 본 적이 있었다.

상황으로 보아 그들이 패하지는 않겠지만 승산이 아주 크지도 않았다.

당장이라도 칼부림이 일어날 것같이 팽팽한 분위기에서 갑자기 초청가가 차갑게 말했다.

"한운석, 용기가 있으면 나와라. 남자 뒤에 숨는 것이 네 장기는 아니겠지?"

도발이었다!

영리한 한운석도 그 뜻을 알아들었다. 그녀는 독술을 알고 암기도 있지만, 이 자리에서 무공을 할 줄 모르는 유일한 사람이기 때문에 상대방이 그녀를 끌어내리려는 것이었다.

저 냉미녀는 예쁘기만 할 뿐 머리가 텅 비고 충동적일 줄 알았는데, 사실은 무척 영리했다.

"왜, 질투가 나느냐? 부러우면 당신도 숨든지."

한운석이 웃으며 대답했다.

질투?

하긴, 질투로 미칠 지경이었다.

초청가는 활을 쏠 뻔했지만 꾹 참고, 분노를 드러내기는커녕 도리어 웃기까지 해 보였다.

"영락공주께서 네가 진왕의 짐이 되어 발목을 잡는다고 하시던데, 보아하니 질투 때문에 모함을 하신 건 아니구나."

그 말에 한운석도 견딜 수가 없었다.

평소라면 단목요의 이름을 열 번 스무 번 들어도 아무렇지 않게 반박했겠지만, 그 여자 때문에 용비야와 냉전을 벌이고 있는 지금은 달랐다.

오냐, 초청가. 네가 단목요의 절친이라 이거지!

한운석도 본래는 승산이 크지 않다는 것을 알고 직접 싸울 생각이 없었지만 이제는 정말 화가 났다.

"아니, 초 낭자, 나하고 일대일로 대결하고 싶다는 건가?"

한운석이 차갑게 물었다.

다들 그녀가 용비야의 뒤에서 나올 줄 알았는데 예상과 달리

'일대일' 이라는 말이 튀어나온 것이다.

이런 한운석, 상대는 무공이 고강한 궁수弓手인데 제 발로 죽으러 갈 참이냐?

용비야는 말이 없었지만 실수로 한운석을 놓칠까 두려운 듯 그 손을 더욱 꽉 잡았다.

초청가로선 원하던 바였다. 그녀는 대답도 없이 곧장 세 걸음 앞으로 나아가 도발하듯 한운석을 바라보았다.

하지만 한운석은 또다시 뜻밖의 말을 꺼냈다.

"나는 무공을 모르고 궁술도 모르는데 무슨 방법으로 일대일로 대결하자는 거지?"

그 말에 꾹 다물었던 용비야의 입꼬리가 웃음을 지을 것처럼 살짝 올라갔다. 여 이모는 숫제 큰 소리로 웃음을 터트렸다.

"당연히 무공이나 궁술을 겨루자고 하겠지. 그렇지 않고서야 널 어떻게 이기겠느냐?"

적이 눈앞에 있으니 아무리 여 이모가 싫어도 한운석 역시 기꺼이 맞장구를 쳐 줄 마음이었다. 그녀는 몹시 진지한 얼굴로 초청가를 바라보았다.

"정말?"

일대일 대결에서는 서로 싸우기로 결정하고 승패를 가르면 그뿐이지 상대가 무엇을 할 줄 아는지를 신경 쓸 필요는 없었다. 하지만 한운석과 여 이모는 주거니 받거니 한마디씩 하며 초청가가 한운석을 핍박하는 것처럼 몰고 갔다.

활시위를 잔뜩 당긴 초청가는 얼굴을 붉으락푸르락 했지만 결국 참을 수 없다는 듯이 활을 내렸다.

"청가!"

단목백엽이 저지하려고 했지만 안타깝게도 초청가는 도도한 여자였다. 그녀가 차갑게 말했다.

"그럼 어떻게 겨룰 생각이냐?"

한운석은 즐거웠다. 무공이나 궁술을 빼면 초청가가 또 뭘 할 수 있을까? 그녀가 대답하려는데 그때까지 침묵하던 초천은 이 조용히 말했다.

"진왕 전하, 이 몸이 한마디 해도 되겠습니까?"

누가 봐도 초천은은 싸울 뜻이 없어 보였다. 한 손으로 한운 석을 등 뒤에 잡고 있던 용비야가 다른 한 손마저 뒤로 돌려 그 녀의 손을 잡아 눌렀다.

양손에 붙잡힌 한운석은 그가 초천은의 체면을 세워 주려 한 다는 것을 알았다.

과연 그가 차갑게 입을 열었다.

"말해 보라."

"청가와 진왕비의 일대일 대결에서 청가가 이기면 이곳을 떠 나 주십시오. 만약 청가가 지면 저희도 떠나겠습니다. 어떻습 니까?"

초천은이 진지하게 말했다.

정곡을 찌른 말이었다. 다들 다섯 갈래 문 뒤에 숨겨진 비밀 때문에 찾아왔으니 엇비슷한 실력에서 서로 싸워 봤자 어느 쪽 도 원하는 것을 얻을 수 없었다.

일대일 대결이 좋은 방법이었다.

"뭘 겨루겠느냐?"

용비야도 허락하는 것이 분명했다.

"독술이다!"

단목백엽은 초청가가 독술을 할 줄 안다는 사실을 폭로하는 것도 꺼리지 않고 재빨리 말했다.

초청가가 독술을 하다니. 박하 잎으로 자장을 막을 수 있다는 것도 초청가의 생각이었구나?

한운석은 뜻밖이었지만 독술로 겨룬다고 하자 무척 기뻤다.

하지만 초천은이 즉각 거절했다.

"누구든 이 문 안에서 무사히 나오는 사람이 이기는 것으로 하시지요. 어느 문으로 들어갈 것인지는 직접 선택하면 됩니다."

그 말에 모두들 경계했다.

한운석은 초천은을 다시 보지 않을 수 없었다. 역시 얕볼 수 없는 인물이었다.

이렇게 하면 초청가의 어려움도 풀어 주고 정면충돌을 막을 수도 있을 뿐 아니라 공평하기도 했다. 선택은 운에 달려 있었고 무사히 나오느냐는 자신의 능력에 달려 있었다.

"진왕 전하, 이 방식이 가장 공평합니다. 안 그렇습니까?"

초천은이 예의 바르게 물었다.

단목백엽이나 초청가에 비해 초천은은 확실히 무서운 인물이었다. 웃는 얼굴에 칼을 숨긴다더니 겸손하고 예의 바른 것 같지만 사실은 상대하기가 쉽지 않았다.

확실히 가장 공평한 방법이라 거절할 수가 없었다.

용비야는 초천은에게 감탄했지만 받아들일 생각은 아니었다. 종합적으로 따져볼 때 한운석의 실력은 초청가를 따르지 못하는 데다 저 문 뒤에 어떤 위험이 도사리고 있을지 확인할 수도 없었다.

그가 거절하려고 하는데 한운석이 고개를 끄덕이며 먼저 말했다.

"좋소!"

초청가가 자신을 두고 용비야의 짐이라고 한 상황에서 용비야가 나서서 초천은의 제안을 거절하게 할 수는 없었다.

내가 걱정한다는 걸 아는군

한운석이 거절할까 봐 마음 졸이던 초청가는 '좋아요'라는 대답이 떨어지자 곧바로 물었다.

"남은 네 개 중에서 어느 쪽을 선택하겠느냐?"

초조해하는 것을 보니 한운석이 마음을 바꿔 먹을까 봐 두려운 모양이었다.

한운석은 마음을 바꾸기는커녕 시원스레 말했다.

"먼저 고르시지."

"필요 없다!"

초청가는 오만했다.

한운석은 자존심 싸움이 싫어 어깨를 으쓱하며 물었다.

"두 번째 문. 당신은?"

"나는 세 번째 문이다!"

초청가가 곧바로 대답했다. 사실 그녀 입장에서는 어느 것을 고르든 중요하지 않았다.

중요한 것은 일대일 대결에서 한운석이 크게 손해를 보아야 한다는 것이었다.

네 길 가운데 하나에만 그들이 원하는 것이 들어 있고 다른 세 길은 첫 번째 길처럼 함정이 있는 막다른 곳이었다.

한운석이 올바른 길을 고를 만큼 운이 좋다고는 믿지 않았고, 설사 제대로 골랐다 해도 똑같이 함정이 있을 것이다. 어쩌면 제일 지독한 함정일 수도 있었다.

어쨌든 무사히 나오는 것은 절대 불가능했다. 무공을 모르는 한운석은 달아나는 것도 느릴 테니 어쩌면 죽을 수도 있었다.

물론 초청가 자신도 털끝하나 다치지 않을 자신이 있는 것은 아니지만, 그렇더라도 한운석을 위험에 빠뜨려 상처를 입히고 싶었다. 한운석은 그녀보다 더 심하게 다칠 것이다!

초청가는 성큼성큼 세 번째 문으로 걸어가 싸늘하게 덧붙였다.

"반 시진 안에 나오지 못하거나 상처가 심한 사람이 지는 것이다!"

"좋아!"

한운석도 시원스레 대답하며 용비야의 손을 뿌리치려고 했지만, 용비야는 무서우리만치 어두운 얼굴로 그녀의 손을 힘껏 움켜쥐었다.

이렇게 제멋대로 결정해 버리다니, 이 여자가 정말 죽고 싶은 모양이었다!

"놔요!"

한운석이 나지막이 말했다.

용비야는 그래도 손을 놓지 않았다. 그는 이미 결정을 번복하려고 마음먹고 있었다. 한운석을 위험에 빠뜨릴 바에야 차라리 한바탕 싸우는 게 나았다.

그런데 한운석이 고개를 들어 그를 바라보았다.

"놔요……. 그리고 걱정 말아요, 네? 한 번만 날 믿어 봐요."

걱정 말라고?

한운석, 이제 보니 본 왕이 걱정하는 것을 알고 있었군!

아니 다행이었다!

걱정이 되는데 어떻게 손을 놓을 수 있을까?

용비야가 그래도 손을 놓지 않자 한운석은 어쩔 수가 없었다.

"용비야, 내가 당신을 속인 적이 있어요? 실망시킨 적이 있어요?"

확실히 그녀는 늘 잘해냈다. 그녀 자신의 일이든, 용비야의 일이든 흠잡을 곳 하나 없이 완벽하게 처리했다. 설사 위험천만한 상황이 생겨도 화를 복으로 만들곤 했다.

사람들이 모두 그쪽을 바라보며 기다리고 있었지만 용비야는 신경 쓰지 않았다.

결국 그의 손을 놓게 한 것은 한운석의 눈동자에 어린 자신감과 고집이었다. 그는 목소리를 잔뜩 낮추고 자기도 모르게 훨씬 부드러운 말투로 말했다.

"조심하고……, 못하겠거든 바로 나오거라. 본 왕이 입구에 있겠다."

얼마 전 객잔에서 헤어질 때도 그는 이렇게 말했었다. 계속 의성에 있겠다고.

그는 이 여자가 또 뭔가를 발견했거나 아니면 올바른 길을 찾았다고 생각했다.

그녀는 언제나 놀라운 기쁨을 선사했다.

설득하려던 여 이모도 용비야가 손을 놓자 입을 다물었다.

한운석과 용비야가 가만히 서로를 응시하는 것을 보자 초청가가 참다못해 재촉했다.

"한운석, 지는 게 두려워서 번복하려는 건 아니겠지?"

한운석은 성큼성큼 두 번째 문 앞으로 걸어가 초청가를 무시하고 초천은을 돌아보았다.

"반 시진 안에 나오지 못하거나 상처가 심한 사람이 지는 것이고, 진 쪽이 떠나는 거지?"

도도한 초청가는 이런 무시를 당해 본 적이 없어 화가 부글부글 끓어올랐다. 그녀는 무슨 계교를 생각해 냈는지 눈을 반짝이며 다시 말했다.

"한운석, 한 가지 더 걸어 볼 자신이 있느냐?"

진 쪽이 떠나기로 했는데 더 이상 뭘 걸겠다는 거지?

하지만 자신이 있느냐고 묻는데 거절할 한운석이 아니었다.

한운석은 태연하게 말했다.

"말해 보시지."

한운석의 차분한 태도에 초청가는 속으로 냉소를 지었다. 이 여자는 죽을 때가 되어서야 정신을 차릴 모양이군. 들어간 다음에 후회해 봤자 늦을 거야.

"한운석, 네가 지면 그 진료 주머니를 내놓고 떠나라. 어떠냐?"

이것이 그녀가 덧붙인 조건이었다. 비록 화가 났지만 이성은 잃지 않은 것이다.

그녀는 한운석의 신비한 독술은 저 진료 주머니에 그 비밀이 있으리라 생각했다. 설령 비밀이 없더라도 저 안에는 쓸모 있는 물건이 많이 들어 있을 것이다.

의원에게 의료 상자나 약상자는 검객의 검처럼 중요했다.

한운석도 뜻밖이었다. 누군가 진료 주머니를 탐낸 것은 이번이 처음이었던 것이다. 이 진료 주머니는 천심부인의 유품에서 찾아냈고 안에 든 것은 한운석의 물건들이었다.

초청가, 저 여자 눈썰미가 보통이 아니잖아?

한운석이 망설이자 초청가는 제대로 짚었다는 것을 깨닫고 차갑게 흘겨보았다.

"못하겠느냐?"

하지만 한운석은 시원스럽게 대답했다.

"좋아, 그럼 당신이 지면?"

초청가가 대답하기 전에 한운석이 말을 이었다.

"옷을 전부 내놓고 가야 해. 어때?"

켁켁!

그 말에 용비야를 포함한 모든 사람들이 당황했고 초천은은 기침까지 했다. 일부러 그런 것이 아니라 정말 사레가 들렸기 때문이었다.

크게 놀고 싶다고?

이 정도는 해야지!

승부가 나기도 전에 상대에게 창피를 준 셈이지만 반박할 방법이 없었다.

초청가는 벌써 사람들 앞에서 발가벗은 것처럼 얼굴이 붉으

락푸르락 했다. 부끄럽고 화가 난 그녀는 결국 버티지 못하고 노성을 터트렸다.

"한운석, 뻔뻔하구나!"

"그러니까, 못하겠다는 거군?"

뻔뻔한 한운석이 웃으며 반문했다.

이렇게 묻자 초청가도 할 말을 잃었다. 그러겠다고 할 수도, 못하겠다고 할 수도 없었다.

한운석은 진료 주머니의 어깨띠를 정리한 뒤 팔짱을 끼고 흥미로운 눈길로 말없이 그녀의 표정을 감상했다.

한운석의 이런 태도에 냉미녀는 더 이상 냉정하게 대응하지 못하고 씩씩거렸다.

"좋다! 한운석, 네가 반드시 질 테니 두고 봐라! 겨우 목숨만 건져서 나오겠지!"

초청가는 화가 나서 길길이 날뛰었지만 한운석은 까딱하지 않았다.

"그래, 최선을 다해 보지."

초천은이 시간을 재기 시작하자 한운석은 즉시 두 번째 문으로 들어갔다. 초청가도 약해 보이기 싫어 세 번째 문으로 한 발짝 들어섰다.

지하 밀실에는 야명주가 가득 박혀 있었지만 문 뒤의 통로는 깊디깊었고 두 사람의 걸음 또한 빨라 얼마 지나지 않아 뒷모습을 볼 수 없게 되었다.

용비야와 여 이모는 두 번째 문 앞에 섰고 단목백엽과 초천은은 세 번째 문 앞에 섰다. 양쪽 다 서로 이야기를 나눌 생각이 없어 방 안은 조용했다.

"야아, 한운석이…… 뭘 발견하기라도 했니?"

여 이모가 참다못해 물었다. 용비야가 그녀를 놓아준 데는 분명히 무슨 이유가 있을 것이다.

하지만 용비야도 아는 것이 없었다. 그녀는 여 이모를 흘끗 바라볼 뿐 대답하지 않았다.

그래도 이 눈길에 여 이모는 안심이 되었다. 용비야가 한운석의 실력을 잘 알고 있으니 큰 문제는 없으리라는 생각이 들었다.

기다림의 반 시진은 무척 길었다. 용비야는 오로지 문 안에만 집중했지만 여 이모는 흥미롭게 단목백엽과 초천은을 살폈다.

저 두 사람이 어떻게 이곳을 찾아냈는지 도무지 알 수 없었다. 몇 년이나 이 산을 살핀 그녀도 찾아내지 못한 곳인데.

혹시 초청가가 찾아냈을까? 조금 전 단목백엽은 그녀가 독술을 할 줄 안다고 했다.

서주국 초씨 집안의 딸이 왜 독술을 배워야 했을까?

저들도 미접몽의 비밀을 알아내기 위해 왔을까? 미접몽의 존재도 모를 텐데!

그때 단목백엽 역시 문 안에 정신을 쏟고 있었지만, 초천은은 문 쪽을 들여다보고 있어도 생각은 딴 데 있었다.

아무리 생각해도 용비야 일행이 어떻게 이곳을 찾았는지 알 수가 없었다. 한운석이 데려온 것일까? 용비야 옆에 있는 저 부인은 또 누굴까? 저들은 무슨 일로 이곳에 왔을까?

문 밖에 있는 사람들이 의문에 빠져 있는 동안 안으로 들어간 두 여자의 상황은 완전히 달랐다.

초청가는 안으로 들어가자마자 정신을 바짝 차리고 온몸의 신경을 곤두세운 채 한 발 한 걸음 깊숙이 들어갔고, 시시각각 주위의 동정을 살피며 그야말로 살얼음판을 걷듯이 했다.

그녀는 자신이 이기기를, 그것도 보기 좋게 이기기를 바랐다.

용비야, 5년 전 안성에서 우연히 만났을 때 단목요 옆에 있던 나를 기억하겠죠?

모두들 내 궁술에 갈채를 보냈지만 당신 혼자만 본체만체했어요.

오늘은 그렇게 되도록 내버려 두지 않겠어요.

초청가는 한 손에 활을, 다른 손에는 화살을 움켜쥐고 속도를 올렸다. 벌써 한참 멀리까지 왔지만 여태 함정이 나타나지 않자 운 좋게 올바른 길을 고른 게 아닐까 기대가 되기 시작했다. 그래, 온 힘을 다해야 해!

다른 쪽에서는 한운석도 멈추지 않고 깊이 깊이 들어갔지만 똑같이 아무 함정도 만나지 않았다. 다만 그녀는 계속 들어가지 않고 입구에 있는 사람들이 보지 못할 정도가 되자 걸음을 멈추었다.

구원병을 부를 시간이었다!

첫 번째 문 안에는 불이 있었는데 이곳에 무엇이 있는지 알 수도 없을 뿐더러 그녀 자신은 남들보다 달아나는 속도도 느렸다.

그 생각을 하자 자연스레 한 사람이 떠올랐다. 백의 공자. 언제 다시 만나 확실하게 물어볼 수 있을지 궁금했다.

그녀는 곧 그 생각을 지우며 진료 주머니에 있는 꼬맹이를 끄집어내리려고 했다. 그런데 꼬맹이가 한 발 먼저 튀어나와 바닥에 내려섰다.

한운석은 기뻐하며 말했다.

"꼬맹아, 우리가 마음이 통하기 시작했나 봐. 날 도와주려고 나왔니?"

그녀가 용기 있게 나선 것도 바로 이 보물단지를 믿기 때문이었다. 꼬맹이는 누가 뭐래도 독종의 독짐승이었다. 녀석의 보호는 곧 부적이나 마찬가지였지만 사람들 앞에서는 차마 꺼낼 수가 없었다.

쫓아오는 사람이 없는 것을 다시 한 번 확인하고 주위가 안전하다는 확신이 들자 한운석은 미접몽을 꺼냈다. 미접몽은 용비야와 둘이서 서로 가지라고 티격태격했지만 결국 다시 그녀 손에 들어와 있었다.

초청가와 무슨 내기를 했든 부차적인 일이니 나중에 생각할 문제였다. 지금 가장 중요한 것은 이 미접몽이었다.

초청가가 알면 피를 토하도록 화를 내지 않을까? 분명히 그럴 거야!

미접몽을 보자 꼬맹이는 즉시 한운석의 손으로 기어올랐다. 먹지 못하는 독이지만 냄새만 맡아도 좋았다.

한운석의 해독시스템은 미접몽 앞에서는 효용이 없었고, 공기 속에는 시큼한 냄새가 고르게 퍼져 있어 방향을 가늠할 수도 없었다.

그녀는 이번 기회를 이용해 꼬맹이의 도움을 받을 생각이었다. 미접몽이 정말 독종과 관계있다면 꼬맹이가 알 수도 있었다.

꼬맹이와 소통하는 방법을 모르기 때문에 냄새를 맡게 한 다음 과장된 동작으로 킁킁거리는 흉내를 내어 꼬맹이에게 공기 속의 냄새를 찾게 했다.

꼬맹이는 고개를 갸웃하며 한참 쳐다보다가 의미를 알았는지 일어나서 한운석을 따라 턱을 들고 코를 세워 이리저리 킁킁거렸다.

이를 본 한운석은 긴장했다. 뭔가 있을까?

확실히 뭔가 있었다. 다만 이 뭔가가 그 뭔가는 아니라는 것이 곧 드러났다.

억지를 부리면 대가를 치르는 법

꼬맹이의 진지한 모습을 보자 한운석은 재빨리 몸을 숙여 미접몽 냄새를 맡게 해 주었다.

꼬맹이는 시킨 대로 한동안 미접몽을 맡더니 다시 이리저리 코를 킁킁거렸다.

이런 식으로 한동안 주인과 짐승은 나란히 코를 벌름거렸다. 그러다가 갑자기 꼬맹이가 우뚝 멈추더니 뭔가 발견한 것처럼 발딱 일어나 커다란 눈으로 한운석을 쳐다보았다.

한운석은 기뻐했다.

"뭔가 맡았어?"

"찍찍!"

꼬맹이가 흥분해 소리를 지르며 그녀에게 뛰어올라 어깨 위에 앉았다.

"찍찍찍⋯⋯."

한운석도 재빨리 녀석을 손바닥에 내려놓고 흥분한 얼굴로 물었다.

"뭔가 발견한 거야?

이 통로에 미접몽의 냄새가 나는 거지? 그렇지?"

꼬맹이는 주인이 기뻐하자 덩달아 기뻐하며 손바닥 위에서 팔짝팔짝 뛰었다.

"정말 있어?"

한운석은 정확한 답이기를 바랐다!

꼬맹이가 갑자기 폴짝 뛰어내려 통로 안쪽으로 달려갔다.

"그쪽이야?"

한운석은 기뻐하며 허둥지둥 뒤쫓았다. 꼬맹이는 그녀가 따라오자 기다리려는 듯이 멈추고 돌아보았다.

꼬맹이의 이런 모습에 한운석은 거의 확신하고 더욱 속도를 높여 쫓아갔다.

한운석이 계속 따라오자 꼬맹이도 더욱 빨리 달렸다.

그런데 달리고 또 달리다 보니 앞쪽에서 바스락바스락 하는 소리가 들려왔다. 저 멀리 뭔가 무리를 지어 급하게 다가오는 것 같았다.

어떻게 된 거야?

한운석은 재빨리 걸음을 멈추고 경계심을 돋우었다. 바로 그때 꼬맹이도 바로 앞에서 멈췄다.

눈 깜짝할 사이 크기가 손바닥만 한 시꺼먼 거미가 떼를 지어 홍수처럼 닥쳐오는 것이 보였다.

한운석은 놀라 그 자리에 얼어붙었다. 순간 온몸의 털이 곤두섰다!

거미를 겁내지는 않았지만 새까맣게 밀려오는 모습은 너무 끔찍하고 징그러웠다. 다리에 힘이 풀렸다.

해독시스템이 조용한 걸 보면 독은 없는 것 같았다. 물론 독이 있지만 검출해 내지 못하는 것일 수도 있었다.

독종의 금지에는 상식을 뛰어넘는 것들이 많아 한운석도 정신이 없었다.

독이 있고 없고를 떠나 수가 저렇게나 많으니 물려 죽지 않으면 겁이 나서 죽고 말 것이다.

한운석은 깊이 생각지도 않고 거미를 보는 순간 본능적으로 돌아서서 달아났다.

꼬맹이도 한운석과 거의 똑같은 순간에 다시 달리기 시작했지만 방향은 반대였다. 거미들을 향해 달려간 것이다!

이곳에 있는 벌레와 짐승은 독이 있든 없든 모두 꼬맹이를 두려워해 가까이하지 못했다. 주인의 인간 냄새를 이용해 어렵게 불러들였는데 이대로 놓칠 수는 없었다.

하지만 주인은 너무 빨리 도망쳐 버렸다. 꼬맹이가 달리기 시작하자 거미들은 도망이라도 치듯 즉시 사방으로 흩어져 눈 깜짝할 사이에 모습을 감추었다.

히잉.

꼬맹이는 텅 빈 통로를 바라보며 바닥에 털썩 앉았다. 울고 싶었다. 며칠 동안 풀만 먹고 고기는 구경도 못했단 말이야!

마구 달아나던 한운석은 곧 꼬맹이가 따라오지 않는 것을 깨닫고 걸음을 멈추었고 그제야 달아날 필요가 없다는 사실을 떠올렸다.

거미 떼 정도도 상대하지 못하면 독종이 녀석을 키울 필요가 있었을까?

황급히 되돌아가 보니 시꺼멓게 밀려들던 거미 떼는 언제 그랬냐는 듯 사라져 흔적조차 없었다.

꼬맹이는 길 가운데 주저앉아 몹시 낙담한 듯 축 쳐져 있었다.

녀석을 살피던 한운석은 볼수록 이상한 생각이 들었다. 요 녀석이 거미 떼가 다가오는 것을 몰랐을 리 없어. 그러니까 방금 냄새를 맡던 것은……

한운석은 갑자기 깨달았다!

그녀는 다가가서 꼬맹이를 집어올리고 제자리에 서서 다시 미접몽을 맡게 해 주었다.

고기를 먹지 못한 꼬맹이는 맥이 빠져 한운석이 시키는 대로 조그마한 코를 미접몽 병에 처박고 꼼짝도 하지 않았다.

이 모습을 본 한운석은 참지 못하고 폭소를 터트렸다. 가지고 다니던 모래시계를 살펴본 그녀는 녀석을 괴롭히지 않고 진료 주머니에 넣은 뒤 해독시스템에서 골독을 꺼내 먹였다.

시간이 거의 다 되었으니 나가야 했다.

반 시진은 길면 길고 짧으면 짧은 시간이었다. 꼬맹이가 없었다면 한운석은 이미 거미 떼의 공격을 받았을 것이고, 그렇지 않더라도 한 시진 안에 빠져나가지 못했을 것이다.

그때쯤 초청가도 막 밖으로 나오고 있었다. 뭘 만났는지 몰라도 하얀 치마에는 핏자국이 얼룩덜룩하고 왼손으로는 오른팔을 싸안고 있어 크게 다친 것 같았다.

"청가, 괜찮으냐!"

놀란 초천은이 들어가 부축하려 했지만 초청가는 거절했다.

"약간 다쳤을 뿐 별거 아니에요!"

그녀는 이렇게 말한 후 심호흡을 하고 제 힘으로 한 발 한 발 움직여 밖으로 나왔다.

그녀는 운이 아주 나빴다. 길에서 백호에게 기습을 당했는데 반응이 빨랐기 망정이지 자칫하면 팔 하나를 잃을 뻔했던 것이다.

상처가 위중했지만 그녀는 아무렇지 않은 척하며 밖으로 나오자마자 다른 쪽 문을 돌아보면서 싸늘하게 물었다.

"한운석은 아직 안 나왔죠?"

그녀가 이렇게 다칠 정도면 한운석은 어떻게 되었을까?

잠시 후 초청가는 더 기다리지 못하고 고통을 참으며 깔깔 웃었다.

"한운석이 못 나오고 있는 건 아니겠죠?"

"하하, 시간이 거의 다되었으니 아무래도 흉한 일을 당한 모양이군."

단목백엽도 냉소했다.

용비야와 여 이모는 못들은 척했지만 용비야는 아무래도 걱정스러운 눈빛이었다.

그런데 바로 그때, 저 멀리 안쪽에서 그림자 하나가 나타났다. 점점 또렷해지는 그림자는 다름 아닌 한운석이었다.

용비야는 하마터면 참지 못하고 뛰어들 뻔했지만 그러지는 않았다.

그저 그 자리에 서서 지켜보기만 했다.

초청가와 단목백엽도 믿을 수가 없어 다급히 다가왔지만, 용비야가 한 걸음 내딛어 커다란 몸으로 입구를 막아섰다.

단목백엽이 따지려는데 초청가가 만류하며 자신만만하게 속삭였다.

"서두르지 말고 기다려 보시죠."

멀리서 용비야를 발견한 한운석은 무엇 때문인지 입구를 막아선 그의 커다란 그림자에서 말로 표현할 수 없는 고독을 느꼈다.

그녀가 앞으로 다가갔지만 그는 길을 비켜 주지 않았다. 커다란 몸은 위압감과 동시에 안전한 기분을 느끼게 해 주었다. 고개를 숙여 그녀를 내려다보는 그의 눈동자는 바다처럼 깊었다.

본래 한운석은 그를 밀어낼 생각이었지만 그 눈을 보자 어쩐지 아무 말도 하지 못하고 고개를 숙였다.

두 사람 다 말이 없었다.

용비야는 묵묵히 그녀의 몸 구석구석을 훑으며 다친 곳이 없는지 확인했다.

결국 초청가도 참지 못하고 싸늘하게 물었다.

"진왕, 지금 뭘 하시는 거죠?"

초청가가 나서자 단목백엽도 냉소를 터트렸다.

"용비야, 뭐하는 거냐? 차마 패배를 인정하기가 두려우냐?"

용비야는 그들이 뭐라고 하건 꼼짝하지 않고 서서 천천히 그녀를 살폈다. 마치 한곳도 빠뜨리지 않고 다 살펴봐야겠다는 듯이.

무시당한 초청가는 도저히 참을 수가 없어 화를 냈다.

"용비야, 공개적으로 두둔할 참인가요? 일대일 대결에 나선 사람은 한운석이에요!"

그때 용비야가 고개를 돌려 그녀를 바라보았다. 갑작스레 싸늘한 눈동자를 마주한 초청가는 그만 그 자리에 굳어 버렸다.

처음이었다! 용비야가 그녀를 똑바로 바라본 것은!

아무리 도도한 초청가도 저도 모르게 심장이 콩닥콩닥 뛰었다. 하지만 용비야는 경멸하듯 코웃음을 치더니 곧바로 시선을 거두고 입구에서 물러섰다.

그제야 한운석이 사람들 앞에 나타났다. 옷에는 먼지 한 톨 없고 머리카락도 단정한 데다 눈동자는 맑고 얼굴에는 미소까지 띠고 있었다. 털끝 하나 다치지 않은 것이다!

어떻게?

초청가는 믿을 수 없어 눈을 휘둥그레 떴다!

단목백엽과 초천은도 똑같이 놀랐다. 하지만 그들의 놀람은 초청가의 놀람과는 달랐다. 두 사람은 마치 뭔가 발견한 듯 서로에게 눈짓했다.

한운석은 가볍게 문지방을 넘어 나오더니 피로 얼룩진 초청가를 보고 까르르 웃었다.

"초 낭자는 상처가 심한 것 같군!"

"아니다!"

초청가는 그래도 버텼다.

"내기는 진 거지?"

한운석이 웃으며 물었다.

이번에는 초청가도 버틸 수가 없었다. 설령 이보다 가벼운 상처를 입었다 해도 한운석은 전혀 다치지 않았으니 지기는 마찬가지였다!

이럴 수가!

오라버니는 다섯 곳이 모두 위험하다고 했는데 어떻게 저렇게 무사할 수 있는 거야!

초청가는 이해가 가지 않았지만 뻔히 눈앞에 있는 한운석이 있으니 믿지 않을 수도 없고 억지를 부릴 수도 없었다.

그녀는 저도 모르게 용비야 쪽을 흘끔거렸다. 용비야는 곁눈질도 하지 않고 한운석만 쳐다보고 있었고 평소의 쌀쌀함은 찾아볼 수 없었다.

조금 전 용비야의 경멸에 찬 코웃음을 떠올리자 초청가는 심장이 산산조각 나는 것 같았다.

"졌으니 일단 옷부터 벗고……."

한운석은 웃으며 말을 꺼냈지만 단목백엽을 돌아보는 순간 얼굴을 굳히며 차갑게 내뱉었다.

"꺼지시지!"

뜻밖에도 단목백엽은 느닷없이 몸을 날려 앞을 가로막은 한운석을 밀치고 두 번째 문으로 휙 들어갔다.

한운석이 무사히 나온 이유는 단 하나, 두 번째 문 안에 위험한 것이 없다는 것이었다. 한운석이 운 좋게 옳은 길을 고른 것이다!

초천은의 말로는 다섯 갈래 문 가운데 하나만 금고로 통하는데 위험할 수도 있고 아닐 수도 있다고 했다. 지금 보니 그들이 찾던 곳은 두 번째 길이었다!

단목백엽이 그리로 뛰어들자 초천은은 다소 복잡한 눈빛이었지만 망설임 없이 초청가를 붙잡아 두 번째 길로 달려갔다.

그곳이 그들이 찾던 길이라면 설령 약속을 어기고 신의를 저버린다 해도 놓칠 수는 없었다!

지금 찾고 있는 물건이 가족의 사명과 관계있는 몹시 중요한 것이기 때문이었다. 금고라는 말은 단목백엽을 끌어들이기 위한 미끼에 불과했다.

용비야는 단목백엽에게 밀려난 한운석을 잡아당겼을 뿐 그들을 막으려고는 하지 않았다.

그가 한운석이 무사한 것을 확인한 다음 쫓아 들어가려 하자 한운석이 다급히 가로막았다.

"안 돼요, 저 안은 위험해요!"

안에는 거미 떼가 빽빽하게 깔려 있었다. 꼬맹이가 쫓아 주지 않으면 들어간 사람은 액운을 피하지 못해 죽지 않으면 반죽음이 되어 돌아올 것이다.

단목백엽 일행은 어쩌자고 앞다투어 달려들어간 걸까? 죽고 싶은 걸까?

천재꼬맹이

두 번째 길이 위험하다고?

한운석의 만류에 여 이모도 참지 못하고 진지하게 물었다.

"무슨 위험? 넌 어떻게 무사히 나왔지?"

한운석은 용비야도 똑같이 물을 줄 알았지만 그는 아무 말이 없었다.

이 인간 평소답지 않게 왜 이래? 평소에는 그렇게 많이 묻더니!

한운석은 깊이 생각할 틈도 없었고 여 이모에게 설명해 주고 싶지도 않아서 장난스레 웃으며 반문했다.

"그걸 왜 알려 줘야 하죠?"

"정말 무공을 모르느냐?"

여 이모가 다시 물었다.

한운석도 바보가 아닌 이상 여 이모가 자신에게 호감이 많지 않다는 것은 알고 있었다.

공공의 적이 있어서 협력했지만 싸움을 멈추고 친구가 되자는 뜻은 아니었다.

몇 시진 전만 해도 여 이모의 표창에 죽을 뻔했던 그녀였다. 원한을 잊지 못한 게 아니라 자기 목숨이 무척 소중하기 때문이었다.

"할 줄 알든 말든 당신과는 상관없잖아요."

한운석은 태도를 명확히 했다.

그런데 여 이모가 별안간 한운석의 손목을 홱 잡아챘다. 그와 동시에 용비야가 여 이모의 손을 잡으며 차갑게 말했다.

"이 여자는 무공을 못 합니다. 시간 낭비하지 말고 찾아보시죠."

여 이모는 벌써 한운석의 맥을 짚은 상태였는데 맥상을 보아 무예를 익힐 자질이 뛰어난 것을 알 수 있었다. 하지만 그녀가 계속 살피려 하자 용비야가 그 손을 떼어 냈다.

"그만하십시오!"

그의 눈동자가 매섭게 번뜩이고 목소리에는 분노가 스몄다. 얼굴에는 드러나지 않았지만 여 이모는 그의 분노를 알아차리고 화가 나면서도 마음이 아팠다. 용비야가 자신을 이렇게 대하는 날이 올 줄은 생각해 본 적도 없었다.

안 되겠어, 꼭 당리를 잡아 심문해야겠다. 한운석, 이 여자가 아무리 대단하고 쓸모가 있어도 정말 화근이라면 가능한 빨리 잘라내야지!

여 이모는 실망감을 숨기고 아무 일도 없었던 것처럼 말했다.

"남은 두 개 중에 어디로 가지?"

첫 번째 문에는 불, 두 번째 문에는 거미, 세 번째 문에는 무엇이 있는지 모르지만 초청가의 상처로 보아 위험하기는 매한가지였다.

이제 남은 것은 네 번째와 다섯 번째 문뿐이었다.

"아니, 아직도 다섯 개예요."

한운석이 부인했다.

"통로가 무척 깊어서 반시진 안에 살펴볼 수가 없어요. 게다가 위험한 곳이라고 올바른 길이 아니라는 보장도 없죠."

한운석의 헤아림은 주도면밀했다. 단목백엽 일행이 찾는 것이 그들과 같은 것인지는 모르지만, 지금 상황을 보면 다섯 갈래 길 중 네 갈래가 위험하고 한 갈래만 안전하게 목적지로 통하기 때문에 단목백엽 일행이 두 번째 길을 선택했을 것이다. 하지만 다섯 갈래 길이 모두 위험한데 그중 하나만 목적지로 통할 수도 있었다.

용비야도 그 말을 이해했다. 그가 담담하게 말했다.

"우선 네 번째와 다섯 번째 길을 살펴보고 다시 논의하지."

한운석도 찬성했으나 여 이모는 자신만의 생각에 빠져 있느라 아무 말이 없었다.

그런데 그들이 네 번째 길로 들어서려 할 때 한운석은 소매 속에서 뭔가 팔을 긁어 대는 것을 느꼈다.

꼬맹이였다.

꼬맹이는 늘 아무도 모르게 진료 주머니에서 빠져나올 수 있었고 한운석조차 알아차리지 못했다.

이럴 때 방해해서 뭘 하자는 거야? 한운석으로선 대답할 수도 없었다. 만에 하나 용비야와 여 이모에게 발각되면 무슨 일이 벌어질지 몰랐다. 독짐승을 훔치는 것이 용비야가 의성에 온 목적 중 하나일지 아닐지 누가 알겠는가?

꼬맹이가 아무리 긁어 대도 한운석은 계속해서 용비야와 나란히 앞장서서 걷기만 했다. 하지만 네 번째 문에 다가서자 꼬맹이는 더욱 세게 긁어 대다가 결국 손을 깨물기까지 했다. 물론 진짜 독을 써서 깨문 것은 아니었다.

이렇게 되자 한운석도 무시할 수가 없었다.

무슨 문제가 있는 거야!

꼬맹이가 안으로 들어가는 것을 저지하는 것 같았다. 설마 네 번째 길도 위험한 걸까?

아니야, 이곳의 위험은 꼬맹이에겐 아무것도 아니잖아.

그럼 대체 뭘 알려 주려는 걸까?

시험 삼아 걸음을 멈춰 보니 꼬맹이도 동작을 멈췄다. 역시 들어가는 것을 막으려는 것이었다.

저 안쪽의 위험이 꼬맹이에게 아무것도 아닌데도 막는 이유는 한 가지 가능성밖에 없었다. 꼬맹이가 올바른 길로 안내하려는 것이다!

한운석은 꼬맹이와 소통하기가 지독히 골치 아픈 일임을 깨달았지만, 함께 지낸 지 얼마 되지 않았으니 시간이 길어지면 반드시 서로 마음이 통할 것이라고 믿었다.

"다섯 번째부터 가요!"

그녀가 진지하게 말했다.

"어째서냐?"

용비야가 의아한 듯 물었다. 여 이모만 없었다면 한참 전에 질문을 늘어놓았을 것이다. 한운석이 납치되었다가 구출된 후 지금까지 물어볼 것이 수없이 많았지만, 의학원에서 말다툼을 한 후 그녀가 가 버리는 바람에 똑똑히 물어볼 기회가 없었다.

가장 궁금한 것은 어떻게 용천묵을 구했느냐는 것이었다!

"이쪽은 시큼한 냄새가 가장 약해요!"

한운석은 생각해 보지도 않고 대답했다.

그들은 부식성을 띤 시큼한 냄새를 찾고 있었으니 이 대답이 가장 설득력이 있었다. 꼬맹이가 장난치지 않았기를 바랄 뿐이었다.

"그것까지 구분할 수 있어?"

여 이모가 곧바로 캐물었다.

독을 배우는 사람은 후각이 좋은 모양이었다. 그녀가 맡기에는 어느 쪽이든 냄새는 큰 차이가 없었다.

"믿기지 않으면 들어가 보세요."

한운석은 한마디로 여 이모의 입을 틀어막았다.

여 이모는 달갑지 않았지만 한운석보다 독술이 부족하다는 것을 알기에 꾹 참고 두고 보는 수밖에 없었다.

용비야는 의심하지 않고 다섯 번째 문으로 다가갔다.

한운석이 막아섰다.

"잠깐만요. 아무래도 좀 더 살펴본 다음 다시 결정해요."

용비야와 여 이모를 데리고 하나하나 살피기보다는 역시 직접 시험해 보는 편이 나았다.

확실히 영리한 방법이었다. 이렇게 하면 다시는 '어째서' 같은 질문에 대답할 필요가 없었으니까.

용비야는 고개를 끄덕였고 한운석은 소매 속에 숨은 꼬맹이를 만지작거리며 직접 다섯 번째 문으로 다가갔다. 꼬맹이가 또 팔을 긁어 댔다.

그녀는 걸음을 멈췄다. 용비야와 여 이모가 쳐다보고 있었지만 설명하지 않고 이번에는 세 번째 문으로 걸음을 옮겼다. 뜻밖에도 꼬맹이는 여전히 팔을 긁었다.

세 번째 문도 갈 수 없다고!

그렇다면 첫 번째와 두 번째밖에 없었다. 두 번째 문을 바라보며 한운석은 입가를 실룩였다. 요 녀석이 거미를 먹고 싶어 이러는 건 아니겠지?

용비야와 여 이모는 한운석이 문 앞을 왔다 갔다 하는 것을 지켜보았다. 정말 진지하게 냄새를 맡으며 판단하고 있는 것 같았다.

한운석은 두 손을 한데 모아 편안한 자세를 하고 있지만 사실은 두 손으로 꼬맹이의 귀를 꼬집고 있었다. 감히 장난을 치면 무슨 꼴을 당할지 모른다는 경고였다!

그녀는 이렇게 꼬맹이의 귀를 꼬집으며 두 번째 문으로 갔다.

한 발 한 발 천천히 옮기면서 오로지 꼬맹이에게만 신경을 집중하며 반응을 기다렸다. 뜻밖에도 두 번째 문으로 다가갔지만 꼬맹이는 아무 반응이 없었다.

즉 그녀 혼자만의 착각이었던 것이다.

정말 돌아가서 거미를 먹겠다는 말이잖아?

정말이지 꼬맹이를 끄집어내 내동댕이치고 싶었다. 그녀가 참지 못하고 슬쩍 용비야를 살펴보니 그 역시 그녀를 바라보고 있었다. 저 남자 앞에서 거짓말을 하는 것은 쉬운 일이 아니었다!

이럴 땐 어떻게 해야 할까?

"두 번째 문이라고? 방금 들어갔다 나오지 않았느냐? 그때는 냄새가 안 나든?"

여 이모가 물었다.

이미 물러설 길이 없어진 한운석은 어떻게 대답해야 할지 몰랐다. 바로 그때 꼬맹이가 갑자기 그녀를 마구 긁어 대기 시작했다.

한운석은 멍해졌다.

주인의 소매 속에 숨은 꼬맹이는 쉼 없이 입을 오물거렸다. 사실 녀석도 한참을 고민했다!

확실히 미접몽과 유사한 냄새를 맡았지만 아무래도 망설여지지 않을 수 없었던 것이다!

방금 세 사람이나 저 안으로 뛰어들었으니 사람 냄새가 강해져 더 많은 거미가 피를 빨러 나타났을 것이다. 그 진수성찬을 놓쳐야 하다니!

하지만 녀석도 결국 직무에 충실한 수호 동물이 되기로 결심했다!

주인이 여전히 움직이지 않자 꼬맹이는 다시 힘껏 팔을 긁어 댔다. 한운석이 정신을 차리고 첫 번째 문으로 걸어가자 꼬맹이는 긁는 대신 애교를 부리듯 조그마한 머리를 그녀의 팔에 이리저리 비볐다.

첫 번째 문일 줄이야!

한운석이 한참을 서 있자 용비야와 여 이모가 다가왔다.

"그쪽이냐?"

용비야가 다소 믿기지 않는 목소리로 물었다.

"여긴 불이 있다. 그자들도 불에 혼쭐이 나서 달아나지 않았느냐."

여 이모도 심각한 목소리로 말했다.

단목백엽 일행 모습만 봐서는 불이 어디서 시작되었는지 얼마나 타들어갔는지 알 수가 없었다.

용비야와 여 이모뿐 아니라 한운석도 확신이 서지 않았으나, 꼬맹이가 이 길을 선택했으니 믿기로 결심했다.

꼬맹이가 장난을 칠 수는 있지만 그녀를 해치려고 하지는 않을 테니까.

"이쪽이에요. 가요."

한운석은 결단을 내렸다.

용비야는 두말없이 또다시 강압적으로 그녀의 손을 잡았다. 한운석은 또다시 뿌리쳐 보았지만 늘 그랬듯이 실패했다.

일처리가 과감하고 깔끔 명료한 그녀는 어정쩡하고 우물쭈물한 것을 싫어했고 특히 해명하지 않는 것을 가장 싫어했다.

하지만 그의 강압적인 기세 앞에서는 저도 모르게 기가 죽고 평소와 다르게 행동하며 물러서곤 했다.

그가 손을 끌어당겨 하나씩 하나씩 손가락을 얽었지만 그녀는 눈을 내리뜬 채 무시하려고 했다.

첫 번째 문으로 들어선 후 한참을 걸었지만 아무 것도 나타나지 않았다. 한운석은 기분을 가라앉히고 공기의 변화에 집중했다.

그러나 자장이 점점 짙어질 뿐, 시큼한 냄새는 별다른 차이가 없었고 독성도 나타나지 않았다.

그들은 내내 불길을 걱정했지만 뜻밖에도 불은 일어나지 않았다.

그렇게 걷고 또 걸어 이틀째가 되었다. 다행히 미리 건량을 준비해 왔기 망정이지 아니면 배를 곯아야 했을 것이다.

이틀째 저녁, 통로의 끝이 나타났다.

통로 끝의 네 벽은 시커멓게 그을고 야명주도 많이 망가져 있었다. 큰불에 휩쓸린 흔적이 분명했다. 길 끝에는 나무 담장이 있었는데 불에 타는 바람에 두 사람이 지날 수 있는 큼직한 통로가 나 있었다.

용비야가 자세히 살펴보니 나무 담장의 두께는 족히 50센티나 되었다. 이만한 두께라면 사람 힘으로는 쪼갤 수가 없으니 며칠 동안 불에 탄 모양이었다.

한운석이 사방을 살피다가 진지하게 말했다.

"단목백엽 일행이 우리한테 좋은 일을 해 주었군요!"

지금 보니 불길은 기관을 통해 일어나는데, 한 번 불이 붙으면 며칠 동안 타올라 나무 담장을 뚫도록 설계되어 있는 것 같았다. 이런 기관은 일회용이어서 한 번 발동하면 다시는 일어나지 않았다.

그들은 무척 안전했다!

단목백엽 일행이 사실을 알았다면 거품을 물고 쓰러졌을 것이다.

지금 그들은 아직도 두 번째 문 안에 갇혀 있을지도 몰랐다.

그렇게 생각하자 한운석은 괜히 기분이 좋아져 웃으며 말했다.

"들어가서 봐요!"

한운석이 기뻐하는 것을 보자 싸늘하기만 하던 용비야의 입꼬리가 살며시 올라갔다.

그들은 나무 담장 뒤에서 무엇을 발견하게 될까?

터놓고 묻기

나무 담장 안으로 들어서자 또다시 비밀 통로가 나타났다. 이 통로는 돌길이 아니라 자연적으로 생겨난 동굴 같았고, 야명주도 없어서 안이 어두컴컴했다.

이상한 말이지만 문으로 들어서기 전에는 아무 냄새도 나지 않았는데 문 안에 들어선 후로 강렬한 신 냄새가 나서 부식성이 무척 강한 뭔가가 내는 냄새임을 누구나 알 수 있었다.

"이 길이 맞군."

용비야는 야명주를 하나 떼어내 길을 밝히며 비밀 통로로 들어섰다. 들어가면 갈수록 냄새가 확실해졌다.

한운석은 해독시스템 딥 스캔을 작동시켰지만 여전히 공기 속에서 독을 검출할 수가 없었다.

그녀는 해독시스템이 검출하지 못하는 독이어서 모르는 사이 중독될까 봐 신경을 날카롭게 세워 경계를 돋웠다.

"이 냄새에 독이 있니?"

여 이모도 똑같은 걱정을 했다.

"두 사람은 여기 남으십시오. 내가 가 보겠습니다."

용비야가 시원스레 말했지만 여 이모가 엄숙한 표정으로 막았다.

"야아, 네 목숨이 누구보다도 중요해! 넌 갈 수 없다!"

사실 틀린 말은 아니었다. 운공대륙에서 용비야의 목숨 값에 비할 만한 사람은 얼마 되지 않을 것이다. 하지만 한운석은 아무리 들어도 이상했다.

무슨 말인가 하고 생각에 잠겨 있는데 여 이모가 다시 말했다.

"한운석, 네가 가라! 어서!"

명령이나 다름없는 말투였다! 마치 네 목숨은 한 푼 값어치도 없다는 말 같았다.

한운석도 본래는 자신이 가 보겠다고 하려던 차였다. 꼬맹이가 있으니 적어도 두 사람 보다는 안전하기 때문이었다. 하지만 여 이모가 당연한 듯이 명령하자 기분이 좋지 않았다.

"미접몽은 당신네들 것이고 나하곤 아무 상관도 없는데 왜 내가 가야 하죠?"

한운석은 나오는 대로 대답했다.

뭐라고 말하려던 용비야는 그 말을 듣자 입을 다물었다. 냉랭한 표정만 보아서는 무슨 생각을 하는지 알 수가 없었다. 여 이모는 눈을 찌푸렸다. 제법 솜씨가 있어서 다시 봐줄까 했는데 결국 이렇게 나오는군!

용비야가 아무리 아끼고 예뻐해도 이렇게 못된 버릇을 들이면 안 되지!

보아하니 당리를 심문할 필요도 없었다. 아무리 능력이 뛰어나도 써먹을 수 없는 여자였다!

여 이모는 거리낌 없이 직접적으로 말했다.

"야아, 너는 한 번도 쓸모없는 자를 옆에 두지 않았다. 쓸모

없는 자들은, 후후……."

여 이모는 말을 하다 말고 의미심장하게 웃었다.

'쓸모없는 자'는 한운석을 말하는 것이 분명했다.

그럼 '후후'는?

협박하는 의미인가? 쓸모없으니 없애겠다? 죽이겠다?

한운석은 반박하지 않고 묵묵히 입을 다물었다. 지금껏 자신의 존재가 용비야에게 갖는 가장 큰 의미가 바로 '쓸모'라는 것을 알고 있었다!

그녀는 용비야가 서주국의 화친을 거절한 후에도 단목요를 구해 준 이유를 알 수가 없었다. 어쩌면 단목요도 그에게 무슨 쓸모가 있는지도 몰랐다.

용비야를 흘끗 바라보았지만 그가 말할 기미가 없자 그녀는 더욱 입을 다물었다.

두 사람 다 말이 없자 여 이모도 더 말하지 않고 직접 앞으로 걸어 나갔다.

그저 하는 척만 하는 게 아니라 진짜였다. 미접몽의 비밀을 풀 수 있다면 아무리 큰 대가를 치르더라도 상관없었다.

한운석을 보내려고 한 것은 그녀가 자신보다 독술이 뛰어나다고 생각해서였다.

여 이모가 떠나자 용비야와 한운석 사이는 더욱 조용해졌다. 얼마 지나지 않아 용비야는 한운석에게는 한마디도 하지 않은 채 말없이 여 이모를 따라나섰다.

멀어지는 그의 뒷모습을 보면서 한운석은 저도 모르게 입술을 깨물었다. 입술이 터졌지만 그것조차 느끼지 못했다. 결국 그녀도 뒤를 따랐다.

어차피 여기까지 온 이상 끝까지 도울 생각이었다.

그녀가 쫓아가 보니 비밀 통로는 동굴이고 동굴 끝은 절벽이었다. 공간이 좁아 너덧 명밖에 서 있을 수 없는 절벽 위에는 난초 같은 모습을 한 이름 모를 독초들이 가득했지만 아직 꽃을 피우지는 않은 상태였다.

공기 속에 섞인 신 냄새는 바로 이 독초에서 흘러나오고 있어서 절벽 앞에 오래 서 있으면 견딜 수가 없었다.

한운석이 오는 것을 보자 여 이모는 차갑게 코웃음을 쳤고 용비야는 아무 말도 하지 않았다.

"저 풀에 독이 있어요. 부식성이 아주 강한 독인데 여러 가지 독초를 교배해서 만든 새로운 품종일 거예요. 독은 뿌리줄기에 분포하고 뿜어내는 냄새에는 독이 없어요."

한운석은 해독시스템이 분석한 정보를 말해 주었다. 해독시스템은 독초에 포함된 여러 가지 독을 분석해 냈지만 독초 전체의 독성은 알아내지 못했다.

아마 새 품종일 것이다. 적어도 해독시스템에게는 그랬다!

여 이모는 그녀를 무시했고 용비야는 고개를 끄덕이더니 은사장갑을 끼고 직접 독초를 땄다. 여 이모가 치맛자락을 들어받으려고 했다.

"안 돼요!"

한운석이 저지했다.

"옷이 녹아 버릴 거예요."

여 이모는 헛기침을 하곤 아무 말도 하지 않았다.

한운석은 진료 주머니에서 유리 상자 하나를 꺼내 용비야에게 내밀었다.

"다 같은 종류이니 몇 줄기 따서 가져가면 충분해요."

용비야는 말이 없었지만 시킨 대로 대여섯 줄기를 따서 유리 상자에 넣고 직접 들었다.

여 이모가 찾아낸 단서에 따르면 미접몽을 만드는 데 필요한 부식성 강한 독초가 독초 창고에 있다고 했는데, 오늘 보니 헛걸음은 아닌 듯 했다.

용비야는 검으로 동굴 입구의 바위를 깨뜨려 절벽으로 통하는 길을 막았다.

한운석은 어지러이 쌓인 돌멩이를 넋을 놓고 바라보았다. 미접몽은 독종의 보물인 것 같은데 왜 용비야가 가지고 있을까?

용비야의 어머니는 당문의 딸이라고 했는데 아버지는 누굴까?

미접몽을 밝히는 데 저렇게 애를 쓰는 건 대체 무엇 때문일까? 독종과 관련이 있을까?

"분수를 아니 다행이군. 가자."

여 이모가 혼잣말처럼 내뱉었지만 분명히 한운석에게 들으라고 하는 소리였다.

한운석은 그녀가 자신을 뭐로 여기는지 도무지 알 수가 없었다. 용비야의 조수? 아니면 왕비 겸 부하?

반박하고 싶지도 않았다. 어쨌든 실마리는 찾았으니 미접몽을 돌려주고 관계를 깨끗이 청산할 생각이었다.

그런데 그녀가 미접몽을 꺼내려는 사이 용비야가 그녀의 손을 잡고 아무 말도 하지 않은 채 왔던 길을 되짚어갔다.

한운석은 다른 손으로 미접몽을 꺼내 한참 동안 쥐고 있었지만 무엇 때문인지 결국 다시 조용히 진료 주머니 속에 넣었다.

옆에 있던 여 이모는 완전히 잊혀진 사람이 된 것 같아 잔뜩 눈을 찌푸렸다.

용비야의 이런 행동은 그녀의 뺨을 때린 것이나 마찬가지였다!

어떻게 이럴 수가 있지?

그들은 누구 하나 말이 없는 상태로 왔던 길을 되돌아갔다.

공교롭게도 용비야 일행이 첫 번째 문에서 나오는 순간 단목백엽 일행도 두 번째 문에서 튀어나왔다. 세 사람은 낭패한 몰골에다 피를 많이 흘린 듯 얼굴이 허여멀건 했다.

단목백엽과 초천은은 웃옷을 홀딱 벗고 있었는데 몸 곳곳에 거미에게 물린 상처가 있었다. 특히 제일 먼저 들어간 단목백엽은 거의 온몸이 상처투성이였고 얼굴에도 두 군데 상처가 있었다.

단목백엽의 옷은 갈가리 찢어졌는지 보이지 않았고, 초천은의 옷은 초청가가 덮고 있었다. 옷 위로 거미줄이 허옇게 덮여 모르는 사람이 보면 누에고치인 줄 오해할 정도였다.

저들이 안에서 이틀 밤낮 얼마나 처참한 일을 당했는지는 아무도 모를 일이었다!

두 일행은 동시에 밖으로 나와 동시에 서로를 발견하고 움찔했다.

주위가 조용해졌지만 한운석은 얼이 빠진 초청가의 모습을 보고 폭소를 참지 못했다.

"하하하, 안에 거미가 가득했을걸!"

초청가뿐만 아니라 단목백엽도 화가 치밀어 각기 활과 검을 뽑아 들었다.

"한운석, 이 거짓말쟁이!"

제일 분노한 사람은 단목백엽이었다.

"내가 무슨 거짓말을 했다는 건가요? 저 안에 좋은 게 있다고 하기라도 했나요?"

한운석은 도저히 참지 못하고 말하면서 계속 웃었다.

"이 못된 계집! 죽어라!"

초청가는 화를 참지 못하고 활을 들었다.

그러나 초천은이 다급히 막아서며 나지막이 말했다.

"가자!"

"오라버니!"

초청가는 이성을 잃을 정도로 화가 나 지금 그들이 힘을 합쳐도 용비야 한 사람을 당해 내지 못한다는 것도 알아차리지 못했다. 그들은 상처가 심했고 거미에게 물린 곳은 어서 빨리 치료해야 했다.

"가자니까!"

초천은이 화를 내자 그제야 초청가도 활을 내려놓았다. 초천은은 단목백엽을 흘끗 보더니 아무 말 없이 초청가를 데리고 먼저 나갔다.

단목백엽은 뒤따라가면서 차갑게 경고했다.

"용비야, 우리 서주국 황족은 쉬운 상대가 아니다!"

말을 마친 그는 배짱도 없이 돌아서서 달아났다. 용비야는 한마디도 하지 않고 한운석을 꼭 끌어안고 바짝 뒤를 쫓았다.

이 길은 한 방향밖에 없었는데 용비야가 거의 따라잡을 즈음 갑자기 단목백엽 일행이 모퉁이 쪽에서 어디론가 모습을 감추었다.

용비야가 쫓아가 살펴보니 모퉁이 쪽에 다른 쪽으로 통하는 길을 열어 주는 기관이 있었다. 바깥쪽 나무가 멀쩡했는데 그들이 이곳에 들어올 수 있었던 건 이 때문이었다.

"오래 머물 곳이 아니니 일단 본래 왔던 길로 돌아가자."

여 이모가 진지하게 말했다. 단목백엽 일행이 들어온 길에 무슨 위험이 있을지 모를 일이었다.

용비야는 여 이모의 말대로 추격은 그만두었지만 여전히 한운석을 안은 채 빠르게 움직였다. 곧 여 이모마저 뒤쳐졌다.

한운석은 그가 일부러 그랬다는 것을 알아차렸다. 이 인간, 여 이모를 따돌릴 생각인가?

뜻밖에도 용비야는 그 틈을 타서…… 질문을 시작했다. 한참 동안 침묵을 지키던 그지만 여전히 강압적이어서 첫마디부터 단도직입적이었다.

"어떻게 용천묵을 구했느냐?"

한운석은 적응이 되지 않았다. 이 인간이 다시는 말을 걸지 않으리라 생각했던 것이다.

"그동안 계속 해약을 만들고 있었는데 다행히 그날 저녁에 성공했어요."

한운석은 미리 생각해 둔 대답을 했다. 고칠소가 물었을 때도 이렇게 대답할 생각이었다.

두 남자 모두 꼬맹이에게 나쁜 생각을 품고 있을지도 모르는데, 꼬맹이는 아직 완전히 회복되지 않아 스스로를 지키기에는 너무 약했다. 만에 하나 이들에게 빼앗기면 그녀 힘으로는 구해 낼 수가 없었다. 사실 꼬맹이 스스로 고북월 앞에 모습을 나타내지 않았더라면 고북월에게도 이야기하지 않았을 것이다.

누구도 이 일을 아는 것을 원치 않았다. 소문이 나면 의학원이 어떻게 나올지도 모르고, 독짐승을 빼앗으려는 온 세상 사람들이 그녀를 가만두지 않을 것이다.

"그렇게 딱 맞아떨어졌다고?"

용비야는 의심스러운 게 분명했다. 하지만 이런 문제는 한운석이 죽어라 입을 다물면 믿고 싶지 않아도 어쩔 도리가 없었다.

"그 백의인이 어떻게 너를 구했느냐?"

용비야가 다시 물었다.

"우연히 만났어요."

한운석은 차분하게 말했다.

"왜 널 구했지?"

용비야가 다시 물었다.

한운석도 답답한 표정이었다.

"나도 알고 싶어요."

그 말은 진심이었다. 용비야의 복잡한 눈빛을 보자 그녀는 생긋 웃으며 대범하게 터놓고 물었다.

"용비야, 당신도 내가 서진 황족의 핏줄이고 영족이 수호하는 사람이라고 의심하는 거죠?"

망설이는 동안

당연히 그랬다!

한운석의 태연한 태도와 이런 질문에도 그 의심은 풀리지 않았고 눈동자에 떠오른 복잡한 빛만 더 짙어졌다.

이 인간이 이렇게 근심에 찬 모습은 한운석도 처음이었다.

한운석에게는 황족을 부흥시킬 야심 같은 것이 없었고, 더구나 용비야는 천녕국 황제도 아니니 설령 그녀가 서진 황족이라 해도 그에게 아무런 위협이 되지 못했다. 어쩌면 도움이 될 수도 있었다.

그녀는 용비야가 기뻐하리라 생각했지만 뜻밖에도 용비야는 담담하게 말했다.

"독짐승을 노리고 온 자일지도 모른다."

"내가 보기엔 아니에요."

한운석이 진지하게 말했다.

그러나 용비야는 이 이야기를 계속할 생각이 없는 듯 말을 돌렸다.

"여긴 왜 왔느냐?"

꼬맹이를 배불리 먹이고 온 김에 미접몽을 조사하기 위해서였다.

"약초를 구하려구요."

한운석은 태연하게 대답했다.

"구했느냐?"

용비야가 다시 물었다.

"그래요."

한운석이 고개를 끄덕였다.

마치 지난번 말다툼은 없었던 것처럼 두 사람은 자연스럽게 이야기를 주고받다가 어느덧 침묵에 빠졌다.

한참이 지난 후 한운석이 먼저 입을 열었다.

"여 이모라는 사람은……."

뜻밖에도 용비야는 숨길 기색 없이 곧바로 대답했다.

"어머니의 누이동생이다."

정말 친 이모였구나. 어쩐지 용비야에게도 마구 훈계를 하더라니.

"역시 당문 사람이에요?"

한운석이 재차 물었다.

"당문의 둘째 주인이지. 문주는 당리의 아버지다."

용비야는 담담하게 대답했다.

"당신 아버지도 당문 사람이에요?"

한운석이 다시 물었다.

이번에는 용비야도 약간 망설였지만 애석하게도 한운석은 알아차리지 못했다.

용비야는 고개를 끄덕였다.

"그렇다."

한운석은 그 말을 믿었다. 당문의 딸은 외부에 시집가지 않는다고 했으니 그게 맞다고 생각한 것이다.

묻는 족족 대답해 주는 것을 보면 이 인간이 오늘은 기분이 좋은 모양이었다.

두 사람이 이렇게 편안하게 이야기를 나누는 일은 정말 정말 손에 꼽을 만큼 드물었다.

한운석은 이 기회를 놓치지 않고 수많은 질문을 퍼부었다. 용비야는 비록 말수는 적었지만 그래도 하나하나 대답해 주었다.

"미접몽이 독종의 물건인가요?"

"음."

"미접몽이 당문의 독술과 관계가 있겠군요?"

"음."

"당문의 독술이 쇠락한 것이 의학원에서 독종이 무너진 것과 관계가 있는 거예요?"

"조금."

"그러니까 당신은……, 독종의 세력을 얻고 싶은 거예요? 당문의 독술을 다시 일으키기 위해서?"

"……그렇다."

이것저것 생각나는 대로 묻던 한운석은 밑도 끝도 없이 지금까지와는 전혀 관계없는 질문을 던졌다. 고개를 들고 여전히 맑고 당당한 눈빛으로 그를 바라며 이렇게 물은 것이다.

"용비야, 왜 단목요를 구했어요?"

뜻밖의 질문에 용비야는 그녀를 바라보며 저도 모르게 걸음을 멈추었다.

"응?"

한운석은 그를 꿰뚫어 볼 것처럼 그 눈동자를 들여다보았다.

용비야도 그녀를 바라보며 마치 뭔가 망설이듯 입매를 바짝 당겼다. 한운석은 대답을 재촉하지 않고 기다렸다.

말다툼하느라 대답하지 못했던 질문들에 대해 그녀도 모두 대답해 주었으니 용비야 역시 단목요에 대해서 해명해야 하지 않을까?

해명이 아니더라도 최소한 그녀의 질문에 대답은 해야 할 것이다.

두 사람의 시선이 마주쳤다. 하지만 여 이모가 쫓아올 때까지 용비야는 아무 말도 하지 않았다.

해명도 없었고 건성으로 대답하지도 않았다.

도착한 여 이모가 그런 두 사람을 보고 재촉했다.

"어서 가지 않고 뭘 하는 거니?"

용비야는 끝내 대답하지 않고 한운석의 눈을 피하며 계속 앞으로 나아갔다.

한운석도 더는 묻지 않았다. 그녀는 그의 손에 얽힌 손가락을 바라보았지만 빼내려고 하는 대신 입가에 냉소를 지었다.

용비야, 당신은 내가 먼저 당신을 건드렸다고 했지만 우리 두 사람 중 상대를 더 많이 건드린 사람이 누구야?

비밀 통로를 벗어나자 바깥은 훤히 밝아 있었고 오후의 숲속은 고요했다. 운 좋게도 벌레가 출몰하는 밤을 피한 것이다.

한운석은 고북월과 고칠소를 찾지 않았다. 꼬맹이가 고칠소를 구해 주었으니 분명히 안전할 것이고 어쩌면 벌써 이곳을 떠났을 수도 있었다.

그녀는 아무 표정 없이 용비야를 따라 객잔으로 돌아왔다. 처음 왔을 때 썼던 객잔, 천자 1호방이었다.

여 이모는 그들을 따라 들어와 뭘 찾는지 구석구석 샅샅이 살폈다. 방을 모두 둘러본 그녀가 태연하게 말했다.

"야아, 얘기 좀 하자꾸나."

한운석은 비켜 달라는 뜻인 줄 알고 먼저 나서서 말했다.

"난 의학원으로 돌아가겠어요."

"그럴 필요 없다. 내일 아침 본 왕과 함께 천녕국으로 돌아간다."

용비야가 고압적으로 통보했다.

"아직 할 일이 있어요."

한운석은 차분한 목소리로 말했다. 이 인간을 만난 후부터 그에게 이렇게 차분하게 말한 적은 없었다.

"무슨 일?"

용비야가 캐물었다.

"짐을 챙겨야 해요. 내 물건이 그곳에 있으니까요."

한운석은 태연하게 대답했다. 물론, 그밖에도 해야 할 일이 아주 많았다!

"나중에 사람을 보내 가져오게 하도록. 먼저 쉬어라."

용비야는 잠시 망설이더니 한마디 덧붙였다.

"나는 바로 옆방에 있다."

한운석은 그가 어디에 있건 상관하지 않고 진지하게 말했다.

"내 물건은 내가 챙기는 게 좋아요. 약재들도 많아서 하인들은 몰라요."

용비야가 함께 다녀오려는데 별안간 옆방에서 당리의 고통에 찬 비명이 들려왔다. 용비야는 저도 모르게 눈을 찌푸리며여 이모를 바라보았다.

"옆방에서 기다리마."

여 이모가 웃으며 말하고는 돌아서서 나갔다.

"누구 없느냐? 왕비를 의학원까지 호송해라. 속히 다녀와야 한다!"

용비야는 한운석을 잠시 내버려 두고 황급히 여 이모를 따라갔다.

곧 당리의 참혹한 비명이 다시 들려왔다. 심각하게 학대를 당하는 것 같았다!

한운석은 어리둥절했다. 상황을 보니 당리가 여 이모에게 잡혀 어떻게 된 모양이었다.

물론 그녀는 이제 그들 일에는 관심이 없었다. 그녀는 의미심장하게 시위를 바라보며 말했다.

"나를 따라 의학원으로 갈 사람인가?"

들어온 시위는 하필이면 지난번 한운석에게 혼쭐이 났던 사람이라 곧 겁을 먹고 고개를 끄덕였다.

"제가 마마를 호송하겠습니다."

"음, 부탁하겠네."

한운석이 정중하게 말했다.

시위는 등골이 서늘했다. 뭐라고 대답해야 할지 몰라 망설이는데 한운석의 손이 눈앞으로 다가왔다. 마치 그를 희롱하기라도 하는 것 같았다.

시위는 화들짝 놀라 허겁지겁 뒤로 물러났다.

"왕비마마, 제발……."

"제발 뭐?"

한운석이 생긋 웃으며 손가락을 퉁겨 딱 소리를 내자 시위는 눈을 뒤집으며 벽에 기댄 채 스르르 쓰러졌다.

아무 방비하지 않는 사람에게 미약을 쓰는 것은 한운석에게는 식은 죽 먹기였다.

그녀는 미접몽을 꺼내 탁자에 올려놓고 옆방에서 나는 참혹한 비명 소리를 들으며 시원스레 자리를 떴다.

옆방에서는 당리가 침상에 꽁꽁 묶여 있었다. 오늘로 꼭 나흘째였다.

"여 이모, 할 말은 다 했으니 풀어 줘요!"

고모라고 불러야하지만 어려서부터 용비야를 따라 부르다 보니 이모라는 말이 입에 붙어 있었다.

"용비야도 이곳에 있으니 궁금한 게 있으면 직접 물어보면 되잖아요. 왜 날 괴롭히는 거예요?"

배가 고파 뱃가죽과 등가죽이 붙어 버릴 것 같았지만 그건 중요하지 않았다. 중요한 것은 뒷간에 가고 싶어 죽겠다는 것이었다. 참는 것도 이제 한계였다!

"여 이모, 계속 이렇게 묶어 놓으면 돌아가서 어머니께 일러바칠 거예요! ……아악! 못 참겠다!"

당리가 아우성을 치고 비명을 질러도 여 이모는 눈 하나 깜짝 않고 침상 옆에 앉아 웃으며 말했다.

"그 계집애의 독술이 그저 그렇다며?"

당리는 옆에 선 용비야를 곁눈질하며 우물쭈물 대답하지 못했다.

용비야와 함께 독초 창고에 갈 생각이었는데 용비야가 성질을 부리고 먼저 가 버린 뒤 혼자 객잔에 남아 자다가 여 이모에게 잡힌 것이었다. 여 이모는 곧바로 그를 꽁꽁 묶고 한운석에 대해 물었고, 그는 한운석이 큰 화근이라도 되는 것처럼 깎아내렸다.

"까다롭고 성질 더러운 여자라며?"

여 이모가 다시 물었다.

당리는 뒷간이 급한 것도 잊었는지 입을 우물거리며 아무 말 못했다.

"그 계집애가 화근덩어리여서 야아를 완전히 홀렸다며? 그래서 야아가 미접몽까지 줬고?"

여 이모가 다시 물었다.

당리는 용비야의 표정이 궁금했지만 애석하게도 쳐다볼 용기가 나지 않았다.

"게다가 지조도 없어서 여러 남자들과 어울렸다며?"

여 이모가 웃으며 말했지만 당리는 울고 싶었다. 어느새 용비야가 그의 앞에 와 있었는데 그 준수한 얼굴이 먹구름이 드리운 듯 무서울 만큼 어두컴컴했기 때문이었다!

그는 천천히 몸을 기울여 신도 부러워 할 준수한 얼굴을 당리의 얼굴에 거의 붙이다시피 하고 한 자 한 자 물었다.

"또 뭐라고 했느냐?"

당리는 등에서 식은땀이 흘러내리는 것을 느끼고 입을 꾹 다물었다. 도저히 말을 할 용기가 없었다.

용비야가 점점 더 가까이 다가오더니 고개를 돌려 그의 귀에 대고 속삭였다.

"영족의 일까지……."

말이 끝나기도 전에 당리가 즉각 부인했다.

"아니야!"

바로 그 영족의 일 때문에 여 이모 앞에서 한운석을 중상모략한 것이었다.

한운석이 정말 영족이 보호하려는 사람이라면, 한운석은 영원히 그들과 함께 할 수 없는 입장이고 용비야는 반드시 그녀를 버려야했다.

그날 의학원에서 당리는 평소답지 않은 용비야를 똑똑히 보았다. 그는 거의 한운석에게 달려갈 뻔했지만 백의를 보는 순간 냉정을 되찾았고, 한운석의 질문에도 끝내 단목요에 관해 해명하지 않았다.

한운석을 어떻게 해야 할지에 대해 용비야가 아직도 망설이고 있다는 것을 당리도 알고 있었다.

어려서부터 함께 자란 그는 용비야가 함부로 뭔가 가지려 하지는 않지만 일단 손에 넣으면 절대로 내려놓지 않는 사람임을 알고 있었다. 그는 원하는 것은 절대로 포기하지 않았다.

어떻게든 용비야가 망설이고 있을 때를 노려 아무것도 일어나지 않도록 저지해야 했다.

그런데 여 이모가 딱 좋을 때 나타난 것이다.

물론 영족의 일까지 털어놓을 시기는 아니었다. 그렇지 않았다면 실수를 하더라도 반드시 뿌리를 잘라 내고 마는 여 이모의 성격상 한운석은 분명히 목숨을 잃었을 것이다!

용비야와 당리가 귓속말을 하자 여 이모는 영 기분이 좋지 않아 웃으며 끼어들었다.

"뭘 그렇게 속닥거리니? 내가 알면 안 되는 거니?"

용비야는 대답하지 않았고 당리는 당연히 대답하지 못했다.

"설마 한운석에게 내가 알면 안 되는 무슨 비밀이라도 있는 거니?"

여 이모가 일부러 장난스레 물었다.

그때 용비야가 몸을 일으키더니 여 이모에게는 대답하지 않고 손수 당리를 풀어 주었다.

여 이모가 손을 뻗어 당리의 몸을 꾹 누르며 차갑게 말했다.

"왜 이리 서둘러?"

"혹시 잘못되면 숙모님께 아들을 배상해 주실 겁니까?"

용비야가 태연하게 물었다.

당리의 어머니, 즉 당문 문주의 부인은 아들을 애지중지하기로 유명했다. 그렇지 않았다면 당리가 이렇게 오래 집을 떠나나 있지도 못했을 것이다.

예전이었다면 여 이모도 시누이로서 올케를 자못 꺼렸기 때문에 양보했겠지만 이번에는 그러지 않았다. 며칠 간 용비야가 한운석을 어떻게 대하는지 모두 보았고 이는 결코 보통 일이 아니었다. 한운석이 용비야의 곁에 있을 자격은 있다고 인정하지만 내력은 명확히 조사해야 했다.

"당리, 한운석은 누구에게 독술을 배웠니?"

여 이모는 당리에게 물었지만 차가운 눈동자는 용비야를 향해 있었다.

억류, 그렇든 아니든

한운석이 누구에게 독술을 배웠냐고?

용비야에게도 했던 질문이었다. 용비야의 대답인 '고수'에 속아 넘어가지 않은 것이 분명했다.

당리는 여 이모와 용비야를 번갈아 보며 어쩔 줄 몰랐다. 당리뿐만 아니라 용비야도 마찬가지였다. 한운석이 목청무를 구했을 때부터 줄곧 그녀의 뒷조사를 해 왔는데, 이제 천심부인이 약성 사람이라는 것을 알게 되었지만 다른 것은 아직 확실치 않았다.

이곳은 독초 창고가 아니고 한운석의 도움을 받을 필요가 없으니 여 이모도 그때처럼 인내심을 발휘하지 않았다. 그녀는 당리를 돌아보며 엄숙한 얼굴로 말했다.

"어서 말하지 못해?"

당리는 깜짝 놀라 황급히 대답했다.

"고수에게 배운 거예요. 고수가 말하지 말랬어요."

용비야와 똑같은 대답이었다. 사전에 말을 맞춘 적은 없지만 마음이 통한 것이다.

"백독문과 우리 당문 외에 그만한 실력이 있는 사람이 또 누구지?"

여 이모가 흥미롭게 물었다.

백독문과 당문의 독술은 모두 독종에서 갈라져 나왔다. 독종이 무너지자 당문의 독술은 쇠락했고 백독문은 아직 남아 있었지만 몇년 동안 별다른 움직임이 없었다.

"백독문과 당문의 독술은 독종의 큰 분파지만, 분명히 우리가 모르는 작은 분파들도 있었을……."

당리가 황급히 대답했다. 너무 빨라 용비야도 그를 막을 수가 없었다. 그는 반쯤 말하다가 알아서 입을 다물었다.

실수다!

여 이모가 찬 숨을 들이켰다.

"그러니까 너희도 그 고수가 누구인지 모른단 말이지?"

당리는 차마 대답하지 못한 채 제 입을 쥐어박고 싶은 것을 꾹 참았다. 너무 급해서 정신이 나가 버린 것이 분명했다.

갑자기 여 이모가 탁자를 '쾅' 내리치며 노한 소리로 말했다.

"야아, 미접몽을 내력도 모르는 여자에게 내주다니 무슨 짓이냐? 네가 이렇게 쉽게 여색에 홀린 것을 알면 구천에 계신 네 모비도 눈을 감지 못할 거야!"

용비야는 묵묵히 당리를 묶은 밧줄을 풀어 줄 뿐 반응이 없었다.

당리도 그런 그를 보자 가슴이 답답해서 뭐라고 하려다가 그만두었다.

"야아, 네 모비가 무엇 때문에 죽었는지 생각해 보았을 텐데 어떻게……."

여 이모가 계속 말하려고 했지만 뜻밖에도 용비야가 홱 고개를 돌렸다. 얼음장같이 싸늘한 그 눈빛에 여 이모는 오싹 한기가 들어 놀라 입을 다물었다.

여 이모는 다시 말하려고 했지만 끝내 말을 잇지 못했다.

용비야는 당리를 풀어 준 후 한마디도 없이 돌아서서 나갔다.

당리는 여 이모를 내버려 두고 황급히 그를 쫓았다.

그러나 용비야는 떠나지 않고 옆방인 천자 1호방의 지붕으로 올라가 한동안 앉아 있다가 팔베개를 하고 누웠다. 가슴 가득한 근심만 아니었다면 방 안의 이상한 점을 알아차렸겠지만 안타깝게도 그렇지 못했다.

당리도 그의 옆에 내려서서 똑같이 누워 하늘을 바라보았지만 감히 말을 붙일 수가 없었다.

그가 한운석을 모함한 것은 여 이모가 용비야에게 잔소리를 하게 만들기 위해서가 아니었다. 용비야가 아직 결심을 내리지 못하고 망설이고 있을 때 여 이모가 대신 결정해 주기를 바라서였다.

한운석은 쉽게 얻을 수 없는 조력자지만, 내력이 불분명하다는 것 하나만으로도 용비야는 절대 그녀를 곁에 둬서는 안 되었다. 마음이 흔들리는 것은 더욱 안 되었다.

한참이 지나도록 용비야가 따질 기미가 없자 당리가 입을 열었다.

"형, 미접몽을 찾아와."

용비야는 대답이 없었다.

"형, 단목요에 대해 해명하지 않은 건 그 핑계로 그 여자를 거절한 거잖아. 거절까지 했는데 왜 포기 못하는 거야?"

제삼자가 으레 그렇듯, 그간 용비야의 모순적인 행동을 당리는 모두 꿰뚫어 보고 있었다.

분명히 거절해 놓고도 그는 억지로 그녀를 곁에 묶어 둔 채 묵묵히 챙기고 있었다.

도무지 그에게는 어울리지 않는 행동이었다!

용비야가 미적거리며 대답이 없자 당리가 차갑게 말했다.

"형, 그 여자가 진짜 서진 황족의 후예라면 당문은 틀림없이 그 여자를 죽일 거야!"

"감히!"

마침내 용비야가 입을 열었다.

여기까지 이야기가 이어지자 당리도 결사의 각오로 말을 꺼냈다.

"만약 그렇다면 당문보다는 네가 그 여자를 죽여야 해. 네 모비가 어떻게 돌아가셨는지 잊지 마!"

오늘 벌써 두 번째 듣는 말이었다.

모비가 어떻게 죽었던가.

용비야는 눈을 가늘게 뜨고 차갑게 당리를 노려보았다. 온몸에서 무시무시한 살기가 흘러나왔지만 당리는 두려워하지 않고 당당하게 마주했다.

당리도 한운석이 마음에 들어서 그녀가 영족과 무관하기를, 그녀가 용비야의 마음속에 들어갈 수 있기를 바랐다. 하지만 영족의 출현이 모든 것을 불가능하게 바꿔 놓았다.

"그 여자는 십중팔구 서진 황족이야!"

당리가 확신에 차서 말했다.

놀랍게도 용비야가 그의 목을 와락 틀어쥐며 한 자 한 자 힘주어 경고했다.

"그렇든 아니든 그녀는 본 왕의 왕비이니 반드시 본 왕 곁에 있어야 한다! 여 이모에게 가서 그녀에게 관심 갖지 말라고 전해라. 그렇지 않으면 나도 가만히 있지 않겠다고!"

고작 여자 하나 아닌가? 대체 왜 이렇게 고집을 피우지?

당리는 그의 손을 뿌리치며 차갑게 말했다.

"용비야, 정말 그 사실을 무시할 수 있겠어?"

그럴 수 있었다면, 무엇하러 내내 단목요의 일을 숨기며 한운석을 거듭거듭 실망시켰을까?

용비야는 살짝 멈칫했지만 대답하지 않고 돌아서서 의학원으로 향했다.

당리가 몇 걸음 쫓아가며 소리쳤다.

"용비야, 한운석은 억지로 붙잡아 둘 수 있는 여자가 아니야!"

용비야는 그 말을 들었지만 돌아보지 않았다.

그는 지금쯤 한운석이 의학원에서 짐을 싸고 있을 것이라 생각했다.

하지만 빗나간 생각이었다.

사실 한운석에게는 쌀 짐도 없었다. 그녀는 의학원에 돌아오자마자 고북월을 찾아갔는데 예상대로 고칠소와 고북월은 그녀를 찾지 못해 먼저 돌아와 있었다.

고칠소는 이따금씩 소인배처럼 굴 때가 있지만 이번에는 군자답게 고북월을 혼자 독초 창고에 버려 두지 않았다.

지금 그들은 낙취산의 원락에 모여 있었다.

"누가 너희들을 구했어?"

한운석이 떠보듯이 물었다. 고칠소가 꼬맹이를 보았는지 아닌지, 꼬맹이를 보았다면 독짐승이라고 알아보았는지 아닌지 확신이 서지 않아서였다.

고칠소는 어깨를 으쓱했다.

"어떻게 된 건지는 모르지만 식인덩굴이 갑자기 시들어 버렸어."

독초 창고에는 본래 독충이 많고 서로 상생상극을 이루기 때문에 어쩌면 운 좋게 식인덩굴의 천적이 나타났을 수도 있었다. 고칠소는 그 일에 대해서는 깊이 생각하지 않았고 장난치듯 물었다.

"독누이, 그렇게 매정하게 용비야를 따라가 버리다니 내가 죽든 말든 상관없어?"

보아하니 꼬맹이가 모습을 드러내지는 않은 것 같아 다행이었다.

"당신이 죽든 말든 무슨 상관이야."

한운석이 웃음 섞인 소리로 대답하며 남몰래 진료 주머니를 쓰다듬었다.

꼬맹이는 천 너머에서 주인의 손길에 푹 빠져 있었다.

꼬맹이는 그날 일을 똑똑히 기억하고 있었다. 주인을 찾아 돌아왔을 때 녀석은 빨간 옷을 입은 미남자가 식인덩굴에 꽁꽁 묶여 있는 것이 보였다. 솔직히 그때는 식인덩굴이 저 남자를 먹으면 그 후에 식인덩굴을 뜯어먹을까 말까 조금 망설였다. 아무래도 사람을 먹고 난 식인덩굴이 좀 더 영양분이 많을 테니까.

녀석이 주인과 저 빨간 옷을 입은 남자의 사이가 얼마나 가까운지 고민하고 있을 때, 백의 공자가 소리 없이 조그마한 비도를 날려 식인덩굴의 뿌리를 모두 잘라냈다.

녀석은 일단 숨었다가 두 사람이 떠난 후 그제야 나가서 덩굴을 먹기 시작했다.

주인이 왜 갑자기 이렇게 다정하게 쓰다듬는지 알 길이 없지만 어쨌든 주인이 예뻐해 주면 그저 좋았다.

한운석의 대답에 옆에 있던 낙취산의 얼굴이 새까매졌지만 고칠소는 화내지 않고 눈을 가늘게 뜨며 웃었다.

"내가 어떻게 하면 상관이 있게 될까?"

무슨 소리야, 뻔뻔하기도 해라!

한운석은 어이없다는 표정을 지으며 그를 무시했다.

고칠소와 고북월이 무사히 돌아온 것을 확인했으니 그녀도 마음이 놓였다.

"고 태의는 태자 전하와 영친왕을 따라 돌아가요. 나는 아직 할 일이 있어서 함께 가지 않을 거예요."

고북월은 알겠다는 듯 고개를 끄덕였고 무슨 일이냐고는 묻지도 않았다. 아무리 한운석과 가까워져도 그는 늘 상하 관계를 지키며 선을 넘지 않았다.

"용비야와 함께 가려고?"

하지만 고칠소는 곧바로 물었다.

한운석은 대답하지 않고 이렇게만 말했다.

"일이 좀 있어."

말을 마친 그녀가 일어나서 나가려하자 고북월은 의아해하면서도 아무 말 하지 않았고 고칠소는 쪼르르 쫓아 나왔다.

"또 무슨 일인데?"

"개인적인 일이야!"

한운석의 말뜻은 분명했지만 고칠소는 기어코 캐물었다.

"무슨 개인적인 일?"

고북월을 만나 볼 생각이 없었다면 곧바로 삼장로를 찾아갔을 텐데, 정말이지 후회막급이었다. 이 남자는 한 번 따라붙으면 거머리가 따로 없었다.

고칠소를 보는 한운석이 눈썹을 잔뜩 찌푸렸다. 그 표정을 보고도 고칠소는 걸음을 멈추지 않고 도리어 싱글거렸다.

"독누이, 어떻게 용천묵의 독을 해독했는지 아직 알려 주지 않았어."

한운석이 용비야에게 했던 대답을 똑같이 들려주자 고칠소는 고개를 갸웃했다.

"그렇게 딱 맞아떨어졌다고?"

한운석은 길게 설명하지 않았다.

"그럼 이만!"

그래도 고칠소는 계속 뒤를 따라왔다. 삼장로의 원락에 거의 도착할 무렵 결국 한운석도 걸음을 멈추었다.

"대체 어쩔 생각이야?"

"누구에게 독술을 배웠는지 말해 줘."

역시 그 이야기였다.

성가셔 죽겠네!

그러잖아도 기분이 좋지 않았던 한운석은 그 말을 듣자 하마터면 손이 먼저 나갈 뻔했다. 그런데 바로 그때 삼장로가 혼자 오솔길로 걸어오는 것이 보였다.

한운석이 고개를 돌리자 고칠소는 갑자기 어디론가 모습을 감추었다. 몸을 숨기는 속도가 상당히 빨랐다.

분명히 의학원의 모든 것을 잘 알고 있는데 이렇게 숨어 다니는 것을 보면 의학원 사람과 마주치는 것이 두려운 것 같았다. 대체 무슨 일일까?

하지만 자신의 일만으로도 바빠서 그런 것까지 생각할 겨를이 없었다.

천심부인, 영족, 독종. 함께 있을 수 없을 것 같은 세 이름이 그녀의 몸에 공존하고 있는 것 같았다.

한운석은 복잡한 생각을 접고 삼장로에게 다가갔다. 삼장로는 장로회에서 돌아오는 길이었다. 독짐승을 도둑맞고 고술이 다시 출현하고 새옥백이 달아난 세 가지 사건으로 의학원 고위급들이 혼란에 빠져 이야기가 길어지는 바람에 이제야 겨우 빠져나와 쉬려던 참이었다.

한운석을 보자 삼장로도 의아해했다.

"진왕비께서 아직 떠나지 않으셨구려. 방금 진왕 전하께서도 찾아오셨다가 막 돌아가셨는데 사람을 보내 다시 모셔와야겠소?"

한운석을 찾지 못한 용비야는 그녀가 짐을 싸서 떠난 줄 알고 다시 객잔으로 돌아간 것이다.

한운석은 대답을 피하며 차분하게 말했다.

"삼장로, 한 가지 개인적으로 여쭙고 싶은 게 있습니다."

천심, 목심

한운석은 삼장로를 따라 방으로 들어가면서 저도 모르게 용비야가 지금 뭘 하고 있을까 생각했다.

그녀가 탁자에 놓고 간 미접몽을 봤을까? 인사도 없이 떠나와서 화를 낼까?

정신이 딴 데 팔린 나머지 고칠소가 한쪽 구석에 숨어 좁고 긴 눈을 가늘게 뜨고 흥미로운 듯 자신을 지켜보고 있다는 것도 알아차리지 못했다.

개인적인 질문이라는 말에 삼장로는 객청에 도착하자 사람들을 모두 물리고 한운석에게 자리를 권했다.

"진왕비, 앉으시오."

삼장로는 직접 차를 끓였다. 장로랍시고 오만하게 위세를 세우지 않고 몹시 친절한 태도였다.

그는 한운석의 침술뿐만 아니라 이겨 놓고도 말하지 않은 도량에도 크게 감탄하고 있었다.

이렇게 조용한 삼장로의 모습이 한운석은 다소 어색했다. 서로 싸우는 것도 아니니 예의를 갖추어야 한다고 생각한 그녀가 황급히 삼장로의 손에서 다기를 받았다.

"제가 하겠습니다. 앞으로는 그냥 운석이라고 부르시지요."

"아니, 그런……."

삼장로는 망설였다.

"천녕국이 아니니 그렇게 예의 차리실 것 없습니다. 더구나 제가 훨씬 후생이니까요."

한운석이 웃으며 말했다.

삼장로는 연신 고개를 끄덕이며 무척 기뻐했다. 한운석도 감개가 남달랐다. 삼장로가 의학원을 대표한다고 할 수는 없지만 그래도 보통 사람은 아니었으니 그녀 입장에서는 운공대륙에서 처음으로 사귄 거물이라고 할 수 있었다.

"어디 무슨 일인지 마음 놓고 물어보게. 이 늙은이는 입이 무겁다네!"

삼장로가 진지하게 말했다.

개인적인 질문이라면 당연히 비밀을 유지해야 했다.

그의 말에 한운석도 꺼리지 않고 말을 꺼냈다.

"제 아버지 한종안이 어떻게 이사 자리에 올랐는지 궁금합니다."

한운석이 이런 질문을 할 줄은 몰랐는지 삼장로는 수염을 쓰다듬으며 반문했다.

"어떤 부분을 알고 싶은가?"

묻기로 한 이상 한운석도 숨기지 않고 태연하게 말했다.

"아버지의 실력으로는 이사 자리에 오르기가 어려우셨을 겁니다."

이렇게 말하자 삼장로도 알아들었다.

이사는 장로회에서 추천하고 투표로 결정했다. 하지만 낙취산, 새옥백 같은 의성급의 이사가 아니면 장로회에서도 잘 기억해 주지 않았다.

한종안은 작년에 이사 자격을 박탈당해 삼장로도 아직 그 이름을 기억하고 있었다. 그는 혼잣말을 중얼거렸다.

"한종안……. 한종안이라……."

한운석은 기다리다 못해 다시 말했다.

"제 어머니 천심부인에 대해서는 들어 보셨는지요?"

천심부인은 천녕국 내에서는 유명했지만 의학원이나 운공대륙 전체에는 잘 알려지지 않았다.

"천심부인?"

삼장로는 잠시 생각하더니 고개를 저었다.

"들어 본 적이 없네."

어쩌면 들어봤지만 잊었을 수도 있었다. 천심부인이 천녕국 수도에서 이름을 날린 것은 아무래도 10여 년 전의 일이었다.

한운석은 자신이 처음 의학원에 왔을 때 연심부인이 한종안과 천심부인에 대해 들어보기만 했다고 말하던 것을 기억하고 있었다. 당시에는 일부러 빼기는 것이라고 생각했지만 삼장로의 반응을 보니 사실이었던 것 같았다.

삼장로가 천심부인을 알지도 못하는데, 천심부인은 무슨 수로 한종안을 이사로 만들었을까? 설마 다른 장로와 관련이 있는 걸까?

한운석은 울적했다.

"어머니께서 의학원에 연을 닿아 아버지를 이사로 만들어 주셨습니다."

삼장로는 미심쩍은 눈빛이었지만 여전히 생각을 더듬어 보려고 노력했다. 그런 불공평한 일은 셀 수 없이 많고 한종안이 유일한 것도 아니었다.

그가 확신하는 것은 자기 손으로 이사에 올리지는 않았다는 것이었다.

잠시 후 마침내 생각해 낸 삼장로가 의미심장하게 말했다.

"한종안이 이사가 되던 해에는 장로회에서 후보 추천을 하지 않았네……."

"그럴 수도 있나요?"

한운석이 다급히 물었다.

"그해 장로회에서 장로 두 분이 별세하여 이사 선발은 부원장 두 분이 손수 주재하셨다네."

삼장로가 진지하게 말했다.

의학원 장로회 위에는 부원장과 원장이 있었고 부원장은 네 명이었다.

이 말에 한운석의 마음은 착 가라앉았다.

한종안이 이사가 된 것은 분명히 수작을 부린 결과였다. 그녀가 직접 부원장에게 묻든 삼장로에게 지난 일을 알아봐 달라고 부탁하든 아무 것도 알아내지 못할 것이다.

이런 수작질이 존재한다는 것은 다들 알지만 지금껏 명백히 밝혀 해결하려고 한 적이 없었다. 삼장로가 상부에 그 이야기를 물으면 미움을 살 것이 분명했다.

이제 한운석은 천심부인이 장로회와는 상관이 없고 부원장과 무슨 관련이 있을지도 모른다는 것만 알게 되었다.

그녀 자신은 장로회에 속한 거물과 교분을 튼 것만으로도 행운이라고 생각했는데 어머니는 그녀보다 더 대단했다. 부원장이라면 의학원에서 일인지하 만인지상의 위치였다.

한운석의 실망한 모습에 삼장로는 잠시 망설이다가 나지막이 말했다.

"운석, 부원장 정도 되는 분과 끈이 닿으려면 은자만으로는 불가능하네."

다시 말해 부원장은 재물이 부족하지 않고 설령 부족하다해도 쉽사리 손을 잡지 않는다는 말이었다. 그러니 천심부인은 도와준 사람과 매우 깊은 관계였을 것이다.

한운석은 고개를 끄덕였다. 그 속의 이해관계는 그녀도 알 수 있었다.

"이렇게 하세. 요즘은 상부가 무척 바쁘니 얼마쯤 시간이 지난 후에 이 늙은이가 상부에 소개시켜 주겠네."

삼장로는 여전히 친절했다.

삼장로는 물을 수 없지만 한운석이 수소문할 수는 있었다. 어머니와 가까웠던 사람이라면 적어도 그녀의 체면을 세워 줄 것이다.

한운석은 무척 기뻐했다.

"감사합니다, 삼장로!"

삼장로는 손을 내저었다.

"원, 별말을 다."

이번 방문으로 많은 것을 알아내지는 못했지만 적어도 헛걸음한 것은 아니어서 대충 갈피가 잡혔다. 그렇지 않았다면 천심부인은 천녕국에 친구 하나 없고 신분마저 가짜여서 어디서부터 찾아야 할지 몰랐을 것이다.

삼장로와 작별한 뒤 한운석은 보따리를 들고 떠났다. 그녀는 삼장로에게 자신의 행방을 말하지 말아 달라고 부탁하고 의학원 옆문으로 나갔다.

문을 나서자 진지하게 고민을 하지 않을 수 없었다. 어디로 가지?

오늘 밤 머물 곳조차 생각해 놓지 않았던 것이다. 그때 옆에서 고칠소의 장난기어린 웃음소리가 들려왔다.

"독누이, 혼자서 어딜 가려고?"

한운석이 돌아보니 고칠소가 한손으로 턱을 괴고 나른하게 담장에 기댄 채 자신을 향해 활짝 웃고 있었다. 요염한 새빨간 옷과 절세의 미모는 누가 봐도 요기가 철철 넘치는 모습이었지만 한운석에게는 무뢰배로 보였다.

한운석은 그를 상대하기도 싫어 반대방향으로 걸어갔다.

"독누이, 아버지를 감옥에 집어넣고 어머니 소식을 탐문하러 다니다니 너무 재미있지 않아?"

고칠소가 웃으며 물었다. 한운석과 삼장로의 대화를 모두 들은 것이 분명했다.

솔직히 고칠소는 한운석 자신도 천심부인의 내력을 모른다는 사실이 뜻밖이었다.

한운석은 우뚝 걸음을 멈추고 차갑게 말했다.

"엿들었군!"

"그래!"

너무 솔직해서 때리고 싶었다.

한운석은 그저 싸늘하게 웃을 뿐 말다툼하지도 않고 돌아서서 걸어갔다.

고칠소로서는 아주 뜻밖이었다. 일부러 시비를 걸려고 왔는데 저 냉소는 무슨 뜻이지?

한운석이 돌아보지도 않고 멀어지자 고칠소가 허둥지둥 뒤쫓았다.

"독누이, 기분이 안 좋아?"

한운석이 대답하지 않자 고칠소가 또 물었다.

"용비야가 괴롭혔어? 그자는 독초 창고에 왜 갔어?"

한운석은 그를 쳐다보지도 않았지만, 갑자기 고칠소가 팔을 뻗어 그녀를 막으며 진지한 얼굴로 화를 냈다.

"용비야가 널 어떻게 괴롭혔어?"

"괴롭히는 건 당신이잖아! 사생활이라는 말 몰라?"

한운석이 화난 목소리로 따졌다.

"미안!"

고칠소는 당당하게 시인했다.

그녀가 관심을 가져 주기만 하면 대놓고 욕을 해도 반가웠다.

그는 바로 이런 사람이었다. 일단 마음에 들면 한계도 없이

232

무조건적으로 아끼고 좋아하는 사람.

어쨌든 한운석은 그를 때리지만 않았지 벌써 여러 번 욕을 퍼부었다. 언젠가 정말 그녀가 뺨을 때리더라도 그가 화를 낼지 어떨지는 미지수였다.

고칠소가 웃으며 잘못을 인정하자 한운석도 기가 막혀 이 남자를 어째야 좋을지 판단이 서지 않았다.

이런 사람은 무시하는 것이 최선이었다.

그녀가 심호흡을 한 후 다시 걸어가려는데 뜻밖에도 고칠소가 웃으며 말을 꺼냈다.

"독누이, 목심沐心이라는 이름 들어봤어?"

한운석은 고개를 저었다. 갑자기 왜 그런 걸 묻는지 알 수가 없었다.

고칠소가 그녀의 어깨를 감싸 안으며 히죽거렸다.

"가자, 약성에 데려가 줄 테니 직접 알아봐!"

한운석이 곧바로 그를 밀어냈다.

"관심 없어."

그런데 고칠소는 다시 그녀를 붙잡았고, 한운석이 밀어내려 하자 귓가에 대고 속삭였다.

"목심이 바로 천심부인이고 네 어머니의 처녀 적 이름이야. 천심부인은 약성 목씨 집안사람이라고."

그 한마디에 한운석이 흠칫 놀라며 믿을 수 없는 눈으로 그를 바라보았다.

고칠소는 한운석의 눈동자에 자신만 비치는 것이 참 좋았다. 처음에는 농담을 할 생각이었지만 이렇게 되자 그는 참지 못하고 그녀를 더욱 바짝 끌어당겼다.

"같이 가자!"

그런데 누가 알았을까? 한운석은 느닷없이 그를 홱 밀쳤다. 어찌나 힘이 센지 그는 미처 방비하지 못하고 바닥에 쓰러졌다.

"무뢰배 같으니! 한 번 더 손대면 가만두지 않겠어! 아무렇게나 지어내면 내가 믿을 줄 알았어? 내가 바보인 줄 알아?"

얼마 전만 해도 그녀가 가진 암기를 보고 아버지가 당문 출신이냐고 물었던 그가 이렇게 빨리 천심부인의 진짜 신분을 알아내다니, 말이 되지 않았다.

고칠소는 서두르지 않고 웃으며 말했다.

"그럼 돌아가서 삼장로에게 물어봐. 연심부인이 임林 부원장과 그렇고 그런 사이 아니냐고. 그리고 연심부인에게 오래 전에 실종된 여동생이 있지 않느냐고 말이야."

이 말에 한운석도 진지해졌다. 고북월은 사장로 연심부인이 약성 목씨 집안 출신이라고 했고, 연심부인은 나이가 젊고 4품 신의밖에 되지 않는데도 장로회에 떡하니 자리를 차지하고 있었다.

단순히 그녀 뒤에 약성 목씨 집안의 세력이 있기 때문만이 아니라 의학원 고위급의 지지까지 받고 있는 것이 분명했다.

연심부인과 임 부원장이 얽혀 있다면 이사 자리는 말할 것도 없고 장로 자리를 얻는 것도 불가능하지 않았다.

천심부인이 죽지 않았다면 아마 연심부인과 엇비슷한 나이

일 것이다.

바꿔 말해, 천심부인이 의학원 고위급과 교분이 있다기보다는 그 언니가 그랬을 가능성이 컸다.

한운석은 찬란하게 웃고 있는 고칠소를 바라보며 그래도 믿을 수 없는 목소리로 물었다.

"당신 말대로라면 연심부인은 왜 자꾸 나를 적대시한 거지?"

삼장로와의 내기에서 연심부인이 그녀에게 가장 모질게 굴었던 사람이었다.

"그야 자매 사이의 일이니 누가 알아. 한종안이 이사에서 쫓겨날 때 나서서 막아 준 사람도 없었잖아?"

고칠소가 웃으며 반문했다.

"당신은 어떻게 알았어?"

한운석이 다시 물었다. 고칠소는 대답하지 않았고 심지어 웃음까지 거두며 차분하게 말했다.

"가자. 약성에 가서 알려 줄게."

이제 한운석이 함께 가는 것은 의심할 바 없었다!

분노, 천하에 현상금을 걸다

밤이었다. 한운석은 망설임 없이 고칠소를 따라갔고, 고칠소는 그녀를 몹시 후미진 길로 안내했다.

길을 잘 모르는 한운석은 반쯤 가다가 그제야 물었다.

"이쪽이 약성으로 가는 길이야?"

의심스럽기는 했지만 고칠소가 자신을 납치한다고는 생각하지는 않았다. 납치할 생각이었다면 지금까지 기다릴 필요도 없었고 이렇게 계략을 꾸밀 필요도 없었다.

"이 길은 약성에서 의학원에 바치는 약재를 운송하는 비밀 통로야. 지름길이고 도적도 없어."

고칠소가 사실대로 설명했다.

이 길을 아는 사람은 약성과 의성 안에서도 소수뿐이었다.

용비야는 이런 길이 있다는 것을 들어본 적 있지만, 지금은 광분 상태에 빠져 전혀 생각해 내지 못했다.

의학원에서 한운석을 찾지 못한 그는 그녀가 객잔으로 돌아간 줄 알았는데, 객잔으로 돌아와 혼절해 쓰러진 시위와 탁자 위에 놓인 미접몽을 발견하자 거의 이성을 잃고 말았다.

그는 부근에서 동원할 수 있는 사람을 모두 보내 의성의 성문을 지키게 하고, 동시에 병력을 두 갈래로 나누어 한 갈래는 의성을 수색하고 다른 갈래는 성문 밖으로 이어지는 길을 따라 추적하게 했다.

의학원에도 한 번 더 찾아가 고북월, 낙취산, 삼장로, 심지어 아직 떠나지 않은 용천묵과 영친왕에게도 물어보았지만 얻은 것은 없었다.

다행히 삼장로는 노련해서 한운석과의 약속을 지켰다. 그렇지 않았다면 분노에 빠진 용비야를 보고 사실대로 털어놓아도 이상하지 않았을 것이다.

그때 용비야는 의학원에서 가장 높은 누각의 지붕에 올라가, 거센 바람이 옷자락과 머리카락을 휘날리는 것도 아랑곳없이 의성 전체를 굽어보았다.

마침 황혼녘이어서 석양이 의성 전체를 금빛으로 반짝반짝 비추었지만 한밤중처럼 새까만 그의 눈동자를 비추지는 못했다. 그의 온몸에서는 무시무시한 기운이 뿜어져 나와 마치 밤을 타고 인간 세상에 강림한 흉악무도한 신 같았다.

정해진 간격으로 흑의 시위들이 찾아와 보고했지만, 석양이 지고 어둠이 내릴 때까지 좋은 소식은 하나도 들려오지 않았다.

지금도 한 시위가 올라와 보고했다.

"전하, 서쪽 성문에서 오십 리까지 쫓아가 봤지만 왕비마마의 흔적은 없었습니다. 아무래도……."

보고가 끝나기도 전에 용비야가 발로 시위를 걷어차 어둠 속으로 밀어 떨어뜨렸다.

"쓸모없는 놈들!"

그는 차갑게 내뱉었다. 온몸이 분노의 불길에 활활 타오르는 것 같았다.

한운석, 네가 감히!

감히 말도 없이 떠나다니, 본 왕에게 잡히면 어떻게 되는지 똑똑히 보아라!

"한씨 저택을 봉쇄하고 아무도 드나들지 못하게 하라!"

그는 차갑게 명을 내렸다. 도성을 비운 오랜 기간 동안 그가 내내 한씨 집안을 보호했다는 것을 그 여자는 모를 것이다. 그렇지 않았다면 비열한 천휘황제가 그들을 가만두지 않았을 것이다.

한운석은 고칠소를 따라 한 시진도 못되어 의성을 떠났고 용비야가 자신을 찾으려고 사흘 밤낮이나 의성을 뒤졌다는 것은 꿈에도 몰랐다.

나흘째 되는 날에도 전혀 소식이 없자 용비야는 운공대륙 전체에 현상금을 걸었다. 실마리를 제공하거나 한운석을 찾아내는 사람에게는 상금으로 황금 만 냥을 내리겠다는 것이었다.

당리는 도저히 보고 있을 수가 없어 진지하게 말렸다.

"형, 이렇게 하면 세상 사람들이 진왕비가 실종되었다는 것을 알게 돼."

"그 여자에게 똑똑히 알려 줄 것이다. 본 왕의 곁 외에는 세상 그 어디에도 머물 수 없다는 것을."

용비야가 차갑게 말했다.

"정말……!"

당리도 더 이상 어떻게 말려야 할지 알 수가 없었다.

"그 여자 성격상 강요한다고 될 일이 아니야!"

"제 발로 가마를 열고 진왕부로 들어온 것은 그 여자지, 본왕이 강요한 것이 아니다!"

용비야의 노기는 아직도 식지 않았다. 아니 더 커져 있었다.

당리는 잠시 망설이다가 심각하게 물었다.

"영족의 그자가 데려간 건 아닐까?"

용비야는 대답하지 않고 깊은 눈길로 당리를 흘끗 바라보았다. 당리는 영족이라는 말이 금기가 되었다는 것을 깨달았다.

하필 그때 문 밖에 있던 여 이모가 그 말을 들었다.

"영족!"

여 이모는 충격을 받아 하마터면 소리를 지를 뻔했다.

영족이라니! 영족은 사라지지 않았나? 어떻게 영족이 나타날 수가 있지? 설마 서진 황족에게 아직 후손이 있는 걸까?

한운석이 영족과 무슨 관계지? 당리가 방금 한 말은 또 무슨 뜻이지?

여 이모는 뛰어 들어가 물으려다가 생각에 잠겨 걸음을 멈추었다.

이 어마어마한 일을 당리조차 그녀에게 숨기고 있는데, 가서 물어본들 대답해 줄 리가 없었다.

"한운석……, 한운석……."

용비야의 수척해진 뒷모습을 보던 여 이모는 단호한 눈빛을 떠올리더니 돌아서서 사라졌다.

그날 그녀는 용비야의 명을 수행 중인 당문 사람들을 모두 소집해 둘째 주인의 신분으로 밀명을 내렸다. 한운석을 만나면 가차 없이 죽여라!

당리조차 그 일을 알지 못했다.

그녀는 한운석이 누구든 상관없었다. 한운석과 영족이 무슨 관계이든 상관없었다. 영족은 서진 황족과 연관되어 있었고 서진 황족과 조금이라도 관련이 있으면 반드시 뿌리째 뽑아내야 했다!

현상금 소식은 빠르게 퍼져나갔지만, 안타깝게도 고칠소는 한운석을 데리고 산길로 갔고 약성에 도달하기 전까지는 기껏해야 조그만 장원을 지난 것이 전부여서 소식을 듣지 못했다.

그때 두 사람은 각자 말을 타고 들판의 작은 길을 달리고 있었다.

"목심과 연심⋯⋯. 같은 자매인데 어쩜 그렇게 다른 운명일까."

한운석이 궁금해하며 물었다.

고칠소가 자신이 한종안의 친딸이 아니라는 것을 아는지 확신할 수도 없고, 그가 천심부인을 조사하고 있는 이유도 몰랐기 때문에 한동안은 숨길 생각이었다.

"확실히 차가 크지! 한 사람은 부인이 있는 남자와 내통했고 한 사람은 독종에게 시집갔으니까."

고칠소가 웃으며 물었다.

그 말에 한운석은 어리둥절했다.

"독종에게 시집가다니? 무슨 말이야?"

사실 고칠소는 오랫동안 목심을 조사했다. 어렸을 때 약성 목씨 집안의 딸이 독종의 잔당과 관계를 맺었다는 이야기를 엿들은 후부터 계속 그 일에 조사해 왔던 것이다.

그가 일부러 목령아에게 접근한 것도 그 소식을 알아내기 위해서였다. 오랜 조사 끝에 독종과 관계를 맺었다는 목씨 집안의 딸이 목심이라는 이름의 넷째 딸이고 오래전에 실종되었다는 것을 알아냈다.

우연한 기회에 한운석의 진료 주머니에 수놓아진 '심' 자를 보지 못했다면 천심부인은 떠올리지도 못했을 것이다.

목심이 목씨 집안에 남긴 물건에도 그런 '심' 자가 있었고, 그 글자를 실마리 삼아 조사해 나가던 그는 오래전에 실종된 목심이 한종안과 혼인하고 백리천심이라고 개명한 천심부인이라고 확신했다.

고칠소는 그 모든 것을 남김없이 한운석에게 알려 주었다. 한운석은 들으면 들을수록 멍해졌고 속으로는 친아버지가 독종 사람이었다는 사실에 충격을 받았다!

그래서 꼬맹이가 나를 따라온 걸까?

"독누이, 넌 정말 한종안의 딸이야? 아니면······."

고칠소는 일부러 여기서 말을 멈추고 그녀에게 바짝 다가와 소리를 죽였다.

"아니면 너도 독종의 잔당이야?"

그 문제는 오직 천심부인만이 아는 일이었다. 애초에 천심부인은 한종안에게 임신한 사실을 알리지 않았으니 한종안도 모르는 게 분명했다.

고칠소는 당연히 몰랐고 그래서 이렇게 물은 것이다.

한운석은 입을 실룩였다. 이자는 뭐든 말해 주었는데 말해야 할까……, 말아야 할까?

"당신, 왜 목심을 조사하는 거야? 독종 사람과 무슨 원한이라도 있어?"

한운석은 대답 대신 반문했다.

갑자기 고칠소가 큰 소리로 웃음을 터트렸다.

"어디 맞춰 봐."

한운석도 웃었다.

"만에 하나 내가 여차해서 독종의 잔당이 되더라도 날 팔아 넘기진 않겠지?"

그녀가 아는 바에 따르면 독종은 의학원과는 달랐다. 의학원은 선출로 원장을 정하지만 독종의 종주宗主는 세습되기 때문에 독종의 잔당이란 바로 독종 종주의 핏줄을 의미했다.

어머니인 천심부인이 목씨 집안 딸이고 아버지가 독종의 종주라면, 그녀는 영족과는 아무 관계도 없었다!

영족의 백의인은 그녀를 보호하기 위해 온 것이 아니었다!

정보가 너무 많이 쏟아진 탓에 넋을 놓고 생각에 잠긴 그녀는 자신이 고칠소에게 농담을 한 것도 잊어버렸다.

하지만 고칠소는 그 농담을 진지하게 생각 중이었다.

그녀가 정말 독종의 잔당이라면 어떻게 하지?

한운석, 이 고칠소는 어려서부터 신 같은 건 믿지 않았지만 오늘은 하늘에 기도하겠어. 부디 너는 아니기를, 너와 독종은 아무 관계가 없기를!

넌 독녀가 아니기를!

두 사람은 저도 모르는 사이 각자 생각에 빠져들었다. 둘이 함께 있으면서 이렇게 조용한 적은 거의 없었다.

요사한 빨간 옷을 입은 남자와 고귀한 보라색 옷을 입은 여자가 각각 백마를 타고 나란히 달리는 모습은 모르는 사람이 보면 원앙이나 신선도 부럽지 않은 짝이라고 생각했을 것이다. 그렇지만 두 사람은 자신의 일생에서 가장 중요한 일을 생각하느라 마음이 무거웠다.

고칠소와 한운석이 숲에서 나간 뒤 길 옆에서 초씨 남매가 나타났다.

비록 옷은 갈아입었지만 독초 창고에서 입은 상처의 흔적은 아직 온몸에 듬성듬성 남아 있었다. 두 번째 문 안에서 만난 거미는 독이 없었지만 초청가는 긴장한 나머지 판단 오류로 함부로 약을 써 댔고, 몸에 남은 흔적들은 모두 약물 남용의 결과였다.

단목백엽은 단목요를 찾아 가느라 그들과 함께 갈 수가 없었다.

"오라버니는 저 빨간 옷 입은 남자를 유인하세요. 나는 한운석에게 복수를 할 테니!"

초청가는 아직도 분이 풀리지 않았다.

그들은 내내 의성에 있다가 용비야가 현상금을 걸어 한운석을 찾고 있다는 소식을 들은 후 떠났는데 이 황폐한 교외에서 우연히 그녀를 발견한 것이다.

사실 초천은은 초청가를 보호하기 위해 제일 심하게 다쳤지만 한마디 원망도 없었고 원한 같은 것도 품지 않았다.

"청가, 그 일은 없었던 것으로 치고 손 떼지 않겠느냐?"

초천은이 담담하게 물었다.

"없었던 것이라니요?"

초청가는 이해할 수가 없었다.

"오라버니, 오라버니마저 저 여자에게 홀리신 건 아니겠죠! 독술을 좀 할 줄 아는 것을 빼면 저 여자가 뭘 할 줄 알겠어요?"

초천은은 눈을 찌푸리며 한참 동안 대답하지 않았다. 초청가는 더욱 화가 나 활을 들고 쫓아가려 했지만 초천은이 그 활을 붙잡으며 말렸다.

"청가, 앞으로 한운석에 관한 일은 절대 나서지 말고 마주치더라도 양보해라. 알겠느냐?"

"왜요?"

초청가도 마침내 이상한 것을 깨달았다. 오라버니는 비록 성격이 좋은 사람이지만 아무에게나 양보하거나 무시당하고 가만히 있는 사람은 아니었다!

"아버지의 명령이니 아무 것도 묻지 마라."

초천은이 다시 말했다.

초청가는 복잡한 눈빛이 되었다. 익숙한 말이었다. 지난날 아버지가 독술을 배우라고 할 때도 이렇게 말했었다. 명령이니 아무 것도 묻지 말라고.

용비야의 현상금 소식

용비야가 현상금을 건 소식에 운공대륙이 발칵 뒤집혔고 약성도 예외는 아니었다.

그날 저녁 나절 한운석과 고칠소는 약성 남문에 도착했는데, 들어가기도 전에 멀리 성문 입구에 사람들이 잔뜩 몰려 있는 것이 보였다.

"약성에 무슨 일이라도 생겼나?"

고칠소가 호기심에 다가가보니 놀랍게도 성벽에 거대한 현상금 소식이 붙어 있었다!

현상금 소식은 초상화 하나와 글 두 줄이 전부였다.

초상화는 무척 커서 소식판의 삼분의 이를 차지했는데, 이목구비가 곱고 꽃처럼 환하게 웃는 얼굴은 아무리 그림이라고 해도 타고난 존귀함을 숨기지 못했다.

고칠소는 한눈에 한운석의 초상화라는 것을 알아보았다!

초상화 밑에는 이렇게 써 있었다.

첫 번째 줄은 '속히 돌아올 것. 그렇지 않으면 결과를 장담할 수 없다.'

두 번째 줄은 '발견한 사람은 진왕부에 알릴 것. 상금으로 황금 만 냥을 하사함.'

한운석이 어쩌다 사라졌는지 설명도 없고 심지어 '실종'이라는 단어조차 없었다.

진왕이 현상금을 걸고 왕비를 찾는 것만 해도 큰 사건인데 고압적인 현상금 소식까지 더해졌으니 운공대륙의 최대 이야 깃거리가 되지 않으면 이상했다.

주변에 있는 사람들은 한운석이 납치당했느니 길을 잃었느 니 추측을 늘어놓았는데 그중에 가장 많은 이야기는 진왕 전하 가 벌써 그 여자를 버렸지만 천휘황제에게 보여 주기 위해 연 극하는 것뿐이라는 말이었다.

갖가지 추측이 난무했지만 한운석이 제 발로 달아났다고는 아무도 생각지 않았다. 온 세상 여자들이 어떻게든 진왕 전하 곁에 가고 싶어 야단인데 제 발로 떠날 사람이 있을 리가?

현상금 소식을 보던 고칠소는 점점 더 입꼬리를 끌어올렸고 하마터면 웃음을 터트릴 뻔했다.

한운석이 제 발로 달아나는 날이 올 줄이야!

어쩐지 오는 내내 용비야는 어디 있느냐, 네가 어디 있는지 는 아느냐고 물을 때마다 아무 대답이 없더라니.

고칠소는 턱을 매만지며 흥미롭게 초상화를 감상했다. 보면 볼수록 기분이 좋았다! 이를 어쩐다, 정말 갈수록 독누이가 좋 아졌다.

한운석, 아무리 진왕부에 시집갔다 해도 네가 떠나고 싶어 하면 이 도련님께서 과감하게 데리고 떠나 줄게!

용비야가 이렇게 보란 듯이 현상금을 건 걸 보면 아직 그녀 를 찾아내지도 못했고 심지어 실마리조차 없다는 뜻이었다!

고칠소는 거의 실눈이 되도록 웃다가 한운석을 찾으려고 돌아섰다. 그런데 한운석이 흰 면사로 얼굴을 가리고 그의 뒤에 서 있었다.

한순간 요기서린 고칠소의 좁고 긴 눈동자에 절로 정이 담뿍 떠올랐고 표정마저 부드러워졌다. 그가 온화하게 말했다.

"운석, 이제부터는 어딜 가든 절대 헤어지지 말자, 응?"

안타깝게도 한운석은 그를 바라보지도 않았고 그 말을 듣지도 않았다. 고개를 들고 높이 걸린 현상금 소식을 보는 그녀의 표정은 무척이나 딱딱했다!

한참 들여다보던 그녀가 이윽고 고개를 숙이고 앞에 있는 고칠소를 바라보았다. 고칠소의 눈빛은 여전히 부드러웠지만 한운석은 신경 쓰지 않았다.

그저 담담하게 이렇게 말한 것이 전부였다.

"안 가?"

고칠소는 현상금 소식을 가리키며 농담을 했다.

"황금 만 냥이잖아. 널 데려가서 받을까?"

한운석은 여전히 딱딱한 표정이었다.

"그러든지."

"저자가 천녕국 국고를 털어 준다 해도 안 바꿔!"

고칠소가 시원시원하게 말했다.

그러자 한운석이 움찔했다. 고칠소의 말이 무척 귀에 익었다. 언젠가 비슷한 말을 들어본 적이 있었다.

하지만 진심이 아니었다는 것은 사실이 증명해 주었다.

고칠소도 일부러 복면을 쓰고 한운석과 함께 성으로 들어갔다. 성 안에서는 현상금 소식을 여기저기에서 볼 수 있었다. 약성이 이 정도라면 다른 곳은 상상이 갔다.

용비야, 이 미치광이! 날 다시 데려가서 어쩌려는 거야? 계속 이용하기만 하고, 아무 것도 해명하지도 설명하지도 않으면서 기분 좋으면 손을 잡고 기분 나쁘면 제멋대로 괴롭히려고?

한운석은 처음에는 길 양쪽에 붙은 현상금 소식을 자꾸 쳐다보았지만 나중에는 본체만체하게 되었다.

용비야, 내가 갈 곳이 없게 만들려는 거지? 어디 마음대로 될 줄 알고!

마침 저녁이어서 고칠소와 한운석은 목씨 집안에서 가장 가까운 객잔에 들어가 방 두 개를 빌렸다. 벽을 사이에 두고 붙은 방이었다.

고칠소는 내내 굳어 있는 한운석을 보고 이야기를 나눌 기분이 아니라고 생각했지만, 뜻밖에도 그녀는 여유롭게 씻고 옷을 갈아입고 저녁을 먹은 뒤 그를 찾아가 목씨 집안에 대해 물었다. 다만 현상금에 대해서는 한마디도 하지 않았다.

고칠소도 쓸데없이 소동을 일으키는 사람은 아니었기 때문에 한운석이 말이 없자 굳이 이야기하지 않았다.

그는 본래 과정을 따지지 않고 결과만 보는 성격이라 독누이가 지금 그와 함께 있는 것이면 충분했고 다른 일은 관심도 없었다.

"그 글자 모양만으로 어떻게 목심이 우리 어머니라고 확신하는 거지?"

한운석이 거두절미하고 물었다.

고칠소가 우연히 그녀의 진료 주머니에서 발견한 '심' 자는 목심의 물건에서 발견한 '심' 자와 베낀 듯이 똑같았다. 그래서 천심부인을 생각해 냈고 그 실마리를 잡고 조사하다가 천심부인이 바로 지난날 갑자기 실종된 목심이라는 것을 알게 되었다.

이 이야기는 오는 길에 그녀에게 대강 설명해 주었지만 약성에 가면 천천히 말해 주겠다며 상세한 이야기는 하지 않았다.

"네가 삼장로에게 물었던 일만 해도 그래. 당시 천심부인은 연심부인의 도움을 받아 임 부원장에게 끈을 댔고, 단계를 훌쩍 건너뛰어 임 부원장이 직접 한종안을 이사로 지명하게 된 거야. 게다가 이사 선발에 연심부인이 도와준 것도 천심부인이 친동생이자 목씨 집안 넷째 딸 목심이기 때문이었어."

고칠소는 숨길 생각 없이 모두 털어놓았다.

그랬구나!

한운석도 의학원에서 실마리를 찾을 수 있으리라 생각했지만, 삼장로도 알아내지 못하는 일을 이 남자가 어떻게 알았을까?

알다시피 연심부인은 임 부원장과 사통했고 임 부원장은 한종안을 끌어 주었다. 그렇다면 심지어 지난날 천심부인이 연심부인에게 도움을 청한 일도 은밀히 진행되었을 것이다!

"그걸 어떻게 알았지? 어째서 의학원 일이라면 다 아는 거야?"

벌써 두 번째로 묻는 말이었다. 지금처럼 고칠소의 내력이 궁금했던 적은 없었다.

한운석의 진지한 모습을 보자 고칠소의 눈빛은 또다시 저절로 부드러워졌다. 그녀가 이렇게 진지하게 자신을 보는 느낌이 참 좋았다.

"어떻게 아는 거야?"

한운석이 세 번째로 물었다.

갑자기 고칠소가 손을 뻗어 사랑스러운 듯 그녀의 머리를 쓰다듬으며 웃었다.

"독누이, 내가 어떻게 알았는지는 중요하지 않아. 중요한 건 네가 정말 독종의 후예인지 아닌지 확인하는 거야."

한운석도 하마터면 그렇다고 사실대로 털어놓을 뻔했다!

하지만 결국 참았다. 그녀에게 아무것도 바라지 않고 늘 묵묵히 도와준 고북월을 제외하면, 모두들 하나같이 뭔가를 노리고 그녀를 찾아왔다.

고칠소가 대체 뭘 노리는지는 모르지만 처음 만나 자신을 구해 주었을 때부터 이 남자에게 무슨 목적이 있다는 것을 알 수 있었다.

"만에 하나 내가 독종의 후예라면 어떡할 거야?"

한운석이 장난삼아 물었다.

뜻밖에도 그녀의 질문에 숨김없이 대답하던 고칠소가 이번에는 대답하지 않고 싱긋 웃더니 그녀의 머리를 쓰다듬으며 귀여워 죽겠다는 투로 말했다.

"착하지, 이제 그만 쉬어. 밤에 목씨 저택에 데려가서 사람을 만나게 해 줄게."

한운석은 캐묻지 않았다. 어머니는 이미 세상을 떠났고, 난산은 꾸며 낼 수 있는 것이 아니었다. 그런데 고칠소는 목씨 집안의 누굴 만나게 해 주겠다는 걸까?

약성과 의학원은 보통 사이가 아니었고, 독종은 의학원의 금기였다. 약성 삼대 명가 중 하나인 목씨 집안은 아무리 그래도 의학원의 금기를 건드릴 수 없을 테니 천심부인의 일을 대놓고 이야기하지는 못할 것이다.

지난날 목심이 실종된 것이 아니었나? 오직 연심부인만 그녀의 행방을 알고, 그녀가 바로 천심부인이라는 것을 알았을까?

천심부인의 난산은 정말 순수한 사고였을까 아니면 다른 이유가 있었을까?

설사 실마리를 알아내더라도 천심부인이나 친아버지에 대해서 그녀는 여전히 아는 것이 없었다.

고칠소가 나가려하자 한운석이 급히 불러 세웠다.

"어딜 가는 거야?"

고칠소가 돌아보며 매혹적으로 싱긋 웃었다.

"걱정 마, 독누이. 내가 죽지 않는 한 널 버리진 않을 거야."

죽지 않는 한?

몇 년 후 고칠소의 모든 것을 알고 그가 불사의 몸이라는 것까지 알게 된 한운석은 오늘 그가 한 말을 떠올릴 때마다 늘 눈물을 쏟았다.

고칠소의 뒷모습이 문 너머로 사라지자 한운석은 그제야 가만히 한숨을 내쉬고는 창가로 걸어가 바깥 거리에 빽빽하게 붙은 현상금 소식을 바라보았다.

그녀는 눈을 내리뜨고 한참을 보다가 별안간 창문을 닫아 버렸다. 안 보는 게 편해!

진료 주머니를 열어 꼬맹이를 풀어 주고 이야기나 하려는데, 뜻밖에도 꼬맹이는 보이지 않았다.

독초 창고를 떠난 뒤로 꼬맹이가 배불리 먹었는지 어떤지 모르는 그녀는 매일 해독시스템에서 독약을 잔뜩 꺼내 진료 주머니에 넣곤 했다. 꼬맹이는 싹 먹어 치울 때도 있었고 손도 대지 않을 때도 있었다.

그녀는 꼬맹이를 다룰 줄도 몰랐고 놀아 줄 시간도 없어서 일단 먹이면서 데리고 다니기만 했다.

꼬맹이도 없고 주머니 안에 있던 독약도 그대로인 것을 보자 한운석은 꼬맹이가 몰래 놀러 나갔다고 생각했다.

오는 동안 꼬맹이는 몇 번이나 사라졌지만 그때마다 불쑥 불쑥 나타나곤 했다.

한운석은 주머니를 정리한 뒤 방으로 돌아와 잠이 들었다. 하지만 잠든 반 시진 동안 꼬맹이가 어마어마한 일을 벌인 것은 꿈에도 모르고 있었다!

그때 꼬맹이는 약성 약재회관 입구에 있었다.

바로 회원 자격과 금패가 있어야만 들어갈 수 있다는 그 약재회관, 약성에서 가장 고급 약재를 파는 시장이었다. 여기서 파는 물건은 하나같이 고급품이었다.

지난번 용비야는 이곳에 한운석을 데려가 금패를 내주며 실컷 쓰게 했는데, 소문에 따르면 그날 한운석이 약재회관 개인 구매 기록을 갈아치웠다고 했다.

회관 입구는 보초가 삼엄하게 지키고 있었다. 꼬맹이는 사람들 틈에 묻혀 들어가려고 했지만 이곳은 드나드는 사람이 많지 않아 좀처럼 기회가 오지 않았다.

독초 창고에서 배불리 먹었는데도 이곳에 온 것은 당연히 입가심을 위해서였다. 사실 녀석이 꼭 독만 먹는 것은 아니었다. 기분이 좋지 않을 때는 다 큰 사람도 잡아먹을 수 있었다. 남김없이 싹싹!

한동안 고기를 먹지 못했기 때문에 귀중한 약초로 목구멍의 때라도 벗겨 볼 생각이었다.

본래 배고플 때는 아무거나 실컷 먹고 배고프지 않을 때는 까다롭게 입맛을 따지는 것이 바로 먹보였다.

꼬맹이는 쥐처럼 구석에 숨어 있다가 이따금씩 머리를 내밀고 살폈다. 기다리고 또 기다렸지만 안에서 솔솔 풍기는 약 냄새에 도저히 견딜 수가 없었다.

그래서 담장을 따라 살금살금 한 발 한 발 대문 쪽으로 기어갔다. 크기가 고작 손바닥만 해서 아무도 알아보지 못했다.

그런데 애석하게도…….

꼬맹이 소동

꼬맹이가 머리를 웅크리고 살금살금 약재회관 대문으로 열심히 기어오르는데 갑자기 비명소리가 들렸다.

"쥐다! 쥐가 있다!"

다행히 꼬맹이는 사람 말을 알아듣지 못했다. 알아들었다면 분명히 자기를 두고 쥐라고 불렀을 리 없으니 신경 쓰지 않고 계속 기어갔을 것이다.

녀석이 비명 소리에 놀라 고개를 번쩍 들어보니 장한 한 명이 신발을 벗어들고 내리치려는 중이었다!

꼬맹이가 재빨리 피하자 그때서야 장한도 그 모습을 똑똑히 보았다.

"쥐가 아니라 다람쥐였군!"

뒤에 있던 사람도 신발을 벗으며 대답했다.

"쥐든 다람쥐든 안으로 들어가게 해선 안 돼요!"

고급 약재회관이든 값싼 약재를 파는 시장이든 가장 꺼리는 것이 벌레나 쥐류였다.

벌레나 쥐는 약재를 먹어 치우기 일쑤였다. 쓰려고 놔둔 것은 조금 뜯어 먹혀도 상관없지만 팔려고 내놓은 것은 가벼우면 값이 떨어지고 심하면 숫제 팔지 못할 수도 있었다. 그래서 약재를 다루는 곳은 꼭 쥐와 벌레의 침입을 막아야 했다.

등 뒤에서 소리를 지르건 말건 장한은 공격하지 않고 꼬맹이를 뚫어져라 쳐다보았다. 꼬맹이는 다급한 마음에 담장 구석으로 숨다가 장한에게 막히자 그를 똑바로 바라보았다.

"흰색 다람쥐야. 조그만데 새끼 같지는 않군!"

장한은 꼬맹이와 다른 다람쥐의 차이점을 설명했다.

"잘못 봤겠죠. 다람쥐가 흰색이 어디 있어요?"

뒤에 있던 청년이 쫓아오더니 꼬맹이를 보자 방금 한 말을 바꾸었다.

"정말 다람쥐네."

장한이 청년에게 포위하자는 눈짓을 보냈다.

"일단 잡고 보자."

이렇게 해서 두 사람은 앞뒤로 서서 한쪽 팔을 넓게 벌리고 다른 쪽 손에는 신발을 든 채 꼬맹이를 공격했다.

꼬맹이는 새까만 눈동자를 쉼 없이 굴리다가 보초의 공격이 시작되기 전에 갑자기 하늘 위로 풀쩍 솟구쳤다.

두 사람이 몸을 날려 붙잡으려고 했지만 애석하게도 꼬맹이는 양발로 담장을 걷어차 그 힘으로 문지방까지 날아갔고 달려들던 두 사람은 서로 부딪치고 말았다.

"아이고!"

어찌나 세게 부딪혔는지 아파 죽을 지경이었다! 꼬맹이가 너무 잘 뛰자 아무래도 이상한 생각이 들었다.

"조그만 녀석이 제법 귀여운걸!"

"일단 잡고 봐요. 안으로 들어가면 큰일이에요."

꼬맹이는 장난에 신이 나서 들켰다는 것조차 잊어버렸다. 녀석은 문지방 위에 웅크려 앉아 도발하듯 '찍찍' 소리를 냈다.

장한과 청년은 깜짝 놀랐지만 깊이 생각할 틈이 없이 와 소리를 지르며 나란히 그리로 달려들었다.

"다들 보게, 다람쥐가 뛰어들었으니 막아야 해!"

그들이 덮치려고 하자 꼬맹이는 또다시 폴짝 뛰어 달아나 보초들이 입구에 우르르 넘어지게 만들었다.

"찍찍! 찍찍!"

꼬맹이는 높은 곳에서 폴짝 뛰어 장한의 머리 위에 내려앉았다가 다시 청년에게로 뛰어올라 자유자재로 신나게 뛰어 놀았다.

이렇게 놀아 본 적은 참 오랜만이었다. 생각해 보면 지난날 옛 주인이 있을 때는 매일 이렇게 이리 뛰고 저리 뛰며 놀았다.

그런데 이제 독종은 무너졌고 옛 주인도 사라졌다. 어렵사리 새 주인을 찾았으니 의당 착하게 숨어 있어야 옳았다. 세상에 자신을 노리는 사람이 수없이 많다는 것을 알기 때문에 소동을 피워 새 주인을 해칠 수는 없었다.

꼬맹이는 이렇게 감상적인 아이였다. 이런 생각을 하자 녀석은 폴짝거리던 것을 멈추고 장한의 얼굴 위에 엉덩이를 깔고 앉아 슬픔에 젖은 얼굴로 고개를 푹 숙였다.

바로 그때 약재회관에서 사람들이 우르르 나오다가 꼬맹이의 모습을 발견하고 놀라워했다.

"하얀 다람쥐는 처음이야!"

"고 녀석, 참 귀엽군."

"그 다람쥐 파는 거예요? 잡으면 내게 팔아요!"

주위가 떠들썩했지만 꼬맹이는 여전히 지난 일을 떠올리며 슬퍼하느라 장한이 손을 뻗어오는 것도 알아차리지 못했고, 보초들이 쥐 그물을 가져와 빙 둘러서서 움직일 기회를 찾고 있는 것도 보지 못했다.

대장인 듯한 사람이 공격하라는 신호를 보내자 커다란 그물 두 개가 꼬맹이의 머리 위를 덮쳤다!

"찍……."

꼬맹이가 소리를 지르며 달아나려고 했으나 늦은 후였다. 보초가 그물을 조여 꼬맹이를 단단히 가둔 뒤 들어올렸다.

주위 사람들이 그를 둘러싸고 가까이 와서 꼬맹이를 자세히 살폈다.

"어머나, 정말 귀엽잖아. 어디서 나타난 거야?"

"다람쥐에 이런 품종은 없을 텐데? 누가 염색해서 기르던 거 아니야?"

"얼마에 팔 거예요? 값을 매겨 봐요."

"내가 살 거야, 내가! 얼마든지 낼게!"

이곳에 약재를 사러 올 정도라면 돈 많은 사람들이어서 천금을 달라 해도 눈 하나 깜빡하지 않았다.

그들 세상에서는 물건이 없어서 못 살 수는 있어도 돈이 없어서 못 살 수는 없었다.

보기 드문 특이한 다람쥐를 보자 사람들은 너 한마디 나 한마디하며 경쟁을 시작했다.

꼬맹이는 두려워하지도 않았다. 사실 달아나기는 어렵지도 않았다. 녀석은 눈을 동그랗게 뜨고 자신을 구경하는 사람들을 바라보면서 이들이 왜 저렇게 귀까지 빨갛게 물들이며 싸우는지 의아해했다.

보초 몇 명이 이 광경을 보고 눈짓을 주고받았고, 그중 한 사람이 말했다.

"여러분, 조용히 해 주십시오. 조용히. 이러지 마시고 높은 값을 부르는 분이 사시는 걸로 하시지요."

어쨌든 입구에서 다함께 잡았고 약재회관의 물건도 아니니, 집사가 나타나기 전에 돈벌이나 해 보자는 생각이었다.

사람들이 갑자기 조용해지자 꼬맹이는 새까만 눈동자를 데굴데굴 굴리며 어리둥절한 표정을 지었다. 이번엔 또 왜 그러지?

"천 냥 내겠소!"

누군가 못 참겠다는 듯 값을 불렀다.

"두 배!"

"난 삼천이에요!"

"하하하, 만 냥이오!"

순식간에 값이 만 냥까지 치솟았다. 만 냥이면 약재회관에서 고급 약재를 살 수 있는 돈이었다.

사람들은 잠시 조용해졌다. 적잖은 이들이 망설이고 있었다. 보초들은 눈짓을 주고받으며 무척 기뻐했다!

만 냥이면 그들이 평생 벌어도 손에 넣지 못하는 돈이었다.

몇 사람이 나눠야 하지만 그래도 적잖은 몫이었다.

술 사먹는 것은 물론이고 가족을 부양하고도 남았다.

대장인 남자가 기다리다 못해 외쳤다.

"만 냥입니다. 더 부르실 분 계십니까?"

그런데 한 여자가 갑작스레 외쳤다.

"이만 냥!"

이만 냥?

일순 주위가 조용해졌다. 사람들은 깜짝 놀랐고 보초들은 눈을 휘둥그레 떴다.

이만 냥이라니!

이번 생은 말할 것도 없고 다음 생까지도 다 쓰지 못할 돈이었다!

소리 난 쪽을 바라보니 젊고 고운 얼굴의 여자가 보였다. 백의를 걸친 여자는 빨간 천으로 싼 길쭉한 물건을 등에 메고 있었는데 활 같기도 하고 검 같기도 했다.

백의 여자는 사람들의 시선을 받고도 긴장하기는커녕 표정은 싸늘하고 눈빛은 오만했다. 말 그대로 냉미녀였다.

사람들이 그쪽을 돌아보자 꼬맹이도 따라 쳐다보았다. 냉미녀를 본 순간 녀석은 그 자리에 얼어붙었다!

그녀였다. 독초 창고에서 새 주인에게 화살을 쏘려던 여자.

끝장이다. 저 여자의 눈에 띄었으니 주인님이 화를 내시겠지?

아니야, 아니야. 저 여자는 날 알아보지 못하니까 주인님도 모르실 거야.

이렇게 생각하고 안심한 꼬맹이는 저 냉미녀가 뭘 하려는지 몰라 가만히 바라보았다.

한참 동안 아무도 값을 부르지 않았다. 이만 냥이면 확실히 높은 값이고, 돈 있는 사람들이라고 해서 다 멍청이들은 아니었다. 다람쥐는 기껏해야 애완동물에 지나지 않았다.

백의 여자는 주위를 쓱 둘러보며 아무도 값을 올리지 않는 것을 확인했지만, 보초들은 흥분한 나머지 입을 열지도 못하고 있었다.

백의 여자는 은표 두 장을 꺼내고 다른 쪽 손을 내밀면서 차갑게 말했다.

"아무도 그 이상을 부르지 않으니 내가 사겠다."

그때 내내 조용히 지켜보던 꼬맹이가 갑자기 눈을 가늘게 뜨고 은표를 노려보았다.

그랬구나!

이 사람들이 날 사려던 거야!

돈과 물건을 교환하는 것도 알아보지 못한다면 지금껏 헛산 셈이었다!

꼬맹이는 몹시 화가 났다. 내가 겨우 은표 두 장 값어치밖에 안 돼?

보초가 꼬맹이가 든 그물을 초청가에게 내밀자 화가 난 꼬맹이가 예고도 없이 폴짝 뛰어올랐다. 어찌나 힘이 센지 녀석은 몸통 째로 보초와 초청가의 손에 부딪히면서 동시에 초청가의 손에 길쭉한 상처를 두 줄 냈다.

"꺄악……!"

갑작스러운 사태에 초청가가 비명을 질렀다.

보초도 놀라 허둥지둥 하느라 받았던 은표를 떨어뜨리고 말았다.

꼬맹이가 땅에 뛰어내려 은표를 쫙쫙 찢더니 곧바로 보초의 머리 위로 올라갔다. 화가 나서 조그마한 가슴이 불끈불끈했다. 이 사람들 정말 너무해!

녀석은 달아나지도 않고 사람들을 똑바로 바라보며 입에 넣고 있던 금패를 밖으로 쑥 내밀었다!

순간 사람들은 멍해졌다. 초청가도 마찬가지로 손에 난 상처조차 잊고 눈을 휘둥그레 떴다.

저 조그마한 몸에 저렇게 큰 금패를 입에 넣고 있다니, 어떻게 생겨먹은 녀석이지?

꼬맹이는 초청가에게 입에 문 금패를 뻐기듯이 보여 준 뒤 확 긁어 버리겠다는 듯이 양발을 마구 휘갈겨 보였다. 이 못된 여자야, 고작 이만 냥으로 날 사려고 해? 내가 뭘 가지고 있는지 잘 보라고!

녀석이 뱉은 것은 운공대륙에서도 최상급으로 쳐주는 한도가 없는 금패였다. 수백 년 동안 운공대륙에서 이런 금패를 가진 사람은 열 손가락에 꼽을 정도라고 했다.

초청가는 찢어져 바닥에 흩어진 은표와 꼬맹이의 도전적인 행동을 번갈아 바라보았다. 순간 뱃속에서 울분이 끓어올라 숨이 턱 막혔다.

그러잖아도 기분이 좋지 않아 약재회관에서 돈을 펑펑 쓰며 마음을 달래 볼까 하던 차에 조그만 짐승에게 무시를 당할 줄이야. 이 짐승을 베지 않으면 도저히 화가 풀릴 것 같지 않았다!

"죽고 싶으냐!"

그녀가 눈빛을 번뜩이며 꼬맹이를 공격하려는데, 보초들이 황급히 에워싸며 가로막았다.

"낭자, 화 푸십시오, 화를 푸세요!"

"낭자, 절대 안 됩니다. 요 녀석은 누가 떨어뜨리고 간 게 분명합니다!"

보초들이 아무리 돈을 밝혀도 저런 금패를 보고 함부로 할 수는 없었다.

지금 운공대륙에서 저런 금패를 가진 사람은 무척이나 드물었고 약재회관에서 저 금패로 물건을 사는 사람은 더더욱 얼마 없었다. 그들은 하나같이 눈 밖에 나서는 안 될 거물들이었다.

저 조그만 동물이 뭘 하는 녀석인지는 모르지만 주인을 따라 왔다가 혼자 떨어진 것이 분명했다. 만에 하나 이곳에서 죽으면 그들은 물론이고 약재회관의 사장, 회장 어른도 수습하지 못하게 될 것이다!

물론 초청가도 금패를 알아보았지만 화가 머리끝까지 나서 누구 것인지 신경 쓰고 싶지 않았다.

그녀는 다시 은표를 두 장을 꺼내 보초에게 휙 던지며 차갑게 말했다.

"이 녀석은 이미 내 것이다. 죽이든 살리든 내 마음이야!"

그런데 그때 뒤에서 묵직한 남자의 목소리가 들려왔다.

"초 낭자, 고작 다람쥐에게 화풀이를 하기보다는 그 주인을 불러 배상하라고 하는 편이 낫지 않겠습니까."

초청가가 돌아보니 고상한 외모에 품위를 갖춘 남자가 서 있었다. 약재회관의 좌집사이자 약성 왕씨 집안의 셋째 도령 왕약진土若辰이었다.

다른 사람들은 초청가를 모르지만 왕약진은 알고 있었다. 그는 그녀를 흠모한 지 오래였지만 애석하게도 여태 호의를 보일 기회가 없었다.

왕약진에게 눈곱만큼도 흥미가 없는 초청가는 냉랭하게 말했다.

"저 녀석 주인이 누구인지 어떻게 알죠?"

왕약진은 후후 웃었다.

"금패의 주인이 곧 그 녀석의 주인입니다. 그 금패를 제게 보여 주시면 알 수 있습니다."

약재회관은 왕씨 집안이 운영하는 곳이고 약재회관 좌집사인 왕약진은 장부를 관리하고 있어서 이곳에서 한 번 쓴 금패는 누구 것인지 알아볼 수 있었다.

좋아, 그 사람이 오길 기다리겠어요

말은 쉬워도 저 다람쥐가 물고 있는 금패를 빼앗기가 과연 그리 쉬울까?

사람들은 왕약진이 듣기 좋은 말로 냉미녀를 달래려는 것임을 알 수 있었다. 한발 양보해서 다람쥐에게서 금패를 받아 금패의 주인을 알아낸다 해도 주인을 데려와 냉미녀에게 사과를 시킬 수는 없었다!

이번 일은 굳이 따지면 약재회관의 잘못이었다. 약재회관이 보초를 잘못 관리한 탓이었다.

냉미녀도 당연히 왕약진이 자신을 달래기 위해 한 말일 뿐 아무 것도 못한다는 것을 알고 있었다.

하지만 오늘은 정말 기분이 별로였고 고상한 척하면서 음흉하게 쳐다보는 왕약진의 모습도 밉살맞아 끝까지 밀어붙이기로 결심했다.

그녀는 기다렸다는 듯이 차갑게 말했다.

"좋아요. 그럼 어디 가져가서 살펴보시죠!"

왕약진이 접선을 착 접으며 차갑게 명령했다.

"뭣들 하느냐. 다 같이 잡지 않고!"

연기일까, 진짜일까?

초청가는 옆으로 물러나 팔짱을 꼈다. 저 짐승을 잡을 자신은 있지만 끼어들 생각은 없었다.

꼬맹이는 여전히 장한의 머리 위에 올라 앉아 사람들을 내려다보았다. 저들이 뭘 하려는지는 모르지만 겁나지 않았다!

보초들은 방금 꼬맹이의 솜씨를 맛보았지만 왕약진의 명이 떨어지자 그래도 잡으려고 다가갔다.

약재회관에서 일하는 사람들은 왕씨네 셋째 도령의 가식적인 성품을 잘 알고 있었다. 그의 주특기가 바로 없는데도 있는 척하며 허세를 부리는 것인데, 아랫사람으로서는 억지로 맞춰 줄 수밖에 없었다.

보초들이 다시 덤비자 꼬맹이가 갑자기 팔짝 뛰어오르더니 뜻밖에도 초청가 쪽으로 날아갔다.

멍청한 인간들아, 이 꼬맹이님이 신나게 놀아 줄게!

꼬맹이가 초청가에게 덤빌 줄은 아무도 예상하지 못했다. 보초들은 함부로 움직이지 못했고 왕약진은 초조해하면서도 감히 다가설 수가 없었다.

초청가는 다급히 피했지만 하마터면 또 긁힐 뻔했다.

"못된 짐승 같으니. 네 주인이 누구든 반드시 내 손에 죽을 줄 알아라!"

초청가가 말하며 메고 있던 활을 꺼내 바닥에 내려선 꼬맹이를 겨누었다.

살기를 느끼자 꼬맹이는 곧 경계를 돋우고 살기등등하게 초청가를 향해 커다란 송곳니를 드러냈다.

사람과 다람쥐가 대치하는 일촉즉발의 상황이었다. 주위에는 사람들이 물샐틈없이 모여들었다. 언제 왔는지 약재회관 안에서 물건을 사던 사람들까지 구경하러 온 것이다.

그렇지만 바로 그때 사람들 틈에서 온화한 목소리가 들려왔다.

"초 낭자, 잠시 기다리십시오."

소리 나는 쪽에는 백의를 입은 남자가 서 있었다. 왕약진과 닮은 모습이지만 좀 더 대범해 보이고 속세를 벗어난 듯 초탈하고 옥처럼 따스한 사람이었다.

그는 바로 왕씨 집안의 넷째 도령이자 왕약진의 친동생, 약성에서 유일하게 목령아에 필적할 만한 젊은 약제사인 왕서진 王書辰이었다.

그는 약재회관의 우집사로 약재 곳간을 관리하고 있어서 모습을 드러내는 일이 드문 눈에 띄지 않는 사람이었다. 하지만 왕씨 집안에서 가장 유명한 도령이라 혼담을 전하러 온 매파들이 왕씨 집안 대문에서 약성 성문까지 이어질 정도라는 소문이 있었다.

초청가도 왕서진을 알아보았지만 체면을 세워 줄 생각이 없어서 차갑게 말했다.

"왜 기다리라는 거죠? 당신이 저 녀석을 잡을 수 있나요?"

왕서진이 사람들 틈에서 걸어 나왔다. 겸손하고 품위 있는 군자 같은 모습이었다.

"초 낭자, 어찌 한낱 동물에게 꼬치꼬치 따지려 하십니까?"

우아하게 욕을 한다는 건 바로 이런 것이었다!

초청가는 홧김에 얼굴마저 새파랗게 질려 예고도 없이 꼬맹이에게 화살을 날렸다. 다행히 꼬맹이는 그녀에게만 신경을 쏟고 있어서 재빨리 피했다. 속도가 어찌나 빠른지 아무도 그 움직임을 보지 못했고, 정신을 차리고 보니 왕서진의 어깨에 앉아 있는 것이 보였다.

꼬맹이는 주위에 있는 사람들 중에서 왕서진에게만 호감을 느꼈다.

"비켜요. 그렇지 않으면 책임 못 져요!"

초청가는 다시 한 번 활시위를 잔뜩 당겼다.

이 광경에 왕약진마저 안절부절 못했지만 왕서진은 신경 쓰지 않고 조심조심 꼬맹이 쪽으로 고개를 돌려 빙그레 웃었다.

꼬맹이는 무심결에 고개를 들었다가 그의 웃는 얼굴과 마주쳤다. 와, 따뜻해라!

이 남자는 녀석이 좋아하는 백의 공자만큼 따뜻하지는 않았지만, 겨울날 햇살처럼 따스해서 눈을 떼기가 못내 아쉬웠다.

2백 년 넘게 살아온 꼬맹이의 경험에 비추어 보면 이 남자는 좋은 사람이었다.

녀석은 곧 조그마한 머리를 왕서진의 어깨에 비비며 호의를 표했다.

이 모습에 왕서진도 속으로 깜짝 놀랐다. 자신이 보호해 주려는 것을 알다니, 이 조그만 다람쥐가 영기를 가진 모양이었다.

저 금패만 아니었다면 사람들은 왕서진이 키우는 다람쥐라고 생각했을 것이다.

초청가는 활을 잔뜩 당겼지만 한참 망설이며 움직이지 않았다. 상대는 아무래도 약성 왕씨 집안사람이었다. 서주국 황실도 왕씨 집안의 체면을 봐주는 마당에 초씨 집안은 말할 필요도 없었다. 개인적인 원한으로 가족에게 골칫거리를 만들어 줄 수는 없었다.

그녀가 화난 목소리로 물었다.

"왕서진, 당신네 보초가 내 은표를 받았어요. 약재회관은 하인들조차 신용을 지키지 않는 건가요?"

왕서진도 보초의 잘못이라는 것을 알고 있었다. 문제를 해결하려면 다람쥐의 주인을 모셔오는 수밖에 없었다.

다람쥐가 우호적으로 나오자 그는 조심스레 손을 내밀어 금패를 잡으려는 자세를 취했다. 뜻밖에도 다람쥐는 거부하지 않았다.

꼬맹이가 좋은 사람이라고 인정하면 틀림없이 좋은 사람이었다. 한 번도 틀린 적 없었다.

녀석은 이 공자가 자기 대신 억울함을 밝혀 주리라 믿었기 때문에 기꺼이 입을 열고 왕서진에게 금패를 내주었다.

이렇게 되자 구경꾼들은 속으로 고개를 갸웃했고 심지어 직접적으로 묻는 사람도 있었다.

"넷째 공자, 그 다람쥐는 공자가 키우던 것이오?"

왕서진은 고개를 저으면서 금패를 살폈다.

운공대륙에서 통용되는 금패에는 표식이 있었다. 세상에 하나밖에 없는 표식으로 금패 소유자의 신분을 상징하는 것인데,

특히 이렇게 한도가 없는 금패는 그 표식이 더욱 선명했다.

자세히 살펴본 왕서진이 고개를 들었을 때 그 얼굴은 놀람으로 가득했다.

이를 본 왕약진이 황급히 물었다.

"누구냐?"

모든 사람들이 그쪽을 쳐다보았고, 초청가도 흥미로운 얼굴로 대답을 기다렸다. 어쨌든 그녀 자신은 잘못한 것이 없으니 상대가 누구든 끝까지 따질 것이다.

왕서진은 말없이 왕약진에게 금패를 건넸다. 왕약진은 왕서진보다 더 금패에 익숙했기 때문에 받자마자 알아보고 놀란 목소리로 외쳤다.

"천녕국 진왕!"

천녕국 진왕?

금패가 천녕국 진왕의 것이라면, 저 다람쥐도 천녕국 진왕의 애완동물이라고?

순식간에 주위가 조용해졌다. 사람들은 말없이 서로를 쳐다보며 이 소동에 끼어들지 않은 것을 요행으로 생각했다. 천녕국 진왕은 보통 사람이 건드릴 만한 인물이 아니었다.

초청가도 당황해 자신의 귀를 믿지 못하고 다시 물었다.

"왕약진, 방금 뭐라고 했죠? 그 금패의 주인이 누구라고요?"

왕약진은 복잡한 표정을 띠며 한 자 한 자 똑똑히 대답했다.

"용비야!"

초청가도 똑똑히 들었다. 그녀는 제자리에 서서 한참 입을 열지 못했다.

왕약진은 황급히 금패를 왕서진에게 돌려주었다. 금패의 주인이 다른 사람이었다면 혹시 허풍을 치며 뽐낼 수도 있겠지만, 용비야라면 포기할 수밖에 없었다.

용비야는 본래 다루기 힘든 인물이었고 집안의 가장인 아버지와 개인적인 교분도 있었다. 지금 가장 좋은 방법은 다람쥐를 잘 달래고 금패를 챙겨 한시 바삐 용비야에게 알리는 것이었다. 다람쥐가 여기까지 온 것을 보면 용비야도 부근에 있을 것이다.

금패가 다시 왕서진의 손에 들어가고 사람들의 표정이 무거워진 것을 보자 꼬맹이는 멍해졌다. 대체 무슨 일이 벌어진 거야?

왕서진은 초청가를 내버려 둔 채 꼬맹이를 데리고 돌아섰지만, 초청가가 그 앞을 막아섰다.

그녀는 차갑게 말했다.

"난 벌써 그 다람쥐를 샀어요. 용비야의 것이라 해도 반드시 내 손에 넣어야겠어요!"

그 말에 적잖은 사람들이 '헉' 하고 찬 숨을 들이켰다. 저 아가씨 좀 보게!

"초 낭자, 우리 약재회관의 잘못이니 입으신 손해는 열 배로 배상하겠습니다. 부디 이해해 주시기 바랍니다."

왕서진이 진지하게 말했다.

"분명히 약재회관의 잘못이죠. 어쨌든 난 그 다람쥐를 가져야겠어요."

초청가는 끝내 고집을 피웠다.

"하지만 진왕 전하께서……."

왕서진의 말이 끝나기도 전에 초청가가 그 말을 끊었다.

"진왕에게 뭐라고 할지는 당신들 일이고 나하곤 상관없어요. 나는 이곳 보초에게 다람쥐를 샀어요. 왕씨 집안의 보초가 나 같은 여자를 속이는 건 아니겠죠?"

말이 통하지 않는 태도에 왕서진도 골치가 아팠다.

서주국 초씨 집안은 서주국의 병력을 의미했고 서주국에서는 황족을 제외하고 가장 존귀한 가문이었다. 비록 진왕부에 미치지는 못하지만 함부로 미움을 살 수는 없었다.

한쪽은 천녕국 진왕이고 다른 한쪽은 서주국 초씨 집안이라니. 왕서진은 하릴없이 왕약진을 돌아보았지만 왕약진은 이런 일을 나서서 해결할 사람이 아니었기 때문에 생각나는 대로 말했다.

"초 낭자. 안에서 잠시 기다리시지요. 저희가 진왕을 모셔오면 그때 다시 논의하시는 게 어떻겠습니까."

뜻밖에도 초청가는 단박에 승낙했다.

"좋아요, 그 사람이 올 때까지 기다리죠."

마치 용비야와 아주 잘 아는 사이 같은 말투였다.

사실 초청가가 원한 것이 바로 이 제안이었다. 원인이야 어떻든 그 남자와 만날 수 있다면 절대로 그 기회를 놓칠 생각이 없었다.

초청가의 저런 태도를 해결할 사람은 아마 진왕밖에 없을 것이다.

왕서진은 금패를 꼬맹이에게 돌려주고 녀석을 데리고 회관으로 들어갔다.

초청가도 따라 들어오는 것을 보자 꼬맹이는 더욱더 어리둥절했다. 도대체 어떻게 된 거야?

하지만 그 생각은 곧 머리에서 달아났다. 약재회관에 들어가는 순간 온갖 진귀한 약재들이 눈에 들어왔기 때문이었다.

훔쳐 먹을 수 없다면 사 먹지 뭐!

꼬맹이는 금패를 왕서진의 손에 떨어뜨리고는 옆에 있는 약궤짝으로 쪼르르 달려갔다 나온 지 한참 되어 배가 고파 죽을 지경이었다. 녀석은 가장 귀한 약재 몇 종류를 골라 손에 쥐고 냠냠 먹기 시작했다.

배불리 먹은 다음 돌아가면 되겠다고 생각했지만, 먹기 시작하자 멈출 수가 없었다.

왕서진은 꼬맹이가 고른 것이 이곳에서 가장 귀한 약재인 것을 한눈에 알아보고 눈이 휘둥그레졌다. 아무리 봐도 너무 신기한 다람쥐였다.

주인이 용비야가 아니었다면 왕서진 자신도 사고 싶을 정도였다.

초청가를 다실에 안내한 뒤, 왕서진은 곧바로 사람을 시켜 용비야에게 연락하게 했다.

그때는 이미 밤이 깊었을 무렵이었다.

한운석은 잠시 눈을 붙일 생각이었지만 도무지 잠이 오지 않아 창가로 걸어갔다. 현상금 소식을 둘러싼 사람들이 하나 둘 흩어지자 마침내 큼직한 초상화가 눈에 들어왔다.

초상화를 그린 적이 없는데 저건 누가 그렸을까? 기억을 더듬어 그린 것치고는 정말 꼭 닮은 모습이었다.

그녀가 깊이 생각에 잠겨 있는데 고칠소의 목소리가 들려왔다.

"독누이, 나 왔어!"

한운석이 돌아보니 고칠소가 먼지를 약간 뒤집어쓴 차림으로 서 있었다. 두 시진 동안 뭘 하러 갔던 걸까?

사실 고칠소가 별달리 큰일을 한 것은 아니었다. 사람을 사서 한운석이 여아성에 있다는 소문을 퍼트리고, 또 큰돈을 들여 소요성의 살수 한 무리를 고용해 여아성에 매복시킨 것이 전부였다.

이 일을 마치고 나자 기분이 몹시 좋았다.

"독누이, 가자. 목씨 저택으로!"

보조개를 만들며 웃는 고칠소를 보자 한운석은 점점 더 의심이 들었지만 자세히 묻고 싶은 마음이 들지 않았다. 그녀의 최대 관심사는 목씨 집안이었다.

두 사람은 곧 객잔을 떠났다. 하지만 그들은 까맣게 모르고 있었다. 용비야가 벌써 약성으로 오고 있다는 것을⋯⋯.

벙어리 노파의 눈물

밤이 깊고 약성 전체가 희미한 달빛에 뒤덮여 세상이 다 고요했다.

고칠소는 한운석을 데리고 목씨 저택으로 향했다.

한운석은 처음 약성에 왔을 때 목씨 집안에 대해 들었지만 어떤 곳인지는 본 적이 없어서 괜히 궁금해졌다.

목씨 집안이 군역사와 손을 잡고 약재 숲의 독 연못에 새 독초를 키운 까닭은 무슨 목적일까?

목씨 집안은 약성에서 세력이 컸고 후손들 중에 인재도 즐비했기 때문에 구태여 위험을 무릅쓰고 군역사와 손잡을 필요가 없었다.

의성과 약성은 한집안이나 다름없고 의성의 지지는 삼대명가가 약성에서 차지하는 지위에 큰 영향을 미쳤다. 목씨 집안이 백독문과 손잡은 사실을 의성이 알게 되면 목씨 집안은 난처해질 수밖에 없었다.

"목씨 집안과 군역사가 손잡은 걸 당신도 알아?"

한운석이 소리 죽여 물었다.

뜻밖에도 고칠소는 아무렇지도 않게 '응' 하고 대답했다.

이자는 역시 알고 있었어.

"당신은 목씨 집안과 잘 아는 사이야?"

한운석이 다시 물었다. 지난번에 그는 약차묘목이 필요하다며 속여 그녀와 용비야를 약성에 데리고 왔고, 사실은 사씨 집안에 있는 약차묘목이 목씨 집안에 있다고 거짓말을 했다.

고칠소는 쿡쿡 웃었다.

"잘 몰라. 목령아만 알고 있어."

그 말에 한운석도 퍼뜩 깨달았다.

이 요물이 온갖 술수를 부려 목령아같이 아무것도 모르는 여자아이를 꼬여낸 게 분명했다!

목령아를 이용하지 않았다면 고칠소가 무슨 수로 목씨 집안의 기밀을 알아낼 수 있었을까?

비록 목령아에게는 아직 빚이 있지만, 순진한 소녀를 속이는 고칠소의 행동이 몹시 경멸스러웠다.

그녀는 더 묻지 않고 경멸에 찬 시선을 던졌다.

뜻밖에도 고칠소는 개의치 않고 도리어 진지하게 말했다.

"그 계집애를 찾아내면 내가 복수를 도와줄게! 죽이든 살리든 네 맘대로 해."

한운석은 대답 없이 웃기만 했다.

사실 목령아를 찾아가 복수를 할 필요도 없을 것 같았다. 고칠소의 이 말만 들려줘도 목령아가 평생 눈물바람을 하고 살기에 충분했다.

가엾기도 해라!

고칠소는 금세 한운석을 데리고 목씨 저택 후원으로 뛰어들어 겹겹이 수비를 피해 마지막으로 어두컴컴한 수풀로 들어갔다.

그 가볍고 거침없는 움직임에 한운석도 호기심을 참지 못했다.

"몇 번이나 와 본 거야?"

"목령아가 날 데리고 여러 번 왔었어. 그 녀석이 알려 주지 않았다면 목씨 저택 후원에 이런 곳이 숨겨져 있는지도 몰랐을 거야."

고칠소가 사실대로 대답했다.

숲은 너무 어두워서 손을 내밀어도 손가락이 보이지 않을 정도였지만 숲을 나서자 별천지였다. 바로 눈앞에 제법 크기가 있는 호수가 펼쳐지고 그 위에 대나무 집이 한 채 서 있었던 것이다.

대나무집에는 등이 켜 있지 않아 달빛만으로는 안에 사람이 있는지 없는지 알 수가 없었다. 고칠소는 한운석과 함께 대나무 집 노대露臺에 내려섰다.

"이곳이 목심이 살던 곳이야. 안에 생전에 남긴 물건들이 있어."

고칠소가 설명했다.

그 말에 한운석은 화접자火摺子(고대 중국에서 등불 대용으로 쓰던 도구로 필요할 때 불을 붙였다가 끄면 오랫동안 붉은 빛이 유지된다고 함)를 꺼내들고 서둘러 안으로 걸어갔다.

그런데 바로 그때 등 뒤에서 독이 가까워지는 것이 느껴졌다!

한운석이 몸을 돌리려는데 갑작스레 손북 소리가 들려왔다.

어두컴컴한 가운데 그런 소리가 들리자 한운석은 모골이 송연해졌다. 뒤를 돌아보는 순간 그녀는 화들짝 놀랐다.

언제 나타났는지 등 뒤에 한 노파가 서 있었다. 몸집이 왜소하고 표정은 딱딱한데 조그마한 두 눈은 예리하게 번쩍여 밤인데도 또렷하게 볼 수 있었다. 노파는 조그마한 손북을 들고 끊임없이 흔들어 대고 있었다.

한운석은 노파의 적의를 느꼈지만 뜻밖에도 고칠소가 말했다.

"귀가 먹어서 듣지도 못하고 말도 못해."

한운석은 살짝 놀랐다. 그제야 이 노파의 눈이 왜 이렇게 유난히 반짝이는지 알 것 같았다. 소리를 듣지 못하기 때문에 좀 더 잘 보려고 할 수밖에 없을 것이다.

해독시스템으로 꼼꼼히 스캔해 보니 노파가 중독된 것을 알 수 있었지만 무슨 독인지는 알아내지 못했다.

노파가 중독된 독이 흔하지 않고 쉽게 해독할 수 없다는 의미였다.

한운석은 그 문제는 잠시 제쳐 두고 나지막이 물었다.

"이 분은……."

"오랫동안 이곳을 지키고 있어. 목령아도 자기가 철이 들었을 때부터 이 노파가 이곳을 지키고 있었는데 누군지는 모르다고 했어."

고칠소가 사실대로 대답했다.

처음에는 고칠소에게도 적의를 보였던 노파지만 목령아를 따라 여러 번 다녀가면서 차차 낯을 익혔다.

노파는 글자도 모르고 수화도 몰라 소통할 방법이 전혀 없었다. 목령아는 일곱 살 때 이곳을 발견했다가 노파에게 흠씬 두들겨 맞았다. 그 후 그녀는 매일 먹을 것이나 필요한 것을 들고 살금살금 찾아와 노파와 가까워졌다.

하지만 안타깝게도 그 오랜 시간을 투자했는데도 여태껏 의사소통이 되지 않았다.

"이 사람을 만나 보라고 날 데려온 거야?"

한운석은 이해가 가지 않아 물었다.

고칠소가 설명하려는데 벙어리 노파가 갑자기 손을 뻗어 한운석을 가리키더니 손북을 세차게 흔들었다. 너는 누구냐고 묻는 것 같았다.

고칠소는 웃으면서 한운석의 진료 주머니를 가리켰다. 그제야 노파도 진료 주머니를 쳐다보았고 그 순간 상황이 싹 변했다.

노파는 흥분한 듯 들고 있던 손북을 떨어뜨리고 한운석에게 와락 달려들었다.

한운석은 깜짝 놀라 무의식적으로 뒤로 물러섰지만 노파의 속도가 너무 빨랐다. 노파는 단박에 그녀의 진료 주머니를 낚아채 힘껏 잡아당겼다.

"왜 이래요!"

한운석이 황급히 붙잡았지만 벙어리 노파는 어디서 그런 힘이 났는지 홱 잡아당겨 빼앗아 가 버렸다.

한운석이 되찾으려 하자 벙어리 노파는 물건을 뒤지지 않고 진료 주머니를 받쳐 들어 그 위에 수놓아진 '심' 자를 어루만졌다. 늙은 눈에서 눈물이 주르르 흘렀다.

이를 본 한운석은 이러지도 저러지도 못하고 제자리에 못 박혔다.

노인의 눈물은 정말 견딜 수가 없었다!

한운석이 고칠소를 바라보자 고칠소는 어쩔 수 없다는 듯 어깨를 으쓱해 보였다. 그녀도 어쩔 수 없이 기다렸다.

한참 후 벙어리 노파가 눈물을 닦고 고개를 들어 한운석을 바라보았다. 적의는 씻은 듯 사라지고 자애심으로 가득 찬 눈빛이었다.

이런 눈빛을 대하자 한운석은 움찔했다. 어쩐지 감당하기 힘든 기분이었다.

그 눈빛이 한운석의 경계를 완전히 무너뜨려 저도 모르게 부드러운 목소리가 나왔다.

"할머니, 이건 우리 어머니 물건이에요. 아세요?"

그 말을 하고난 뒤에야 노파가 듣지 못한다는 것이 생각났다.

"저 안에 가서 살펴봐도 돼요?"

한운석이 방 안을 향해 손짓을 했다.

벙어리 노파는 알아들은 듯 황급히 방으로 들어가 등을 켰다. 한운석과 고칠소가 들어가 보니 대나무 집은 깔끔하게 정리되어 먼지 한 톨 없었다.

하지만 큼직한 가구 외에 다른 물건은 보이지 않았다.

"목심이 남긴 물건은 방 안에 있어. 들어가서 봐."

고칠소의 말이 끝나기 무섭게 벙어리 노파가 방에서 물건을 한아름 들고 와 한운석에게 주었다.

한운석이 열어 보니 손수건과 돈주머니 같은 잡화들이 가득했고 하나같이 진료 주머니와 똑같은 '심' 자가 수놓아져 있었다.

벙어리 노파는 민첩하게 물건들을 하나하나 펼치고 진료 주머니를 가져와 하나씩 비교해 보여 주었다.

말을 하고 싶은 듯 입을 벌렸지만 애석하게도 소리는 나오지 않았다.

그 모습을 보자 한운석도 답답했다.

보통 벙어리는 귀가 먹어서 말을 못하게 되는데, 이 말은 곧 소리를 듣지 못하면 말을 배울 수 없기 때문에 의사소통을 하지 못한다는 뜻이지 소리를 내지 못한다는 뜻은 아니었다.

벙어리 노파가 소리조차 내지 못하는 것은 정상이 아니었다.

방금 그 몸에서 검출한 독이 떠오르자 한운석은 저도 모르게 외쳤다.

"누군가 독을 먹여 벙어리로 만든 거야!"

고칠소가 손가락을 마주쳐 '딱' 소리를 냈다.

"똑똑한걸!"

"어떻게 된 거야?"

한운석이 진지하게 물었다.

"독 때문에 벙어리에다 귀머거리까지 된 거야. 하지만 무슨 독인지 알아내지 못했어. 네가 치료해 주면 목심의 이야기를 전부 들려줄지도 몰라."

이것이 고칠소가 한운석을 데려온 진짜 목적이었다.

고칠소가 무슨 독인지 알아내지 못했으니 해독시스템이 모르는 것도 이상하지 않았다. 아무래도 쉽지 않은 문제 같았다.

고칠소의 말대로 목심에 대해 알고 싶으면 이 벙어리 노파가 누구인지, 왜 이곳에서 목심의 유물을 지키고 있는지 알고 싶으면 노파를 치료하는 수밖에 없었다.

벙어리 노파는 두 사람이 무슨 말을 하는지 몰라 번갈아보다가 초조한 듯이 목심의 물건과 진료 주머니를 한운석의 손에 밀어 넣으며 어서 가라며 손짓을 했다.

한운석도 떠날 생각이었다. 아무래도 이곳은 안전하지 않았다.

그녀는 물건을 챙겨 넣고 벙어리 노파에게 따라오라는 손짓을 했지만 노파는 따라오기는커녕 도리어 안방으로 들어갔다.

한운석이 쫓아가보니 그림 한 장이 보였다. 그림 속의 여인은 의원 차림을 하고 그녀의 진료 주머니와 비슷한 주머니를 메고 있었다.

여자는 무척 젊었고 이목구비는 수려했지만 미녀라고 할 정도는 아니었다. 다만 얼굴에 띤 웃음이 눈부시게 환하고 아름다워서 뭐라고 설명할 수 없는 진실함과 선량한 아름다움이 느껴졌다.

몸속에 흐르는 피 때문인지 아니면 진정으로 저 웃는 얼굴에 감동한 것인지는 모르지만, 그림 속 여자의 웃는 모습을 보자 한운석은 온 세상이 다 아름답다는 생각이 들었다.

그녀는 그림 옆의 낙관을 살폈다. 이 여자는 바로 목심이었고 낙관에는 단 네 글자 '지명불구知名不具(옛날 낙관 방식 중 하나로

수신자를 이미 알고 있으므로 발신자의 이름을 밝히지 않는다는 의미)'라고
써 있었다.

혹시 아버지일까?

"할머니, 이 그림도 함께 가져갈게요, 네?"

한운석은 이렇게 말하며 그림을 챙겼지만 벙어리 노파는 그
녀를 붙잡으며 고개를 저었다.

주지 않겠다는 뜻은 알겠지만 다른 것은 알아들을 수가 없
었다.

"할머니, 저와 함께 가요. 제가 해독해드릴게요."

한운석이 참을성 있게 손짓으로 얘기했지만 수화를 할 줄도
모르고 손짓발짓으로는 노파도 알아듣지 못했다.

심지어 억지로 노파를 끌어당겨 보기도 했지만 노파는 가지
않으려고 기둥을 꽉 끌어안았다.

결국 한운석은 노파를 한쪽에 앉히고 해독시스템을 실행했다.

노파가 함께 가지 않으려 하니 일단 꼼꼼히 검사나 해 보자는
마음이었다. 어쩌면 이곳에서 해독을 할 수 있을지도 몰랐다.

한운석이 목씨 저택에서 해독에 골몰하고 있을 때 용비야는
누가 봐도 놀랄 속도로 왕씨 집안 약재회관에 도착했다.

왕서진은 의성에 있는 용비야가 오려면 적어도 하루는 걸릴
것이라 생각하고 초청가에게 객잔을 구해 주려 했지만 뜻밖에
도 그는 날이 밝기도 전에 도착했다.

꼬맹이는 그때까지 남아 약초를 야금야금 먹고 있었다.

왕서진과 왕약진은 용비야를 초청가에게 안내하지 않고 먼

저 꼬맹이를 보여 주었다.

"전하, 참 신기한 애완동물을 가지고 계시군요. 저 작은 몸에 식사량이 어마어마합니다."

용비야는 오기 전에 이미 이야기를 들어 알고 있었다. 그는 평소 조그만 동물을 좋아하지 않아 애당초 애완동물을 키운 적이 없었다. 그가 아는 것은 금패를 한운석에게 주었다는 것뿐이었다.

그는 바람막이도 벗지 않고 먼지를 뒤집어쓴 채 급히 안으로 들어갔다. 더없이 준수한 그의 얼굴은 서리가 낀 것처럼 꽁꽁 얼어 있었다.

폭풍전야

용비야는 차가운 얼굴로 성큼성큼 속도를 높였고 좌우에서 따르던 왕약진과 왕서진은 잰걸음을 쳐야 따라잡을 수 있었다.

두 형제는 아버지 왕공과 용비야의 교분이 무척 깊다는 것을 알고 있었지만, 왕씨 집안에서 아버지의 총애를 가장 많이 받는 그들도 지금껏 이 얼음 같은 왕을 직접 만나 볼 기회가 없어 이번이 첫 만남이었다.

용비야의 지지를 받을 수 있다면 훗날 가주 싸움에서의 승리는 따 놓은 당상이었다.

왕약진은 거의 뛰다시피 쫓아가며 잘 보이려고 무슨 말이든 꺼냈다.

"진왕 전하, 그 다람쥐는 깊은 내력이 있어 보이더군요."

용비야는 대답이 없었다.

"전하, 그 다람쥐가 평소에 약초를 주로 먹습니까?"

왕약진이 다시 물었다.

용비야는 여전히 대답이 없었다.

왕약진은 다소 머쓱해져서 민망하게 웃었다.

"하하하, 아마 전하 정도의 재력이 있어야만 저런 동물을 키울 수 있나 봅니다."

정확히 말해 용비야는 그 말을 듣지도 못했다.

왕약진이 망설이다가 다시 말했다.

"전하, 서주국 초씨 집안의 초청가 낭자가 객방에서 기다리고 있습니다."

용비야는 대답도 하지 않았을 뿐더러 그를 쳐다보지도 않았다.

왕약진은 달갑지 않은 기분에 왕공을 끌어들였다.

"진왕 전하, 아버지께서도 저 동물에게 자못 흥미를 보이시며 잘 돌보라고 분부하셨습니다."

안됐지만 용비야는 그를 공기 취급했다.

결국 왕약진은 용비야의 냉혹한 옆모습에 슬며시 겁을 먹고 입을 다물었다.

과묵하기 짝이 없는 이 남자가 남을 상대하고 싶지 않을 때는 그 누가 오더라도 체면을 봐주지 않았다.

왕씨 형제는 곧 용비야를 눈이 많은 지방에서 나는 진귀한 약재를 파는 곳으로 안내했다.

왕씨 형제가 말하지 않아도 용비야는 한눈에 약재 더미 위에 앉은 꼬맹이를 발견했다.

그때 꼬맹이는 너무 많이 먹어 배불뚝이가 되어 있었다. 견디다 못한 배가 묵직하게 아래로 쳐지고 하얀 털은 올올이 곤두서서 그야말로 털 뭉치처럼 보였다.

이제 배가 부른지 약재 위에 늘어져 쌕쌕거리는 녀석은 누군가 다가오는 것도 알아차리지 못한 것 같았다.

깨물어 주고 싶을 만큼 귀여운 모습이었다.

왕씨 형제도 웃음을 참을 수가 없었다.

하지만 만년 무표정한 용비야는 웃기는커녕 날카로운 눈빛으로 꼬맹이를 훑었다. 사랑스럽고 귀여운 동물 같은 것에는 관심이 없었다.

꼬맹이는 말할 것도 없고 설사 지금 눈앞에서 귀여운 척하는 사람이 한운석이라 해도 그가 과연 웃을지는 알 수 없는 노릇이었다.

그는 냉랭한 표정으로 꼬맹이를 살피더니 마침내 무겁디무거운 입을 열었다. 얼음처럼 차가운 목소리가 흘러나왔다.

"금패는?"

금패는 꼬맹이가 엉덩이에 깔고 앉아 있었다!

"당장 가져오겠습니다!"

왕서진이 황급히 다가가 꼬맹이를 들어 올리고 금패를 집으며 꼬맹이의 시선을 몸으로 막았다. 그런 탓에 불행하게도 꼬맹이는 여전히 용비야를 볼 수가 없었다.

사실 꼬맹이는 예민한 편이어서 보지 못해도 주위 공기의 흐름이 달라졌다는 것을 느낄 수 있었다. 하지만 녀석은 이곳에 있으면 안전하다고 판단을 내린 후였다. 이곳에서 감히 자신에게 다가오는 사람은 왕서진밖에 없었던 것이다.

왕서진이 붙잡자 꼬맹이는 곤두섰던 털을 축 늘어뜨리고 온순하게 왕서진을 향해 헤벌쭉 웃어 보였다. 실컷 먹은 덕에 기분도 좋았다.

왕서진은 금패를 집은 뒤 꼬맹이를 내려놓을 생각이었지만,

잠시 망설이다가 여전히 손에 든 채 돌아서서 금패와 꼬맹이를 한꺼번에 용비야에게 내밀었다.

"전하……."

그런데 웬걸, 왕서진의 말이 끝나기도 전에 꼬맹이가 갑자기 '찍' 하고 놀란 소리를 냈다. 축 늘어졌던 털도 바람이 그친 갈대밭처럼 뾰족뾰족 곤두섰다!

세상에! 저게 누구야!

꼬맹이는 얼이 빠졌다!

왕약진과 왕서진도 꼬맹이의 비명에 놀랐다. 이전까지 들었던 소리는 즐겁고 뻐기는 소리였는데 지금은 돼지 멱따는 소리처럼 참혹했다.

용비야는 금패를 흘끗 살핀 뒤 받아들었다. 확실히 한운석에게 준 것이었다. 그는 싸늘한 눈으로 꼬맹이를 훑어보았으나 더러운 것이라도 보듯 받으려고 하지 않았다.

하지만 꼬맹이는 꿈도 크게 용비야가 자신을 잡으려는 줄 알고 와락 발버둥을 쳐서 왕서진의 손에서 벗어난 뒤 뒤도 돌아보지 않고 멀리 멀리 달아났다.

꼬맹이가 여기에 있다면 한운석도 근처에 있을 것이다. 이미 비밀 시위들을 풀어 몰래 수색하게 한 용비야는 꼬맹이가 달아나는 것을 보자 두말없이 뒤쫓았다.

왕약진과 왕서진은 어떻게 해야 할지 몰라 서로를 바라보았다.

"초청가는……."

왕약진은 골치가 아팠다. 초청가도 쉬운 상대가 아니었다.

왕서진이 잠시 생각하다 한숨을 쉬며 말했다.

"잠시 기다리게 두시지요."

초청가는 분명히 용비야를 기다릴 것이다. 다만 용비야가 돌아올지는 모르는 일이었다.

용비야가 쫓아오자 꼬맹이는 간이 콩알만 해졌다. 설마 금패가 주인님 물건이 아니라 저 사람 거였어? 너무 많이 써서 저 사람이 알아차린 거야?

꼬맹이도 자신이 왜 이렇게 저 사람을 두려워하는지 알지 못했다. 지금 녀석은 한시 바삐 주인의 품으로 돌아가 숨고 싶은 생각뿐이었다.

꼬맹이는 약재회관을 빠져나가 객잔으로 달려갔고 용비야는 놓치지 않고 따라갔다.

꼬맹이를 따라 달리거나 훌쩍 날아오를 때마다 널찍한 잿빛 바람막이가 펄럭였다. 훤칠한 그림자가 표범처럼 날렵하게 몸을 번쩍이는 모습은 맹렬하고 패기가 넘쳐 달리는 자태만으로도 즐거운 볼거리였다.

꼬맹이는 더욱 빨리 달릴 수 있었지만 배가 너무 불러 속도를 낼 수가 없었다. 녀석은 겁을 잔뜩 집어먹었다. 만에 하나 저 사람에게 잡히면 어쩌지? 추격해 오는 기세는 무시무시할 정도로 흉흉했다!

하지만 용비야는 사실 전속력을 내지 않고 일부러 일정 거리를 유지하고 있었다. 저 녀석을 너무 빨리 잡으면 누가 그 여자에게로 안내해 줄 것인가?

그렇게 쫓고 쫓기면서 용비야는 한운석과 고칠소가 묵는 객잔에 이르렀다.

꼬맹이는 방 안으로 쏙 들어갔지만 곧바로 문제점을 깨달았다. 주인이 떠난 것이다!

창문 앞까지 쫓아간 용비야는 차가운 눈으로 방 안을 샅샅이 훑어본 뒤 따라온 비밀 시위에게 분부했다.

"동행자가 있는지 물어보도록."

동행자는 분명히 옆방을 얻었을 것이다. 한운석의 솜씨로는 누군가의 도움 없이 그가 보낸 빈틈없는 추적대를 피해 소리도 없이 약성을 빠져나갈 수 없었다.

꼬맹이는 방 안에 오래 머물지 않았다. 용비야가 창문을 막고 선 것을 보고 재빨리 문 쪽으로 달아난 녀석은 달리면서 열심히 코를 킁킁거렸다. 오래지 않아 주인의 냄새를 찾아낸 녀석은 그 방향으로 쫓아갔다.

용비야는 줄곧 꼬맹이와 일정 거리를 유지했다. 그의 얼굴이 점점 더 차가워졌다.

한운석, 약성에 빽빽이 걸린 현상금 소식을 보고도 감히 숨으려 하다니!

한운석은 이런 폭풍우가 밀려오고 있다는 사실을 까맣게 몰랐다. 그녀와 고칠소는 아직도 목씨 저택 후원의 대나무 집에 있었다.

한운석은 벙어리 노파를 몹시 꼼꼼하게 검사했지만 단정한 얼굴에는 웃음기가 전혀 없었다.

벙어리 노파의 성대와 달팽이관은 본래 모두 아무 문제없었고 정상인과 똑같았다. 그런데 듣지도 못하고 말하지도 못하는 것은 누군가 독을 쓴 탓이었다.

성대는 독으로 생겨난 혹 때문에 소리를 내지 못하게 되었는데 혹은 자꾸 커지고 있었고, 달팽이관은 독으로 인한 염증이 계속된 탓에 부분 부분 짓무르면서 청력에 영향을 주었다.

몇 년이 더 지나면 벙어리 노파는 매일같이 염증에 시달리며 고통을 받게 될 것이다.

대체 누가 이런 지독한 짓을!

한운석의 표정을 보자 고칠소는 약간 불안했다.

"어때? 알겠어?"

"미독糜毒이야. 중독된 지 오래여서 치료하기가 쉽지 않아."

한운석은 차분하게 말했다.

해독시스템에 해독 약방문이 있지만 약은 없었다. 게다가 필요한 세 가지 약재는 몹시 진귀해서 한운석이 지금껏 본 적도 없는 것들이었다.

해약을 구해 독을 제거하더라도 벙어리 노파가 낫는다는 보장은 없었다. 누가 뭐래도 중독된 지 너무 오래 지났기 때문이었다.

"미독이라……."

고칠소는 생각에 잠긴 듯 턱을 매만졌다. 이런 독은 처음 듣는 모양이었다.

"일단 데리고 가자. 이 독을 없애려면 시간이 필요할 거야."

한운석이 진지하게 말했다.

그녀가 다시 한 번 그림을 떼려고 하자 벙어리 노파는 고개를 가로저었고 이곳을 떠나려 하지도 않았다.

노파는 온 힘을 다해 한운석과 고칠소를 문 밖으로 밀어내며 몹시 흥분해서 한운석에게 어서 가라고 손짓했다.

목심이 독종의 잔당과 사통한 것은 목씨 집안으로선 용납할 수 없는 일이었다. 목씨 집안은 당연히 모든 증거를 없애려 했을 텐데 어째서 벙어리 노파를 남겨 목심의 옛 집을 지키게 했을까?

한운석도 바보가 아닌 이상 벙어리 노파가 끝까지 이곳을 지키려는 데는 무슨 이유가 있다는 것을 알 수 있었다.

하지만 그 모든 것을 알아내려면 우선 벙어리 노파를 치료해야 했고 그러려면 반드시 데려가야 했다.

아무래도 이곳은 오래 머물 만한 장소가 아니었다. 한운석이 고칠소에게 눈짓을 하자 고칠소도 알아들었다.

그는 벙어리 노파 옆으로 가서 느닷없이 주먹을 내질러 노파를 혼절시킨 뒤 어깨에 들쳐 멨다.

이 요물은 생김새는 여자보다 곱상하지만 그 외모 뒤에 무서운 힘을 숨기고 있었다. 한운석은 그의 강력한 힘에 엄지를 치켜 보인 뒤 망설임 없이 그림을 챙기고 물건을 쌌다.

"가자!"

고칠소가 웃으며 말했다.

"독누이, 너까지 떠메고도 충분히 갈 수 있어."

한운석은 선웃음을 지어 보였다.

"갈 거야, 안 갈 거야?"

"어딜 가려고?"

사실 고칠소가 묻고 싶었던 것은 이것이었다.

"일단 객잔으로 돌아가서 얘기해. 배독을 할 만한 조용한 곳이 필요해."

한운석이 진지하게 말했다.

당장 해약을 찾을 수는 없지만 일단 벙어리 노파의 독을 빼낼 수 있는 만큼 빼내 가능한 피해를 줄여 줘야 했다.

고칠소는 고개를 끄덕인 뒤 한 팔로 한운석의 고운 어깨를 껴안았다.

그런데 그들이 문을 나서는 순간, 사방에서 흑의 살수 한 무리가 휙휙 솟아올라 대나무집을 포위했다!

앞장 선 한운석과 고칠소 앞에 내려섰는데, 키가 작달막하고 볼이 홀쭉하고 입이 튀어나온 생김새는 요괴 그 자체였다.

한운석은 약재 숲에서 군역사와 함께 있던 이 사람을 본 적이 있었다. 그는 바로 목씨 집안의 가주 목영동沐英東이었다!

이 노인이 무공을 할 줄 안다는 것을 이렇게 깊이 숨기고 있을 줄은 꿈에도 생각지 못했다.

"오랫동안 기다렸는데 나타난 사람이 진왕비일 줄이야! 실로 뜻밖이구나!"

목영동이 괴상야릇하게 말했다.

지난번 약재 숲에서 만났을 때는 한운석이 복면을 하고 있어 얼굴을 보지 못했으나 지금은 용비야가 방방곡곡 현상금을 거는 바람에 세상 사람들이 모두 그녀의 얼굴을 알고 있었다.

목영동의 말에 가늘게 뜬 고칠소의 눈동자에서 음험한 살기가 흘러나왔다. 목영동은 오랫동안 이곳에 매복한 것이 분명했다.

"고칠소, 당신이 당했어."

한운석이 차갑게 말했다.

네 발로 오겠느냐 본 왕이 손을 써야겠느냐

목령아가 고칠소를 배신했는지 목령아 자신도 목영동에게 이용당했는지는 모르지만, 어쨌든 목영동은 오랫동안 이곳에 매복을 숨기고 있었다.

"진왕비, 목심과는 어떤 관계냐?"

목영동이 단도직입적으로 물었다.

고칠소가 알려 주지 않았다면 그 역시 벙어리 노파처럼 한운석의 진료 주머니에 수놓인 '심' 자에 신경 쓰지 못했을 것이다.

한운석은 조금 전 천심부인 이야기를 많이 하지 않았던 것을 다행으로 여기며 차갑게 대꾸했다.

"당신과는 상관없소!"

그 말에 목영동의 얼굴이 어둡게 가라앉았다.

"한운석, 이곳은 천녕국이 아니니 뻣뻣하게 굴지 마라!"

"닭 하나 잡을 힘도 없는 노인에게 이렇게 잔인한 독을 쓰다니, 당신이 그러고도 남자요?"

한운석이 경멸에 차서 따졌다.

벙어리 노파가 누구든 지금 상황을 보면 목영동에게 이용당했음을 알 수 있었다. 목영동은 대나무집 밖에 함정을 파 놓고 누군가 제 발로 뛰어들기를 기다리고 있었다.

그리고 불행하게도 고칠소가 그녀를 데리고 나타난 것이다.

"그 여자를 데려가려거든 너도 남아야 한다. 흐흐흐!"

목영동이 말하며 별안간 한운석을 향해 발길질을 했다. 그와 동시에 주위를 에워싼 흑의 살수들도 일제히 움직여 고칠소를 공격했다.

한운석은 고칠소의 손을 밀어냈다.

"할머니를 보호해!"

비록 무공은 못하지만 몇 차례 싸움을 겪은 덕분에 피하는 솜씨는 제법 익힌 그녀였다. 그녀는 옆으로 몸을 움직여 목영동의 발길질을 피한 다음 양손을 총처럼 겨누고 암기를 쏘았다.

한운석에게 이런 무기가 있을 줄은 몰랐던 목영동이지만 다행히 반응이 빨라 피할 수 있었다.

"시시한 솜씨다!"

그가 코웃음을 치며 검을 뽑았다.

"당신과 손잡은 군역사가 본 왕비는 쉬운 상대가 아니라고 알려 주지 않았소?"

한운석이 싸늘하게 소리쳤다.

목영동은 깜짝 놀랐다. 한운석이 그 일을 어떻게 알고 있을까?

그러나 한운석은 그 틈을 타 손에 숨긴 암기를 마구 쏘아 내면서 동시에 발을 걷어차 발바닥에 있던 독침도 날려 보냈다.

목영동은 이리저리 피했지만 금침 하나가 팔을 살짝 스쳤다. 조금만 늦었어도 제대로 맞았을 것이다!

한운석은 아쉬워하며 또 침을 쏘려고 했지만 목영동이 번개같이 몸을 날려 그녀 뒤로 돌아갔다.

한운석은 재빨리 몸을 돌리고 침을 쏘았지만 목영동도 쉽사리 피했다.

"보아하니 진왕비가 할 수 있는 건 그것뿐인가 보군."

그가 입가에 비웃음을 흘렸다. 늙은 여우 같은 그는 몇 초를 겨루면서 일찌감치 한운석의 능력을 꿰뚫어 보았다.

이 여자는 자신만만한 척하지만 사실은 암기만 쓸 줄 알지 무공은 할 줄 몰랐다.

한운석도 이미 밑천이 드러났다는 것을 알았지만 포기하지 않고 공격했다. 그러나 몇 차례 공격을 한 뒤 곧 숨이 차서 헐떡이게 된 반면 목영동은 여유 만만했다.

옆에서 싸우던 고칠소는 한운석이 걱정스러웠지만 혼절한 벙어리 노파를 떠메고 살수 수십 명과 싸우느라 신경 쓸 틈이 없었다.

목영동은 곧 반격을 시작했다.

"진왕비, 네가 목심과 무슨 사이든 여기까지 온 이상……, 평생 벗어날 생각 마라!"

목영동이 내뱉더니 갑작스레 갈고리 같은 손을 뻗어 한운석의 어깨를 낚아챘다.

고칠소가 곁눈질로 이 모습을 보고 칼부채를 꺼내 공격해 왔다. 덕분에 한운석을 보호했지만 데리고 있던 벙어리 노파는 흑의 살수에게 빼앗기고 말았다.

그는 과감하게 결정을 내리고 한운석을 품에 끌어당겼다.

"가자!"

사실 그는 흑의 살수들뿐 아니라 목영동까지 모조리 없앨 수 있었다. 하지만 그렇게 하면 자신의 비밀을 폭로하는 것이나 마찬가지였다.

이 생에서는, 가능하다면 영원히 자신의 비밀을 드러내지 않을 것이다.

적들이 매복을 하고 있으니 이곳에서 벗어나는 수밖에 없었다.

흑의 살수가 벙어리 노파를 내팽개치는 것을 보자 한운석은 무척 마음이 아팠다. 이렇게 떠나고 싶지 않았다.

이렇게 떠나면 아마 벙어리 노파를 다시 만나기는 쉽지 않을 것이다.

다시 싸워 볼 생각으로 고칠소의 손을 뿌리치려는데 뜻밖에도 주위에서 또다시 흑의 살수들이 튀어나와 그들을 포위했다.

이 광경에 고칠소와 한운석도 깜짝 놀랐다. 설사 한운석이 달아나고 싶다 해도 이미 늦은 것 같았다.

"진왕비, 말하지 않았느냐. 넌 반드시 남아야 한다고."

목영동은 어떻게든 그녀를 잡아 둘 심산이었다.

그런데 누가 짐작이나 했을까. 바로 그때 흑의 살수들 뒤편에서 얼음처럼 차가운 목소리가 들려왔다.

"목영동, 무슨 재주로 본 왕의 여자를 잡아두려느냐?"

그 소리가 떨어지기 무섭게 가장 바깥에 서 있던 흑의 살수들이 하나씩 튕겨 날아가며 사방으로 피를 뿌렸다.

용비야가 한 손을 뒷짐 지고 다른 손에 검을 쥔 채 한 걸음

한 걸음 다가오고 있었다. 그가 걸음을 내딛을 때마다 검이 휘둘리고, 길을 막은 살수들은 하나같이 요행을 바라지 못하고 검광에 휩쓸려 날아갔다가 시체가 되어 쓰러졌다.

순간 주위에 있던 흑의 살수들은 저도 모르게 물러나 용비야에게 길을 터 주었다.

"용비야!"

목영동은 경악한 소리로 외쳤다. 저자는 한운석에게 현상금을 걸지 않았던가? 어떻게 여기까지 찾아왔지?

용비야는 목영동은 무시한 채 날카로운 눈빛으로 고칠소의 품에 안긴 한운석을 노려보았다. 검끝을 땅에 끌며 한 발 한 발 한운석에게 다가오는 그의 몸에서 하늘을 찌를 듯한 분노가 풍겼다.

이 강렬한 분노에 고칠소는 저도 모르게 경계를 돋우었고, 한운석은 얼이 빠져 온몸이 얼어붙었다.

정신을 차린 목영동이 즉시 명령을 내렸다.

"여봐라, 다함께 덤벼라! 사람들을 더 불러라!"

명을 받은 흑의 살수들이 또다시 밀려들었지만 용비야는 여전히 한운석을 향해 한 발 한 발 다가갔다. 그의 앞길을 막는 자는 가차 없이 단 일검에 목숨을 잃었다!

흑의 살수들은 끊임없이 그를 가로막았지만 오로지 죽음뿐이었다. 곧 용비야가 지나온 길에는 양쪽에 시체가 그득하게 쌓였다.

결국 살수들은 또다시 자연스레 뒷걸음질 치며 이 무시무시한 사신死神에게서 멀찌감치 떨어졌다.

목영동도 넋이 나간 얼굴로 바라보았다. 용비야의 명성은 익히 들었고 이 얼음장 같은 왕을 함부로 건드리면 안 된다는 것도 알았지만, 오늘에서야 오만하기 짝이 없는 군역사가 용비야를 위험인물로 지목한 이유가 피부에 와 닿았다.

사실 한운석은 속으로 용비야가 찾아오는 장면을 수없이 상상했다. 하지만 이렇게 시체를 밟으며 다가오는 모습은 상상조차 해 본 적이 없었다.

고칠소는 물러나지 않고 한운석을 더 힘껏 끌어안았다. 마치 진귀한 보물을 실수로 떨어뜨릴까 봐 두렵기라도 한 듯이.

결국 용비야가 그들 앞까지 다가왔다. 단 세 걸음 떨어진 위치였다.

고칠소는 여전히 웃었다.

"진왕 전하, 오랜만이군."

용비야는 대답 없이 한운석의 어깨를 감싼 고칠소의 손을 스윽 훑더니 느닷없이 그를 걷어찼다. 그의 발은 번개 같은 속도로 한 치의 오차도 없이 고칠소의 심장을 강타해 단번에 날려 버렸다.

고칠소는 피를 토하며 차가운 호수까지 날아가 풍덩 빠졌다. 물보라가 피어올랐다.

그럼에도 불구하고 용비야는 그쪽은 쳐다보지도 않았다. 그의 신경은 온통 한운석에게 쏠려 있었다. 정확히 말하면 그의 얼음 같은 시선은 속을 꿰뚫어 볼 것처럼 한운석의 눈동자를 똑바로 들여다보고 있었다.

"네 발로 오겠느냐, 아니면 본 왕이 손을 써야겠느냐?"

묵직하고 차가운 목소리에 주변의 온도가 몇 도나 떨어지는 것 같았다.

한운석도 들었고 주위의 살수들과 목영동도 들었다. 일순 아무도 움직이지 못했다. 심지어 몇몇은 자신이 한운석이 된 양 식은땀을 흘리기까지 했다.

아무래도 저 여자가 달아난 모양이었다. 저 남자가 직접 손을 쓰면 어떤 일이 벌어질지 상상할 수도 없었다!

한운석은 입술을 꽉 깨물고 아무 말도 하지 않았다.

"그래도 오지 않을 테냐?"

용비야가 참을성 있게 물었다.

뜻밖에도 한운석은 그에게 가기는커녕 도리어 몇 걸음 물러서며 달아나려고 했다.

결국 용비야도 인내심이 다했다. 그가 화살처럼 다가가 한운석의 턱을 움켜쥐었다. 그 난폭한 기세에 장내에 있던 사람 모두 가슴이 서늘해졌다.

그때, 갑자기 고칠소가 호수 속에서 솟아오르며 무시무시하게 외쳤다.

"용비야, 감히 그녀의 털끝하나라도 다치게 하면 절대로 널 용서치 않겠다!"

그런데 아무도 예상하지 못한 일이 벌어졌다. 용비야가 갑자기 한운석의 입술을 덮치고 폭풍우처럼 거침없이 집어삼켰다. 울분을 쏟아내는 것 같기도 하고 벌을 내리는 것 같기도 한 사납고 격렬한 입맞춤이었다.

이렇게 될 줄은 아무도 몰랐다. 이게 무슨 손을 쓰는 거야, 입을 쓰는 거지!

한운석은 반항하는 것마저 잊어버렸고 정신을 차렸을 때는 이미 반항할 수가 없는 상태였다.

그녀는 있는 힘껏 그를 때려 댔지만 안타깝게도 그 손도 용비야의 손에 꽁꽁 묶이고 말았다.

고칠소는 꼼짝도 하지 않고 멀리서 그 모습을 바라보았다. 두 손의 열 손가락이 천천히 주먹을 쥐었다. 조금만, 아주 조금만 더 나갔다면 비밀이 드러나는 것도 아랑곳하지 않고 온 힘을 다해 죽을 둥 살 둥 용비야와 싸웠을 것이다.

그는 독누이가 괴롭힘을 당하는 것을 견딜 수 없었다. 저런 식의 '괴롭힘'은 특히 더!

하지만 결국 참았다. 그는 더 바라보지 않고 고개를 돌리더니 가능한 제일 빠른 속도로 나는 듯이 사라져 버렸다.

한운석, 난 그저 장난처럼 널 사랑한다는 말을 할 수밖에 없는 운명이야.

고칠소가 떠난 뒤 목영동도 겨우 정신을 차렸다. 용비야가 이런 상황에서 한운석과 저런 친밀한 행동을 하리라곤 상상조차 하지 못했다.

하지만 신경 쓸 여유가 없었다. 지금이 공격할 최적의 기회였다. 그는 즉시 살수들의 대장에게 눈짓을 보냈다.

곧바로 주위에 있던 수십 명의 살수들이 공격을 퍼부었지만 용비야는 그래도 한운석을 놓지 않았다!

그는 한 손으로 한운석의 허리를 안고 다른 손으로 검을 쥔 채 입맞춤을 계속 하면서 적을 막았다.

사방에 피가 튀는 와중에도 그의 입맞춤은 자꾸만 깊어져 갔다. 격렬하고 사납던 동작은 어느덧 미련과 아쉬움으로 변해갔고 잃어버릴까 두려워서 도저히 손을 놓지 못하는 것 같았다.

요 며칠 그의 분노 밑에 숨겨진 두려움을 아무도 알아차리지 못했다.

평생 처음 느낀 두려움. 모비의 죽음조차 그를 이렇게까지 두렵게 만들지 못했다.

목숨을 건 싸움, 사방에 칼 빛이 번쩍이는 와중에도 한운석은 스르르 눈을 감았다. 이 남자의 손아귀에서 달아날 수는 있지만 그의 입맞춤에서 달아날 수는 없었다. 반항할 수도 없었지만 그녀는 반항 자체를 포기하고 그의 품에 녹아들었다. 이 남자가 두렵긴 했지만 동시에 안전함도 느꼈다.

그녀는 깨달았다. 또 패배였다…….

처절한 싸움 끝에 시체가 잔뜩 쌓이자 살수들도 감히 다가가지 못했다. 저 남자는 너무나 무시무시했다. 목영동조차 망설였다. 몇 번인가 직접 나서려고도 했지만 끝내 걸음을 옮기지 못했다.

그는 주먹을 힘껏 움켜쥐며 아직도 격렬하게 입맞춤하고 있는 두 사람을 바라보았다. 속에서 울분이 부글부글 끓어올랐다.

무슨 이런 일이!

뻔히 눈앞에서 저러고 있는데도 손쓸 방도가 없었다.

살수 대장이 목영동에게 질문이 담긴 시선을 보냈다. 계속 증원군을 불러 공격할까요, 아니면…… 그냥 내버려 둘까요?

목영동도 뭐라고 대답해야 좋을지 몰랐다. 이곳은 목씨 저택인데 목씨의 가주인 내가 물러나야 한단 말인가? 하지만 물러나지 않는다한들 이길 수도 없었다!

결국 한운석이 숨이 막힐 지경이 되어서야 용비야가 아쉬워하며 그녀를 놓아주었다. 두 사람의 눈이 마주쳤다. 용비야의 눈빛은 여전히 얼음처럼 차가웠지만 한운석은 얼굴이 빨개진 채 주시하는 그의 눈길을 피했다.

용비야는 아무 말도 없이 사람들이 빤히 쳐다보는 가운데 다시 고개를 숙였다. 그리고 계속했다!

얼음 왕도 마음이 따뜻할 때가 있다

계속하다니…….

이 많은 사람들이 지켜보고 있는데도!

겨우 신선한 공기를 들이마신 한운석은 곧 다시 패기 넘치는 남자의 숨결에 점령당했다.

그의 등장은 너무 갑작스러웠고 입맞춤 역시 너무 갑작스러워 머릿속이 하얗게 비워지고 생각을 할 수가 없었다.

두 번째 입맞춤은 조금 전처럼 사납지는 않았지만 힘은 전혀 줄어들지 않아서 여전히 격렬하고 열정적이고 끝없이 깊어졌다. 마치 아무리 가져도 충분하지 않은 것처럼.

용비야는 한 손에 검을 들고 한 손에 한운석의 허리를 안고 있었다. 살수들이 겹겹이 에워싼 곳에서 왼손으로 검광을 흩뿌리며 적을 베고 오른손으로 패왕처럼 입맞춤을 하는 그의 자세는 넋이 나갈 만큼 근사했다!

하지만 목영동은 도저히 보고 있을 수가 없었다.

과해도 너무 과했다. 목씨 저택에 쳐들어온 것은 그렇다 치고, 살수들을 죽인 것도 그렇다 쳐도, 이런 방식으로 목씨 집안의 방어 능력을 무시하다니 이게 모욕이 아니면 무엇인가?

"여봐라, 수비병을 모두 불러 모아라. 진왕 전하께서 저토록 열정적이시니 이 늙은이도 열정적으로 맞이해 줘야겠다!"

목영동이 고래고래 소리를 지른 덕분에 그 자리에 있던 사람들은 모두 들을 수 있었다. 용비야도 마찬가지였다.

하지만 그래도 용비야는 입맞춤을 계속하는 데만 몰두했다. 어느덧 입맞춤은 점점 부드러워졌고 그럴수록 그만둘 수가 없었다.

어쨌든 그에게는 목영동을 신경 쓸 여유가 없었다.

곧 수비병들이 모두 불려와 대나무 집 바깥을 물샐틈없이 에워쌌다. 궁수 한 무리가 제일 앞에 도열하여 시위를 잔뜩 당기고 목영동의 명을 기다렸다.

용비야의 무시에 목영동은 미칠 것처럼 화가 났다. 오만한 사람은 많이 봤지만 용비야처럼 오만한 사람은 처음이었다!

"모두 한운석을 조준해라!"

목영동도 바보가 아닌 이상 용비야의 약점이 뭔지 알 수 있었다. 단순히 용비야를 위협하기 위해서가 아니라 정말 살기가 끓어오른 것이다.

그가 작고 교활한 눈을 가늘게 뜨며 손을 들었다. 그런데 명령을 내리기 직전, 용비야가 한운석을 놓아주었다.

입술이 떨어지자 한운석이 샐쭉해하며 입을 열었지만 뜻밖에도 용비야가 커다란 손으로 그녀의 머리를 감싸 자신의 품에 바짝 끌어당기며 보호했다.

그의 차가운 시선이 주변의 궁수들을 훑은 뒤 목영동에게 향했다. 목영동은 더럭 겁이 났지만 인정할 수 없었다.

평생 수많은 풍파를 겪은 당당한 목씨 가문의 가주가 고작 천녕국의 왕을 두려워할 리가?

자신도 믿을 수가 없었다.

"여봐라, 당장……."

명이 떨어지기도 전에 용비야가 단호하게 그 말을 끊었다.

"목영동, 네가 감히 화살을 한 대라도 쏘면 본 왕은 화살 열 대로 네 딸에게 갚아줄 것이다!"

그 한마디에 목영동은 가슴이 철렁해 한참 동안 말이 나오지 않았고 들었던 손도 허공에 붙박인 듯 떨어질 줄 몰랐다.

딸?

용비야가 말한 사람은 목령아밖에 없었다.

목영동이 가장 아끼는 딸이자 목씨 집안의 천재 약제사, 목씨의 희망, 목씨가 약성을 제패하는 데 필요한 가장 큰 판돈.

의성으로 보낸 것은 목령아가 솜씨를 발휘해 이름을 날리고 인맥을 쌓기를 바라서였다. 그런데 딸은 도중에 갑자기 실종되어 여태껏 나타나지 않았다.

그 일로 목영동은 벌써 닷새째 잠을 이루지 못하고 있었다.

"용비야, 우리 목씨 집안은 너와 아무 원한도 없는데 무엇 때문에 내 딸을 납치했느냐?"

목영동이 분노에 찬 목소리로 물었다.

오늘 밤 한운석이 뛰어들지 않았다면 절대로 진왕부와 싸우지 않았을 것이다. 군역사와 용비야 간의 은원은 군역사 스스로 처리할 문제였다.

"아무 원한이 없다? 목령아가 본 왕의 왕비를 죽일 뻔했는데도 원한이 없다고?"

용비야가 차갑게 코웃음을 쳤다.

그의 품에 머리를 묻은 한운석은 그제야 그날 갱에서 일어난 일을 그가 다 알고 있고, 목령아 역시 그가 붙잡고 있다는 것을 알게 되었다.

내 복수를 해 주려는 거야?

그럼 단목요는?

벌써 여러 차례 고민했던 일이었지만 이번에는 입을 다물기로 했다. 그녀는 그의 품에 안겨 단단한 가슴에 기대어 편안하게 강하고 힘찬 그의 심장소리에 귀를 기울였다.

"령아가 사람을 해칠 리 없다. 진왕비와 서로 알지도 못하는 사이인데 공연한 누명 씌우지 마라."

목영동이 단호하게 말했다. 목령아의 성품이 어떤지는 그가 누구보다 잘 알고 있었다. 다소 제멋대로일 때도 있지만 마음이 선량한 아이인데 아무 이유도 없이 사람을 해칠 리 없었다.

"믿든 말든 마음대로 해라."

용비야는 마음이 급해 이런 쓸데없는 이야기를 나눌 시간이 없었다. 그는 한쪽에 혼절해 쓰러진 벙어리 노파를 흘끗 바라보더니 조용히 한운석에게 물었다.

"저 노파를 데려가고 싶으냐?"

"네."

한운석은 차분하게 대답했다.

"좋다."

용비야의 목소리는 낮고 매력이 넘쳤고, 목영동에게 말할 때처럼 차갑지도 않고 무엇이든 들어줄 것 같은 친절함이 묻어 있었다. 그러나 애석하게도 한운석은 알아차리지 못했다.

그녀는 가만히 두 눈을 내리뜨고 있어 무슨 생각을 하는지 알 수 없었다.

"초서풍, 데려오너라."

용비야의 명령이 떨어지자 초서풍이 이끄는 비밀 시위가 사방팔방에서 날아왔다.

용비야도 준비를 하고 찾아온 것이었다. 꼬맹이를 따라 여기까지 와서 한운석과 고칠소를 발견한 그는 곧바로 주위의 매복을 알아차렸다.

그는 당장 초서풍에게 시위들을 모아오게 했다. 꼬맹이가 어디로 달려갔는지는 이제 그의 관심 밖이었다.

목영동은 목령아 걱정에 경거망동 할 수가 없었고, 용비야의 비밀 시위까지 출동하자 더욱더 움직일 수 없게 되었다.

정말이지 속이 터져 죽을 지경이었다!

"용비야, 사람을 데려가도 좋고 당신도 떠나도 좋소. 하지만 령아는 내놓으시오."

말투가 눈에 띄게 부드러워져있었다.

"본 왕은 거래를 하러 온 것이 아니다."

용비야는 한 치도 양보하지 않고 얼음장 같은 눈으로 그를 바라보았다. 그사이 초서풍이 벙어리 노파에게 다가갔다.

용비야가 오만무례한 것이 아니라 이 세상은 본래 약육강식이 원칙이었다. 내가 약하면 곧 상대가 강하다는 의미였다.

치명적인 약점을 용비야에게 잡힌 목영동은 마음이 불편했지만 그렇다고 기가 죽을 수는 없었다.

"용비야, 대체 어떻게 해야 령아를 내놓겠소?"

용비야는 코웃음으로 대답을 대신한 뒤 한운석을 데리고 돌아섰다. 동시에 초서풍도 벙어리 노파를 데리고 떠났다.

목영동은 몇 발짝 쫓아가며 큰 소리로 외쳤다.

"용비야, 감히 령아의 털끝 하나라도 건드리면 우리 목씨 집안이 가만있지 않을 것이오!"

안타깝게도 용비야는 뒤도 돌아보지 않았다.

목영동은 화가 나고 초조해 주먹을 힘껏 움켜쥔 채 왔다 갔다 했다. 무슨 방법을 써서든, 애원을 하는 한이 있어도 딸을 구해 내야 했다.

이리 저리 생각하던 그는 마침내 대나무집 입구에 시선을 던지며 혼잣말을 중얼거렸다.

"목심……, 한운석……."

살수들이 흩어지고 목영동도 떠난 뒤 수풀 속에서 빨간 그림자 하나가 용비야 일행이 사라진 방향으로 쫓아가는 것을 본 사람은 아무도 없었다.

용비야에게 이끌려 목씨 저택을 떠난 후 한운석은 더 이상 침묵을 지키지 않고 격렬하게 반항했다.

"고칠소가 너를 데리고 의성을 떠났느냐?"

용비야가 차갑게 물었다.

"놔, 놔요! 미접몽도 돌려줬잖아요. 똑똑히 말했지만 이제 서로 신경 쓰지 말고 각자 갈 길 가자고요. 당신에게 빚진 건 아무것도 없어요!"

한운석의 목소리는 그보다 더 차가웠다. 고칠소 이야기가 나오자 그녀는 용비야보다 더 화가 치밀었다. 객잔에서 그렇게 다정한 척, 죽지 않는 한 절대 버리지 않겠다고 한 게 누구였지? 그런데 겨우 몇 시진 만에 그렇게 가 버려?

역시 그 남자가 하는 말은 다 농담으로 들어 넘겨야 해.

"용비야, 내가 당신에게 시집간 건 첫째는 황명 때문이었고 둘째는 살아남기 위해서였어요. 그러니 당신에게 빚진 건 없어요! 진왕비라는 이름이 신경 쓰이면 이름을 바꾸고 영원히 천녕국에서 사라지겠다고 약속하죠! 당신은 진왕비가 죽었다고 생각하면 돼요!"

한운석은 용비야의 눈을 똑바로 쳐다보며 한마디 한마디 똑똑하게 내뱉었다.

용비야는 그녀의 허리를 단단히 끌어안은 채 아무 대답도 하지 않았다. 갑자기 침묵에 빠져 버린 것이다.

그 침묵에 한운석은 폭발할 것 같았다.

건드리지도 말고 달아나지도 말라고? 이 인간은 대체 어쩌겠다는 거야? 내가 영혼도 없는 소유물이라도 되는 줄 알아?

그럴 순 없어!

"놔! 용비야, 당신이 싫어! 날 뭘로 보는 거야? 괴롭히고 싶으면 마음대로 괴롭혀도 되는 사람인 줄 알아?"

용비야는 그래도 말이 없었다. 화가 머리끝까지 난 한운석은 느닷없이 금침 세 개를 꺼내 용비야의 목에 갖다 대며 경고했다.

"냐, 안 그러면 무슨 일이 벌어질지 몰라."

하지만 용비야는 손을 놓지도 않았고 대답하지도 않았다. 그는 어느 지붕 위로 내려서서 묵묵히 그녀를 바라보았다.

한운석은 침을 꼭 움켜쥐었다. 조금만 움직여도 그를 찌를 수 있었지만 도저히 움직일 수가 없었다.

용비야, 내가 미치기 전에는 당신의 이런 침묵을 받아들일 수 없어!

한운석은 침을 집어던지며 싸늘하게 웃었다.

"당신 입맞춤은…… 진짜 헐값이군!"

"한운석, 나는 천산검종의 종주인 사부님께 단목요가 열여덟 살이 되기 전까지 보호하겠다고 약속했다."

용비야가 불쑥 아무렇지도 않게 설명했다.

너무 갑작스럽고 예상치 못한 대답이었다!

한운석의 심장이 거의 멈출 것처럼 철렁 내려앉았다.

이 인간, 방금 뭐라고 했지? 왜 단목요를 구했는지 설명한 거야?

그렇게 오랫동안 매달리고 그렇게 오랫동안 고민했던 문제를 그냥 이렇게 설명해 버리다니.

한운석이 미처 정신을 차리지 못한 사이 용비야는 담담한 말투로 말을 이었다.

"지난번 독 이무기를 죽일 때도……, 그리고 이번에 갱에서
도…….."

말을 더듬는 것 같기도 하고 생각을 더듬으며 말하는 것 같
기도 했지만, 어쨌든 과묵하기 짝이 없고 간단한 말만 하는 진
왕 전하가 계속해서 이야기를 하고 있었다.

"단순히 죽지 않게 보호하는 것뿐이지 다른 뜻은 없다…….
갱에서도 네가 밀실 밖으로 밀려날 줄은 몰랐다."

사부가 요구한 '보호'에는 많은 의미가 담겨 있었지만 그는 이
미 사부의 명을 어기고 단목요를 죽지 않게만 보호하고 있었다.

한운석은 용비야가 이렇게 말하는 것을 본 적도 없었고, 이
렇게 부드럽고 진실한 그의 눈빛은 더더욱 본 적이 없었다.

알다시피 이 인간은 방금 목씨 저택에서 가차 없이 사람을
죽인 잔인하고 냉혹한 사람이었다!

그러니까 지금 내가 했던 질문에 대해 해명하고 있는 거야?

그러니까 내가 단목요를 신경 쓰고 있다는 걸 알았던 거야?
심지어 독 이무기 사건도 기억하고 있었어?

그러니까 지금껏 내 마음을 알고 있었던 거야?

용비야의 부드러운 눈빛을 바라보는 한운석의 마음도 따라서
부드럽게 녹았다. 자신이 비겁하고 자존심도 없다는 것을 인정
할 수밖에 없었다.

이런 모습의 용비야를 보자 가슴 속에 맺혀 있던 것이 모두
풀려나갔다. 화도 풀리고, 원망도 사라지고, 봄날처럼 기분이
따스해졌다.

"지금 해명하는 거예요?"

한운석은 뻔히 알면서 물었다.

용비야는 다소 불편한지 달아나듯 그녀의 눈길을 피했다.

"응? 그런 거예요?"

한운석은 만족할 줄 모르는 사람이었다. 그녀의 맑은 눈동자가 끈질기게 따라붙었다.

본 왕은 너로 충분하다

오랫동안 속으로만 좋아하던 사람이 갑자기 이렇게 해명을 늘어놓다니.

얼마나 놀랍고 기쁜 일인지!

한운석은 당당하게 사랑하고 당당하게 미워할 줄 아는 여자였다. 그녀는 뛸 듯이 기쁜 기분을 숨기지 않았다. 지금 이 순간 자신의 표정이 얼마나 바보스럽고 또 얼마나 행복해하는지 그녀 자신도 알지 못했다.

이 남자를 얼마나 좋아하기에 고작 해명 한마디에 이렇게 세상을 다 얻은 것처럼 좋을까.

그 눈길을 피했던 용비야도 참지 못하고 다시 그녀를 바라보았다. 그가 돌아보자 한운석은 마치 그를 놀리려는 듯 또다시 물고 늘어졌다.

"그런 거예요?"

그러나 그녀가 두어 번 물어도 용비야는 대답하지 않고 강압적으로 그녀의 머리를 품속으로 끌어당겨 쳐다보지 못하게 했다.

그녀의 시선을 피한 뒤 놀랍게도 그는 소리 없이 웃었다. 그는 입꼬리를 살짝 올리며 마치 무거운 짐을 내려놓은 것처럼 기뻐했다.

그의 품안에 꼭 끌어안긴 한운석은 발버둥을 칠 수도 없어 결국 포기했다.

이 얼음장 같은 염라대왕은 쉽게 갖고 놀 수 있는 사람이 아니었다. 그의 이런 해명은 오랫동안 기다려 왔던 한운석에게도 몹시 의외였다. 여기서 멈추지 않으면 그가 어떻게 나올지 아무도 몰랐다.

사실 그녀가 원한 것도 해명뿐이었다.

아직 명확하게 알 수 없는 의문들이 많이 있었다. 예를 들어 어떻게 그녀를 찾아냈는지? 어째서 지금까지는 가만있다가 갑자기 해명을 하기로 했는지? 그녀가 떠났기 때문인지? 그녀의 복수를 위해 목령아를 납치한 것인지?

하지만 당당하게 사랑하고 당당하게 미워할 줄 아는 이 여자는 사실 멍청이였기 때문에, 이제 그런 의문들은 그렇게 중요하게 느껴지지 않았다.

오랜만에 안긴 이 품 속에서, 오랜만에 느끼는 이 숨결 속에서, 조용히 몸을 기대고 아무 생각 없이 그의 힘찬 심장 박동을 세는 것이 더 좋았다.

용비야는 그렇게 한운석을 안고 고요한 밤길을 걸어갔다. 그녀에게서 떠난 그의 시선은 곧 평소의 차가움과 냉정함을 되찾았다.

처음에는 천천히 걸었지만 나중에는 갑자기 이리저리 모퉁이를 돌면서 줄곧 그들을 뒤쫓던 고칠소를 재빨리 따돌렸다.

목씨 저택을 떠난 뒤로 고칠소는 끈질기게 그들을 따라붙었다. 한운석은 알아차리지 못했고 용비야는 말하지 않았다.

용비야는 곧 한운석을 데리고 객잔에 도착했다. 당연히 한운석과 고칠소가 전에 빌렸던 그 객잔은 아니었다.

용비야는 다람쥐가 어디로 갔는지 몰랐지만, 자신이 그 다람쥐를 쫓아가 그녀를 찾아냈다는 사실은 절대 알려 주지 않을 생각이었다.

한운석을 침상에 내려놓은 뒤 용비야가 담담하게 물었다.

"피곤하냐?"

마침내 그녀도 그의 목소리가 부드럽지는 않지만 전처럼 차갑지도 않다는 것을 깨달았다.

한운석은 고개를 저었다. 이제 용비야가 수많은 질문을 시작하리라고 생각했다. 예를 들어 무슨 배짱으로 달아났는지? 고칠소가 어느 길로 데려갔기에 그가 추적하지 못했는지? 어디로 달아날 생각이었는지? 평생 그를 피해 숨어 있을 생각이었는지?

하지만 그녀는 곧 그런 생각을 하는 건 자신뿐만이라는 것을 알게 되었다. 용비야가 물은 것은 지금 이 상황과는 전혀 관련이 없는 질문이었다.

그는 이렇게 물었다.

"그 벙어리 노파는 어떻게 된 거냐?"

한운석은 한참 망설인 끝에 결국 사실대로 대답했다. 당연히 고칠소가 목심과 독종의 잔당에 대해 줄곧 조사해 왔다는 이야기는 뺐다.

"고칠소가 그곳을 찾아내 너를 데려갔느냐?"

용비야는 중요한 부분을 딱 잡아냈다.

"난 본래 어머니의 내력을 계속 조사하고 있었어요. 그러다가 유품에서 단서를 찾아 고칠소를 그리로 데려간 거예요."

한운석은 거짓말을 했다. 용비야에게 무슨 말이든 할 수 있지만 절대로 친구의 개인적인 이야기를 털어놓을 수는 없었다.

용비야는 그녀를 똑바로 응시했다. 한운석은 그가 믿어 주지 않을까 봐 재빨리 진료 주머니의 '심' 자를 눈앞에 들이댔다. 용비야는 그제야 담담하게 말했다.

"나도 약성까지는 알아냈지만 목씨 집안사람일 줄은 몰랐다. 더욱이……."

그는 여기서 멈추었다가 한참 후에야 다시 차분하게 입을 열었다.

"더욱이 네가 정말 독종의 후예일 줄은 몰랐다."

고칠소는 한운석이 한종안의 딸이 아니라는 것을 몰랐고, 그래서 한운석이 독종의 핏줄이라고 확신하지 못했다.

하지만 용비야는 모두 알고 있었다.

목심이 바로 천심부인이고, 목심이 독종의 잔당과 사통해 임신 한 달쯤에 한종안에게 시집을 갔다면 뱃속의 아이는 독종의 후예일 수밖에 없었다.

고칠소가 멍청해서 모르는 게 아니었다. 그는 한종안을 조사한 적이 없었고 한종안은 이미 감옥에 갇혀 있었다. 용비야가 손까지 써서 아무도 만날 수가 없었다.

뜻밖이기는 한운석도 마찬가지였다. 고칠소가 목심이 바로 천심부인이라는 것을 알려 준 후 그녀는 자신의 친아버지가 독종 사람이라는 것을 알아차렸다.

아직도 궁금한 것이 많았다. 천심부인은 어째서 이름을 바꾸고 한종안에게 시집갔을까? 어째서 난산으로 죽었을까? 그녀의 아버지는 대체 독종의 누구일까? 아직도 살아 있을까? 모든 것을 알고 있을까?

이 질문에 대답할 수 있는 사람이 벙어리 노파밖에 없다는 것은 의심할 바 없는 사실이었다. 적어도 벙어리 노파는 그 누구보다 목심을 잘 알고 있었다.

그러나 지금 이 질문만은 하지 않을 수 없었다.

"용비야, 당신은 줄곧 나와 내 독술에 관해 조사했어요. 무엇 때문이죠?"

사실 용비야뿐만 아니라 고칠소와 군역사도 그녀의 독술에 흥미를 보였고, 고북월마저 궁금해하며 물어본 적이 있었다.

고칠소가 단순히 호기심 때문만이 아닌 것은 확실했다. 용비야도 마찬가지여서 뒷조사를 했고 약성까지 알아낸 것이다.

"저기, 처음부터 내가 의학원 독종과 무슨 관계가 있다고 의심한 거예요?"

한운석은 더 직접적으로 물었다.

이 여자는 그의 앞에서는 늘 이렇게 당당하고 아무것도 숨기지 않았다. 독종에 대해서도, 영족에 대해서도 늘 이런 식으로 시원시원하게 터놓고 물었다.

한운석이 자신의 신분에 대해 아무 것도 모르는 바보라는 것은 용비야가 누구보다 잘 알았다.

"그렇다!"

이번에는 용비야도 시원스레 인정했다.

"본 왕은 독종이 본 왕의 힘이 되기를 바란다."

그는 미접몽을 꺼내 한운석에게 건네며 담담하게 말을 이었다.

"미접몽을 얻는 자가 천하를 얻는다. 잘 챙겨라⋯⋯."

여기까지 말한 그가 한운석을 가만히 들여다보았다. 차가운 눈빛은 아니지만 소름끼치는 경고가 다분했다.

"감히 또다시 버리면⋯⋯."

이렇게 말하면서 그가 사악한 표정을 띠며 갑자기 몸을 숙여 다가왔다. 끝까지 말하지는 않았지만 뜨거운 숨결이 얼굴에 닿자 한운석은 어쩐지 오싹 한기가 느껴졌다. 한 번 더 그랬다가는 지금보다 더 무시무시한 상황이 되리라는 것을 알 수 있었다.

용비야, 살아 있는 동안 내가 다시 달아날 날이 있을까?

용비야는 손수 미접몽을 한운석의 소매에 넣어 주었다. 그가 몸을 일으키려는데 갑자기 한운석의 소매가 불룩해지는 것이 보였다.

한운석도 그의 시선을 따라 눈을 돌렸다가 움찔 당황했다. 숨기려 해도 이미 늦은 후였다. 용비야가 커다란 손으로 소매 입구를 누르자 부풀어 오른 소매가 격렬하게 떨리기 시작했다.

용비야가 묻는 눈길로 한운석을 바라보았다. 한운석은 정말이지 꼬맹이의 멍청함에 기가 막혔다. 용비야가 있는데 가만히 좀 있을 수 없었어?

그녀도 용비야를 바라보았지만 뭐라고 설명해야 좋을지 알 수가 없었다. 용비야의 손에 더욱 힘이 들어갔다.

"그러다 숨 막혀 죽어요!"

초조해진 한운석이 황급히 용비야의 손을 치우고 꼬맹이를 끄집어냈다. 녀석은 몸을 동그랗게 말고 오들오들 떨고 있었다.

용비야에게 쫓기는 동안 심장이고 간이고 다 쪼그라든 녀석은 목씨 저택에서 주인을 발견하자마자 소매 속에 숨어들었다. 그런데 방금 용비야가 미접몽을 넣을 때 그 큰 손이 하마터면 녀석의 몸에 닿을 뻔한 것이다.

녀석은 놀라 몸을 웅크리다가 곧바로 발각되고 말았다.

주인도 저자를 두려워하는 마당에 녀석이 두려워하지 않을 이유가 없었다.

한운석이 끄집어내 손바닥에 올렸는데도 꼬맹이는 여전히 머리를 파묻고 털 뭉치처럼 웅크리고 있었다.

"새로 들인 애완동물이에요. 다람쥐."

한운석이 웃으며 말했다.

뜻밖에도 용비야가 한마디를 내뱉었다.

"독짐승."

묻는 것이 아니라 이것이 독짐승이라고 확신에 차서 알려 주는 말투였다.

약초를 음식처럼 먹고 달아나는 속도가 번개처럼 빠른 데다 금패를 삼킬 수 있는 녀석인데 평범한 애완동물일 리가 없었다.

한운석의 것이 아니었다면 그 역시 꼬맹이를 영기가 제법 있는 애완동물로 여겼을 것이다. 하지만 한운석의 것이고 한운석이 의성을 떠난 후 나타났으니 그보다 더 확실할 수는 없었다.

이 다람쥐는 바로 갱에서 밑도 끝도 없이 사라진 독짐승이고, 한운석이 용천묵의 독을 해독한 것은 이 다람쥐 덕분이었다.

과연 무엇으로도 그의 눈을 속일 수는 없었다!

용비야의 한마디에 말문이 막힌 한운석은 황급히 꼬맹이를 품에 안았다.

"해치지 말아요. 지금은 피를 뽑아도 해독하는 효과가 없어요!"

꼬맹이는 배불리 먹었고 독니에도 독이 있지만 피는 아직 회복되지 않았다. 그녀도 언제쯤 회복될지 모르지만, 어쨌든 고북월의 말대로라면 이렇게 빨리 회복될 리 없었다.

세상 사람들이 독종의 고서를 노리는 것은 바로 그 몸에 있는 피 때문이었다.

한운석의 진지한 모습에 용비야는 흥미로운 눈빛으로 그녀를 한참 응시하면서 아무 말도 하지 않았다.

그 눈길에 한운석은 모골이 송연해져 무의식적으로 꼬맹이를 가슴에 꼭 숨겨 보호하면서 더욱 경계했다.

용비야는 눈을 가늘게 뜨고 천천히 그녀에게로 몸을 기울였다. 당연히 그도 독짐승이 피를 한 번 쓰면 오랜 회복기가 필요하다는 것을 알고 있었고, 독짐승의 식사량이 어마어마하다는 것도 알고 있었다.

용비야가 점점 다가오자 한운석은 초조한 마음에 자꾸자꾸 침상 뒤쪽으로 물러났다. 안 되겠다 싶어 꼬맹이를 도망치게 하려는데 뜻밖에도 용비야가 싸늘하게 말했다.

"본 왕은 너로 충분한데 그 녀석이 왜 필요하겠느냐?"

뭐……. 한운석은 멍해졌다. 그 말은…….

용비야가 갑자기 손을 뻗어 한운석의 손에서 꼬맹이를 낚아 채더니 아무렇게나 휙 던졌다.

"찍……."

꼬맹이는 비명을 지르며 창문 밖으로 날아가 어둠 속으로 사라졌다.

"꼬맹아!"

한운석은 마음이 아파 반사적으로 쫓아가려고 몸을 일으키다가 하마터면 바로 앞에 있는 용비야에게 부딪힐 뻔했다. 그제야 그녀도 이 남자가 자신에게 무척 가까이 있다는 것을 깨닫고 다급히 뒤로 물러났다. 등이 침상 머리 판에 닿았다.

용비야가 이렇게 가까이 온 것이 처음은 아니지만 한 침상에 같이 있는 것은 처음이었다.

본래도 묵직하던 용비야의 두 눈동자가 별안간 더욱 깊숙이 가라앉았다. 꼬맹이까지 쫓아내고도 그는 물러날 기미가 없었다. 조금씩 조금씩 그의 호흡이 무거워졌다.

강렬한 남자의 기운과 희미한 용연향 냄새가 얼굴을 덮치자 한운석의 심장이 쿵쿵쿵 속도를 높여 어지럽게 날뛰었다.

방 안은 고요해서 마치 시간이 멈춘 것 같았다.

갑자기 '똑똑' 하고 문 두드리는 소리가 나더니 곧이어 당리의 목소리가 들려왔다.

"형, 안에 있어? 여아성 쪽에서 한운석의 소식이 있어."

용비야는 정신이 돌아와 차분하게 말했다.

"푹 쉬어라. 나는 밖에 있겠다. 초서풍은 벙어리 노파를 데리고 천녕국으로 먼저 돌아갔고 우리는 내일 일찍 떠난다."

그는 이렇게 말하며 빠르게 침상에서 내려가 뒤도 돌아보지 않고 나갔다.

그 여자는 영원히 아니다

당리는 여아성의 소식을 듣자마자 제일 먼저 용비야에게 달려와 보고했다.

현상금을 건 뒤로 날아든 소식은 뿌린 현상금 소식지보다 더 많았는데 그중에서 수많은 가짜 소식은 당리가 미리 추려냈다. 그렇지 않았다면 흥분한 용비야는 반드시 속아넘어 갔을 것이다.

사실 당리는 한참을 고민했다. 한운석이 이렇게 사라지면 용비야에게 썩 나쁜 것만은 아니었다.

직접 한운석을 찾아볼까도 했지만, 찾아낸 뒤 어떻게 해야 할지 알 수 없어 긴 고민 끝에 소식을 가져온 것이었다.

용비야가 나오자 그가 다급히 말했다.

"누군가 여아성에서 한운석을 봤대. 잘못된 소식은 아닐 거야!"

용비야는 문을 닫은 뒤 냉랭하게 되물었다.

"여아성?"

"그래, 소식을 전한 사람이 이것도 보내왔어."

당리가 옥비녀 하나를 보여 주었는데 정말 한운석이 자주 하던 것이었다.

용비야는 코웃음을 쳤다. 눈동자에 싸늘한 살기가 번뜩였다.

이 옥비녀를 이용해 가짜 소식을 퍼뜨릴 사람이 고칠소를 제외하고 또 있을까?

꼬맹이가 한운석의 행방을 폭로하지 않았다면 그는 이 옥비녀를 보고 여아성으로 달려갔을 것이고, 그곳에는 분명 매복이 있었을 것이다!

고칠소, 본 왕의 목숨을 뺏으려 하다니. 그럴 여유가 있으면 네 목숨부터 보살피시지!

"명을 전하라. 천녕국 경내에서 명향차루와 관계가 있는 곳을 모두 봉쇄하고 모든 전장錢莊(옛날의 은행 같은 곳)에서 고칠소의 예금을 동결하라!"

용비야가 차갑게 명을 내렸다.

"예!"

비밀 시위가 명을 받고 나갔다.

당리도 그제야 이상한 것을 알아차리고 놀란 소리로 물었다.

"한운석을 찾았어?"

그렇지 않고서야 이 인간이 한운석의 옥비녀를 보고도 이렇게 냉정하게 가짜 소식이라 치부할 까닭이 없었다.

용비야가 대답이 없자 당리는 더욱 확신했다. 그가 의아해하며 방 안으로 들어가려고 했지만 용비야가 가로막았다.

"그녀를 방해하지 마라. 영원히."

말투는 차분했지만 당리를 보는 그의 눈빛은 비할 데 없이 단호했다.

당리는 천천히 손을 내리고 눈을 찡그리며 용비야를 바라보았다. 지금 이 말이 대체 무슨 의미인지, 아무리 생각해도 알 수가 없었다.

용비야는 길게 설명하지도 않고 지붕 위로 올라가 양팔로 팔베개를 하고 누웠다.

당리가 재빨리 쫓아가 진지하게 캐물었다.

"영원히라니 무슨 의미야? 저 여자를 영원히 곁에 둘 생각이야?"

용비야는 대답하지 않고 별이 가득한 하늘만 올려다보았다. 칠흑 같은 눈동자는 밤하늘보다 더 깊어 그 끝을 가늠할 수가 없었다.

"형! 저 여자는 십중팔구 서진 황족의 핏줄이야!"

당리가 다시 한 번 일깨워 주었다.

용비야는 목씨의 딸 목심의 이야기를 해 준 뒤 마지막으로 확신에 찬 결론을 내렸다.

"한운석은 독종의 후예다. 어머니는 목씨 집안 딸이고 아버지는 독종의 잔당이니 서진 황족과는 아무 관계가 없다."

당리는 몹시 뜻밖이었다. 한운석이 독종과 관계가 있을 줄은 예상조차 하지 못한 일이었다.

"독종의 후예라고 해도 서진 황족의 핏줄이라는 사실은 변치 않아. 영족이 엉뚱한 사람을 보호할 리 없어!"

당리 역시 확신했다.

그는 잠시 생각한 후 진지하게 말했다.

" '심' 자 하나 만으로 목심을 천심부인이라고 판단하는 건 무리야. 설사 목심이 천심부인이라 해도 목심과 독종이 관계를 맺었다는 것은 지난 소문일 뿐, 반드시 사실이라는 보장도 없어. 하지만 영족의 수호를 받는 것은 우리가 직접 봤잖아!"

용비야가 흔들릴 기미가 없자 당리는 다시 덧붙였다.

"형, 설사 저 여자가 독종의 후예라 해도 독종과 서진 황족 간에 무슨 관계가 있을지도 몰라. 그렇지 않으면 영족이 독종의 금지를 그렇게 잘 알 수 있었겠어?"

당리의 분석은 일리가 있었다. 주도면밀한 용비야가 그 도리를 모를까?

고칠소와 한운석이 찾아낸 비밀은 벙어리 노파의 증언이 필요했다. 어쩌면 벙어리 노파의 입에서 다른 사실이 나올 수도 있었다.

하지만 용비야는 생각해 보려고도 하지 않고 차갑게 말했다.

"내가 아니라면 아니다. 그 여자는 영원히 아니다!"

"이……!"

당리는 기가 막혔다. 용비야는 서진 황족이라는 한운석의 핏줄을 영원히 숨기려는 것이다.

그녀가 서진 황족이건 아니건 영원히 이 일을 묻고 곁에 두려는 것이다.

하지만 그게 가능할까?

당리가 받아들인다 해도 당문에서는 받아들이지 않을 것이다. 특히 여 이모는!

백번 양보해서 당문이 받아들인다 해도 영족이 가만히 있을까?

영족이 직접 찾아온 이상 무슨 수로 속일 수 있을까?

황족의 핏줄이 의미하는 것이 무엇인가? 바로 존귀한 혈통을 의미했고, 제국을 다시 일으킬 수 있는 기회를 의미했다!

언젠가 한운석이 자신의 진짜 신분을 알게 되면 어떻게 하려고 할까?

당리는 믿을 수 없어 고개를 저었다.

"형, 완婉 고모가 허락하지 않을 거야."

당리가 말하는 완 고모란 바로 용비야의 모비이자 여 이모의 친언니인 당의완唐意婉이었다.

산 사람이 허락하지 않는 것은 그렇다 치고, 죽은 사람까지도 허락하지 않는다고?

용비야는 대체 얼마나 큰 책임을 짊어지고 있는 것인지! 요 며칠 보여 준 그의 광분한 모습 뒤에는 얼마나 어려운 선택이 숨겨져 있었을까?

이렇게 침묵을 지키고 있으니 그 속을 아는 사람은 그 자신뿐이었다.

"형, 기껏해야 여자 하나잖아. 이렇게 진지하게 생각할 게 뭐 있어?"

당리는 계속 달래 보려고 했다.

용비야가 여자 손에 놀아나게 되는 날이 있을 줄은 생각해 본 적도 없었다.

그래, 기껏해야 여자 하나였다!

한참 시간이 흐른 다음 용비야가 차분하게 말했다.

"하지만 본 왕은 진지하다."

그 여자가 떠남으로서 자신이 얼마나 진지한지 알게 되었다.

그의 눈동자에서 이런 무력한 빛을 본 것은 당리도 처음이었다. 그는 참지 못하고 실소를 터트렸지만 그 역시 뾰족한 수가 없었다.

누구보다 숭배하는 용비야도 어쩔 줄 모르는데 그에게 무슨 방도가 있을까?

"그래, 그래! 곁에 두는 게 오히려 제일 안전할 수도 있어."

대진제국 일곱 귀족 중에서 절반 이상이 서진 황족 편이었고, 나머지는 대부분 중립이었다. 일곱 귀족의 후예 중 더 많은 이들이 한운석의 존재를 알게 되면 결과는 상상할 수도 없었다.

한참 후 용비야가 상반신을 일으키더니 소름끼치도록 차가운 목소리로 말했다.

"당리, 그 백의인을 유인해서……, 죽여라!"

진실이 무엇이든 그것을 아는 유일한 사람이 죽으면 진실은 영원히 드러나지 않을 것이다.

당리는 고개를 끄덕였다.

"알았어."

그날 밤 용비야는 홀로 지붕 위에 앉아 보냈다. 끝없이 펼쳐진 검은 하늘 아래 앉은 고독한 뒷모습에는 쓸쓸함이 묻어 있었다. 별빛이 흐려지고 달이 지고 해가 떠올랐다. 분명히 하룻밤이었지만 마치 몇 년이 지난 것 같았다.

한운석은 내내 방 안에서 용비야를 기다렸다. 당리가 자신의 소식을 가지고 왔다는 것도, 그것이 가짜 소식이라는 것도 알고 있었다. 그래서 용비야가 금방 처리하고 올 줄 알았지만, 저도 모르는 사이 잠이 들었다가 다시 깨기를 몇 차례 반복하는 동안에도 그는 돌아오지 않았다.

결국 몹시 지친 그녀는 완전히 잠에 빠져들었다.

아침이 되고 바깥에서 문 두드리는 소리가 들려오자 한운석은 그제야 몽롱하게 눈을 떴다가 신도 부러워할 용비야의 얼굴과 딱 마주쳤다!

맙소사, 언제 돌아온 거야? 얼마나 오랫동안 이렇게 지켜보고 있었지?

용비야도 약간 민망한 듯이 물러나 아무 일도 없었던 척했다. 한운석은 긴장해서 입가를 매만져보고 침을 흘리지 않았다는 것을 확인하고서야 안심했다.

"전하, 왕씨 집안 넷째 공자가 뵙기를 청합니다."

문 밖에서 비밀 시위가 보고했다.

"아래에서 기다리라고 해라."

용비야가 차갑게 대답했다.

그는 서둘러 내려가지 않고 세수를 한 뒤 아침 식사를 가져오게 해 한운석과 함께 먹은 다음 분부했다.

"짐을 챙겨 돌아갈 준비를 해라. 아래층에서 기다리겠다."

한운석은 고분고분 고개를 끄덕였고, 왕씨 집안에서 찾아온 일은 신경 쓰지 않았다.

그러나 짐을 싸서 방문을 나섰을 때 아래층 대청에서 용비야가 백의를 입은 공자와 마주앉아 있는 것이 보였다.

백의 공자는 우아하고 점잖은 모습이었고 타고난 서생다운 분위기 덕에 보는 사람을 편안하게 해 주었다.

용비야와 왕씨 집안은 교분이 있었지만 늘 왕공만 만났는데 저 넷째 공자는 무슨 일로 왔을까?

한운석은 호기심이 일었지만 크게 신경 쓰지 않았다. 그녀가 내려가려는데 넷째 공자가 일어나 용비야에게 두 손으로 금패 하나를 바쳤다.

저 금패는…… 낯이 익은걸! 의성에 두고 온 게 아니었어? 어쩌다 저 공자 손에 들어갔지? 저 공자가 주웠나?

주웠으면 써 버리지 왜 가져왔담?

한운석은 입을 실룩이며 한 발 한 발 아주 천천히 층계를 내려갔다.

그때 용비야도 몸을 일으켰다.

왕서진이 황급히 따라 일어났다. 오늘 찾아온 것은 금패를 돌려주는 한편 약재회관에서 멍하니 기다리는 초청가를 처리하기 위해서였다.

꼬맹이를 두고 벌어진 일을 용비야도 알고 있기 때문에 왕서진은 길게 설명하지 않고 웃으며 청했다.

"전하, 초 낭자가 아직 약재회관에서 기다리고 있는데 가 보시지 않으시겠습니까?"

"기다리게 해라."

용비야는 금패를 받아들고 돌아서서 나가 버렸고, 남겨진 왕서진은 경악했다.

대체 기다리라는 거야, 말라는 거야?

한운석이 여전히 층계참에 서 있는 것을 보자 용비야가 손짓했다.

"오지 않고 뭘 하느냐?"

한운석이 가슴을 두근거리며 다가가자 예상대로 용비야는 곧바로 그녀에게 금패를 내밀며 물었다.

"필요 없느냐?"

"어머, 언제 떨어뜨렸담, 전혀 몰랐어요……."

한운석은 모르는 척했다.

용비야는 어쩔 수 없는 눈길로 그녀를 바라보았다. 기르던 독짐승이 금패를 삼킨 것도 모르고 있다니 정말 바보 같은 여자였다.

물론 그는 사실을 알려 주지 않았다. 말해 줬다가 나중에 그녀가 또 사라지면 어디 가서 찾으라고?

용비야는 무표정한 얼굴로 한운석의 소매 주머니에 금패를 넣어 주었다.

"잘 챙겨라. 또 잃어버리면 두 배로 갚아야 할 것이다!"

불행하게도 이번에도 그의 손이 한운석의 소매 속에서 웅크리고 잠든 꼬맹이에게 닿았다. 그는 꼬맹이의 꼬리를 잡아 끌어낸 후 자세히 보지도 않고 휙 던졌다.

"앞으로 네 몸에 붙어 있지 않게 해라."

한운석은 갚아야 한다는 말에 놀라 꼬맹이를 돌볼 겨를도 없이 금패를 꺼내 진료 주머니 속에 꼭꼭 챙겼다.

한도가 없는 물건인데 무슨 수로 갚아? 그것도 두 배라니, 지독하긴!

그런 그녀의 모습을 보자 용비야는 그제야 만족한 눈빛을 지으며 그녀를 데리고 밖으로 나갔다.

멀리서 이 장면을 본 왕서진은 믿을 수가 없었다. 진왕 전하가 벌써 진왕비를 찾아냈을 줄이야.

대체 어떤 여자기에 진왕 전하가 미친 사람처럼 온 세상에 현상금 소식을 뿌렸는지 궁금해서 교분이라도 트고 싶었지만 곧 정신이 들었다. 지금은 초청가를 어떻게 처리해야 할지부터 생각해야 했다.

변고, 노파가 사라졌다

한운석을 데리고 천녕국으로 돌아갈 때 용비야는 행차를 꾸리지도 않고 시종도 딸리지 않은 채 단둘이서만 말 한 필을 타고 갔다.

가을바람이 불어오고 날씨가 싸늘해지고 있었다.

용비야는 자신의 바람막이로 한운석을 덮고 그녀를 품에 안았다.

차갑고 차가운 이 남자의 품이 얼마나 따뜻한지 아는 여자는 이 세상에 한운석 혼자뿐일 것이다.

하늘도 놀랄 만큼 준수한 얼굴에 존귀함을 뚝뚝 흘리는 남자와 나라를 기울여도 모자랄 미모에 기질이 범상한 여자가 나란히 거리에 나타나자 곧 행인들의 시선을 끌었다.

곧 누군가 한운석이 현상금 걸린 여자라는 것을 알아보았고 순식간에 사람들이 몰려들었다. 구경 온 사람이 점점 많아지면서 약성 거리는 사람들로 가득 찼다!

소란스러운 가운데 부러워하는 사람, 질투하는 사람, 사랑에 애태우는 사람이 있었고 경외심을 느끼는 사람도 있었다. 수많은 여자들의 시선이 자칫하면 놓칠세라 용비야에게서 떨어질 줄 몰랐고, 또 적잖은 여자들이 한운석에게 적의의 눈빛을 던지며 이리저리 떠들어 댔다.

하지만 모두들 길 양쪽으로 갈라져 구경할 뿐 감히 앞길을 막는 사람은 없었다.

한운석은 하고 싶은 대로 행동하며 남들 시선을 신경 쓰지 않는 사람이었고 이보다 더한 장면도 겪었지만, 이번에는 다소 어색했다.

긴장하거나 두려워해서가 아니라 아무래도 눈에 띄지 않는 것을 더 좋아했기 때문이었다.

용비야, 운공대륙 전체에 현상금을 걸고 이렇게 보란 듯이 우리 사이를 보여 주는 것이 정말 좋은 일일까?

용비야는 무표정한 얼굴로 앞만 바라보았다. 높디높은 위치에 있는 사람답게 주위 사람들은 안중에도 없었다.

그가 한운석을 안고 약성 거리를 지나갔다는 소식은 이튿날 운공대륙에 쫙 퍼졌다.

현상금 소식으로 일어났던 온갖 소식들은 자연스레 가라앉았고, 한운석이 정말 사라졌으며 용비야가 정말 초조해했다는 것을 모두가 알게 되었다.

게다가 한운석이 의학원 삼장로와 의술 내기에서 비겼다는 소문도 함께 퍼진 덕분에 그녀는 크게 명성을 얻고 운공대륙에서 가장 주목받는 사람이 되었고, 운공대륙의 온갖 세력들은 하나같이 그녀의 얼굴을 한 번 보고 그 독술을 구경하고 싶어 했다.

초청가가 이 소식을 들은 지는 벌써 사흘째였다. 그녀는 용비야를 놓칠까 봐 고집스레 사흘 밤낮을 약재회관에 머물렀다.

나흘째가 되자 왕서진은 더 이상 보고 있을 수가 없어 진왕 전하가 이미 약성을 떠났다는 소식을 전했다.

초청가는 즉시 분노에 휩싸였다.

"왜 미리 말해 주지 않았죠!"

왕서진은 억울했다.

"초 낭자, 저는 진왕 전하의 말씀을 그대로 전했을 뿐입니다."

진왕 전하의 말씀이란, '기다리게 해라'였다.

반박할 말이 없어진 초청가는 부끄럽고 화가 나 배상 문제는 꺼내지도 못한 채 입술을 깨물고 달려 나갔다.

개살구 지레 터진다고, 그 여자는 그와 같은 말을 타고 거리를 누비며 유명인이 되었는데 그녀 자신은 바보처럼 여기서 사흘이나 기다렸다니.

분노와 슬픔, 불만, 갖가지 감정들이 가슴을 가득 채웠다. 초청가는 한운석이 미워 죽을 것 같으면서도 그 여자의 어떤 면이 용비야의 눈에 들었는지 알고 싶어 애가 탔다.

그녀는 그날로 약성을 떠나 천녕국으로 가려고 했지만 성문 앞에서 초천은과 마주쳤다.

"오라버니, 왜 한운석을 건드리면 안 된다는 거죠? 확실한 이유를 알려 주지 않으면……."

말이 끝나기도 전에 초천은이 성난 소리로 대꾸했다.

"내 말이 의심스러우면 직접 아버지께 여쭤보아라!"

"그런……."

그러잖아도 기분이 울적했던 초청가는 야단을 듣자 더욱 기분이 나빠져 홱 고개를 돌려 떠나려고 했다.

"서라, 어디로 가려는 거냐?"

초천은이 추궁했다.

"천녕국이요!"

초청가는 숨기지 않고 알려 주었다.

그런데 초천은이 뜻밖의 말을 했다.

"곧 천녕국 태후의 생신 연회가 있어 폐하의 명으로 엽 태자가 축하하러 가게 되었다. 너도 우리와 함께 가자."

그러자 초청가는 누군가가 떠올랐다.

"영락공주는 어떻게 되었죠?"

한운석이 단목요가 강왕과 결탁한 일을 만천하에 폭로하고 용비야가 확인해 주자 서죽국 숭서崇瑞황제는 단목요가 서주국으로 돌아오는 대로 냉궁에 가두라는 명을 내렸고 천휘황제에게 친필 서한까지 보내 그 일을 해명했다.

지난번 단목요가 화친을 거절당한 일로 서주국에서 천녕국을 괴롭힌 적이 있었으니, 이 일로 천휘황제가 어떻게 나올지 아무도 몰랐다. 엽 태자가 천녕국을 방문하는 것도 생신 축하 인사를 한다는 단순한 이유만은 아닐 것이다.

"차마 서주국으로 돌아가지 못했다고 들었다. 아마 천산으로 갔을 것이다."

이렇게 말한 초천은이 덧붙였다.

"어떻게 될지 모르니 너도 가능한 왕래하지 마라."

그녀가 황제의 총애를 잃은 것은 기정사실이니 초청가도 별

로 흥미가 없었다. 지금 그녀가 흥미를 쏟고 있는 유일한 사람
은 바로 한운석이었다.

반드시 천녕국에 가야 했다!

한운석, 납득할 만한 이유가 없다면 절대로 널 가만두지 않
겠어.

용천묵의 병이 재발한 일로 한운석과 용비야가 천녕국 도성
을 떠난 지 벌써 몇 달째였다.

그러나 그들은 말하지 않아도 마음이 통했는지 서두르지 않
고 천천히 움직였다.

두 사람이 함께 가는 것은 처음이 아니지만, 이렇게 마음이
가벼운 적은 처음이었다.

용비야는 언제나처럼 냉담하고 말수가 적었고, 한운석 역시
언제나처럼 그의 앞에서 약간 긴장하고 이따금씩 멍한 눈으로
그를 쳐다보곤 했다. 단지 예전에 비하면 이 커다란 손에 안기
는 것에 익숙해졌고 몇 번인가는 그의 품속에서 스르르 잠들기
도 했다.

가장 가엾게 된 것은 꼬맹이였다.

녀석은 용비야의 손에 잡혀 내던져질 때마다 저 멀리 날아가
곤 했고, 필사적으로 말을 쫓아 한참을 달려야만 겨우 말 등에
오를 수 있었다.

그러다 보니 나중에는 그들 곁에 가까이 가지도 못하고 말
엉덩이 위에 고분고분 쪼그려 있게 되었다.

정말 슬픈 일이었다!

예전에는 배불리 먹으면 주인의 품이나 소매 속에 웅크려 잠이 들곤 했는데, 이제는 용비야의 커다란 손이 주인의 허리를 감싸거나 팔을 끌어안고 있어서 편안하게 잠이 들 수가 없었다.

녀석은 억울한 얼굴로 원망을 곱씹었지만 이 모든 것이 자초한 일이라는 것은 알지 못했다.

하지만 아직 자존심은 있어서 말없이 송곳니를 드러냈다. 밉살맞은 진왕, 언젠가 내게 부탁할 일이 생기면 그때 두고 보자!

"용비야, 우리 아버지는 독종의 잔당이자 서진 황족의 후예가 아닐까요?"

가는 동안 한운석은 내내 그 문제를 고민했다.

독초 창고에서 용비야에게 물은 적이 있었는데 용비야는 '내 생각에는 아닐 것이다'라며 물리쳤다.

사실 예전이든 지금이든, 그녀는 한 번도 용비야에게 자신의 출신에 관한 것을 숨긴 적이 없었다.

서진 황족의 핏줄 문제는 당연히 천심부인을 의심했지만 가능성은 크지 않아 보였고, 도리어 이름 모를 아버지가 서진 황족의 후예일 가망이 컸다.

용비야는 복잡한 눈빛을 띠며 차분하게 말했다.

"서진 황족은 이미 멸망했고 마지막으로 살아남은 남자 아이도 유족幽族의 활에 맞아 죽었다. 사서에는 상세히 기록되어 있지 않지만 당시 일곱 귀족 중 적지 않은 이들이 목격했다."

그 말뜻은 분명했다. 서진 황족에는 살아남은 핏줄이 없다는 말이었다.

하지만 한운석은 그래도 이해가 가지 않았다.

"그 백의 남자는……."

"그자는 독짐승을 노리고 왔던 것이다."

용비야의 말투는 단호했다.

그러나 한운석은 믿지 않았다.

"어쩌면 아닐지도……."

백의 남자가 군역사의 손에서 그녀를 구하지 않았다면 혹시 그녀도 그가 독짐승을 얻으러 왔고 그녀의 도움을 받으려고 했을 뿐이라고 생각했을지도 모른다. 하지만 백의 남자는 목숨을 걸고 그녀를 구했으니 의심이 들 수밖에 없었다.

백의 남자에게도 물어보았지만 그는 다음에 만나면 대답해 주겠다고 했다.

한운석은 망설이다가 백의 남자가 목숨 걸고 자신을 구한 이야기를 꺼냈다. 하지만 군역사가 자신을 모욕하려 했던 부분은 뺐다.

벌써 지난 일이었고 다른 사람에게 아픈 이야기를 하는 것에 익숙지 않았기 때문이었다. 특히 남자 앞에서는.

"군역사……."

용비야가 중얼거렸다. 한운석이 이야기를 꺼내지 않았다면 잊어버릴 뻔했다!

군역사도 백의 남자가 독짐승을 얻으러 온 것이라 여겨 한운석의 신분을 의심하지 않았을 것이라고 생각했는데, 듣고 보니 그 비밀을 아는 사람이 하나 더 늘어난 셈이었다.

"목심의 신분이 틀렸을지도 몰라요. 영족이 사람을 잘못 봤을 리 없잖아요."

한운석도 단호하게 말했다.

목심이 천심부인인지, 어떻게 독종의 잔당과 맺어졌는지는 벙어리 노파를 치료한 후 정확한 답을 들을 수 있었다. 하지만 영족의 수호는 확실했다.

당리에게 들은 말이 한운석의 입에서도 나오자 용비야의 입가에는 싸늘한 자조가 떠올랐다.

그는 해명하지 않고 도리어 물었다.

"그자가 네 신분을 확신한다면 어째서 네게 사실을 밝히지 않았지?"

용비야는 줄곧 이 문제를 고민하고 있었지만 이제는 한운석에게 묻는 수밖에 없었다. 이제는 너무 이것저것 깊이 생각하고 싶지 않았다.

그의 마음에는 오로지 부동의 대답뿐이었다. 한운석은 아니다. 한운석은 영원히 서진 황족의 핏줄이 아니다.

"다음에 만나면 알려 주겠다고 했어요."

한운석이 혼잣말을 중얼거렸다.

용비야는 복잡한 눈빛을 띠며 더는 화제를 이어가지 않았다.

며칠 후 두 사람은 천녕국 도성에 도착했다. 그들이 막 진왕부에 들어서자 뒤이어 초서풍이 나타났다.

그의 몸은 피투성이였고 곳곳에 상처가 나 있었다.

한운석은 깜짝 놀랐다.

"어쩌다가…… 벙어리 노파는?"

초서풍은 눈을 잔뜩 찌푸렸고 초조한 마음에 식은땀까지 흘렸다.

"전하, 왕비마마, 오는 길에 살수 무리를 만나 하루밤낮을 싸우게 되었습니다. 헌데 우리 쪽 사람이 너무 적어 어쩔 수 없이……."

"벙어리 노파는 어떻게 됐지?"

한운석은 불안해졌다.

초서풍은 고개를 숙이고 무거운 목소리로 대답했다.

"노파는 성품이 굳센지 살수에게 붙잡히지 않으려고 절벽에서 뛰어내렸습니다. 사람을 보내 살펴보게 했지만 안타깝게도……."

순간 한운석의 안색이 창백해졌다. 이런 일이 일어날 줄은 생각지도 못했다. 돌아오는 길에 벌써 약방문을 써서 용비야에게 약재를 구해 달라고 부탁하기까지 했는데!

"어느 절벽인가?"

그녀가 다급히 물었다.

"서쪽 교외의 용왕묘 뒤편입니다."

초서풍이 재빨리 대답했다.

한운석은 두말없이 달려가려고 했다. 벙어리 노파는 사실을 알고 있었다. 게다가 이번 일이 아니더라도 무고한 노인네가 그 상태가 되도록 학대를 당했는데 그냥 둘 수는 없었다.

용비야가 단번에 한운석을 가로막았다.

"어딜 가는 것이냐?"

"찾아야 해요!"

한운석은 몹시 초조했다. 이럴 줄 알았다면 데리고 오지도 않았을 것이다.

용비야는 그 초조함을 무시하고 그녀의 손을 꽉 움켜쥐었다.

"초서풍, 사람들을 더 데려가서 수색하도록. 죽었으면 시체라도 찾아라."

"예!"

초서풍이 명을 받고 달려 나갔다.

그제야 냉정을 되찾은 한운석은 자신이 가 봤자 아무 소용이 없다는 것을 깨닫고 한쪽에 주저앉았다. 눈동자가 싸늘하게 식었다.

"목씨 집안일까요?"

목씨 집안 말고 벙어리 노파를 죽여 비밀을 지키려는 사람이 또 누가 있을까?

"일단 찾고 나서 생각하지."

용비야가 담담하게 말했다.

한운석은 잠시 앉아 있다가 일어났다.

"목령아는요? 그 여자를 만나겠어요."

일부러 그런 게 아니야

목령아는 은밀한 장소인 유각幽閣의 흑옥黑屋에 갇혀 있었다.

흑옥이란 바로 햇빛도 들어오지 않고 등불도 없는 완전히 밀폐된 감옥으로, 식사를 넣어 주는 네모진 구멍만 있었다.

흑옥에 하루 갇혀 있는 것도 끔찍한 일인데 목령아는 벌써 한 달째 갇혀 있었다.

용비야는 잔인한 사람이었다. 목령아를 이곳에 가두고 식사를 갖다 주는 사람과 이야기도 하지 못하게 했다. 활발하고 떠들썩한 것을 좋아하는 소녀에게는 가장 무시무시한 학대였다.

한 달간 흑옥에 갇혀 외부와 철저하게 단절되면 미치기 직전까지 가기에 충분했다. 오늘까지 목령아는 거의 미치광이나 다름없는 비명을 셀 수 없이 질러 댔지만 아무도 신경 쓰지 않았다. 한 달 동안 목령아가 했던 유일한 일은 발소리를 듣는 것뿐이었다.

그런데 지금은 아직 식사 시간이 되지 않았는데도 발소리가 들렸다. 그녀는 기쁜 나머지 식사 구멍으로 달려갔다.

"거기 누구예요? 누가 온 거죠?"

그 한마디에 발소리가 뚝 그쳤다.

"벙어리예요? 나와요! 말 좀 해 봐요! 당신들 대체 어쩌려는 거예요? 말이나 해 봐요!"

초조해진 목령아가 큰 소리로 외쳤지만 밖은 여전히 조용했다.

"용비야, 죽이든 살리든 시원시원하게 끝내! 이 목령아가 두려워할 줄 알고? ……그래, 내가 한운석을 밀어냈어. 어쩔 거야? 자신 있으면 이렇게 가둬 두지 말고 죽여 봐!"

곧 다시 발소리가 들려왔다. 이번에는 목령아도 아무 말 하지 않고 구멍에 딱 붙어 가만히 귀를 기울였다. 자칫했다가 발소리가 사라질까 봐 몹시 두려웠다.

벌써 한 달째 갇혀 아무 것도 보지 못하고 발소리만 들어야 했으니 미치기 일보 직전이었다!

사형수에게도 사형 날짜는 있었다. 하지만 그녀는 기약 없이 갇혀서 언제쯤 형을 받을지도 모르고 있었다.

맑고 재기어린 목령아의 눈이 커다래진 채 어둠 속을 주시했다. 발소리가 다가오면서 등불도 함께 나타났고, 그녀는 곧 나타난 사람을 볼 수 있었다.

"한운석!"

목령아는 경악했다.

한운석이 한 발 한 발 다가와 구멍에 매달린 목령아를 싸늘한 표정으로 바라보았다.

아무 원한도 없는데 그녀의 목숨을 빼앗으려던 사람이 워낙 많아 이젠 꽤 익숙해졌지만, 이 소녀는 달랐다. 현금 문 앞에서 그녀는 자신의 안위도 돌보지 않고 이 소녀가 식인 쥐의 먹이가 되는 것을 막아 주었다. 그런데 그로부터 얼마 되지 않아 이 소녀는 그녀를 식인 쥐 무리에게로 밀어냈다.

어떻게 그럴 수가!

그녀가 정신력이 강하지 않았다면 인간의 선량함 자체를 의심했을 것이다.

목령아는 정신을 차리고 냉소를 터트렸다.

"한운석, 아직 안 죽었구나!"

이 여자는 군역사에게 납치되었잖아? 어떻게 이렇게 빨리 돌아왔지?

한운석은 팔짱을 끼고 구멍 앞에 서서 흥미로운 듯이 목령아를 훑어보았다. 죽음을 눈앞에 두고도 감히 자신을 도발하려 들다니. 담력이 대단했다!

뜻밖에도 목령아는 또 말했다.

"뭘 봐? 자신 있으면 날 죽여 봐. 아니면 꺼지고!"

한운석은 찬 숨을 들이켰다. 이 소녀는 여간내기가 아니었다!

"난 널 구했는데 넌 은혜를 원수로 갚았다!"

한운석이 화난 목소리로 질책했다.

"구해 달라고 한 적 없어! 누가 고마워할 줄 알고? 위선은 집어치워!"

목령아도 즉각 반박했다.

한운석은 눈을 가늘게 뜨며 엄하게 명령했다.

"누구 없느냐, 형벌을 집행하겠다!"

목령아는 이를 악물었다. 그녀는 아무 말 없이 고개를 돌려 한운석을 외면했다.

곧 시종이 나타났다.

"왕비마마, 무슨 형벌을 집행할까요?"

한운석은 냉소를 지으며 말했다.

"저 여자가 내가 쥐에게서 구해 준 것이 고맙지 않다니 다시 쥐를 쓰도록 하지. 쥐에게 물어뜯기는 기분이 어떤지 똑똑히 맛보여 줘라."

그 말에 목령아는 오싹 소름이 끼쳤다.

쥐를 이용한 형벌이란, 쥐를 우리에 넣고 우리의 열린 부분에 사람의 배를 갖다 댄 다음 우리를 가열해 쥐를 자극하는 것이었다. 쥐는 살기 위해, 우리를 벗어나기 위해, 사람의 배를 뚫고 들어가 오장육부를 싹싹 갉아먹고 달아나려고 했다.

운공대륙에서 가장 잔인한 십대형벌 중 하나여서 목령아도 알고 있었다.

그녀는 주먹을 불끈 쥐었다. 두렵긴 했지만 그래도 그녀는 고개를 숙이지 않고 뻣뻣하게 굴었다.

곧 쥐 형벌 도구가 나타났다. 우리에 갇힌 커다란 쥐는 굶주림을 못 이겨 찍찍 소리를 내며 울고 있었다.

목령아는 눈을 살짝 찌푸렸다. 저 울음소리를 들으니 쥐가 앞발로 심장을 마구 할퀴는 것 같아 무시무시했다!

"목령아, 아직도 내가 구해 준 것이 고맙지 않느냐?"

벌을 내리기 전에 한운석은 기꺼이 한 번 더 기회를 주었다.

목령아도 마침내 고개를 돌렸다. 그녀는 형구를 흘끗 바라보더니 한운석의 냉정한 얼굴로 시선을 던졌다.

한운석은 말할 것도 없고 주위에 있던 시종들도 그녀가 잘못을 시인할 줄 알았는데, 예상과 달리 그녀는 한 자 한 자 힘주어 대답했다.

"안, 고, 마, 워!"

시종들이 술렁거렸고 한운석은 흥미로운 듯 혀로 입술을 핥았다. 그녀 자신에게 이렇게 맞서는 고집 센 소녀는 처음이었지만 굴복시킬 수 있으리라 생각했다.

그녀가 망설임 없이 명을 내렸다.

"형벌을 집행해라!"

"예!"

시종이 한쪽으로 물러나자 흑의를 입은 시위 두 명이 문을 열었다. 목령아가 무공을 할 줄 알기 때문에 달아나는 것을 막기 위해서였다. 시위가 다가오자 목령아는 싸늘하게 웃었다.

"안심해, 달아날 생각은 없으니까. 너희들 손에 떨어진 이상 살아나갈 수 있다고 생각지 않아."

목령아는 이렇게 말하며 턱을 치켜들고 스스로 걸어 나왔다. 쇠우리에 갇힌 커다란 쥐를 보자 온몸에 소름이 끼쳤지만 끝까지 두렵지 않은 척했다.

그녀는 이를 악물고 성큼성큼 형구로 다가가 대담하게 누웠다.

사실 그녀도 한운석을 밀어낸 것이 어리석은 행동이라는 걸 알았지만, 다시 그때로 돌아가도 똑같이 할 것이다.

그녀는 어려서부터 생각나는 대로 말하고 생각한 대로 행동했다. 어차피 한 일은 옳든 그르든 했다고 인정할 생각이었다.

목령아가 이렇게 나오자 시종과 시위들은 멍해졌다. 진왕의 이 흑옥에는 첩자와 살수, 반역자가 수없이 갇혔고 쥐 형벌을 집행한 것도 수차례였지만 죽음을 두려워하지 않는 사람은 처음이었다. 그것도 열예닐곱 살짜리 소녀가.

한운석 역시 목령아가 눈물 콧물 철철 흘리며 용서를 빌 줄 알았지, 이런 장면은 뜻밖이었다. 몸을 쭉 펴고 누운 목령아의 모습에 한운석의 눈동자에서도 감탄이 드러났다.

적이지만 저 오기는 인정할 수밖에 없었다!

"한운석, 칠 오라버니가 날 찾으면…… 못 본 걸로 해 줘. 자, 어서 해."

말을 마친 목령아는 눈을 감았다. 칠 오라버니가 반드시 자신을 찾아와 욕을 퍼부으리라는 것은 알고 있었다. 심지어 그녀를 악랄한 여자로 생각하고 치를 떨 것이다.

그건 받아들일 수 있어도 자신이 이렇게 참혹하게 죽었다는 것을 칠 오라버니에게 알리고 싶지는 않았다.

방 안에는 정적이 흐르고 사람들은 모두 이 꿋꿋한 소녀를 바라보고 있었다. 한운석도 묵묵히 그녀를 바라보았다. 사실 이렇게 찾아온 것도 형벌을 내리기 위해서가 아니라 입을 열게 하기 위해서였다.

사람을 해칠 때는 몸을 해치는 것이 하책이고 마음을 해치는 것이 상책이었다.

이 소녀가 고칠소를 무척 좋아한다는 것을 알아본 한운석은 그녀에게 고칠소가 했던 말을 전할 생각이었다.

고칠소의 말은 이랬다.

'한운석, 그 계집애를 찾아내면 내가 복수를 도와줄게. 죽이든 살리든 맘대로 해.'

좋아하는 사람 입에서 이런 말을 들으면 얼마나 마음이 아플까?

그렇지만 목령아가 이렇게 나오자 한운석은 갑자기 그 말을 하고 싶지 않아졌다.

사랑을 해 본 사람만이 사랑에 마음을 다치는 것보다 더 아픈 일은 없다는 것을 알고 있었다.

한운석은 형구로 다가가 차분하게 말했다.

"못된 계집. 왜 나를 미워하는 거지? 왜 죽이고 싶을 정도로 미워하는 것이냐?"

목령아는 눈을 반짝 떴다. 한운석이 이렇게 다가오다니 뜻밖이었다. 쥐 형벌을 눈앞에 둔 그녀는 내내 두려워하지 말라고, 용기를 내라고 자신을 달래던 중이었다.

한운석은 일부러 허리를 굽혀 실눈을 뜨고 무서운 얼굴로 목령아를 노려보며 으름장을 놓았다.

"말해, 왜 나를 미워하는지! 너와 나는 아무런 원한도 없다!"

목령아는 이를 악물고 그녀를 노려보며 아무 말도 하지 않았다.

"고칠소 때문에?"

한운석이 다시 물었다. 그녀도 목령아가 질투한다는 것은 알

350

고 있었다. 하지만 질투 때문에 사람을 죽이려 할 리는 없었다.

"네가, 네가 칠 오라버니 마음을 아프게 했기 때문이야!"

별안간 목령아가 버럭 소리를 질렀다.

"한운석, 넌 칠 오라버니에게 상처를 줬어! 오라버니가 널 그렇게 좋아하는데! 절대 용서 못해!"

"내⋯⋯, 내가 그 사람 마음을 아프게 했다고? 그가 날 좋아해? 후훗⋯⋯. 그 사람은⋯⋯."

한운석은 기가 막혔다. 고칠소의 그 마음을 좋아하는 것이라고 할 수 있을까? 좋게 말하면 장난이지만 엄격하게 말하면 남편 있는 여자를 희롱하는 것이었다!

한운석의 말이 끝나기도 전에 목령아가 화를 내며 그 말을 잘랐다.

"너와 용비야가 함께 있을 때 오라버니가 얼마나 실망한 눈빛을 하고 있는지도 모르잖아! 관심 가져 본 적이나 있어?"

한운석은 더는 그 이야기를 계속하고 싶지 않아 귀찮은 듯 내뱉었다.

"질투하는군? 어린 나이에 질투 때문에 사람을 죽이려고 하다니, 부모님이 가정교육을 어떻게 했지?"

질투 때문에 사람을 죽이려 했다고? 내가 정말 그렇게 나쁜 짓을?

목령아는 초조했다.

"그런 게 아니야! 일부러 그런 게 아냐. 그땐 화가 나서 그만⋯⋯."

말을 하고 나서야 죽어도 자존심을 세우려던 소녀는 자신이 잘못을 시인했다는 것을 깨달았다.

그녀는 화가 나서 아예 입을 다물어 버렸다.

한운석은 몸을 일으키고 팔짱을 낀 채 오만하게 목령아를 내려다보더니 갑자기 푸하하 웃음을 터트렸다.

제법 귀여운 소녀였다. 단목요 같은 이들에 비하면 최소한 단순하고 순수한 데가 있어서, 안 그런 척 내숭 떨지도 않고 흉계를 꾸미지도 않았다.

누가 뭐래도 순수하고 선량한 소녀였으니 남들이 자신을 못 돼먹은 사람처럼 평가하는 걸 두고 볼 수 없었던 것이다.

한운석이 웃음을 터트리자 목령아는 더욱 초조해졌다.

"한운석, 칠 오라버니를 좋아하지 않으면 그냥 놔둬! 칠 오라버니는 남들과는 다르단 말이야. 네게 상처 입는 걸 보고 싶지 않아!"

"어디가 남들과 다르다는 거지?"

한운석이 흥미롭게 물었다.

그러자 목령아도 진지해졌다.

"오라버니는 어려서 고아가 되어 여기저기 밥을 얻어먹으며 살았어. 의지할 곳 하나 없이 사람들에게 괴롭힘을 당하면서 어렵게 지금까지 견뎌 온 사람이라고. 또다시 누군가 오라버니에게 상처 주는 건 허락 못 해!"

한운석의 입가가 살짝 떨렸다. 그녀는 도저히 듣고 있을 수 없어 목령아의 말을 끊었다.

"그 얘긴 그만하고 벙어리 노파 이야기나 하지."

자신이 진짜 형벌을 집행하지 못한다는 것을 아는 한운석은 목령아가 방금 잘못을 시인했으니 여기서 그만두고 찾아온 두 번째 목적을 꺼냈다.

'벙어리 노파'라는 말에 목령아가 벌떡 일어나 앉았다.

"네가 벙어리 할머니를 어떻게 알아? 어떻게 된 거야?"

진귀한 보물, 둘 다 가질래

그날 고칠소와 함께 목씨 저택에 갔을 때 한운석은 묻고 싶은 것이 산더미 같았지만 안타깝게도 시간이 많지 않았다.

그래서 목령아에게 직접 묻기로 했다. 사실 고칠소가 아는 것도 모두 목령아에게 들은 것이었다.

"내가 목심을 찾고 싶어 하니 고칠소가 벙어리 노파를 만나게 해 주었다."

한운석이 사실대로 대답했다. 일부러 목심 이야기만 하고 천심부인의 이름은 꺼내지 않았다.

"목심은 왜 찾아?"

목령아는 경계하는 얼굴로 물으며 속으로 칠 오라버니를 원망했다. 목씨 집안의 비밀을 다른 사람에게 알려 주면 어떡해? 처음부터 말하지 말라고 그렇게 말했는데.

"목심은 네 고모겠지. 만나 본 적이 있느냐?"

한운석이 물었다.

"목심은 왜 찾느냐고?"

목령아는 더욱 경계했다. 지난날 목심이 독종의 잔당을 만난 일은 헛소문으로 여기는 사람이 많았고, 증거가 없기 때문에 의학원도 여태 목씨 집안에 그 일을 추궁하지 못하고 있었다.

"벙어리 노파는 내 손에 있으니 순순히 대답하는 것이 좋을 것이다.”

한운석이 웃으며 협박했다.

“너······!”

목령아는 깜짝 놀랐다.

한운석이 손북을 꺼내 목령아의 눈앞에 흔들어 보이자 목령 아는 의심 없이 믿었다.

“한운석, 너무 심하잖아. 그분은 아무 잘못 없는 분이고 벌써 충분히 당했어!”

“그러니까 어서 말해!”

한운석은 악의 없는 얼굴로 생글거렸다.

목심의 유물과 함께 손북을 챙겨 왔는데, 이게 없었으면 목령아를 속이지 못했을 것이다.

“목심은 넷째 고모인데 한 번도 본적 없어. 내가 태어나기 전에 목씨 집안을 떠났으니까. 목심은 의술에 천부적인 재능이 있어서 의학원에서 자리를 주면서 부원장에게 의술을 배울 수 있게 해 주었어. 셋째 고모와 함께 떠났는데, 모두들 목심이 의성에 남아 있는 줄 알았지만 결국 실종되었고 셋째 고모만 남았어. 그 후로 다시는 소식이 없었대.”

목령아는 눈치 빠르게 단숨에 모두 털어놓았다.

“셋째 고모가 연심부인이냐?”

한운석이 다급히 물었다.

목령이 고개를 끄덕였다.

“맞아. 재능은 넷째 고모의 절반에도 미치지 못한다고 들었어."

목령아는 연심부인을 경멸하는 것이 분명했다.

"목심과 독종의 잔당이 만났다는 건 어떻게 된 거지?"

"의성에 있을 때 목심이 독종의 금지에 몇 번이나 들어가는 것을 목격한 사람이 있고, 한 번은 갱 부근에서 어떤 남자와 밀회하는 것도 들켰어. 그래서 그런 소문이 났는데 진짜인지 아닌지는 나도 몰라."

목령아가 사실대로 대답했다.

"벙어리 노파는 누구지?"

한운석이 다시 물었다.

"몰라. 아마 목심의 하녀였겠지. 내가 발견했을 땐 이미 귀가 먹고 벙어리가 되어 있었어."

목령아는 이렇게 말하며 잊지 않고 경고했다.

"한운석, 감히 그분에게 손가락 하나라도 까딱하면 널⋯⋯, 널 지독히 경멸할 거야!"

한운석이 벙어리 노파를 건드릴 리가 없었다. 그녀가 태연하게 말했다.

"초서풍이 벙어리 노파를 데리고 천녕국으로 오다가 실수들을 만났다. 벙어리 노파는 절벽으로 떨어졌는데 여태 찾지 못했고⋯⋯."

"뭐라고?"

목령아는 대경실색했다.

"너희 집안이 한 짓이 아니기를 빌어. 그렇지 않으면 이 일은…… 끝나지 않을 테니까!"

한운석이 싸늘하게 말하며 돌아서려는데 목령아가 불러 세웠다.

"그럴 리가! 한운석, 우리 집안이 한 일은 아니야. 아버지가 살수를 고용하실 리 없어! 설사 납치하실 생각이셨더라도 절벽에 떨어뜨려 죽이려 하실 리는 없어! 아버지께서 벙어리 할머니를 내내 후원에 놔두신 건 무슨 목적이 있으셨기 때문이야! 분명히 그분이 돌아가시는 것을 바라지 않으셨을 거야!"

목령아는 확신에 차 있었다.

한운석이 걸음을 멈추었다. 목령아의 말도 일리가 있었다. 방금은 소식을 듣고 초조한 나머지 깊이 생각해 보지 못했던 것이다.

지금 생각해 보니, 목영동은 벙어리 노파를 공격할 가능성이 없었다. 초서풍이 벙어리 노파를 어디로 데려갔는지 목영동이 무슨 수로 알아낼 수 있을까? 초서풍은 그날 저녁에 바로 벙어리 노파를 데리고 약성을 떠났다.

하지만 목영동이 아니라면 누구일까?

벙어리 노파의 존재를 아는 사람이 누굴까?

한운석은 고칠소를 떠올렸지만 황당한 생각이었다. 그일 리는 없었다.

그 남자는 지금 어디에 있는지, 용비야에게 걷어차여 크게 다치지나 않았는지 궁금했다.

한운석은 더 이야기할 마음이 없어 차분하게 말했다.

"이 여자를 동쪽 감옥 좀 더 깨끗한 방으로 데려가라."

그러나 시종은 목소리를 낮추었다.

"왕비마마, 전하께서 이 계집은 흑옥에 가두어야 한다고 분부하셨습니다."

용비야가 그녀의 복수를 해 주려는 것이었다!

한운석은 마음이 따뜻해지는 것을 느끼며, 목령아가 듣지 못하도록 똑같이 목소리를 낮추어 말했다.

"동쪽 감옥으로 데려가서 세끼 꼬박꼬박 챙기도록 해라. 전하께서 묻거든 내가 책임지겠다."

왕비마마가 이렇게까지 나오자 시종도 시키는 대로 할 수밖에 없었다.

한운석이 떠난 후에도 목령아는 목영동을 변호하고 심지어 벙어리 노파의 복수를 하겠다고 떠들어 댔다.

가둬 두는 것 말고는 그녀를 어떻게 처리해야 할지 한운석도 당장은 좋은 생각이 나지 않았다.

그녀는 그곳을 떠나면서 벙어리 노파가 습격당한 일을 곰곰이 생각했다. 그런데 대청에 도착하기도 전에 용비야가 나타나서신 한 통을 건넸다.

펼쳐보니 목영동이 용비야에게 보낸 친필 서신으로, 초하루에 천녕국 도성에 도착해 진귀한 보물 하나와 목령아를 교환하고자 하니 허락을 청하는 내용이었다.

한운석은 망설이다가 말했다.

"보물 두 개와 교환하자고 해요. 벙어리 노파도 돌려준다고요."

한운석이 그를 시험해 보려고 하자 용비야도 승낙했다.

닷새 후, 9월 초하루. 천녕국 태후의 생신을 닷새 앞두고 목영동이 몸소 진귀한 보물 두 가지를 들고 찾아왔다.

가능하다면, 한운석은 보물을 마다하고 목영동에게 목심의 일에 관해 묻고 싶었다.

하지만 목영동이 진료 주머니에 수놓인 '심' 자를 발견한 이상 그가 그 일을 얼마나 아는지 몰라 자세히 묻기가 걱정스러웠다. 너무 많은 이야기를 했다가 알아낸 것도 없이 도리어 목영동에게 천심부인의 일을 들킬 수도 있었다.

더군다나 설령 그런 것에 아랑곳 않고 묻는다 해도 목영동이 대답해 준다는 보장도 없고, 진실을 말한다고 확신할 수도 없었다.

진왕부의 대청에는 용비야와 한운석이 주인 석에 앉아 있었다. 용비야는 두 팔을 팔걸이에 올리고 다리를 꼰 채 마치 세상의 지배자처럼 차갑게 아래를 내려다보았고, 한운석은 총애를 받는 귀한 왕비답게 나른한 듯 의자에 편히 기대 있었는데 동작 하나 하나에서 존귀한 기질이 자연스레 묻어났다.

이 부부는 외모든 분위기든 참 잘 어울렸다.

손님 석에 앉은 목영동은 화가 부글부글 끓었다. 그는 당당한 목씨 집안의 주인이자, 약성 삼대명가에서 가장 큰 세력을 이끌고 있었고 훗날 약성의 주인이 될 수도 있는 사람이었다. 천하의 각 세력들이 앞다투어 비위를 맞추고 교분을 맺으려 하고 예의를 꼬박꼬박 갖추는 대상인 그가 이렇게 없는 사람 취급당하는 것은 처음이었다.

그러나 화가 치밀어도 부탁하러 온 처지이니 성질을 억누르고 공손하게 말할 수밖에 없었다.

"진왕 전하, 말씀하신 대로 두 가지 보물을 가져왔으니 보시오."

하인 몇 명이 황급히 보물을 받쳐 올렸다. 첫 번째는 둥글부채로 약초 하나가 수놓아져 있었다.

한운석은 둥글부채를 잘 모르지만 그 약초는 아주 진귀한 훈향초薰香草라는 것을 알 수 있었다. 훈향초는 3백 년에 한 포기 나는 약초인데, 수면을 취하는데 효과가 있어서 약간만 냄새를 맡아도 곧 잠이 들고 한 번 잠들면 날이 밝아야 깬다고 했다.

받아서 살피던 한운석은 뒷면을 보는 순간 깜짝 놀랐다.

이 가느다란 둥글부채 뒷면에는 또 다른 그림이 수놓아져 있어 명장의 솜씨라는 것을 충분히 알아볼 수 있었다. 다른 것은 둘째 치고 양면 자수만 봐도 성 하나에 맞먹을 가치가 있었다.

뒷면에 수놓인 것도 진귀하기 짝이 없는 약초 자백합紫百合이었다. 훈향초와 마찬가지로 향기에 약성을 띠지만 그 효과는 정반대였다.

자백합의 향기는 무척 특이해서, 한 번 맡으면 잠이 깨고, 두 번 맡으면 정신이 맑아지고, 세 번 맡으면 원기가 왕성해졌다.

역시 약재명가답게 가져온 보물도 유명한 약재와 관련되어 있었다.

한운석이 내려놓으려는데 목영동이 말했다.

"왕비마마, 이왕 손에 들었으니 한 번 시험해 보는 것이 어떠시오."

한운석은 의심쩍어하며 부채를 살짝 흔들었다. 그랬더니 기적이 일어났다!

갑자기 희미한 훈향초 향기가 났기 때문이었다. 그녀는 정말 잠이 들까 봐 황급히 손을 멈추었다.

신기하기 짝이 없는 일이었다. 설마 수놓은 것이 진짜 약초라고?

한운석이 뒷면으로 돌려 쥐고 다시 살짝 부치자 곧바로 자백합 향기가 났다. 부채를 세 번 흔들었더니 순식간이 기운이 팔팔해졌다.

한운석은 이 보물이 마음에 들었다는 것을 목영동에게 보여 주고 싶지 않았지만, 감탄이 나오는 것을 참을 수가 없었다.

"훈향초와 자백합이라……. 확실히 좋은 물건이군요."

"하하하, 왕비마마께서 보는 눈이 있으시구려! 말씀하신 약초가 맞소. 이 둥글부채는 바로 전설의 약선藥扇이오."

목영동이 자랑스럽게 말했다. 그는 딸을 되찾기 위해 필사적이었다.

한운석은 부채를 용비야에게 건넸다. 용비야는 잠시 살폈지만 별다른 반응이 없었다. 정확히 말하면 그냥 흘끗 본 것이 전부였다.

이를 본 목영동의 얼굴이 굳어졌다.

"두 번째는 뭐죠?"

한운석이 물었다.

목영동이 손수 출입증 하나를 내밀었다.

"진왕 전하, 왕비마마, 이것은 우리 목씨 집안 약재 곳간의 출입증이오. 이 출입증이 있으면 귀한 약재들을 언제든지 쓸 수 있소."

금빛 출입증과 목영동의 정성어린 모습을 보자 한운석은 결론을 내렸다.

초서풍 일행을 습격하고 벙어리 노파를 절벽에서 떨어뜨린 것은 목영동이 고용한 살수가 아니었다. 목영동은 벙어리 노파가 절벽에서 떨어진 일을 전혀 모르고 있었다.

목영동이 아니라면 대체 누구일까?

한운석은 똑바로 앉으며 얼굴을 굳혔다.

목영동은 그녀의 마음을 헤아릴 수가 없었다.

"왕비마마, 령아를 만나 볼 수 없겠소?"

다른 자식이었다면 직접 오지 않았을 수도 있지만, 목령아는 달랐다. 무슨 일이 있어도 그는 목령아에게 사고가 생기는 것은 원치 않았다.

한운석이 대답하기도 전에 과묵하기 짝이 없는 용비야가 차갑게 입을 열었다.

"목씨 집안의 두 보물에는 전혀 흥미가 없으니 돌아가게."

"용비야!"

목영동은 대로했다. 한운석이 눈짓을 했지만 용비야는 쳐다보지도 않았다. 설마 목영동을 놀리려는 건 아니겠지?

"진왕비의 목숨은 그 어떤 보물로도 바꿀 수 없네. 손님을 배웅하라!"

용비야의 말투는 차갑기 짝이 없었다.

목령아는 한운석을 죽일 뻔했고 한운석을 단목요의 일로 마음 상하게 만든 장본인이기도 했다. 그는 목령아를 풀어 주겠다고 생각한 적이 한 번도 없었다.

"용비야, 우리 목씨 집안의 한계를 시험하려 하지 마시오!"

목영동도 더는 참을 수가 없어 분통을 터트렸다.

용비야가 일어났다. 크고 우뚝한 몸에 짓누르는 듯한 압박이 배가되었다. 그가 말을 하려는데 한운석이 재빨리 끼어들었다.

"목령아와 그 두 가지를 함께 바꾸는 건 어떤가요?"

어디로 이사를

목영동이 찾아온 것은 목령아를 되찾는 것이 주 목적이었고, 한운석이 무슨 일로 목심을 조사하는지 떠보는 것이 또 하나의 목적이었다.

비록 벙어리 노파가 절벽에서 떨어졌다는 것은 모르지만, 세상을 두루 겪은 늙은 여우인 그는 한운석이 진심으로 벙어리 노파를 놓아줄 생각이 없다는 것은 알 수 있었다.

한운석이 노파 이야기를 꺼내기를 줄곧 기다렸으나 뜻밖에도 그녀는 한마디도 하지 않고 도리어 보물 두 개와 목령아를 바꾸자는 제안을 해 왔다.

한운석이 말을 꺼내지 않으니 이쪽에서 먼저 물어보는 수밖에 없었다.

"진왕비, 보물 하나와 사람 한 명을 바꾸자고 말하지 않았소? 사람이라면 신용을 지켜야 하오."

한운석이 두 보물을 모두 원하는 것을 보면 마음에 든 것이 분명했다. 용비야 어떻든 한운석이 좋아한다면 구미를 당기게 해 줄 생각이었다.

목씨 집안의 약재 곳간은 물론이고 이 약선만 해도 세상 사람들이 없어서 못 갖는 보물이었다.

천녕국 태후가 젊어서 고질적인 불면증에 시달릴 때 20년 전의 천녕국 태의원 수석 어의, 즉 고북월의 할아버지가 약방문을 쓴 적이 있는데, 그 약방문이 바로 '약선'이었다. 천녕국 황실은 십만 냥이라는 거금을 현상금으로 내걸었지만 여태껏 얻지 못했다.

목령아만 아니었다면 목영동도 이런 보물을 쉽게 내놓지 않았을 것이다.

한운석이 말이 없자 목영동이 황급히 덧붙였다.

"약재 곳간 출입증은 령아와 바꾸고 이 약선은 벙어리 노파와 바꾸는 것이오."

한운석은 생긋 웃었다.

"목 가주, 진왕 전하께서는 두 보물을 가지고 오라고 하셨지 반드시 사람을 돌려주겠다고 하지는 않으셨어요. 목령아를 데려가고 싶으면 두 보물을 모두 놓고 가세요. 그렇지 않으면 보물을 갖고 돌아가시든가요."

한운석의 태도가 이렇게 돌변할 줄 몰랐던 목영동은 참지 못하고 물었다.

"그럼 벙어리 노파는 어떻게 되오?"

목영동이 이렇게 묻자 한운석은 실수를 보낸 사람이 그가 아니라고 더욱더 확신했다.

"벙어리 노파는 천금을 주어도 바꾸지 않겠어요. 목 가주께서 교환할 마음이 없으신 것 같으니 그만 돌아가시지요."

한운석이 싸늘하게 말했다.

초조해 죽을 것 같은데 교환할 마음이 없어 보인다는 말을 듣자 목영동은 피를 토할 것처럼 화가 났다. 이럴 줄 알았다면 처음부터 보물을 두 개나 가져오지 않았을 것이다.

벙어리 노파가 듣지도, 말하지도, 글자를 읽지도 못해 아무 것도 털어놓을 수 없다는 것을 행운으로 생각하는 수밖에 없었다.

"좋소. 령아와 바꾸겠소. 그 아이는 어디 있소?"

목영동이 시원시원하게 나왔다.

그제야 한운석도 용비야를 돌아보았다. 어쨌든 목령아를 풀어 주는 것은 이 인간의 허락이 있어야 했다.

한운석이 목영동을 곯리려는 줄만 알았던 용비야는 그녀가 정말 목령아를 풀어 주려 하자 의외였다.

그가 담담하게 물었다.

"잘 생각해 봤느냐?"

한운석은 곧 고개를 끄덕였다. 목영동을 부른 것은 벙어리 노파 문제를 확인하기 위해서지만 목령아를 풀어 줄 생각도 있었다.

목령아는 솔직한 성품이고 구제 못할 악인이 아니라고 느꼈기 때문이었다. 독종의 금지에서 그녀를 밀어낸 것은 일시적인 충동 때문이었을 것이다.

하물며 한 달이나 흑옥에 갇혀 충분히 고생했고 남겨 둔들 써 먹을 곳도 없었다. 어차피 죽일 수도 없는데 보물과 바꾸는 편이 나았다.

한운석이 고개를 끄덕이자 용비야는 더는 묻지 않고 즉시 초서풍에게 목령아를 데려오라고 명령했다.

한운석이 감사의 눈길을 보냈지만 용비야는 냉담한 얼굴로 아무 말도 하지 않았다.

이 장면을 본 목영동은 이해가 가지 않았다.

저 부부는 소원한 것 같지도 않지만 그리 가까운 것 같지도 않고, 외모나 분위기는 꼭 닮았지만 뭔가 빠져 있는 느낌이었다. 혼례를 올린 지 1년 된 부부라기보다는 이제 막 관계가 결정된 연인 같았다.

오래지 않아 목령아가 끌려나왔다. 한 달간 빛도 들어오지 않는 흑옥에 갇혀 바짝 여윈 몸은 훤한 대낮에 보자 유난히 초췌하게 느껴졌다.

한운석은 그녀가 목영동을 보고 엉엉 울 것이라 생각했다. 고칠소와 함께 있을 때 늘 훌쩍거렸기 때문에 전형적인 울보라고 여겼던 것이다.

그런데 뜻밖에도 목령아는 눈물을 흘리거나 어리광을 부리기는커녕 가슴을 쭉 펴고 당당한 얼굴로 목영동에게 다가갔다. 도무지 인질이라고 생각할 수 없는 태도였다.

하지만 목영동은 걱정이 앞서는지 딸을 요리조리 살폈고 야위긴 했지만 다친 곳은 없는 것을 확인한 후에야 안심했다.

"애야, 의성으로 가지 않았느냐? 어쩌다 실종되었느냐? 진왕 전하께서 네가 진왕비를 모살하려고 했다던데 그런 일이 있었느냐?"

딸을 되찾자 목영동도 이 문제만큼은 똑똑히 짚고 넘어가려고 했다.

무고한 사람을 괴롭혔다고 공격하기에 딱 좋은 기회라고 생각했는데, 목령아의 대답은 뜻밖이었다.

"도중에 도적을 만났다가 진왕비가 구해 주었는데, 제가 배은망덕하게 진왕비를 도적들에게 밀어냈어요."

이 말에 목영동은 하마터면 손찌검을 할 뻔했다. 아무리 딸을 아끼고 사랑한다지만 순간 화를 참을 수가 없었다! 버젓이 용비야와 한운석을 앞에 두고 당당하게 이런 말을 하다니 얼마나 망신스러운 일인가?

용비야와 한운석도 뜻밖이었다. 이 소녀가 갱에서의 일을 숨겼을 뿐 아니라 자신이 한 짓까지 인정할 줄은 아무도 예상하지 못했다. 뻣뻣한 태도만 빼면 정말이지 분수를 아는 소녀였다!

목영동은 믿을 수 없는 얼굴로 그 자리에서 야단을 쳤다.

"아무 이유도 없이 왜 그런 짓을 했느냐? 아비가 평소 그리 가르쳤느냐?"

"저 여자가…… 싫어요!"

목령아는 한운석을 흘끔 보더니, 목영동을 내버려 둔 채 오만하게 고개를 돌리고 가 버렸다.

귀한 집안의 천금 같은 딸다운 가정교육, 교양, 예의범절을 모조리 내팽개친 그 모습에 목영동도 견딜 수가 없었다.

혐오스러워 하는 용비야의 표정과 웃을 듯 말 듯한 한운석의 표정을 번갈아보던 그는 민망해서 무슨 말을 해야 할지 몰라 인사만 하고 딸을 뒤쫓았다.

그들이 사라지자 한운석은 참지 못하고 까르르 웃음을 터트렸다. 싫다는 말을 듣고도 그녀는 무척 즐거워했다.

"목령아 저 아이, 귀여워 죽겠어요."

귀여워?

용비야의 사전에는 없는 단어였다. 그는 차갑게 한운석을 바라보더니 단숨에 정곡을 찔렀다.

"고칠소를 멀리 하도록. 다시 한 번 그자와 어울리는 것이 본왕의 눈에 띄면 그자의 다리를 부러뜨리겠다!"

이런 말은 고칠소에게 해야 하는 거 아냐? 그 사람 다리가 부러지든 말든 나와 무슨 상관이람?

한운석이 보물을 챙겨 넣고 나가려고 하는데 용비야가 불러 세웠다.

"한운석."

"왜요?"

그녀가 고개를 돌렸다.

용비야는 한참 동안 망설이다가 겨우 담담하게 입을 열었다.

"오후에 틈을 내…… 부용원으로 옮기도록."

말투는 담담했지만 거절을 허락하지 않는 힘이 배어 있는 명령이었다.

의태비가 불당에 들어가고 진왕부의 대권을 쥔 후로 한운석은 부용원 운한각에서 나왔다. 당시에도 이사하기 위해 그와 한바탕 말싸움을 벌였고 몇 번이나 짐이 왔다 갔다 했다.

"뭐 하러 옮기라는 거예요……."

한운석은 조심스레 더듬더듬 질문을 던졌다. 예전에도 한 번

했던 질문이었다.

그런데 용비야는 듣지 못한 척 뒤도 돌아보지 않고 나가 버렸다. 차갑고 오만하면서도 외로운 뒷모습을 남긴 채.

그제야 한운석은 퍼뜩 생각이 났다. 부용원의 운한각은 무너뜨려 버렸잖아? 그런데 어디로 옮기라는 거지?

용비야는 이미 사라져 버려 묻고 싶어도 물을 사람이 없었다. 그녀는 직접 부용원에 가 본 다음에야 운한각이 다시 세워져 있다는 것을 알게 되었다. 지난번과 똑같은 모습이었다.

"마마께서 의성으로 가신 뒤 짓기 시작했습니다. 전하께서 마마를 다시 모시려고 준비하신 게지요."

조 할멈은 헤벌어진 입을 다물지 못했다.

그녀가 의성으로 떠난 후라면……, 그 사람이 의성에 간 것이 독초 창고 때문만은 아니었다는 거야?

한운석은 가슴이 따뜻해지는 것을 느꼈다. 조 할멈이 물었다.

"왕비마마, 짐을 전하의 침궁으로 옮길까요, 아니면 운한각으로 옮길까요?"

조 할멈도 벌써 객청 쪽 하인들에게 물어서 알고 있었다. 진왕 전하가 하신 말씀은 정확히 이랬다.

'오후에 틈을 내 부용원으로 옮기도록.'

부용원으로 옮기라고만 했지, 부용원 어디로 옮기라고는 하지 않았던 것이다.

한운석은 그 문제를 놓고 잠시 망설였지만 곧 잡념을 떨치고 진지하게 말했다.

"운한각이 다시 생겼으니 당연히 그리로 옮겨야겠지!"

용비야도 그런 뜻이었을 거야.

"왕비마마, 전하께서는 그런 뜻이 아닐 겝니다."

조 할멈이 곰곰이 생각하며 말했다.

왕비마마가 태자의 병 때문에 하옥되고 의성으로 떠난 몇 달 동안 그녀에 관한 온갖 소식은 제일 먼저 이 도성에 전해졌다.

진왕 전하는 의성에 나타나 왕비마마의 어려움을 풀어 주고, 천하에 왕비마마를 찾는다는 현상금을 걸고, 약성에서 왕비마마를 안고 거리를 지났다고 했다.

이는 두 사람 사이에 있었던 소소한 충돌이 결국 해결되었다는 뜻이었다.

일이 잘 해결되었으니 함께 사는 것이 당연했다.

"바로 그런 뜻이야. 어서 옮기지 않고 뭘 하나?"

한운석의 희디흰 얼굴이 놀랍게도 발그레 물들었다.

노련한 조 할멈은 이를 놓치지 않고 일부러 다시 물었다.

"왕비마마, 하인들이 짐을 옮기려면 쉬운 일은 아니니 차라리 정확히 물어보시는 게 어떨까요? 그러면 일을 덜지 않겠습니까?"

"조 할멈, 또다시 쓸데없는 소리를 하려거든 전하에게 돌아가게. 내 시중 들 필요 없네."

조 할멈의 이런 농담을 두고 볼 한운석이 아니었다. 보란 듯이 얼굴을 굳혔지만 홍조는 감출 수가 없었다.

"아이고, 노여움 푸십시오, 왕비마마! 예, 예. 잘 알았습니다!"

조 할멈이 의미심장하게 웃자 옆에 있던 하인들도 다함께 웃음을 터트렸다.

한운석은 부끄러워서 쥐구멍이라도 있으면 기어들어가고 싶은 심정이었지만 여전히 도도하게 화를 냈다.

"왜들 가만히 있느냐! 어서 가서 일하지 않고!"

밤이 되자 한운석은 다시 운한각으로 들어갔다. 누각 창가에 서서 예전처럼 용비야의 침궁을 바라보고 진왕부 전체를 둘러보자 문득 딴 세상에 온 것 같았다.

이 위치에 서자 마침내 도성에 돌아온 느낌이 났다.

멍하니 넋을 놓고 있는데 별안간 용비야의 침궁에 등불이 켜졌다. 그가 돌아온 것이다.

그들은 무척 조용히 돌아왔고 아무에게도 알리지 않았다. 그런데 저 인간은 무엇이 그리 바쁜지 예전처럼 늘 왕부를 비웠다.

한운석은 잠시 서 있다가 등불을 끄고 서재로 갔다. 약간 피곤했지만 돌아온 이후로 그녀는 매일 저녁 밤을 새며 미접몽을 연구했다.

독초 창고 지하 궁전에서 가져온 독초는 독종 사람이 부식성 강한 여러 가지 독초를 교배해 만들어 낸 것이었다. 한운석은 아직 꽃이 피지 않은 난초 같은 모양을 한 이 독초를 독란毒蘭이라 이름 지었다.

그녀는 약을 배합하는 탁자 앞에 앉아 연구를 했고 꼬맹이는 그 옆에 엎드려 있다가 이따금씩 기어와 미접몽에 코를 킁킁거렸다.

"알아? 전에 맡아 본 적 있어?"

한운석이 부드럽게 물었다.

꼬맹이는 주인의 이런 부드러운 목소리가 제일 좋았다. 그래서 주인의 손가락을 와락 끌어안고 애교스럽게 몸을 비볐다.

한운석은 힘없이 하늘을 올려다보며 꼬맹이에게 크게 기대하지 말자고 생각했다.

미접몽을 얻는 자가 천하를 얻는다.

용비야는 미접몽을 가지고 있지만 그 비밀을 풀어내지 못했다.

사실 정확하게 말하자면, '미접몽의 비밀을 푸는 자가 천하를 얻는다'였다.

한운석은 미접몽의 비밀을 풀면 필시 독종의 비밀을 손에 쥘 수 있을 것이라고 생각했다.

그녀는 고개를 숙이고 열심히 약을 배합하고 분석하느라 창밖에 있는 여 이모를 알아차리지 못했다. 여 이모는 비수를 들고 한참 동안 망설였지만 끝내 손을 쓰지 못했다.

어쨌든 이곳은 진왕부였고 이곳에서 한운석이 죽을 수는 없었다.

차디찬 경고

밤이 어두웠다.

용비야는 침궁의 등불을 모두 끄고 홀로 서재 창 앞에 앉아 운한각의 서재를 바라보았다.

한운석은 누각의 창을 통해 그의 침궁 외관을 볼 수 있었지만 그의 침궁 서재 창가에서 운한각의 서재를 볼 수 있는지는 몰랐다.

운한각의 등불이 환하게 밝아 유리창 위로 한운석의 가녀린 모습이 훤히 비쳤다.

평소 용비야는 열흘 가운데 이레 혹은 여드레를 유각에서 보냈지만, 최근에는 매일 밤 왕부에 돌아왔고 날이 밝을 때까지 바빠도 꼭 한 번은 다녀가곤 했다.

그는 양팔로 팔베개를 하고 긴 다리를 쭉 뻗어 창틀에 걸쳤다. 달빛이 완벽한 그의 몸에 그려 낸 윤곽은 어두컴컴한 밤빛에 더욱더 신비하고 고독해 보였다.

그는 한운석의 그림자를 바라보며 점점 생각에 잠겼다.

독종에 관해, 서진 황족에 관해, 일곱 귀족에 관해, 한운석의 부모에 관해, 그리고 그의 모비에 관해······.

고요한 달빛이 싸늘하고 잘생긴 그의 얼굴을 비추었다. 그 무표정한 얼굴 밑에 무슨 생각이 자리하고 있는지 아는 사람은 아무도 없었다.

갑자기 그가 싸늘하게 말했다.

"여 이모, 나오십시오."

여 이모가 창밖의 어둠 속에서 걸어 나왔다. 긴 머리카락을 감아 올렸는데 심하게 다쳤는지 목과 어깨에는 하얀 천을 감고 있었다. 그녀는 창가로 다가와 앉으려고 했지만 용비야가 다리를 치우려 하지 않아 서 있을 수밖에 없었다.

그날 그녀는 당리보다 먼저 여아성에서 들어온 소식을 듣고 제일 먼저 여아성으로 달려갔는데, 한운석의 그림자도 보지 못하고 무시무시한 살수 무리와 마주쳤다. 목과 어깨의 상처는 그날 얻은 것이었다. 반응이 빨라 재빨리 달아났기 망정이지 자칫했다면 정말 목숨을 잃었을 것이다.

누군가 백 명이나 되는 살수 집단을 고용해 용비야를 죽이려고 했던 것이다.

"그래, 그 아이더러 싹싹 빌며 돌아오라고 했니?"

여 이모가 비아냥거렸다.

용비야는 대답하지 않고 금창약 한 병을 던져 주었다.

"효과가 좋으니 써 보십시오."

"훗, 아직 이모 걱정을 할 줄은 아는구나!"

여 이모가 씁쓸하게 말했다.

"그날 여아성에 간 사람이 너였다면 결과는 생각만 해도 끔찍하구나!"

여아성의 함정은 차근차근 단계별로 준비되어 있었다. 용비야가 갔다면 광분한 상태에서 함정인지 알아차리지도 못하고 차츰차츰 깊숙이 끌려 들어갔을 것이다.

용비야는 말이 없었지만 그의 이런 태도에 익숙한 여 이모는 참을성 있게 물었다.

"야아, 사실대로 말해 보려무나. 정말 그 아이가 마음에 드니? ……야아, 그간 나도 잘 생각해 봤단다. 정말 그 아이가 마음에 든다면 이모도 반대하지 않으마."

여 이모는 이렇게 말하며 용비야를 흘낏 살핀 뒤 그가 들고 있는 것을 확인하고 말을 이었다.

"차라리 그 아이를 당문으로 데려가서 나와 함께 미접몽을 연구하도록 하는 게 어떻겠니?"

"당문?"

그제야 용비야가 입을 열었다.

넘어왔나?

여 이모는 기뻐하며 옆문을 통해 서재로 들어가 용비야 옆에 섰다.

"그래, 당문! 네 어머니는 독종의 독술 비급을 많이 남겼지. 네 어머니는 다 이해하지 못했지만 어쩌면 그 아이는 할 수 있을지도 몰라. 더군다나 천녕국 도성은 위험한 곳이야. 천휘황제는 내내 너희가 돌아오기를 기다리고 있었지."

용비야는 운한각 쪽만 응시하며 여 이모는 쳐다보지도 않았다. 그의 입가에 한 줄기 냉소가 피어올랐다. 추운 가을의 밤처럼 메마르고 쌀쌀한 웃음이었다.

"야아, 너……."

가슴이 서늘해진 여 이모는 그의 시선을 따라 고개를 돌리다가 그만 찬 숨을 들이켰다!

그 각도에서는 한운석의 서재 창문, 조금 전까지 그녀가 한참서 있었던 그 위치가 정확히 보였다. 용비야는 내내 그 모습을보고 있었던 것이다!

"여 이모, 그녀는 내게 속한 사람입니다. 내 허락 없이 건드리면……."

용비야는 이렇게 말하며 비로소 서서히 여 이모에게 고개를돌렸다. 목소리가 더욱더 차갑고 무거워졌다.

"……무슨 일이 일어날지 아실 겁니다."

이건…… 경고였다!

용비야의 날카로운 눈동자를 마주한 여 이모는 소름이 쫙 끼쳤다. 외종질 앞에서 두려움을 느낀 것은 평생 처음이었다.

내게 경고를 해? 어떻게 내게 경고를!

그녀는 하마터면 영족의 일을 따져 물을 뻔했지만 결국 입을꾹 다물었다.

영족 이야기는 엿들은 것이니 모르는 척하다가 때를 보아 쥐도 새도 모르게 한운석을 죽여 버리는 것이 상책이었다.

한운석을 죽이고도 용비야와 충돌하거나 의심을 일으키지않는 방법은 이것뿐이었다.

"알았다……. 그렇게 고집을 피우니 내버려 둬야지 어쩌겠니. 구천에 계신 네 어머니 마음이 편하기를 바랄 뿐이야."

여 이모는 일부러 아무렇지 않은 척하며 잠시 서 있다가 소리 없이 사라졌다.

밤은 어둡고 고요했다. 운한각의 등불이 꺼지자 용비야는 그제야 침궁 서재의 등을 켜고 종이가 누렇게 바랜 낡은《칠귀족지七貴族志》를 뒤적였다. 일곱 귀족에 관해 유일하게 남은 기록인데, 용비야가 가진 것은 상권뿐이고 하권은 행방이 묘연했다.

《칠귀족지》에는 일곱 귀족의 유래와 집단의 분포 및 발전에 대한 정보가 담겨 있었다.

대진제국이 멸망한 후 일곱 귀족도 세력이 크게 약해졌다. 그 후예들은 운공대륙 각지로 흩어져 세외에 은거하거나 이름을 바꾸고 세상에 섞여 들었기 때문에 찾아내기도 쉽지 않은 데다 방어하기는 더욱 어려웠다.

《칠귀족지》에 제일 먼저 기록된 것이 바로 영족이었다. 그 첫 문장은 이랬다.

영족. 일곱 귀족의 으뜸. 서진에 충성하고 대대로 목숨을 바쳐 수호한다.

그리고 제일 마지막에는 이런 문장이 있었다.

서진이 멸망하고 영족은 죽었으니 슬프도다!

《칠귀족지》는 대진제국의 태사령太史令(고대에 역사 기록 및 사서 편찬 등을 담당하는 관직명)이 쓴 비사祕史로, 대진제국이 멸망한 후 황궁에서 유출되었는데 정사正史보다 신뢰도가 높았다.

영족에 관한 기록은 보통 오류가 없는데, 혹시 당시 서진 황궁에서 태사령조차 모르는 일이 있었던 걸까?

용비야는 한참 고민에 잠겼다가 비로소 다음 장을 펼쳤다. 그는 그렇게 하룻밤 내내 서재에 앉아 있었다.

용비야와 한운석이 도성으로 돌아온 소식은 금세 퍼져 나갔고, 조용하던 진왕부는 곧바로 소란스러워졌다.

일곱째 소실댁과 한운일이 제일 먼저 찾아왔다. 한운석이 너무 바쁘지 않았다면 일찌감치 만나러 갔을 사람들이었다.

몇 달 못 만난 사이 한운일은 훌쩍 자라 있었다. 일곱째 소실댁은 한운석과 이야기할 틈도 없었다. 한운일이 한운석을 붙잡고 의술이나 약에 관한 질문을 쏟아붓고, 자기가 배합한 독약을 보여 주며 맞혀 보게 했기 때문이었다.

"이건 연골산, 이건 흑봉독, 그리고 이건 설사약인데 효과가 파두보다 약하겠어!"

한운석은 냄새를 맡자마자 알아맞혔다.

기대에 차 있던 한운일은 충격을 받아 금세 풀이 팍 죽었다.

한운석은 그의 조그마한 머리를 쓰다듬으며 웃었다.

"좀 더 강해지면 다시 와."

충격을 주려는 게 아니라 한운일이 더 열심히 노력해서 진짜 실력을 갖춰 한씨 집안을 크게 일으키기를 바라서였다.

"누나, 난 언제쯤 누나를 보호할 수 있을 만큼 강해질 수 있어요?"

한운일이 진지하게 물었다.

지난번 누나가 어떻게 은혜에 보답하겠느냐고 물었을 때, 그는 자라서 자신이 누나를 보호하겠다고 대답했다.

한운석이 대답하려는데 옆에 있던 조 할멈이 웃으며 나섰다.

"바보 같긴. 누나는 진왕 전하가 보호해 주시는데 무슨 걱정이 있겠니!"

뜻밖에도 한운일은 몹시 진지하게 말했다.

"친정에도 도움이 될 사람은 있어야 해요. 만약 진왕 전하가 누나를 괴롭히면 제가 보호할 거예요."

그 말에 한운석이 활짝 웃었다.

"어린아이가 참 멀리까지 생각했구나."

한운일이 더 말하려고 했지만 일곱째 소실댁이 몰래 팔을 잡아당겨 힘껏 꼬집었다. 한운일은 별수 없이 입을 다물었다. 그가 말하려던 것은 진왕 전하가 한씨 집안에 아무도 드나들지 못하게 봉쇄했다는 것이었다.

그는 어서 자라고 어서 강해져, 누나의 약점이 아닌 든든한 후원자가 되자고 속으로 다짐했다.

저녁 무렵이 되자 일곱째 소실댁과 한운일이 돌아갔다. 한운석이 막 쉬려는데 고북월과 목청무가 찾아왔다.

한운석은 고북월이 용천묵 일행과 함께 돌아왔다고 생각했으나 이야기를 나눠 보니 고북월도 의성에 며칠 머물다 혼자 돌아왔다고 했다.

그는 들어오자마자 약 몇 첩을 올렸다.

"왕비마마, 몸을 따뜻하게 해 주는 약이니 하루 걸러 한 첩씩 드시면 몸에 좋을 겁니다."

"고마워요!"

한운석은 사양하지 않았다. 그녀는 고북월이 지어주는 약을 좋아했다. 확실히 몸보신에 좋아서 지난번 감옥에서 몇 첩 먹은 후로 아직까지 기억하고 있었던 것이다.

고북월은 빙그레 부드러운 웃음을 지었다.

"왕비마마, 폐하께서 부르셨습니까?"

목청무가 걱정스레 물었다. 그는 이번 일에서 한운석을 돕고 싶었지만 애석하게도 힘이 없었다. 의학 방면에서는 도울 수 있는 것이 없을뿐더러 지금은 자신을 지키기도 어려웠다.

천휘황제는 그에게 반 년 안에 군비 삼십만 냥과 군량과 마초 이십만 석을 조달하지 못하면 해임하고 책임을 묻겠다고 했다.

"날 왜 부르겠어요? 사과하고 잘못을 시인하기라도 할까 봐요?"

한운석은 웃음 섞어 말하면서 고북월을 돌아보았다.

"고 태의, 폐하께서 잘못했다고 하시던가요?"

용천묵의 병에 관한 진상이 훤히 드러났고 용천묵도 건강하게 돌아왔으니 천휘황제가 조금이나마 도량이 있다면 이 사실을 공개하고 정식으로 한운석과 고북월의 누명을 벗겨 주어야 했다.

고북월은 웃으며 고개를 저었다.

"소관은 해임되지 않은 것만으로도 만족합니다."

"왕비마마, 마마와 고 태의가 떠난 후 조정에는 적잖은 사건이 벌어졌습니다. 3품 이상의 문무관원들이 크게 바뀌고 폐하께서 진왕 전하를 처리하려 한다는 소문이 돌고 있습니다."

목청무가 소리 죽여 말했다.

사실 한운석도 생각했던 일이었다. 지난번 소낭 문제로 천휘황제와 태후가 용비야의 출신을 의심했을 때도 조정의 움직임이 심상치 않았는데 당시에는 천휘황제의 마음을 알아본 사람이 별로 없다가 이제 명확히 드러난 것뿐이었다.

아마 용비야는 그간 꽤 바빴을 것이다.

"소장군, 군자금과 군량 건은 방도가 있나요?"

한운석이 진지하게 물었다.

한운석을 돕지도 못하고 도리어 걱정만 시키게 되자 목청무는 몹시 민망했다.

그가 웃으며 말했다.

"가능성은 조금 있습니다. 며칠 후면 소식이 있을 겁니다."

사실은 일말의 가능성도 없었다.

한운석은 캐묻지 않고 웃으며 말했다.

"소장군, 만에 하나 언젠가 폐하와 진왕 전하가……."

말이 끝나기도 전에 목청무가 초조한 듯 벌떡 일어났다.

"왕비마마, 함부로 말씀하시면 안 됩니다! 만일은 없습니다!"

한운석은 말하지 않겠다는 듯 어깨를 으쓱해 보였다. 그녀는 장군부가 누구 편에 설 것인지, 소장군이 둘째 황자 편이라고 하던 사람들의 말이 사실인지 속으로 고민했다.

세 사람이 이야기를 나누고 있을 때 갑자기 궁에서 사람이 찾아왔다. 천휘황제가 진왕과 진왕비에게 입궁하라는 명을 내렸고, 밖에 마차가 대기 중이라는 것이었다.

한운석은 목청무와 고북월을 향해 웃으며 말했다.

"거봐요. 이런 일은 걱정하면 안 되는 거예요."

목청무가 제 입을 때렸다.

"소장의 입이 화근이군요."

고북월은 진지하게 물었다.

"왕비마마, 전하께서는 돌아오셨습니까?"

공연한 걱정이었나

지난번 용비야가 대리시에 면회를 가서 보여 준 태도와 나중에 의성에서 한 일을 생각해 보면 천휘황제를 한바탕 가지고 논 셈이었다. 더군다나 용천묵의 사건까지 실패로 돌아갔으니 천휘황제가 가만있을 턱이 없었다.

설 공공이 직접 찾아왔고 마차까지 문 앞에 기다리고 있다니, 용비야와 한운석이 돌아왔다는 소식을 듣자마자 입궁을 명한 게 분명했다.

고북월의 질문은 용비야 없이 한운석 혼자 입궁하는 것은 좋지 않다는 것을 깨우쳐 주었다.

"조 할멈, 가서 전하께서 언제 돌아오시느냐고 물어보게."

한운석이 신중하게 분부했다.

하지만 조 할멈은 곧바로 고개를 저었다.

"초서풍도 없으니 알 만한 사람이 아무도 없습니다."

"고원과 유각에 사람을 보내 찾아보게."

둘 다 용비야가 천녕국 도성에 가지고 있는 비밀 원락으로, 그가 도성에 있다면 장소는 대부분 둘 중 한 곳이었다.

아무래도 궁에서 생활했던 조 할멈은 문제의 심각성을 느끼고 다급히 사람을 보냈다. 하지만 하인들은 금방 돌아와 진왕 전하는 유각이나 고원에 계시지 않고 오후에 성을 나갔다고 보고했다.

겨우 차 한 잔 마실 시간이 지났을 뿐인데 설 공공은 기다리지 못하고 계속 재촉했다.

"왕비마마, 언제까지나 기다리실 수는 없사옵니다! 전하께서 안 계시면 먼저 입궁하셔야지요. 폐하께서 기다리시옵니다!"

한운석은 몸소 차를 끓어 바치고 몰래 은자 주머니까지 쥐여주었다.

"설 공공, 전하께서는 금방 오실 것이오."

은자 주머니를 흘끗 보는 설 공공의 얼굴에 불쾌한 표정이 떠올랐다. 너무 적었다!

한운석은 주머니 하나를 더했다.

"설 공공, 공공도 수고가 많았으니 차 한잔하면서 좀 쉬시오."

설 공공은 그제야 만족스러운지 고북월과 목청무가 보든 말든 당연하게 은자를 받아 챙겼다.

한운석은 됐다 싶었지만 뜻밖에도 설 공공은 은자를 챙기자마자 발딱 일어나 태연하게 말했다.

"왕비마마께서 입궁하지 않으시려거든 소인은 돌아가겠사옵니다. 그리되면 폐하께서 벌을 내리실 텐데 흐흐…… 명을 어긴 죄가 가볍지 않을 것이옵니다!"

무슨 이런……. 한운석은 찬 숨을 들이쉬었다. 이 늙은 태감이 은자를 안 받으면 안 받았지, 은자까지 꿀꺽하고도 이런 말을 한다는 것은 작심하고 그녀를 놀리려는 것이었다.

한운석은 실눈을 뜨며 설 공공을 차갑게 노려보았지만 설 공공은 이미 예상한 듯 배짱 좋게 그녀를 마주보았다.

고북월과 목청무도 대강 사태를 짐작했다. 설 공공은 진왕이 없는 틈을 타 사달을 일으키려는 것이다.

"왕비마마, 노여움을 거두시지요."

조 할멈도 알아차리고 몰래 한운석의 옷자락을 잡아당기며 권했다.

"집 개도 주인 믿고 짖는다지 않습니까, 참으십시오."

그녀가 무슨 일이라도 했다가는 설 공공이 어떤 죄를 뒤집어 씌울지 몰랐다. 설 공공은 천휘황제를 대신해서 온 사람이었다.

"은자를 먹여도 개가 짖는군!"

한운석이 소리 죽여 말했다. 당연히 그녀도 이것이 함정이라는 것을 알아차렸다.

"그렇다면 가겠소."

그녀가 참고 말했다.

"왕비마마, 소신도 입궁해 알현을 청하려던 참이니 함께 가겠습니다."

목청무가 황급히 일어섰다.

"소장군, 시간이 늦었으니 폐하의 명 없이는 궁에 들어갈 수 없사옵니다. 권하옵건대 공연히 흙탕물에 뛰어들지 마시옵소서."

목청무가 반박하려 했지만 한운석이 그만하라고 눈짓했다.

이런 위험천만한 시기에 천휘황제와 진왕의 싸움에 끼어들어 좋을 것이 없었다. 지금 상황에서 천휘황제는 함부로 건드릴 상대가 아니지만 진왕 또한 태산같이 든든했다.

황족 안팎과 조정 관리, 명문가는 대부분 중립에 서서 관망하는 단계였다. 자신도 어려운 이런 상황에서 용기 있게 나선 것을 보면 목청무는 역시 대장부였다.

하지만 그가 가더라도 아무 소용이 없었다. 궁에 있는 사람은 다른 누구도 아닌 천녕국 최고의 통치자였으니까.

이미 위험한 상황에 처한 그가 가 봤자 더 참담해질 뿐이었다.

"고 태의, 소장군. 오늘은 대접하기가 어려우니 다음에 다시 이야기하죠."

한운석은 소탈한 얼굴로 당당한 분위기를 풍기며 말했다.

목청무는 아무 말 없었지만 내내 한운석과 설 공공을 쫓았고, 고북월은 입장을 밝히지 않았는데도 똑같이 한운석 곁을 바짝 따랐다.

그런데 대문 앞에 이르자 마차 옆에 서 있는 용비야가 보였다. 뒷짐을 지고 선 그는 준수하고 빼어난 자태와 침착하고 힘찬 기운을 갖추고 있었다.

순간 모든 사람이 걸음을 멈추었다. 한운석은 자신이 안전하다는 것을 느끼고 입꼬리를 살짝 올렸다.

그녀 자신은 몰랐지만, 지난번 여 이모가 다녀간 후로 진왕부에는 그녀만을 지키는 사람이 생겨서 무슨 일이라도 벌어지면 용비야가 모두 알 수 있었다.

예상 밖의 사태에 설 공공은 제자리에 얼어붙었다. 알다시피 그가 출발하기 전에 황제는 진왕이 성 안에 없다는 것을 확인했던 것이다.

사람들이 눈을 동그랗게 뜨고 쳐다보는 가운데 용비야가 한운석에게 손을 내밀었다.

"오지 않고 뭘 하느냐?"

그가 종종 했던 것 같은 말이었다.

'한운석, 오지 않고 뭘 하느냐?'

'한운석, 따라오지 않고 뭘 하느냐?'

쌀쌀한 말투고 짜증이 묻어 있긴 하지만 그래도 한운석은 이 말이 참 좋았다. 그녀는 쫄랑쫄랑 다가갔다. 기분이 날아갈 것 같았다.

물론 설 공공 옆을 지날 때는 잊지 않고 설사약을 살짝 뿌렸다.

설 공공은 고개를 숙인 채 감히 찍소리도 못하고 있었다. 천휘황제가 진왕 전하의 부재를 확인한 다음 한운석을 괴롭히라고 그를 보냈으나 그 일은 말할 것도 없고, 설령 넌지시 진왕 전하를 곤란하게 만들라는 지시가 있었더라도 도저히 명을 완수할 수 없었다!

용비야는 한운석을 붙잡아 마차에 태우고 자신도 올라타려다가 다시 고개를 돌렸다.

"설 공공, 황형께서 언제 네게 그토록 커다란 특권을 주었더냐? 본 왕을 보고도 예를 올리지 않다니?"

까맣게 잊고 있던 설 공공은 황급히 한쪽 무릎을 꿇었다.

"소인이 진왕 전하께 인사 올립니다. 만수무강하십시오, 전하!"

하지만 용비야는 거들떠보지도 않고 말 한마디 없이 마차에 올라 떠났다.

목청무와 고북월은 눈도 깜빡이지 않고 그 광경을 바라보았다. 유감스럽기도 하고 썩 내키지도 않았지만, 그래도 용비야가 한운석을 데려가는 것이 가장 마음이 놓였다.

마차의 모습이 어둠 속으로 사라진 후에야 그들은 겨우 시선을 거두었다. 무심코 눈이 마주친 두 사람은 서로의 마음을 헤아리고 미소를 지어 보였다.

문제는 설 공공이었다. 용비야가 일어나라는 말을 하지 않았으니 그는 언제까지 진왕부 대문 앞에 꿇어앉아 있어야 할까? 용비야는 한운석의 분풀이를 했을 뿐 아니라 주인 믿고 짖는 개를 세상 사람들이 다 보도록 두드려 패준 셈이었다.

용비야와 한운석이 궁에 도착해 보니 천휘황제는 태후궁에서 연회를 열고 기다리고 있다고 했다. 건곤궁으로 간 두 사람은 태자 용천묵과 영친왕도 있다는 것을 알게 되었다.

이건 무슨 상황이지?

"진왕, 모비께서는 안녕하시냐?"

태후는 여전히 용비야에게 무척 상냥했다.

용비야는 고개만 끄덕이고 대답하지 않았다.

"모용완여를 보러 평북후부에 자주 들른다지?"

태후가 또 물었다.

"잘 모릅니다."

용비야는 두어 마디로 태후를 민망하게 만들 수 있는 사람이었다. 더 물을 수가 없게 되자 태후는 한운석의 손을 잡고 살며시 두드리며 말했다.

"운석아, 네가 이번에 또 태자의 목숨을 구했구나. 오늘은 황제뿐만 아니라 나도 듬뿍 상을 내리마!"

정말 상을 내리려고 입궁시킨 거야? 한운석은 공연한 생각을 했다 싶었다.

그녀가 억지웃음을 지으며 말했다.

"죄를 뒤집어쓰고 감옥에 갇히지 않은 것만 해도 감사할 따름인데 상이라니요."

용비야가 옆에 있으니 못할 말이 없었다.

"황제, 그것 보시오, 이 아이가 원망하잖소. 황제는 하마터면 좋은 사람에게 누명을 씌워 천묵의 목숨을 해칠 뻔했소!"

태후가 일부러 꾸짖었다.

"신첩이 누명을 쓰는 것은 상관없지만 태자 전하의 목숨은 귀중합니다. 태자께서 무사하시기만 하다면 신첩의 억울함쯤이야 별것도 아니지요."

한운석은 마음 넓은 사람처럼 말했지만 이 자리에 있는 사람들은 모두 영리한 이들이라 그 말뜻을 알아들었다.

천휘황제는 태자의 목숨을 이용해 한운석에게 누명을 씌웠다! 그리고 지금 그녀는 이간질을 하고 있었다!

천휘황제의 눈동자에 증오의 빛이 스쳐갔다. 잘못을 돌이킬 수 있는 약이 있다면 얼마나 좋을까. 그가 가장 후회하는 것은 일시적으로 마음이 약해진데다 쉽게 용비야를 믿는 바람에 감옥에 있던 한운석에게 형벌을 내리지 않은 것이었다.

태자는 이미 버린 패였는데 한운석은 그 패를 다시 주워 놓았을 뿐 아니라 이간질까지 하고 있었다.

대놓고 황제에게 골칫거리를 만들어 주려는 속셈이었다!

하지만 천휘황제는 이번 일을 너무 가볍게 보고 있었다. 이번 일은 이제 단순한 골칫거리가 아니라 원한이었다.

용천묵은 차분해 보였지만 탁자 밑에 숨긴 손은 힘껏 주먹을 쥐고 있었다. 아버지가 사무치도록 원망스러웠다!

이번 일만 아니었다면 부황의 근심을 덜어 주고자 계속 열심히 노력해 적격한 황위 계승자가 되었을 것이다. 그러나 이제는 알게 되었다. 후계자 자리를 지키는 가장 좋은 방법은 하루빨리 등극하는 것이지, 부황의 손에 놀아나며 가만히 앉아 죽기만을 기다리는 것이 아니라는 사실을.

황위 다툼은 형제 간의 싸움일 뿐 아니라 부자 간의 싸움이기도 했다!

"태자, 너는 어찌 생각하느냐?"

천휘황제가 물었다.

영리한 용천묵은 대답을 피하고 일어나서 잔을 들었다.

"몇 년이나 부황께 근심을 끼쳐드린 죄로 소자가 벌주 세 잔을 마시겠습니다."

천휘황제는 그제야 만족스럽게 고개를 끄덕였다.

"앉거라. 짐이 오랜 기간 너를 가르치고 기른 까닭이 무엇인지 너도 의당 알겠지."

한운석을 혼내 주려다가 뜻밖에도 도리어 이간질을 당하게 되었다. 태후가 가장 원치 않는 것이 바로 황제와 태자의 사이가 틀어져 원수지간이 되는 것이었다.

황제는 그녀의 아들이고 태자는 친정의 흥망에 직접적인 영향을 주는 손자였다. 나이 든 그녀가 무엇보다 바라는 것은 태자가 무사히 황위를 계승하는 것이었다.

"여봐라, 내가 준비한 것을 가져오너라."

태후가 즉시 화제를 돌렸다.

시녀가 진녹색 옥팔찌 하나를 바쳤다. 초록색 물이 뚝뚝 떨어질 것처럼 빛깔이 짙고 윤기가 자르르 흘러 모르는 사람이 봐도 최고급 옥임을 알 수 있었다.

"태황태후께서 내게 주신 것인데 나와 함께 한 지 아주 오래됐지. 운석, 내 이걸 네게 주마."

태후는 이렇게 말하며 손수 한운석의 팔에 끼워 주려고 했다.

한운석은 과분한 대우에 불안을 느끼고 무의식적으로 손을 움츠렸다. 정말 상을 내리려는 건가? 아니겠지?

태후가 그녀의 손을 다시 잡아끌었다.

"너도 참, 마음에 들지 않니?"

"아니요, 아닙니다. 너무 귀중한 것이라 그만……."

태후는 거절을 허락하지 않고 억지로 그녀에게 옥팔찌를 끼웠다.

한운석은 용비야를 흘끗 바라보았지만 그가 말이 없자 말없이 팔찌를 받았다.

그때 천휘황제의 상도 도착했다. 다름 아닌 성지였다.

이를 본 한운석이 즉시 용비야를 돌아보았고 용비야도 눈을 찌푸렸다.

성지는 아무리 적절한 이유가 있어도 거역할 수 없었다. 지난번 용비야도 성지를 거역하고 단목요를 거절했다가 적잖은 대가를 치렀다.

이 성지는 한운석을 태의로 봉하고 그에 맞는 봉록을 내린다는 것이었다.

태감이 성지를 읽고 나자 한운석은 얼이 빠졌다. 너무도 뜻밖이었다. 황실의 며느리 역할도 어려운 마당에 황실의 관리는 더욱더 어려운 자리였다.

정말이지 지독한 한 수였다!

하지만 더 지독한 것이 남아 있다는 사실은 아무도 몰랐다.

진왕 전하 분노하다

오늘 밤, 한운석은 상을 받으러 온 것이 확실했다.

다만 그 상이 감당할 수 없을 만큼 무거웠다. 이곳은 황권이 존재하는 세상이고 성지는 최고의 권위였다. 명을 거역하면 신분이 무엇이든 죽음뿐이었다!

세상을 통틀어 성지를 거역하고도 연금되기만 한 사람은 용비야 저 인간뿐이었다. 그는 천녕국에서 관직을 맡고 있지 않지만 그가 가진 인맥과 재물, 병력, 그리고 군중을 동원할 수 있는 개인적인 매력은 하나같이 천휘황제가 꺼리는 것들이었다.

지금 조정과 민간은 팽팽하게 긴장된 상태지만, 천휘황제의 일방적인 행동일 뿐 용비야는 신경 쓰지도 않는 것 같았다. 그가 천휘황제에게 대응하기 위해 취한 유일한 행동은 바로 대리시에 면회를 간 것이었다.

진왕이 대체 무슨 계획을 갖고 있는지 아무도 몰랐지만, 그가 일단 움직이면 중립 세력들은 반드시 기울어질 것이다. 그들은 관망하고 있다기보다 기다리고 있다는 것이 옳았다. 용비야가 입장을 밝히고 나면 결사의 각오로 그 뒤를 따를 때가 오기를 기다리고 있었다.

진정한 강자는 자신이 얼마나 하는지에 달려 있는 것이 아니라 얼마나 하지 않아도 되는지에 달려 있었다.

한운석도 그걸 알고 있었다. 다만 성지가 내렸는데 용비야가 또다시 거역하기를 바라는 과한 욕심을 부릴 수는 없었다. 특히 잔뜩 찌푸린 용비야의 눈썹을 보자 이번에는 운이 나빴다고 생각하고 받아들일 수밖에 없다는 것을 깨달았다.

한운석은 지난번 자신이 용비야를 구해 줄 필요가 없었다는 사실을 모르고 있었다. 당시 용비야는 연금 당했지만 운 좋게도 역병이 덮치는 바람에 한운석이 그를 풀어 달라고 천휘황제를 위협할 기회를 얻을 수 있었다. 그렇지 않았다면 천휘황제가 언제까지 그를 붙잡아 두었을지 모를 일이었다.

성지 낭송이 끝났으니 한운석도 그저 감사하며 받는 수밖에 없었다.

그런데 그녀가 몸을 일으키자마자 천휘황제가 다시 입을 열었다.

"운석, 황후가 서산 별궁에서 휴양한 지도 시간이 제법 흘렀다. 태의원의 의원들이 속수무책이니 네가 한번 가 보거라."

관직을 내리자마자 임무를 맡기다니. 게다가 황후에게 가라고!

황후는 병이 아니라 실성한 것이었다. 서산 별궁으로 떠나기 전에 고북월이 살폈지만 별다른 방도가 없었고, 서산으로 떠난 후에도 태후와 국구가 여러 차례 의학원의 신의들을 불러들였으나 똑같이 아무 소용이 없었다.

마음의 병은 치료약이 없어서, 내일 당장 훌훌 털어낼 수도 있지만 평생 미쳐 있을 수도 있었다.

말로는 한번 가 보라고 했지만 일단 그곳으로 가면 황후의 정신이 돌아올 때까지 서산에 붙들려 있을 가능성이 아주 높았다.

천휘황제는 그녀를 용비야의 곁에서 떼어 놓는 것도 모자라 황후와 장평공주의 복수까지 하려는 것이 아닐까?

지독하기 짝이 없고, 비열하기 한이 없는 수였다!

한운석은 머뭇거리며 대답이 없었고, 용비야는 은근히 노기가 느껴지는 차가운 얼굴이었으나 시종일관 아무 말도 하지 않았다.

태후는 다시 한 번 한운석의 손을 잡아끌며 의미심장하게 말했다.

"운석, 네 어머니는 내 목숨을 구했고 너는 태자를 구했다. 황후를 네게 맡긴다면 나 또한 마음이 놓이겠구나."

한운석은 속으로 비웃었다. 이 말은 이미 정해졌으니 거절할 여지가 없다는 뜻이었다.

"태후마마, 폐하. 신첩이 해독은 할 수 있으나 병을 치료하지는 못합니다. 돕고 싶은 마음이야 굴뚝같지만 능력이 모자랄 것 같습니다."

한운석은 완곡하게 돌려 말했다.

"의술을 하는 이들이 하나같이 속수무책이니 어쩌면 의술을 모르는 네가 나을 수도 있다. 자, 그렇게 하기로 하지. 한 태의, 내일 태의원에 출석하고 며칠간 고 태의와 함께 잘 연구하도록 하라. 태후의 생신 연회가 끝나면 곧바로 출발한다."

한 태의라니……. 호칭까지 바꾸었고 의논이 아니라 명령이었다.

한운석은 또다시 곁눈질로 용비야를 바라보았다. 그는 확연히 불쾌한 표정이었지만 여전히 말이 없었다. 성지를 먼저 내리고 명령을 나중에 했으니 용비야 역시 싫어도 뾰족한 수가 없으리라는 생각이 들었다.

일단 받아들이는 것 말고 달리 무슨 수가 있을까?

"명을 따르겠습니다."

한운석은 영 내키지 않는 투로 말했다.

옆에 있던 용천묵이 주먹을 꽉 움켜쥐며 대신 한마디 하려는데 내내 침묵을 지키던 영친왕이 잡아 눌렀다.

"천묵, 작은 일에 참지 못하면 큰일을 그르친다."

영친왕이 낮은 소리로 말했다.

지금은 누구든 한운석 편을 들면 천휘황제와 대립한다는 뜻이었다. 영친왕은 황위 싸움에 끼어들 마음이 없었으나 용천묵을 좋게 보고 있었다. 그래서 의성에서 돌아오는 길에, 목숨을 살려 준 은혜는 황위에 오른 후에 갚아도 늦지 않으니 지금은 가능한 한운석을 멀리하라고 여러 차례 일깨워 주었다.

황실 싸움에서 중요한 것은 인내였다!

"이렇게 가면…… 필시 고초를 겪고 목숨이 위험해질 겁니다."

용천묵은 초조한 게 아니라 마음이 아팠다.

서산은 황실의 별궁으로, 사람 하나 죽어도 아무도 알아차리지 못하는 곳이었다.

"진왕도 가만히 있는데 네가 참지 못할 까닭이 무엇이냐?"

영친왕이 나지막하게 꾸짖었다. 그 말속에는 진왕도 마땅한 수가 없는데 네가 어쩌겠느냐는 뜻이 담겨 있었다.

용천묵은 달갑지 않았지만 결국 불뚝하게 주먹을 풀었다.

이 가족 모임에는 상과 관직이라는 당근과 채찍이 모두 사용되었다.

천휘황제는 내심 만족해 특별히 좋은 술까지 가져오게 했지만 안타깝게도 용비야는 분위기를 맞춰 줄 생각이 없었다.

"모후와 황형께 다른 일이 없으시면 먼저 물러가겠습니다."

이게 그의 방식이었다. 일이 있어야 오고 일이 끝나면 떠났고, 한시도 더 머물거나 한마디도 더 하지 않았다.

태후가 몹시 진지한 목소리로 말했다.

"막 돌아왔으니 일찍 가서 쉬려무나. 비야, 혼례를 올린 지가 언젠데 아직도 며느리에게 아이 소식이 없으니 궁 안팎으로 쓸데없는 말들이 많더구나."

그런 며느리더러 서산으로 가라고 해 놓고 저 이야기는 또 뭐람?

한운석은 기분이 팍 상했다.

"예."

용비야는 간단히 대답한 뒤 한운석을 데리고 나갔다.

그는 늘 손바닥이 따뜻했는데 지금 이 순간은 놀랄 만큼 차가웠다.

따라 걷는 동안 한운석은 결국 용비야가 완전히 저기압이라는 것을 깨달았다. 그는 침묵하는 것이 아니라 분노하고 있었다.

"용비야, 서산은……."

한운석이 물으려는데 용비야가 그녀의 다른 손을 잡아당기더니 다짜고짜 옥팔찌를 빼내 옆에 있는 우물 속에 던져 넣었다.

아직 건곤궁에서 나오지도 못했는데 팔찌를 버리는 건 안 좋지 않을까?

"용비야, 이건……."

"태의원의 약 창고를 좋아하지 않았느냐? 내일부터는 당당하게 들어갈 수 있다."

용비야가 담담하게 말했다.

이 인간 내가 태의원 약 창고를 좋아하는 걸 언제부터 알았지?

한운석은 의아해했지만 지금은 그런 생각을 할 때가 아니었다. 지금 생각해야 할 일은 그가 방금 한 말의 의미였다.

용비야는 더 말하지 않고 계속 그녀를 잡고 걸었다. 고민하던 한운석의 입가에 서서히 웃음이 피어올랐다.

서산으로 갈 필요는 없을 것이다. 진왕 전하가 화가 났으니 어마어마한 일이 벌어질 테니까.

그가 화를 내자 그녀는 오히려 즐거워져서 장난스레 물었다.

"전하, 저 팔찌는 값어치가 성 하나에 맞먹는 거예요!"

"나중에 나라 하나에 맞먹는 것을 주겠다."

용비야의 대답이었다.

이른바 '성 하나에 맞먹는 값어치'란 진나라 소왕昭王이 성과 화씨벽和氏璧(천자의 옥새를 만들었던 옥의 원석)을 바꾸려고 했던 고사에서 비롯된 말로, 후인들은 진귀한 물품을 이런 말로 표현했다.

그러면 '나라에 맞먹는 값어치'란 어떤 것일까? 나라 하나를 줘도 아깝지 않은 보물이라는 걸까? 언젠가 후인들이 진왕 전하의 고사를 인용해 이 말을 사용하게 될까?

여전히 얼어붙어 있는 용비야의 옆얼굴을 바라보고 있자니 연회에서 당한 억울함과 불쾌함이 싹 사라졌다. 용비야가 어떤 행동을 할지는 모르지만, 천녕국 도성의 안녕이 곧 무너지리란 것은 알 수 있었다.

그들이 진왕부로 돌아왔을 때는 이미 한밤중이었고, 설 공공은 아직도 대문 앞에 무릎을 꿇고 있었다. 가까이 가기도 전에 악취가 풍겼다. 한운석은 그제야 자신이 떠나기 전에 썼던 설사약을 떠올렸다.

바닥에 꿇어앉은 설 공공의 궁둥이 밑은 오물범벅이 되어 뭐라 표현하기 힘들 만큼 역겨웠다. 그는 낭패한 얼굴로 몸을 잔뜩 웅크린 채 고개를 숙이고 계속 눈물을 훔쳐 댔다.

사람은 뿌린 대로 거두는 법이지!

마차가 다가오자 설 공공은 오물은 신경 쓰지도 못한 채 황급히 몸을 곧추세우며 '쿵쿵' 소리가 나도록 머리를 조아렸다.

"진왕 전하, 왕비마마. 소인의 잘못이옵니다. 소인이 잘못했사옵니다!"

용비야가 먼저 마차에서 내리고 이어 한운석을 내려 주었다.

"진왕 전하, 왕비마마. 부디 한 번만 용서해 주시옵소서!"

설 공공이 저렇게 애원하고 절을 하는데도 그는 귀 기울이지도, 쳐다보지도 않았다.

"다시는 그러지 않겠사옵니다. 왕비마마, 부디 한 번만 봐주시옵소서."

그쪽을 흘끗 바라본 한운석은 역겨워서 재빨리 피하려 했지만, 갑자기 설 공공이 오물이 잔뜩 묻은 손에 은자를 한 무더기 받쳐 들고 한운석에게 쑥 내밀었다.

"왕비마마, 모두 바치겠사옵니다. 도량을 베풀어 한 번만 용서해 주시옵소서! 다시는 감히 그러지 않을 것이옵니다, 다시는!"

먹었으니 뱉어 내야겠지만 한운석은 당연히 원치 않았다. 보기만 해도 구역질이 났다.

그녀가 피하려 하는데 용비야가 그녀를 보호하면서 설 공공의 손을 걷어찼다.

"누구 없느냐? 와서 잘 지켜보도록 해라. 사흘 밤낮을 꿇어앉아 있지 않으면 일어날 수 없다!"

설 공공이 꿇어앉은 것은 저녁나절이고 지금은 밤이어서 보는 사람이 별로 없지만, 사흘 밤낮은 고사하고 당장 내일 날만 밝아도 수많은 사람들이 목격해 크게 소문이 날 것이다.

용비야는 도성 사람 모두에게 이 일을 알릴 생각이었다!

설 공공은 천휘황제가 가장 신임하는 태감으로, 조정의 문무백관들도 잘 보여야 했고 후궁의 삼천 비빈들도 그를 떠받들었다.

용비야는 주인 믿고 짖는 개를 주인과 세상 사람들에게 보란 듯이 때린 것이다.

이 남자의 차갑고 숙연한 옆얼굴 윤곽선을 다시 한 번 바라보면서 한운석은 두려움을 느꼈다. 그가…… 정말 화가 났다.

설 공공의 울음소리가 뚝 그치고 그는 멍하니 제자리에 털썩 주저앉았다. 궁에서 반평생을 일하면서 시국의 변화를 누구보다 예민하게 느끼게 된 그는 자신이 완전히 끝장났다는 것을 깨달았다.

용비야는 한운석을 데리고 부용원으로 돌아가는 동안 내내 별다른 말이 없었고 한운석도 별로 묻지 않았다. 그녀도 어느새 그의 이런 과묵한 성품에 익숙해져 있었다.

어느덧 두 사람은 또 갈림길에 이르렀다. 왼쪽은 침궁으로 통하고 오른쪽은 운한각으로 통하는 길이었다.

그가 앞서 가고 그녀는 뒤를 따르며 묵묵히 이곳까지 걸은 지 여러 번이었지만 오늘은 달랐다. 그들은 나란히 걸었고 그는 그녀의 손을 잡고 있었다.

이번에 용비야는 걸음을 멈추지 않고 오른쪽으로 꺾어 직접 한운석을 운한각에 데려다주었다.

한운석은 남자와 이렇게 손을 잡고 조용한 밤길을 걸어 집 문 앞까지 간 적이 처음이었다. 분명히 부부인데도 꼭 연애하는 기분이었다.

"쉬어라. 내일 태의원에 가거든…… 조심하고."

그가 담담하게 말했다.

"네."

한운석은 진지하게 고개를 끄덕였다.

두 사람은 서로를 마주보았다. 본래도 조용했지만 지금은 더욱 조용해졌고, 은근히 따스한 기운이 용솟음쳤다.

왜 고북월을 조사할까

밤은 고요하고 인기척은 없었다.

용비야의 눈동자는 까맣고 깊어서 넓고 깊은 밤하늘처럼 세상 모든 소란과 번화함을 모조리 갈무리하는 것 같았고, 그녀의 눈동자는 맑고 깨끗해서 고원의 호수처럼 티끌하나 없이 깨끗하면서도 영원히 변치 않았다.

시선이 마주치자 세상천지가 고요했다.

부지불식간에 그가 서서히 몸을 기울이자 그녀의 조그만 얼굴 위로 숨결이 흩어졌다. 그녀는 꼼짝하지 않았지만 심장은 쿵쿵쿵 빠르게 뛰었다.

그의 시선이 아래로 내려와 그녀의 빨간 입술 위에 내려앉았다. 그는 살짝 고개를 비틀어 천천히, 아주 천천히 그녀의 입술로 가져왔다.

이렇게 평화롭고 부드럽게 입맞춤이 시작된 적은 한 번도 없었다. 그의 동작은 몹시도 느렸다.

처음으로, 그녀 역시 물러서거나 두려워하지 않고 두근두근 기대에 빠져들었다.

그녀는 꼼짝하지 않고 눈을 내리뜬 채 그가 다가오는 것을 바라보았다. 그가 가까워지는 것을 직접 보는 것은 처음이었다. 그녀의 속눈썹이 파르르 떨리는가 싶더니 눈이 감겼다.

그런데 바로 그때, 문 안에서 조 할멈의 목소리가 들려왔다.

"왕비마마, 돌아오셨습니까?"

순간 용비야는 우뚝 멈추었고 한운석은 재빨리 눈을 뜨고 안을 돌아보았다. 조 할멈이 나오고 있었다.

입맞춤을 하려는 동작 그대로 멈춘 두 사람을 보는 순간 조 할멈은 처음에는 당황했다가 곧 비명을 지르며 돌아서서 달아났다.

조용히 자리를 비켜 줬다면 괜찮았을 텐데 저렇게 세상이 떠나가라 비명을 지르는 통에 용비야도 이성이 돌아오고 말았다.

따스하게 녹아내렸던 눈빛은 평소의 차가움을 되찾았고 고개도 본래대로 돌아갔다. 한운석은 꼼짝하지 않고 침묵을 지켰다.

잠시 조용히 있다가 비로소 용비야가 입을 열었다.

"쉬어라. 나는 할 일이 있어 나가야……."

그런데 그 말이 끝나기도 전에 갑자기 한운석이 까치발을 하고 그의 뺨에 입을 쪽 맞추었다. 실은 몹시 긴장했지만 일부러 태연한 척했다.

"네, 다녀오세요!"

이렇게 말한 그녀는 대답을 기다리지도 않고 누각 안으로 달려 들어갔고 뒷모습은 금세 모습을 감추었다.

예상치 못한 상황에 용비야는 한참 멍하니 있다가 겨우 정신을 차리고 뺨을 매만지더니 참지 못하고 가볍게 웃음을 터트렸다.

"여자란……."

그가 중얼거렸다. 여자에게 입맞춤을 허락하는 날이 오다니, 자기 자신도 믿을 수가 없었다.

하긴, 저 여자가 자신을 해칠 수 있을 만큼 가까이 오는 것도 벌써 허락하지 않았던가?

한운석은 누각 위에 서서 용비야의 모습이 후원 저 끝으로 사라질 때까지 바라보다가 이윽고 시선을 돌렸다.

아직도 뺨이 홧홧했다. 방금 자신이 저지른 대담한 짓을 생각하자 뒤늦게 겁이 나면서도 웃음이 터졌다. 자신을 비웃는 것이자 용비야를 비웃는 웃음이었다.

사랑이란 일종의 모험이었다.

누군가를 좋아한다면 용감하게, 열심히 좋아해야지!

용비야, 난 당신이 정말 좋아.

용비야는 생각에 잠긴 얼굴로 뒷문으로 걸어가고 있었는데 손가락은 내내 옆얼굴을 어루만지고 있었다.

뒷문 입구에서 벌써 한참 동안 기다리고 있던 초서풍은 용비야의 이런 동작을 이상하게 생각했지만 감히 묻지는 못했다.

"어떻게 되었느냐?"

용비야가 물었다.

"전하, 자세히 알아보니 고북월은 오늘 궁에서 당직을 서느라 밤새 사저로 돌아가지 않을 것입니다."

초서풍이 사실대로 대답했다.

용비야는 고개를 끄덕이더니 별다른 분부 없이 떠나려 했다. 초서풍이 황급히 물었다.

"전하, 고북월은…… 무슨 일이십니까?"

곧바로 용비야의 차가운 눈빛이 날아들자 초서풍은 너무 깊이 물었다는 것을 깨달았다.

"용서하십시오. 저는 아무것도 모릅니다."

용비야는 그제야 만족하고 성큼성큼 떠나갔다.

초서풍은 도무지 알 수가 없었다. 주인은 오늘 밤 고북월이 집에 있는지 아닌지 살펴보라고만 했기 때문에 그는 아무것도 아는 게 없었다.

대체 뭘 하려는 것일까? 닭 한 마리 죽일 힘도 없는 태의를 조사하는 이유가 무엇일까?

초서풍은 골머리를 싸맸지만 마땅한 이유는 생각나지 않았다. 더 생각하기 귀찮아진 그는 설 공공을 지켜보기 위해 대문 쪽으로 걸음을 옮겼다.

설 공공은 여전히 낭패한 꼴로 진왕부 대문 앞에 앉아 있었다. 그동안 지켜보는 사람은 없었지만 감히 달아날 용기는 없었다.

진왕 전하가 일어나라고 하지 않았으니 일어날 수도 없었다. 그것이 규칙이었다. 구중궁궐에 오래 붙어 살아온 그는 규칙이라는 것이 무거울 수도 있고 가벼울 수도 있다는 사실을 똑똑히 알고 있었다.

진왕이 따지지 않는다면 일어서는 것쯤은 사소한 일이니 대강 넘어가면 그뿐이지만, 일단 따지기 시작하면 몸을 일으킨 것조차 진왕을 거역하고 웃전을 멸시한 큰일이 되어 죽을 수도

있었다. 그는 고분고분 앉아서 주인이 구해 주기를 기다리는
수밖에 없었다.

그러나 정말 쓸데없는 생각이었다. 그날 밤 그를 죽이러 온
살수를 초서풍이 남몰래 몇이나 처리했는지, 설 공공 자신은
전혀 모르고 있었다.

"뭐라고, 또 실패라니!"

천휘황제는 밤새 잠 못 이루고 시시각각 설 공공의 동태를
지켜보고 있었다.

"폐하, 저희가 보낸 사람들은 아무도 돌아오지 않았습니다."

"쓸모없는 것들!"

천휘황제는 뒷짐을 지고 어서방을 왔다 갔다 했다. 무슨 일
이 있어도 설 공공이 내일 아침까지 진왕부 앞에 무릎 꿇고 있
도록 놔둘 수는 없었다.

내일 아침 오가는 사람들이 늘어나 이 소문이 퍼지면 황제의
체면이 어떻게 될까? 용비야의 행동은 누가 뭐래도 그의 뺨을
후려갈긴 셈이었다!

몇 시진 전 그가 한운석에게 당근과 채찍을 쓸 때 용비야는
한마디도 하지 않았다. 그런데 돌아가자마자 설 공공을 괴롭히
며 선전 포고를 할 줄이야!

누가 뭐래도 설 공공 일은 두 사람의 첫 번째 싸움이었고 반
드시 이겨야 했다.

"여봐라, 여아성의 살수를 고용해 그를 죽이고 시체를 가져

오너라!"

천휘황제가 다급히 명을 내렸다. 설 공공같이 쓸모없는 놈을 남겨둘 필요가 없었다.

"폐하, 여아성 살수를 고용하려면 최소 사흘이 필요한데, 그 때쯤이면 설 공공은 쓸모가 없어졌을 것입니다."

진陳 공공이 전전긍긍하며 대답했다. 그는 천휘황제가 두 번째로 신임하는 사람으로, 비록 설 공공이 다시는 돌아오지 않기를 바라지만 그래도 황제를 깨우쳐 주어야 했다.

사흘 후면 설 공공도 일어날 수 있지만 천휘황제의 체면은 완전히 바닥에 떨어질 것이다.

"사람을 더 보내라. 처리가 안 되면 목을 베어라!"

천휘황제는 화가 머리끝까지 났다. 이렇게 해서 즐거웠던 밤은 잠 못 이루는 밤으로 바뀌고 말았다.

이튿날, 설 공공은 아직도 무사히 진왕부 대문 앞에 무릎을 꿇고 있었다. 사흘까지 갈 필요도 없이 오전부터 사람들이 줄줄이 와서 구경하고 갔고, 소식은 도성 안에 쫙 퍼진 것도 모자라 주변 성까지 전해졌다.

본래도 분위기가 바짝 긴장되어 있던 천녕국 도성에서는 곧바로 보이지 않는 파도가 용솟음치며 민심이 불안해졌다. 눈치 빠른 사람들은 진왕 전하가 의사 표시를 분명히 했다는 것을 알 수 있었다.

태후의 생신 연회를 겨우 사흘 앞두고 이런 일이 일어나자 적잖은 사람들은 태후가 올해 생일을 즐겁게 보내지 못하리라 추측했다.

용비야는 정말이지 너무 바빴다. 그날 밤 헤어진 후로 한운석은 태후의 생신 연회 당일까지 그를 보지 못했다.

의태비는 체면을 챙기기로 유명했지만 태후는 선물 받는 것을 좋아하기로 유명했고 특히 생신 연회 때가 절정이었다. 한운석도 태후가 선물을 미리 받지 않는다는 이야기를 들어 알고 있었다. 태후는 연회 자리에서 선물을 하나하나 받아 풀어 보는 것을 좋아했고, 마음에 들지 않으면 그 자리에서 선물 준 사람을 난처하게 만들곤 했다.

조정의 문무대신과 명문 귀족들은 그분의 축하 선물을 준비하기 위해 눈코 뜰 새 없이 바쁜 것도 당연했다.

선물을 고르려면 본래 고민이 많기 마련인데 특히 공개적인 장소에서 웃전에게 주는 선물은 더욱 그랬다.

너무 초라하면 받는 사람이 싫어하는 것은 물론이거니와 마음을 표시할 수도 없었고, 너무 진귀하면 돈 자랑한다고 질투를 받으며 웃전보다 튀어 위험해질 수 있었다. 그래서 적당히 균형을 맞추어서 받는 사람 마음에 쏙 들면서도 너무 눈에 띄지 않고 놀람을 선사할 수 있는 선물을 골라야 했다.

하지만 한운석에게는 그렇지 않았다. 그녀 입장에서는 너무 귀하지 않으면서도 꼬투리를 잡지 못할 만한 것을 골라야 했다.

한운석이 고민에 빠져 있는데 초서풍이 찾아와 용비야의 말을 전했다. 선물을 준비할 필요가 없으니 푹 쉬라는 말이었다.

그 인간, 설마 목영동이 준 약선을 주려는 건 아니겠지? 그 물건이라면 태후의 마음에 쏙 들 것이다.

한운석도 그걸 태후에게 줄까 생각하고 있었다. 혹시 그걸로 서산에 가라는 황제의 명을 거두게 해 달라고 담판을 할 수 있을지도 몰랐다.

"전하께서 준비하셨나?"

한운석이 물었다.

"전하께서 뭔가 준비하시는 것은 보지 못했습니다. 아마 준비하신 것이 없으실 겁니다."

초서풍이 사실대로 대답했다.

한운석은 생각에 잠긴 듯 고개를 끄덕였다. 어쩌면 용비야도 정말 약선을 이용해 그녀를 보호하려는 것인지도 모른다.

아아, 그 좋은 약선을 바쳐야 하다니. 아까워 죽겠네!

선물을 준비하지 않더라도 그녀는 여전히 바빴다. 태후의 생신 연회는 흔한 자리가 아니었고, 그녀에게는 진왕부에 시집온 이후 처음으로 참석하는 대규모 연회였다. 진왕부를 대표하는 여주인으로서 용비야와 함께 문무백관들과 명문 귀족들 앞에 나란히 서야하니 옷이나 장신구도 무척 중요했다!

옷, 머리 장식, 장신구, 화장 등 무엇 하나 아무렇게나 할 수 없었다. 진왕의 체면을 깎아서는 안 될 뿐더러 당연히 자기 자신의 체면도 신경 써야 했다.

조 할멈은 일찌감치 옷 여러 벌을 준비해 두었는데, 모두 별도 주문 제작한 것이었지만 유감스럽게도 한운석의 마음에 든 것이 없었다.

그녀는 태의원에 출석했지만 고북월을 만나지 못했고 곧 돌아왔다.

생신 연회가 눈앞이라 다시 옷가지를 만들기에는 시간이 부족해서 차라리 직접 사기로 했다. 황궁이 있는 도성에서는 은자만 있으면 좋은 물건을 얼마든지 구할 수 있었다!

한운석은 아침 일찍부터 조 할멈과 함께 외출했고, 예상대로 여러 가게를 둘러보며 마음에 쏙 드는 물건을 제법 구할 수 있었다.

정오가 가까워지자 두 사람은 배불리 밥을 먹고 돌아갈 생각으로 한 주루에 들어갔다. 그런데 뜻밖에도 한운석이 층계참에 다가갈 때쯤 머리 위에서 의자 하나가 날아들었다.

"마마, 조심하십시오!"

조 할멈이 반응 빠르게 한운석을 와락 밀어냈고 의자는 한운석의 발치에 떨어져 박살이 났다.

한운석은 살수 무리와 마주쳤을 때보다 더 놀랐다. 그만큼 의자가 너무 갑작스레 날아들었던 것이다.

조 할멈이 대뜸 꾸짖었다.

"주인장! 이 무슨 일이오? 장사 접을 생각이오?"

그 말이 떨어지기 무섭게 누각 위에서 싸움 소리가 들리고 사람들이 우르르 도망쳐 내려왔다.

"싸움이 났다! 엄청난 싸움이야!"

"암호랑이가 둘씩이나!"

"쯧쯧, 사람을 얼굴만 보고 판단하지 말라더니. 어서 갑시다, 어서!"

누각 위에서 두 여자가 싸우고 있다고?

"운이 나쁘군. 조 할멈, 다른 곳으로 가세."

피해를 입지 않은 한운석은 구태여 따지지 않고 조 할멈과 함께 떠나려고 했지만 갑자기 위에서 익숙한 목소리가 들려왔다.

"네가 누구든 상관없어. 사과하지 않으면 한 발짝도 못 갈 줄 알아!"

한운석은 걸음을 뚝 멈췄다.

"……목령아?"

저 맑고 고운 목소리는 단번에 알아들을 수 있었다. 분명히 목령아였다.

저 아이가 아직 안 갔나? 누구와 싸우는 거지?

곧 또 다른 목소리가 들려왔다.

"못된 계집, 잘 들어라. 나는 서주국 초씨 집안의 초청가다. 네가 누구 손에 죽는지는 알아야지!"

엇……, 초청가라고!

한운석은 흥미로운 듯 입술을 핥으며 웃었다. 원수는 외나무다리에서 만난다더니!

여자가 셋이면 나무 접시도 들썩들썩

주루 위층의 손님들은 깡그리 달아나고 탁자와 의자는 바닥에 쓰러져 아수라장이었다.

목령아는 보라색 옷을 입고 연검軟劍을 쥔 채 의자 위에 서 있었는데, 눈썹이 사납게 올라가고 고운 눈은 동그래지고 굳은 얼굴에는 분노가 잔뜩 묻어 있었다.

초청가는 탁자 위에 앉아 신선 같은 백의를 걸치고 도도한 모습으로 살구 같은 눈을 흘기며 가소로운 표정을 짓고 있었다.

"당장 사과해!"

목령아가 다시 소리쳤다.

초청가는 차갑게 코웃음을 치며 한쪽 구석에 웅크리고 있는 어린 거지를 눈짓했다.

"먼저 저 아이에게 내 사과를 받을 용기가 있는지 물어봐라."

구석에 있는 거지는 일고여덟 살의 여자아이로, 봉두난발에 남루한 옷을 입었고 뺨에는 보기만 해도 소름끼치는 새빨간 손자국이 찍혀 있었다.

거지 소녀는 바닥에 웅크려 초청가와 목령아를 바라보았는데, 흑백이 분명한 눈동자에는 두려움이 가득했고 온몸을 바들바들 떨고 있었다. 조금 전 그녀는 초청가에게 구걸하다가 실수로 옷을 건드려 호되게 뺨을 얻어맞고 바닥에 쓰러진 참이었다.

보라색 옷을 입은 여자는 백의 여자 옆자리에 있었는데, 그 즉시 벌떡 일어나 의자를 집어던지면서 욕을 했다.

"어린 아이까지 때리다니, 이 악랄한 여자!"

백의 여자는 날아오는 의자를 누각 아래로 밀어내면서 '쓸데 없이 나서지 말'라고 했고, 그렇게 해서 싸움이 시작되었다.

"못 받을 게 뭐 있어? 네가 대단한 사람이라도 되는 줄 알아? 제기랄 서주국 따위가 뭐라고? 설령 네가 서주국 황실 사람이 라고 해도 사과를 하지 않으면 못 가!"

목령아는 분노에 휩싸여 거친 말을 내뱉었다. 그녀는 어린 아이나 노인을 괴롭히는 것을 절대 두고 보지 못했다!

"못된 계집, 말을 가려서 해라!"

초청가도 화가 났다.

하지만 목령아는 턱을 치켜들고 아주 진지하게 한 자 한 자 욕을 내뱉었다.

"제, 기, 랄! 천한 것!"

초청가는 어려서부터 지금껏 이런 상스러운 말을 들어 본 적 이 없었고, 욕을 들은 적은 더더욱 없었다. 그녀는 너무 화가 나 온몸을 바들바들 떨었다.

오늘은 활을 가지고 나오지 않았지만, 활이 있었다면 화살 한 방으로 저 못된 계집의 입을 꿰뚫었을 것이다.

"닥쳐라! 저속한 계집 같으니! 교양이라곤 눈 씻고 찾아봐도 없구나!"

그녀는 탁자를 내리치며 일어나 부서진 의자를 집어 들어 목령아에게 힘껏 던졌다.

"교양이 뭐야? 먹는 거야?"

목령아가 비아냥거렸다. 비록 화가 잔뜩 났지만 멍청이는 아니어서 그녀 역시 서주국 초씨 집안을 알고 초씨 집안의 궁술이 천하무적이라는 것도 알았다. 하지만 오늘은 초청가가 활을 가져오지 않았으니 싸워 볼 만할 수도 있었다.

"감히!"

초청가는 할 말을 잃고 잇따라 여기저기에서 의자를 걷어차 날렸지만 목령아는 모두 피했다.

"왜? 난 너 같은 사람이 제일 싫어! 내 앞에서 교양이란 말을 꺼내? 아주 교양이 넘치시는 것처럼 말하는데, 정말 네가 그런 줄 알아?"

목령아가 화난 목소리로 퍼부었다.

교양 있는 여자가 거지가 옷을 좀 건드렸다고 다짜고짜 뺨을 때릴까? 진짜 교양이란 입으로 보여 주는 것이 아니었다!

"내가 교양이 있는지 없는지는 네가……."

초청가의 말이 끝나기 전에 목령아가 말을 잘랐다.

"너도 뒷간에 웅크려 소변보잖아. 깨끗한 척, 고귀한 척하지만 사실 속은 누구보다 더 더럽고 저질이고 천박해! 기루의 창녀들도 너보다는 나아! 널 보면 생각나는 건 딱 하나야, 구역질 나!"

욕을 먹은 초청가는 눈이 휘둥그레졌다. 상스러운 말을 들은 귀가 더러워진 기분이었다. 그녀는 미칠 것처럼 화가 나 곧바로 목령아에게 손을 날렸다.

"천한 계집! 죽는 것보다 더 괴롭게 만들어 주마!"

활이 없으면 저 못된 계집과 실력이 엇비슷하지만, 그녀에게는 독이 있었다. 저 못된 것을 혼내 주지 못하면 초청가가 아니었다!

"쯧쯧, 교양 있는 귀하신 아가씨께서 '천하다'는 말을 입에 담다니! '천하다'라는 글자가 어떻게 생겼는지나 알아? 딱 너처럼 생겼어!"

목령아는 가소로운 듯이 비웃으며 피하지 않고 연검으로 먼저 공격했다.

"그 입을 으스러뜨려 주마!"

폭발한 초청가가 연신 손을 휘둘렀지만 목령아를 때리기 위한 목적이 아니라 독을 쓰기 위한 목적이었다.

손바닥이 날아가면서 장풍이 휙휙 스치고 독 가루가 공기 속에 퍼졌다.

그런데 누가 알았을까? 바로 그때 오른쪽에서 갑자기 금침 하나가 날아들어 두 사람 사이를 갈랐다. 뭘 어떻게 했는지는 몰라도 주위에 희미하고 맑은 향기가 퍼졌다.

목령아와 초청가는 동시에 동작을 멈추고 고개를 돌렸다. 언제 나타났는지 한 여자가 옆에 앉아 있었다.

"한운석!"

두 사람은 뜻밖인 얼굴로 약속이나 한 듯 외쳤다.

정말 한운석이었다. 그녀는 조 할멈을 먼저 돌려보내고 몰래 와서 한참 동안 지켜보고 있었는데, 초청가가 독을 쓰지만 않았다면 나서지 않았을지도 몰랐다.

"독을 썼어?"

"해독을 하다니!"

목령아와 초청가가 또다시 동시에 입을 열었다. 목령아는 약제사여서 독은 잘 모르지만 향기를 맡자 뭔가 있다는 것을 깨달았고, 초청가는 독에 뛰어나기 때문에 한운석이 해약을 뿌려 자신의 독을 제거했다는 것을 알 수 있었다.

초청가의 말에 목령아도 어떻게 된 일인지 알고 재빨리 물러서며 분노를 터트렸다.

"초청가, 비열해!"

"목령아, 저 여자가 쓴 것은 미약媚藥(성욕을 일으키는 약)이야."

한운석이 놓치지 않고 기름을 부었다.

"뭐?"

목령아가 믿을 수 없는 얼굴로 외쳤다.

"당당한 서주국 초씨 집안 아가씨가 미약을 가지고 다니다니?"

한운석은 의미심장하게 웃어 보였다.

초청가는 부끄럽고 화가 치밀었다.

"한운석, 입 닥쳐라! 쓸데없는 일에 나서지 마라."

한운석은 한가롭게 일어나 차갑게 물었다.

"방금 의자를 아래로 던진 게 누구지?"

그녀가 이렇게 나오자 초청가가 황급히 대답했다.

"다치지는 않았잖느냐!"

그녀가 나서자 한운석도 어떻게 된 것인지 알았다.

"대신 놀라게 했지. 본 왕비는 쉽게 놀라는 사람이 아닌데 말이야."

이곳은 천녕국이고 무기도 가져오지 않았으니 자신이 불리하다는 것을 알지만, 초청가는 그래도 두려워하지 않고 반문했다.

"그래서, 어쩌려는 거냐?"

한운석은 목령아를 흘끗 보더니 여유롭게 다시 앉았다.

"일단 계속해. 끝나면 다시 얘기하지."

"그렇다면 가만히 기다려라!"

초청가가 의미심장하게 말했다.

그때 목령아가 갑자기 검을 찔러 왔다. 초청가는 미처 피하지 못해 소매가 반이나 잘려나가고 피부에도 찰과상을 입었다.

"감히 기습을 해!"

그녀가 노성을 터트렸다.

"먼저 기습한 건 너야!"

목령아는 미약 때문에 미친 듯이 화가 나 있어서 초청가가 독을 쓰건 말건 검을 휙휙 내지르며 온갖 초식을 펼쳐 초청가를 꼼짝 못하게 밀어붙였다.

초청가는 계속 독을 쓸 수밖에 없었다. 몸을 돌리고 요리조리 피하면서 그럴 때마다 독 가루를 뿌렸다.

무색무취의 독 가루가 초청가의 동작을 따라 공기 속에 차곡차곡 쌓이면서 독성이 짙어지자 들이마시기만 해도 중독될 수 있었다.

상황을 보면 목령아의 패배가 당연했지만, 한운석이 지켜보고 있었다.

한운석은 해독시스템을 이용해 공기 속에 쌓인 독소의 농도를 정밀하게 측정하다가 중독될 만큼 농도가 높아지자 곧 금침을 던져 해독했다.

해약의 향기가 퍼지자 목령아는 또 초청가가 독을 썼다는 것을 알아차렸고, 초청가도 한운석이 일을 망쳤다는 것을 알았다.

목령아가 곁눈질로 한운석을 바라보며 뭐라고 말하려는데 한운석이 선수를 쳤다.

"뭘 봐? 널 도운 게 아니야. 그때 한 번 도와줬으니 다시는 도울 생각 없어! 그냥 저 여자가 마음에 안 들 뿐이야."

한 번 도왔다가 배은망덕한 일을 당했으니 다시는 돕지 않겠다는 말이었다.

목령아도 그 말뜻을 알아듣고 콧방귀를 끼고는 한운석을 무시한 채 계속 초청가와 싸웠다.

초청가 역시 독기를 품고 한운석을 노려보았다.

"한운석, 어디 오늘 끝까지 해 보자!"

그녀는 어려서부터 독술을 배웠기 때문에 한운석에게 질 거라고 생각하지는 않았다.

그렇게도 해독을 좋아한다 이거지. 정말 모든 독을 다 해독할 수 있는지 두고 보자.

초청가는 강력한 독약을 여러 개 꺼냈지만 안타깝게도 한운석은 모두 풀어냈다.

믿을 수가 없어 고집스레 계속하던 초청가는 실수로 목령아의 검에 어깨를 찔리고 말았다. 독초 창고에서 얻은 상처가 아직 낫지 않았는데 또 다치고 말았다.

그녀는 어깨를 움켜쥐며 별수 없이 싸움을 멈췄다.

"사과해!"

목령아가 고집스레 요구했다

초청가처럼 도도하기 짝이 없는 사람이 쉽게 고개 숙일 리가 없었다. 그녀는 목령아를 본체만체하며 돌아서서 떠나려고 했다.

목령아가 연검으로 그 앞을 가로막고 거지 소녀에게 차갑게 외쳤다.

"이리 와!"

거지 소녀도 목령아가 자신을 위해 나서준 것은 알았지만 도저히 용기가 나지 않았다.

"뭘 꾸물거리는 거야, 어서 와!"

기분이 좋지 않은 목령아는 마구 성질을 부렸다.

거지 소녀는 깜짝 놀라 가까이 가기는커녕 도리어 한운석 뒤로 숨었다.

목령아는 화를 냈다.

"왜 겁을 내는 거야, 이리 오라니까!"

바로 그때 초청가가 목령아를 확 밀쳤다.

"당사자가 괜찮다니 공연히 나서지 말고 비켜라!"

"네가……."

목령아는 말을 하다말고 움찔했다. 온몸이 뻣뻣하게 굳어지며 움직일 수가 없었다.

초청가는 한운석을 바라보며 코웃음을 쳤다. 누가 봐도 독을 쓴 것이 분명했다.

그녀는 거들먹거리며 그곳을 떠났다. 그런데 한운석이 갑자기 소매에 감춰졌던 이화루우로 금침 하나를 쏘았다. 금침은 파죽지세로 날아가 초청가의 코끝을 살짝 스쳐 옆에 있는 벽에 콱 박혔다.

초청가는 깜짝 놀라 허둥지둥 코를 만져보고 이상이 없는지 확인한 후에야 안심했다. 한운석의 금침이 이렇게 빠르고 정확하고 강력할 줄은 생각조차 해 본 적이 없었다.

"후훗, 초씨 집안 대소저께서도 본 왕비처럼 쉽게 놀라지는 않는 모양이군."

한운석이 우아하게 웃었다.

초청가는 꼼짝도 하지 않았다. 기가 죽었기 때문이 아니라 중독되어 움직일 수가 없기 때문이었다. 자신이 중독된 것을 금세 알아차리긴 했지만 무슨 독인지는 알아내지 못했다. 즉 해독할 수가 없다는 뜻이었다.

한운석은 그제야 여유만만하게 다가가 재미있는 눈길로 초청가의 옷끈을 훑어보며 웃음 섞인 소리로 물었다.

"본 왕비의 기억이 틀리지 않았다면 초 대소저께서는 본 왕비에게 진 빚이 있을 텐데?"

지난번 독초 창고에서 내기를 했는데 초청가가 지면 옷을 벗기로 했던 것이다.

당연히 초청가도 기억하고 있었다. 한운석이 천천히 자신의 옷끈을 풀어내는 것을 보자 그녀는 날카롭게 소리를 질렀다.

"한운석, 멈추지 못해! 멈춰!"

한운석은 신경 쓰지 않고 옷끈을 하나하나 천천히 풀었다. 초청가는 말할 것도 없고 옆에 있는 목령아도 심장이 철렁했다. 이곳은 사람들이 다니는 주루였다! 워낙 시끄럽게 소란을 피워 아무도 가까이 오지는 못했지만 아래층 안팎에는 분명 구경꾼들이 잔뜩 모여 있을 것이다.

초청가는 옷을 지켜 낼 수 있을까?

사실은 구해 준 거야

"한운석, 멈춰라! 경고하겠다. 계속하면 감당 못할 일이 벌어 질 것이다!"

"……."

"한운석, 들었느냐? 멈추라니까!"

한운석의 손아귀에 떨어졌는데도 초청가는 상황 파악 못하 고 혀만 놀려 대고 있었다.

한운석이 입가에 사악한 웃음을 떠올리며 느긋하게 끈을 잡 아당기자 곧 나비매듭이 스르르 풀리면서 끈이 완전히 풀어졌 다. 겹쳐졌던 옷자락이 벌어지고 하얀 속곳이 드러났다.

"꺄악……!"

초청가는 비명을 질렀다. 초씨 집안은 가훈이 엄격한 데다 그녀 스스로도 오만한 성품이라 이런 일을 견뎌 낼 수가 없었 다. 곧바로 눈시울이 촉촉하게 젖었다.

한운석은 정말 나쁘게도 상대방이 눈물을 흘리는데도 아무 잘못 없는 것처럼 웃으면서 하던 일을 계속했다.

"한운석, 부탁이야! 제발 놓아줘!"

이제는 초청가도 정말 겁을 집어 먹고 애원했다.

"한운석, 독초 창고에서는 내가 잘못했어. 그만 놓아줘."

초청가는 까무러치게 놀라 오만함도 벗어던지고 패배를 시인했다.

알다시피 이곳은 천녕국 도성이고 그녀는 단목백엽과 함께 서주국의 축하사절로 온 참이었다. 정말 발가벗겨져 소문이 나면 초씨 집안은 물론이고 서주국의 체면마저 철저히 바닥에 떨어질 것이다!

그리고 그녀 자신의 인생도 끝장이었다!

냉미녀가 애원을 하는데 한운석이 무슨 수로 계속할 수 있을까?

그녀는 생긋 웃으며 손수 끈을 묶어주고 톡톡 두드렸다.

"긴장하긴. 장난친 것뿐인데 진담인 줄 알았나 봐? 내가 그렇게 저속한 사람 같아?"

한운석은 성자가 아니지만 그래도 꺼리는 것은 있었다.

어쨌든 초청가는 사절 신분으로 천녕국에 방문했으니 일이 커지면 천휘황제에게 꼬투리를 잡히기만 할 것이다. 서산으로 가는 일도 아직 해결하지 못했는데 다시 공격의 빌미를 줄 수는 없었다.

더욱이 그녀와 초청가의 내기는 독초 창고에서 있었던 일이었다. 만에 하나 초청가가 부아가 나서 독초 창고 이야기를 폭로하면 의성의 미움을 살 수 있었다. 한운석은 일시적인 기분으로 일을 그르치는 사람이 아니었고 분수를 지킬 줄도 알았다.

더군다나 옆에 목령아가 있었다. 목령아는 쉽게 물러나는 사람이 아니어서 기회를 주면 초청가를 반죽음으로 만들어 줄지도 몰랐다.

놀란 초청가의 얼굴은 창백하게 질려 있었지만 한운석이 멈추자 튀어나올 뻔한 심장도 겨우 제자리를 찾아갔다.

이대로 넘어갈 수는 없었다!

오만한 사람이 가장 싫어하는 것이 바로 누군가 그 오만함을 짓밟는 것이었다. 지금까지의 감정이 한운석을 향한 질투였다면 이제 그 수위가 한 단계 높아져 증오심으로 변했다!

감히 이 자리에서 드러낼 수는 없지만, 그녀는 이 원한을 갚지 않으면 성을 갈겠다고 속으로 단단히 맹세했다!

처음에는 간담이 서늘했던 목령아는 곧 이 일에 몰두하게 되었고, 한운석이 그만두자 흥이 싹 가시고 말았다. 자신이 지금 움직일 수만 있다면 초청가의 뺨을 여러 번이나 후려갈겼을 것이다.

"애야, 이리 오렴."

한운석이 뒤에 선 거지 소녀를 향해 다정하게 손을 흔들었다.

거지 소녀가 당장 달려왔다. 한운석을 보는 까맣고 큰 눈동자에 감사의 빛이 반짝였다.

이를 본 목령아의 얼굴이 굳어졌다. 나서서 도와준 사람은 자신이고 한운석은 그 틈에 초청가에게 복수한 것뿐인데!

한운석은 해약 한 알을 거지 소녀에게 건네고 웃으며 말했다.

"두 사람은 서로 다른 독에 중독되었지만 반 시진이면 알아서 풀릴 거야. 이 해약은 두 가지 독을 모두 풀 수 있지만 한 알밖에 없단다. 네가 주고 싶은 사람에게 줘."

한운석의 말에 초청가의 눈이 휘둥그레졌다.

"한운석, 너!"

거지 소녀는 당연히 목령아에게 줄 것이다! 반 시진 동안 그녀는 목령아에게 얼마나 자근자근 밟히게 될까?

목령아도 뜻밖이었다. 그녀가 한운석에게 시선을 돌렸을 때 마침 한운석도 그녀를 바라보고 있었다. 두 사람은 잠시 쳐다보다가 아무 말 없이 각자 시선을 돌렸다.

한운석은 거지 소녀의 머리를 쓰다듬으며 재미난 듯 말했다.

"난 갈게. 해약은 아무에게도 주지 않아도 돼."

그냥 농담일 뿐이지 그럴 생각은 없었다. 거지 소녀도 바보는 아니었다.

한운석이 누각에서 내려가자 초청가가 초조하게 외쳤다.

"한운석, 돌아와! 이러면 안 돼, 돌아오라니까!"

거지 소녀는 즉시 의자를 목령아 옆에 가져와서 위로 올라가 목령아의 입에 해약을 넣어 주었다.

"언니, 고마워요. 저는 소소옥蘇小玉이라고 해요."

이렇게 말한 소녀는 목령아가 초청가에게 계속 사과를 요구하는지 어떤지 기다리지 않고 의자에서 내려가 재빨리 한운석을 쫓아갔다.

이렇게 해서 누각 위에는 목령아와 초청가만 남게 되었다. 목령아는 독이 제거되자 곧바로 움직일 수 있었다.

목령아가 눈앞으로 다가오자 초청가의 심장은 미친 듯이 쿵쿵거렸다.

"뭘 하려는 거냐?"

목령아는 호불호가 아주 분명한 사람이었다. 좋으면 무조건적으로 좋아하고 싫으면 사생결단을 낼 정도로 싫어했다.

"내가 뭘 하려는 것 같아?"

그녀는 진지하게 물었다.

"경고하는데 감히……."

초청가의 말이 끝나기도 전에 목령아의 손바닥이 날아들어 '짝'하고 명쾌한 소리를 냈다!

초청가가 소소옥의 얼굴에 남겼던 자국과 똑같은 새빨간 다섯 손가락 자국이 뺨에 새겨졌다. 너무나 또렷하고 보기만 해도 끔찍했다.

"이젠 사과할 필요 없어. 기쁘지?"

사과를 시키는 것보다 따귀를 날려 주는 편이 나았다!

초청가는 뺨에 불이라도 난 듯 화끈화끈 했지만 가슴 속의 불길에 비하면 아무것도 아니었다. 가슴은 벌써부터 활활 불타오르고 있었다.

"못된 계집, 용기가 있으면 이름을 밝혀라!"

그녀가 노성을 터트렸다.

"약성 목씨 집안의 목령아다! 어쩔 테야?"

목령아는 숨기지 않고 정정당당하게 실명을 댔다.

"감히!"

초청가도 상대가 약성의 천재 약제사라는 말에 몹시 뜻밖이었지만 그래도 신경 쓰지 않았다.

"목령아, 단칼에 나를 죽이는 게 좋을 것이다! 그렇지 않으면 내가 널 처참하게 죽여 줄 테니!"

초청가가 차가운 목소리로 경고했다. 여자에게 맞은 것은, 그것도 뺨을 맞은 것은 평생 처음이었다.

"그러면 내가 겁먹을 줄 알고?"

목령아가 큰 소리로 반문했다.

한운석은 일시적인 기분에 흔들리지 않았지만, 이 소녀는 무척 충동적이어서 하고 싶은 말을 숨기지도 못했고 하고 싶은 일을 참지도 못했다.

그녀는 두말없이 초청가의 옷끈을 힘껏 잡아당겼다.

"목령아, 멈춰라, 멈춰! 못 들었느냐? 멈추래도! 죽고 싶으냐?"

초청가가 고래고래 소리를 질러도 목령아는 듣지 못한 척 재빨리 두 손을 놀려 초청가의 웃옷을 단숨에 벗겨 냈다.

"아악……, 악……!"

초청가는 미칠 것 같아 필사적으로 비명을 질러 댔다. 정신이 나간 나머지 살려 달라 비는 것조차 잊었지만, 빌었더라도 목령아는 모른 척했을 것이다.

그녀는 곧 초청가의 치마까지 벗겼다.

"감히 내게 미약을 써? 죽고 싶은 게 어떤 건지 똑똑히 알려 주지!"

"살려 줘……. 흑흑……, 살려 줘……."

결국 초청가는 놀라 울음을 터트렸고, 속곳만 입은 채 꼼짝도 하지 못했다.

그런데 목령아는 여전히 멈출 생각이 없는지 속곳의 끈까지 잡아당겼다.

한운석은 꺼리는 것이 있지만 그녀는 달랐다!

한운석이 못하는 일도 그녀는 할 수 있었다!

"안 돼……."

초청가는 거의 기절하기 직전이었다.

그런데 바로 그때, 갑자기 그림자 하나가 휙 날아들어 눈 깜짝할 사이 초청가를 낚아챘다.

목령아가 쫓아가려고 했지만 아쉽게도 창가까지 달려갔을 때 사람 그림자는 완전히 모습을 감춘 뒤였다. 그녀는 차갑게 코웃음을 쳤다.

"운 좋은 줄 알아!"

목령아는 창가에 한참 서 있다가 마음이 차츰 가라앉자 고개를 돌려 난장판이 된 주루를 둘러보았고, 마지막으로 한운석이 앉았던 곳에 시선을 던졌다.

한운석이 일부러 그랬다는 것을 알 수 있었다. 그래, 인정하자……. 그 여자가 날 구한 거야.

초청가를 구해 간 사람은 누구일까? 목령아는 그것까지 생각하기도 귀찮았다. 오늘은 기분이 날아갈 것 같았다!

그때 한운석은 소소옥이라고 하는 거지 소녀에게 붙잡혀 있었다.

한운석이 어디로 가든 소녀는 말없이 졸졸 따라왔다.

"애, 대체 어떻게 하면 갈 거니? 왜 날 따라오는 거야?"

한운석이 매정한 것이 아니었다. 벌써 도성에서 살아갈 수 있을 만큼의 은자를 주었는데 소녀는 떠날 기미가 없었다.

소소옥은 조그만 입술을 꾹 다문 채 까만 눈동자를 끔뻑거렸다. 말을 하지 않으려는 게 아니라 차마 입이 떨어지지 않아서였다.

한운석은 한숨을 푹 쉬고 몸을 웅크려 참을성 있게 물었다.

"말해 봐. 어떻게 하고 싶니?"

그러자 소소옥은 비로소 우물쭈물 입을 열었다.

"언니, 저는…… 언니의 노비가 되고 싶어요. 절 받아 주세요."

노비……. 한운석은 뭐라고 대답해야 좋을지 몰랐다. 아무래도 듣기 불편한 단어였다.

비록 현대에서 왔지만 현대라고 해서 모두가 평등한 것은 아니었다. 그녀 역시 이기면 왕이고 지면 역적이라는 말도, 강자는 늘 약자를 짓밟고 선다는 사실도 알고 있었다.

하지만 아무래도 어린 소녀의 입에서 이런 단어를 듣기는 싫었다.

"저는 아버지가 누구인지 어머니가 누구인지도 몰라요. 늘 혼자였고 그래서 이렇게 많은 은자는 필요 없어요."

소소옥은 은자 꾸러미를 한운석에게 돌려주었다.

"저를 노비로 삼아 먹는 것과 머물 곳만 주시면 돼요. 전 아주 부지런해요."

어리지만 벌써 철이 든 소녀였다. 하지만 이제 겨우 일고여덟 살인데…….

소소옥의 순진하고 커다란 눈동자를 보자 한운석은 마음이 아파 망설인 끝에 결국 고개를 끄덕였다.

"가자, 따라오렴!"

어쨌든 운한각에는 조 할멈 혼자뿐이니 어린 소녀가 곁에 있으면 나쁘지 않을 것이다.

한운석은 소소옥을 진왕부로 데려갔다. 문 앞에 서자 소소옥은 넋이 나간 얼굴로 제자리에 우뚝 섰다.

"들어가자."

한운석은 더러운 것도 개의치 않고 내내 소녀의 손을 잡고 있었다.

"왕비마마셨어요?"

소소옥이 겁먹은 소리로 물었다.

한운석이 웃으며 물었다.

"왜, 겁이 나서 못하겠니?"

소소옥은 황급히 고개를 저었다.

"할 수 있어요!"

왕부로 들어간 뒤 한운석은 소소옥을 낙 집사에게 보내고, 며칠 교육을 시킨 다음 운한각으로 보내라고 분부했다.

그런 다음 운한각으로 가자 초서풍이 쫓아왔다.

"왕비마마, 어디서 거지를 데려오셨습니까?"

한운석이 주루에서 있었던 일을 설명하자 초서풍은 입을 실룩였지만 아무 말도 하지 않았다. 몰래 소소옥의 내력을 조사할 필요가 있었다.

진왕 전하가 직접 지명한 사람이 아닌 이상 진왕부에 들어올 때는 반드시 조사를 해야 했고, 아이라도 마찬가지였다.

"전하는? 언제 돌아오시지?"

한운석이 물었다.

모레가 태후의 생신 연회였다. 비록 설 공공을 이용해 태도를 분명히 했지만 그렇다고 참석하지 않으려는 건 아닐 텐데.

"저는 모릅니다."

초서풍도 알지 못했다. 그가 아는 것은 전하가 매일 밤 돌아온다는 것뿐이었다.

이틀 후 태후의 생신날, 한운석은 정오부터 날이 어두워질 때까지 기다렸지만 용비야는 나타나지 않았다.

생신 연회는 저녁에 있었고 황족 대부분은 정오쯤 입궁했다. 물론 용비야는 서둘러 참석할 사람이 아니지만 그렇다고 늦을 수는 없었다!

땅거미가 질 무렵 한운석은 그의 침궁으로 찾아가 문 앞에 앉았다. 시간이 흐를수록 걱정스러웠다. 이 인간 대체 어떻게 된 거야? 무슨 일이라도 생긴 건 아니겠지?

태후의 생신 연회 (1)

한운석은 기다리고 또 기다렸지만 용비야는 나타나지 않았다.

"왕비마마, 설마 전하께서…… 안 가시려는 건 아니겠지요?"

조 할멈마저 걱정하기 시작했다.

"무슨 일이라도 생겼을까 봐 걱정이군."

한운석은 현 상황을 제법 이해하고 있었다. 인정으로 보나 도리로 보나 용비야는 반드시 태후의 생신 연회에 참석해야 했다.

도리로 따지면, 며칠 전에 설 공공을 혼쭐내 준 용비야가 태후의 생신 연회까지 불참하면 사태는 정말 심각해졌다. 용비야가 천휘황제와 완전히 갈라서서 정변을 일으키려 하지 않는 이상 이렇게까지 할 리 없었다.

인정으로 따지면, 어쨌든 태후는 집안 어른인데다 겉으로는 사이가 좋은 척했다. 용비야는 손아랫사람이고 그들의 혼사 또한 태후가 성사시켰으니 이유 없이 생신 연회에 불참하면 무슨 말로도 설명할 길이 없었다. 더욱이 의태비도 가지 않는 지금 최소한 용비야가 나서서 체면치레를 해야 했다.

"걱정도 많으십니다, 왕비마마. 전하께 무슨 일이 있으려고요? 자, 어서 옷을 갈아입고 치장을 하시지요. 전하께서 오고 계시는 중인지도 모르지 않습니까."

조 할멈은 그래도 주인을 믿었다.

한 시진 후에 연회가 시작되니 확실히 한운석도 준비를 시작해야 했다.

그런데 한운석이 막 운한각에 도착해 들어가려는 찰나 용비야가 나타났다.

그는 평소 흑의 경장을 좋아했고, 외출하지 않고 왕부에서 한가하게 있을 때에는 대부분 백의를 입었다. 그런데 오늘 밤은 생신 연회 때문에 여느 때와 달리 보라색 옷을 입은 것이다. 용비야는 특별한 장식 없이 대충 꾸몄는데도 타고난 우아함과 존귀함, 나중에 길러진 위압감이 보라색 옷에 꼭 맞아떨어져 눈을 떼기 어려울 만큼 돋보였다.

돌아서서 그를 보는 순간 한운석은 그만 넋이 나갔다.

사실 한운석은 절대 색녀가 아니었다. 고칠소같이 나라를 줘도 아깝지 않을 미모에도 눈길을 주지 않았는데, 어쩌면 용비야가 그녀의 천적인지도 몰랐다.

한운석의 이런 넋 나간 표정에도 용비야는 아무렇지 않은 듯 큰 보따리 하나를 조 할멈에게 내밀며 태연하게 분부했다.

"문 앞에서 기다릴 테니 준비시켜 내보내도록."

말을 마친 그는 정원 그네에 앉았지만 한운석은 여전히 멍하니 그를 바라보고 있었다. 생각해 보면 지난번 그녀가 먼저 다가섰을 때 그는 특별한 반응을 보이지 않았다.

요 며칠 만나지 못한 것도 그가 일부러 피한 것이 아닐까 의심스럽던 차였다. 그런데 저 인간은 아무 일도 없었던 것처럼 행동하고 있었다.

사실은 예전처럼 쌀쌀했다.

"왕비마마? 서두르셔야 합니다."

조 할멈이 툭 밀자 한운석은 겨우 정신이 돌아왔다.

누각으로 들어가서 용비야가 준 보따리를 열어 본 두 사람은 그제야 그가 왜 이렇게 늦었는지 알 수 있었다.

그야말로 완벽한 예복이었다. 옷, 머리 장식, 얼굴 장식, 신발, 장신구까지 완벽했다.

옷은 가장 보수적인 곡거曲裾(중국 전통 복장 중 하나로 뒷여밈을 함)로, 목 외에는 드러난 곳이 하나도 없었다. 보수적이지만 단아하고 위엄 있어 보였고 특히 용비야가 입은 것과 같은 보라색이었다.

옷은 한 벌뿐이었으나 장신구들은 여러 벌이고 온갖 종류가 다 있었다. 게다가 모두 진귀한 것들이라 한운석과 조 할멈도 눈이 휘둥그레졌다.

두 사람이 사전에 고심해서 준비한 것들도 용비야가 가져온 것에 비하면 아무것도 아니었다!

물론 한운석이 직접 고른 것만은 못했지만 그래도 기분 좋게 받아들일 용의가 있었다. 용비야가 준 것이니까.

"왕비마마, 소인은 전하께서 장성하시는 모습을 거의 다 지켜보다시피 했지만 여자에게 물건을 골라 주시는 것은 처음입니다!"

조 할멈은 몹시 감동했다.

한운석의 얼굴에 자신감이 비쳤다.

"내가 처음이자 마지막일세."

조 할멈은 속으로 쿡쿡 웃었다. 이 여자가 용비야 앞에서는 절대 저런 말을 하지 못할 것이라는데 목숨을 걸 수도 있었다.

보라색 옷으로 갈아입은 한운석은 보라색 옥으로 만든 장신구 중에서 연보라색 옥보요를 골라 머리에 꽂고, 둥그런 연보라색 옥패를 허리에 매달아 간결하면서도 우아함을 잃지 않도록 꾸몄다.

한운석은 보라색으로 치장하고 나가 처음 그와 함께 입궁하던 날처럼 웃으며 말했다.

"준비가 끝났습니다. 점검해 보시지요, 전하."

용비야는 전과 똑같이 아무 표정 없이 그녀를 한참 바라보았다.

그렇지만 이번에는 말 한마디 없이 가 버리지 않고 그녀에게 다가와 하얀 옥정석玉晶石으로 만든 팔찌를 꺼냈다.

영롱하고 투명한데다 물처럼 윤기가 흘렀고 잡티 하나 없는 팔찌였는데, 희미하게 형광이 덧씌워진 듯 하얀 빛깔 속에 은은히 보랏빛이 나서 환상 속 물건처럼 아름다웠다.

"받아라."

그의 한마디에 한운석과 옆에 있던 조 할멈 모두 까무러칠 듯이 놀랐다!

이건 옥정석이었다!

옥정석은 운공대륙에서 가장 희귀한 광석으로, 황금이나 비취, 야명주보다 더 진귀했고 그중에서 이렇게 희면서도 보랏빛을 내는 옥정석이 제일 진귀했다. 지금까지 발견된 하얀 옥정석 중 가장 큰 것은 엄지손가락만 했고, 그것으로 만든 반지는 북려국 황제가 갖고 있었다.

소문에는 죽은 사람 입에 옥정석을 물리면 시신이 썩지 않아 마치 산 사람처럼 보인다고 했다.

용비야는 어디서 이렇게 커다란 옥정석을 얻어서 팔찌를 만들었을까? 더군다나 흠집 하나 없었다.

설마 그동안 그렇게 바빴던 것이 이 팔찌 때문이었나?

나라에 맞먹는 값어치라는 말은 허풍이 아니었다!

한운석이 멍하니 있자 용비야가 그녀의 왼손을 잡아당겨 손수 끼워 주었다.

내게 주는 거야? 첫 번째 선물?

한운석은 용비야가 무슨 말이라도 할 줄 알았지만, 그는 아무 말 없이 그녀를 데리고 나갔다. 심지어 약선에 대해서도 말이 없었다.

이대로 끝이야?

나라에 맞먹는 값어치의 옥팔찌를 주면서 '받아라' 한마디밖에 없다니, 딱 그의 성품대로였다. 그래도 약선 이야기는 해야 하지 않을까?

그녀는 따라오는 조 할멈에게 꼭 약선을 챙겨 오라고 분부했다. 서산에 가는 문제는 아무리 생각해 봐도 약선을 주고 태후와 담판을 하는 것이 유일한 방법이었다.

가는 동안 한운석이 참다못해 말을 꺼냈다.

"약선을 챙겨 왔어요."

용비야는 담담하게 대답했다.

"음, 오늘은 궁에 사람이 많아 답답할 테니 가져가면 쓸모가 있겠지."

가져가서 바람이나 부치라고? 그러니까 약선은 염두에 두지 않았다는 건가?

한운석은 호기심이 났다. 이 인간이 안심하라고 했는데 어떻게 서산 문제를 처리하려는지 궁금했다.

한운석과 용비야가 입궁해서 태후의 생신 연회가 벌어지는 건녕대전에 이르렀을 때 연회는 이미 시작된 후였고, 사람들은 천휘황제의 명에 따라 일어나 장중한 연회 음악에 맞추어 태후를 위해 축하곡을 부르고 있었다.

확실히 지각이었다!

입구에 있던 태감은 용비야가 한운석을 데리고 오는 것을 보았지만 대전에서 축하곡이 들려오고 있어서 통보해야 할지 말아야 할지 망설였다.

하지만 조 할멈이 성큼성큼 나아가 목청을 돋워 외쳤다.

"진왕 전하, 진왕비마마 도착하셨습니다……!"

우렁찬 목소리는 대전에서 나는 소리를 뒤엎고도 남아 모든 사람이 동작을 멈추었다.

전각 안에는 태후와 천휘황제가 북쪽 높은 자리에 앉아 있었고, 동서 양쪽으로 세 줄씩 빽빽하게 좌석이 마련되어 황족과 귀족, 명문가, 문무관원들이 품계에 따라 대청이 꽉꽉 들어차도록 줄지어 앉아 있었다. 그 백 명에 가까운 사람들이 모두 대문 쪽을 바라보았다.

그들은 정말이지 시간을 꼭 맞춰 나타난 셈이었다!

사람들의 시선 속에 용비야는 한운석을 데리고 성큼성큼 나아갔다. 악사들도 어떻게 해야 할지 몰라 연주를 멈추는 통에 장내는 바늘 떨어지는 소리도 들을 수 있을 만큼 조용해졌다.

용비야의 보라색 옷은 존귀해 보였고 한운석의 보라색 옷은 단아해 보였다. 기세 드높은 미남자와 성 하나를 기울일 미녀가 손을 잡고 빨간 융단을 밟으며 걸어오는데 어찌나 잘 어울리는지 그야말로 천생배필이었다!

반수가 넘는 여자들은 이 광경을 보자 절로 눈시울이 붉어지고 가슴이 철렁했다. 보라색 옷을 입지 않은 이들은 몹시 후회했고 보라색 옷을 입은 사람들은 달려가서 진왕 전하와 함께 서 있고 싶은 충동에 어쩔 줄 몰랐다.

한운석, 아아 한운석. 어째서 하늘은 네게 진왕 전하와 나란히 보라색 옷을 입고 손을 잡는 영광을 줬을까? 우리는 진왕 전하의 눈길 한 번도 받을 수 없는데!

여자들의 시선은 한운석에게 쏠려 있었지만 남자들은 그들이 늦게 도착한 것에 관심을 쏟았다.

연회가 있기 전, 천휘황제와 진왕 전하가 암암리에 충돌했는데 뜻밖에도 진왕 전하가 연회에 지각을 한 것이다. 이건 대체 무슨 상황일까? 무엇을 암시할까?

진왕 전하는 정말 생신을 축하하러 왔을까?

예를 마치자 용비야가 차갑게 말했다.

"악사, 계속하라."

그때에야 사람들은 축하곡이 도중에 멈췄다는 것을 떠올렸다. 저 악사들이 연회가 끝나고 무슨 꼴을 당할까 걱정스러웠지만, 천휘황제가 이 자리에서 사람들을 죽이는 일이 벌어질까 봐 나서서 수습하려는 사람은 아무도 없었다.

음악이 울리자 용비야와 한운석은 천휘황제 오른쪽으로 갔다. 한운석은 용비야가 입을 꾹 다물고 아무 말도 하지 않자 따라서 가만히 있었다.

그런데 갑자기 은은한 살기가 느껴져 돌아보니, 빈객 쪽에서 초청가가 단목백엽과 초천은 사이에 앉아 죽일 듯이 노려보고 있었다!

한운석은 마음 넓게 빙그레 웃어 보였지만 초청가의 얼굴은 도리어 새까맣게 변했다. 그녀는 노래를 부르는 것도 잊고 저도 모르게 입술을 깨물었다.

이 장면은 옆에 있던 목령아뿐만 아니라 상석에 있는 태후도 똑똑히 보았다.

한운석은 아무렇지 않게 목령아를 돌아보았고 목령아는 곧 시선을 거두며 못 본 척했다.

용비야와 한운석이 훼방을 놓은 바람에 열심히 축하 노래에 집중하는 사람은 없었다.

음악이 들려오는데도 사람들은 정신이 딴 데 팔려 대부분 용비야와 한운석만 바라보았다. 하지만 용비야는 여전히 냉엄한 표정이었고 한운석은 태연자약했다.

축하곡이 끝나고 사람들이 자리에 앉자 천휘황제는 기다렸다는 듯이 용비야에게 반격했다.

"여봐라, 짐의 취화양醉花釀 여섯 단지를 가져오너라. 진왕과 진왕비가 늦었으니 태후께 사죄하는 의미로 벌주 세 단지를 내리겠다!"

그는 아직도 설 공공의 일을 마음에 품고 있었다! 용비야가 지각하지 않았더라도 반드시 꼬투리를 잡아 황족과 귀족, 문무백관들 앞에서 기세를 눌러 주었을 것이다.

태후는 자애롭고 사람 좋은 얼굴로 앉아 있었지만 '됐다'는 말은 하지 않았다.

취화양은 이름에 '취할 취'자가 들어간 만큼 쉽게 취하는 술로, 주량이 아무리 좋은 사람도 세 단지를 마시면 취할 수밖에 없었다. 용비야는 버텨낼 수 있을지 모르지만 한운석은 어떻게 될까?

한운석은 매화연에서 술 내기를 한 적이 있지만, 매화주는 취화양에 비하면 물이나 마찬가지였다!

이게 천휘황제의 복수이자 과시였다.

모두 용비야가 거절하리라 생각했지만 그는 이렇게만 말했다.

"한운석의 것도 제가 마시겠습니다."

말을 마친 그는 술 단지를 들더니 고개를 젖히고 꿀꺽꿀꺽 마셨다. 단지가 하나하나 비워지는 것을 보자 한운석은 몹시 마음이 아파 자기 것을 빼앗아 마시고 싶을 정도였다.

하지만 용비야의 주량은 사람들의 예상을 훨씬 뛰어넘었다. 그는 전혀 취하지 않았다! 심지어 한 방울도 흘리지 않았다.

그는 또랑또랑한 얼굴로 말했다.

"술을 내려 주셔서 감사합니다, 황형."

천휘황제는 몹시 불쾌해 겉으로만 웃으며 계속 하려 했지만 태후가 막아섰다.

태후의 생신 연회 (2)

태후는 천휘황제가 이번 연회에서 진왕을 괴롭히기 위해 온 갖 준비를 해 두었다는 것을 알고 있었고, 반대하지도 않았다. 하지만 이제 막 연회가 시작되었는데 이런 식으로 나가면 잔치를 할 수가 없었다. 그래도 선물은 받고 싶었던 것이다! 게다가 천휘황제가 시작부터 물고 늘어지면 너무 서두르는 것 같으니 윗사람다운 위엄을 잃을 수 있었다.

"황제, 여섯 단지면 적지 않으니 그만 쉬게 해 주시오. 의태비가 보면 얼마나 마음아파 하겠소."

태후의 자상한 얼굴을 보면, 모르는 사람은 그녀가 정말 용비야를 아끼는 줄 알 것이다.

냉정함을 되찾은 천휘황제도 비로소 너무 서두르다 위엄과 체통을 잃을 뻔했다는 것을 깨달았다.

그는 웃으며 말했다.

"모후께서 편애가 심하시니 소자도 어찌할 수가 없군요. 벌 주 여섯 단지를 내린 것은…… 그럴 만한 까닭이 있습니다!"

천휘황제는 일부러 '그럴 만한 까닭'이라는 말에 힘을 주었다. 취화양 여섯 단지로 용비야를 취하게 하지는 못했으나 천천히 즐길 만한 더 지독한 것들이 많이 있었다!

그는 태후의 생신을 축하하기 위해서가 아니라, 이번 기회에 천녕국 권세가들과 서주국 태자 앞에서 용비야를 철저히 짓밟아 놓으려고 온 것이었다.

천녕국의 황권은 함부로 도전할 수 있는 것이 아니라는 것을, 용비야라 해도 그의 발치에 엎드려야 한다는 것을 세상 사람들에게 똑똑히 알려 줄 생각이었다.

설 공공의 일은 용비야의 일방적인 시위에 불과했다!

태후와 천휘황제가 주거니 받거니 하는 동안 용비야는 한마디도 끼어들지 않고 냉담한 얼굴을 한 채 자리에 앉았다.

이를 본 태후는 몇 마디 더 하려다가 그만두었다. 분명히 용비야가 벌을 받았는데 즐겁기는커녕 도리어 웃는 얼굴에 침 맞은 기분이었다.

태후는 천휘황제에게 눈짓했다. 천휘황제가 어떻게 나오든 어쨌든 이번만큼은 용비야를 놓아줄 생각이 없었다.

잠시 기를 펴게 해 주지. 곧 좋은 꼴을 보게 될 테니!

용비야는 취하지 않았지만 한운석은 여전히 마음이 놓이지 않아 몰래 그를 살핀 끝에 정말 취하지 않았다는 것을 확신했다.

문득 저 인간의 주량이 얼마나 되는지 궁금해졌다. 한 번도 취한 적이 없는 거 아냐? 취하면 어떤 모습일까?

축하곡이 끝나자 장중한 음악도 즐겁고 흥겹게 바뀌고 가희와 무희들이 나와 대전은 곧 떠들썩해졌다.

그리고 정식으로 축하 선물을 올리는 시간이 되었다. 제일 먼저 나선 사람은 당연히 황제였다.

당연히 태후도 아들의 선물을 가장 기대했기 때문에 싱글벙

글 웃으며 기다렸는데, 평소 보기 힘든 진심이 담긴 웃음이었다.

태감이 빨간 비단으로 덮인 물건을 들고 왔다.

무엇일까? 모양을 보면 보통 물건이 아닌 것 같았다.

태후는 참지 못하고 웃으며 말했다.

"황제, 수수께끼라도 낼 참이오? 저것이 무엇이오?"

천휘황제가 손수 빨간 비단을 걷었다.

"모후, 소자가 무료함을 풀어드릴 것을 구해 왔습니다. 만수무강하십시오!"

태감이 가져온 것은 다름 아닌 조그마한 파사波斯(페르시아) 고양이로, 털이 눈처럼 하얗고 눈은 신비한 파란 색이었다.

한운석에게는 전혀 특별하지 않았지만 운공대륙에서는 보기 드문 특별한 짐승이었다.

태감이 고양이를 꺼내 놓자 장내의 사람들은 감탄을 터트리며 칭찬해마지 않았다. 천휘황제를 떠받들고 태후의 기분을 맞춰 주기에 딱 좋은 기회였다.

역시 서주국 태자 단목백엽도 나섰다.

"해외에서 온 짐승이라 얻기가 무척 어렵다고 들었는데, 이처럼 쉽게 얻으실 수 있는 사람은 천휘황제 폐하밖에 없을 겁니다."

이부상서 서 대인이 재빨리 그 말을 받았다.

"왜 아니겠습니까. 북려국 황제도 황후를 기쁘게 해 주려고 거금을 들여 현상금까지 걸었는데도 구하지 못했다지요."

"폐하의 효심은 천녕국 만백성의 모범입니다!"

예부 사람도 나섰다.

"태후마마, 폐하께서 이처럼 효성이 지극하시니 마마의 복이요, 우리 천녕국 만백성의 행운입니다!"

평남후도 따라서 아부를 떨었다.

한운석이 이런 말들을 귀담아 들었다면 냉소를 지었겠지만, 지금 그녀는 소매 속에서 머리를 내밀려고 하는 꼬맹이를 잡아 누르느라 여념이 없었다.

진왕부로 돌아온 뒤, 특히 운한각으로 돌아온 뒤 꼬맹이는 점점 더 간이 작아져 늘 숨어서 잠을 자고 밖으로 나오지 않았다.

그러던 녀석이 이 어마어마한 자리에서 왜 이렇게 흥분하는지 알 수가 없었다.

한운석은 안색 하나 바꾸지 않으면서도 계속 손에 힘을 주었고, 소용이 없자 결국 손을 뻗어 옆에 있는 용비야 쪽으로 소맷부리를 가져갔다.

그 순간 꼬맹이도 얌전해져 꼼짝도 하지 않았다.

용비야는 녀석의 천적이었다!

꼬맹이는 소매 속에 웅크려 킁킁거렸다. 오랜만에 고양이 냄새가 나서 한 번 훔쳐보려는 건데 주인은 왜 이렇게 모질게 구는 걸까? 그래, 일단 이곳을 기억해 뒀다가 다음에 다시 훔치러 와야지!

태후가 파사 고양이를 품에 안고 몹시 기뻐했다. 그녀는 고양이를 쓰다듬으며 연신 칭찬했다.

"황제, 신경을 많이 썼구려! 참 고맙소!"

오래전부터 이런 애완동물을 가지고 싶었지만 구하지 못해 포기하려던 차였는데, 놀랍게도 황제가 정말 구해 준 것이었다.

"좋구려, 아주 좋구려!"

태후는 기분이 무척 좋았다. 첫 번째 선물에서 큰 기쁨을 얻자 남은 선물들에도 기대가 컸다. 태후 정도 되면 원하는 것은 뭐든 가질 수 있지만 그녀는 그래도 선물을 받는 것을 좋아했다.

물론 선물이 마음에 들어야 했다. 생신 연회라고 해도 아무 선물이나 받아들이는 것은 아니었다.

그렇기 때문에 축하객들은 각종 상황에 대처하기 위해 만반의 준비를 해야 했다.

아첨 소리 속에서 영친왕이 일어섰다.

"태후마마, 만수무강하시고 복 많이 받으십시오."

"영친왕, 어서 일어나시오!"

태후가 몸소 영친왕을 부축해 일으켰다. 영친왕은 선제와 사이가 좋았던 아우로, 진왕의 출신에 의심을 품고 있어서 황제와 진왕 중에서는 반드시 황제를 선택할 사람이었다. 다만 태후는 그가 태자를 지지해 주기를 바랐다.

영친왕은 비단 상자 하나를 내밀며 웃는 얼굴로 말했다.

"마음을 표현하기 위해 준비했습니다. 만수무강하시고 복 많이 받으십시오."

태후가 열어 보니 두 손으로 받쳐야만 들 수 있는 커다란 야명주가 들어 있었다.

야명주를 꺼내자 사람들이 놀라 탄성을 질렀다. 야명주도 귀한데 하물며 이렇게 큰 야명주는 말할 것도 없었다.

태후는 더할 나위 없이 만족해서 야명주를 손에 들고 연신 감탄했다.

"옥처럼 윤기가 흐르고 달처럼 환하고 물처럼 찰랑이니 야명주 중에서도 으뜸이구려!"

"바로 그렇기 때문에 '월야명주月夜明珠'라는 이름이 붙었습니다."

영친왕은 웃으며 말했다.

이 말에 태후는 더욱더 기뻐했다. 두 선물 모두 몹시 귀한 것들이니 아무래도 오늘은 기쁜 일이 많을 모양이었다.

신분이나 항렬에 따르면 다음은 진왕과 진왕비의 차례였다. 태후가 가장 기대하는 것은 물론, 장내에 있는 모두가 가장 기대하는 순서였다.

천휘황제와 영친왕이 어마어마한 선물을 주었으니 진왕이 희귀한 것을 내놓지 못하면 체면이 어찌될까? 진왕은 항상 씀씀이가 커서 이번에는 또 어떤 보물을 준비했을지 궁금했다.

지금 상황이나 조금 전 천휘황제의 태도로 보아 진왕 전하가 아무리 귀한 보물을 내놓아도 태후가 쉽게 놓아줄 리 만무했다.

재미있는 구경거리가 시작된 것이다!

영친왕이 자리에 앉기도 전에 사람들의 시선이 용비야와 한운석에게 날아들었다. 한운석은 입가를 약간 실룩였다. 사실 그녀도 용비야가 뭘 준비했는지 몰랐다. 약선을 생각하고 있는 줄 알았는데 그는 바람이나 부치라고 했던 것이다.

기대에 찬 태후마마의 눈빛을 대하자 한운석은 정말 약선을 꺼내 팔랑팔랑 부치며 과시하고픈 마음이 들었다.

약선을 꺼낼까 말까 망설이는 찰나 용비야가 일어서자 그녀는 황급히 따라 일어섰다.

선물을 주려는 건가?

뜻밖에도 용비야는 직접 잔 두 잔을 따라 한 잔은 자신이, 다른 한 잔은 한운석에게 건넸다.

이건?

"태후마마의 만수무강을 기원합니다."

술로 축하를 하겠다는 뜻이었다!

그는 잔을 높이 들었다가 단숨에 마시더니 그냥……, 그냥 자리에 앉았다. 축하 인사만 했을 뿐 선물은 없었다!

순간 장내가 쥐죽은 듯 조용해졌고 모두 충격에 빠져 입을 떡 벌렸다. 믿을 수가 없었다. 어떻게 저럴 수가?

태후와 천휘황제의 얼굴도 새까매졌다.

모두가 그의 선물을 기대하고 있었다. 태후까지 포함해서. 태후는 거절할 말까지 준비해 이번 기회에 용비야를 모욕하려고 단단히 벼르고 있었지만, 용비야는 아무것도 내놓지 않았고 심지어 축하 인사도 짤막하게 '만수무강' 한마디로 끝내 버렸다.

거절당하기 전에 먼저 거절하겠다는 심산이었다!

한운석이 선물을 준비한 걸까? 그래서 아직 내놓지 않은 걸까?

한운석이 사람들의 희망이 되었고, 태후마저 늙고 매운 눈으로 한운석을 바라보았다. 용비야가 이처럼 대담하리라곤, 사람들 앞에서 자신을 망신 줄 만큼 대담하리라곤 믿을 수가 없었다.

알다시피 태후에게 망신을 준다는 것은 곧 황제를 망신시킨다는 뜻이었다!

용비야는 대체 어쩌려는 걸까? 그의 실력으로 정말 황제와 맞설 수 있을까? 자립할 수 있을까?

설 공공을 혼내 준 것만으로 충분하지 않았던가? 그래도 계속하려는 걸까?

사실 한운석도 다른 사람들처럼 무척 의외였다. 용비야의 행동이 어떤 사태를 야기할지 모르지만 그녀는 이런 행동이 무척 마음에 들었다! 하려면 제대로 끝장을 봐야지!

그는 분명 아무것도 줄 생각이 없었다.

정말이지 깔끔했다!

사람들의 시선 속에서 한운석은 눈부시게 웃으면서 용비야를 따라 잔을 높이 들어 마신 뒤 당당하게 축하 인사를 했다.

"태후마마의 만수무강을 기원합니다!"

부창부수라고 했으니 지아비를 따르지 않을 수 없지. 말을 마친 그녀는 용비야가 했던 대로 시원스레 자리에 앉았다.

이렇게 축하는 끝났다. 확실히 선물은 없었다!

본래도 조용하던 대전은 더욱 조용해졌고 태후의 눈동자에는 흉악한 빛이 번뜩였다. 놀림을 당한 것처럼 모욕감이 치밀었다. 설령 감히 그녀를 비웃을 사람이 없다 해도 용비야의 이런 무례한 도발과 모욕을 용납할 수는 없었다!

팔걸이에 가만히 올라가 있던 태후의 두 손은 이제 주먹을 힘껏 움켜쥐고 있었다. 이 원한을 갚지 못하면 황족들 사이에서 태후의 위신이 서지 않을 것이다.

물론 이 자리에서 힐문할 수는 없었다. 여기서 따지면 선물을 내놓으라고 다그치는 꼴이니 낯부끄러운 일이었다. 그녀는 이제 준비한 일을 시작해도 좋다는 뜻을 알리려고 천휘황제를 바라보았다.

그때 천휘황제는 눈을 가늘게 뜨고 용비야를 응시하고 있었다.

용비야는 거의 시위를 하러 온 것이나 마찬가지였다. 오만무례하기 짝이 없었다! 삼 푼 정도 양보해 주었더니 그 삼 푼으로 나머지 칠 푼을 상대할 수 있다고 생각한 모양인데, 너무 순진한 생각이었다!

천휘황제가 그를 괴롭히기 위해 나서려는 순간, 신분 높고 중요한 지위에 있는 한 사람이 일어섰다.

태후의 생신 연회 (3)

이 성대한 연회에는 신분과 지위가 높은 사람들이 숱하게 참석했지만, 지금 일어선 사람은 무척 특별한 인물이었다.

천녕국에서 귀족들은 정치에 나서지 않았고 정치를 하는 이들은 귀족이 아니었다. 하지만 이 사람은 신분이 높은 귀족이자 지위 또한 높은 장군이었다!

그의 이름은 백리원륭百里元隆이고 천녕국 최대 명문귀족인 백리세가 출신으로 쉰에 가까운 나이에 대장군 직무를 맡아 천녕국의 수군을 통솔하고 있었다.

천녕국에는 각각 보군, 기마군, 수군을 맡은 세 대장군이 있었다. 목 대장군은 가장 규모가 큰 보군을 맡았고, 백리원륭은 가장 특수한 수군을 맡고 있었다. 목 대장군과 백리 대장군은 종종 도성에 머물렀는데, 기마군의 대장군은 1년 내내 삼도전장에 머물렀고 이번에도 도성에 오지 않았다.

수군을 가장 특수하다고 한 것은 운공대륙 세 나라 가운데 천녕국에만 수군이 있고 북려국과 서주국에는 없기 때문이었다. 천녕국의 수군은 바로 백리원륭이 젊은 시절 조직해 만든 정규군이었다.

혁혁한 공훈을 세우고 쟁쟁한 명성을 날린 목 대장군과는 달리 백리원륭이 통솔하는 수군은 한 번도 전쟁에 나간 적이 없었다. 하지만 매년 조정에서 지원하는 군자금은 가장 많았는데, 조정 가득한 문무백관 가운데 감히 이의를 제기하는 사람은 아무도 없었다. 이 수군이 지난날 선제가 북려국에 대항하기 위해 길러 낸 군사임을 모두 알고 있기 때문이었다.

북려국도 천녕국처럼 국토의 동쪽은 끝없는 해안선이 이어져 있으니 필요한 때가 온다면 천녕국은 북려국의 동쪽을 물고 늘어질 수 있었다!

그렇기에 일단 전쟁이 벌어지면 수군은 천녕국 황제가 가진 비장의 패로, 승기를 뒤집는 관건이라고 할 수 있었다.

백리원릉은 평소 조용한 성품이라 1년 내내 한두 차례 모습을 드러내는 것이 고작이었다. 그런데 이런 중요한 순간에 무슨 일로 일어났을까? 모두 의아해했다.

"백리 장군, 무슨 일이오?"

선제가 친히 지명한 수군 대장군에게는 태후도 항상 예의를 갖추었다.

"소장이 태후마마께 축하 인사를 드리고자 합니다."

백리원릉이 대답했다.

축하 인사를 하겠다고?

태후는 몸을 바르르 떨며 그 자리에 얼어붙었다.

일순 본래도 조용하던 대전 안에는 말로 표현하기 힘든 정적이 흘렀다. 사람들은 저도 모르게 숨을 죽이고 잔뜩 긴장했다.

백리원릉은 무슨 뜻으로 나섰을까?

축하 인사야 해야 하긴 하지만 아직 그의 차례가 아니었다.

진왕 전하가 축하 인사를 끝내자마자 일어선 것을 볼 때 설마 그도…….

사람들은 간담이 서늘해져 더는 생각할 수가 없었다. 이런 일은 생각하기만 해도 대역무도한 죄가 될 수 있었다.

천휘황제는 냉엄하고 엄숙한 얼굴로 꼼짝도 하지 않은 채 백리원룡을 응시했다. 용비야는 쌀쌀하고 태연해서 전혀 관심이 없는 사람 같기도 하고 모든 것을 손아귀에 쥐고 있는 사람 같기도 했다.

사람들이 주목하는 가운데 백리원룡이 직접 술을 따랐다.

용비야와 똑같이 술로 축하를 하겠다는 걸까?

태후의 가슴 속에 불안감이 퍼져 나갔다. 당장 달려가서 백리원룡을 저지하고 싶었지만 그럴 수는 없었다. 그녀는 신분에 맞게 엄숙하게 앉아 바라보았지만 심정은 몹시 복잡했다.

백리원룡이 술잔을 들고 다가왔다. 비록 진짜 전쟁터는 아니지만 그의 몸이 뿜어내는 위엄과 살기는 목 대장군보다 한 수위였다. 그는 노익장을 뽐내며 위엄 있게 한 발 한 발 내딛어 태후 앞으로 나아갔다.

그 기세에 사람들은 더욱더 간담이 서늘해졌다. 적잖은 사람들이 숨을 멈추었고, 태후는 긴장해서 두 주먹을 꽉 움켜쥐는 통에 기다란 손톱이 손바닥을 파고들었지만 아픔조차 느끼지 못했다.

태후 앞으로 나아간 백리원룡은 오만하지도 비굴하지도 않게 예를 올렸다.

"소장, 태후마마의 만수무강을 기원합니다!"

태후는 여전히 미소를 짓고 있었지만 어색한 미소였다. 겉으로는 평온하고 태연해 보여도 속에서는 파도가 몰아치고 있었다.

상궤를 벗어난 백리원륭의 행동에 대체 무슨 뜻이 담겨 있는지, 그녀로서는 짐작할 수가 없었다. 용비야처럼 축하 인사만 하고 선물을 올리지 않으려는 걸까, 아니면 축하 인사 후에 선물을 바치려는 걸까?

이제 백리원륭이 무슨 선물을 하는지는 중요하지 않았다. 중요한 것은 선물을 하느냐 마느냐였다.

선물을 한다면 평소답지 않은 그의 행동은 용비야가 방금 보여 준 행동에 대한 소리 없는 항의였고, 태후와 천휘황제를 향한 가장 강력한 지지였다.

선물을 하지 않는다면……. 태후는 차마 생각을 이어갈 수 없었다. 몹시 긴장되는 순간이었다. 자신의 생일 연회에 이렇게 긴장한 것은 처음이었다.

그녀는 기다렸다. 백리원륭이 축하 선물을 바칠 때까지 기다렸다. 하지만 기다리고 또 기다려도 백리원륭은 더 이상 한마디도 하지 않았다.

그가 계속 허리를 숙인 채 서 있으니 민망해진 것은 태후였다.

정말 선물이 없는 건가?

태후는 믿을 수가 없었고, 천휘황제는 더욱더 믿을 수가 없었다. 천휘황제가 헛기침을 해서 눈치를 주자 태후가 겨우 입을 열었다.

"백리 장군, 그만 일어나시오."

인사가 끝난 후에 선물을 올리려나?

장내의 모두가 주목하고 있었는데, 뜻밖에도 백리원륭은 허리를 펴자 곧바로 자리로 돌아가 앉았다. 용비야, 한운석의 행동과 판박이였다.

정말 이것뿐이라고?

끝이야?

축하 인사만 하고 선물은 없다?

백리원륭은 진왕을 따라 술로 축하를 올렸다.

즉, 백리원륭은 선물을 주려고 한 것이 아니라 공개적으로 입장을 밝힌 것이었다. 그와 그가 이끄는 수군 수만 명은 용비야의 군사라는 것을!

천녕국 세 갈래 군대 중 하나가 용비야의 것이라니!

마치 시간이 멈춘 것 같았다. 태후는 입을 떡 벌린 채 멍하니 백리원륭을 바라보았고, 천휘황제도 예상 밖의 상황을 어떻게 받아들여야 할지 갈피를 잡지 못했다.

지금껏 그는 자신이 세 갈래 군대를 단단히 쥐고 있다고 생각했다. 병력이 가장 강한 목 대장군부라 해도 그의 손아귀에 있는데 백리원륭이 용비야의 사람이라니, 생각지도 못한 일이었다.

정변 중에서 가장 무서운 것이 군사 반란이었다. 용비야의 이번 수는 그야말로 정확히 정곡을 찌른 셈이었다!

그는 백리원륭을 통해 자신이 천휘황제와 대등하게 싸울 담력과 능력이 있다는 것을 모두에게 보여 주었다!

천휘황제는 항상 그에게 삼 푼 양보했지만, 삼 푼으로도 천휘황제의 칠 푼에 대항하기에 충분했다!

생신 연회는 계속 진행해야 했고 축하 선물을 바치는 의식은 이제 막 시작이었다. 그러나 장내의 각 세력들은 고심해서 준비한 선물을 바쳐야 할지 말아야 할지 골머리를 앓았다.

바친다면 천휘황제의 편에 선다는 뜻이고, 바치지 않는다면 진왕 전하의 편에 선다는 뜻이었다. 길을 정하고 입장을 표명할 때가 온 것이다.

백리원륭 다음은 누가 될까?

긴장하는 사람, 겁을 내는 사람도 있었고, 어서 빨리 나서고 싶어 안달하는 사람도 있었다.

그러나 가장 먼저 일어난 사람이 태자 용천묵일 줄은 아무도 예상하지 못했다.

태자가 오랜 병을 앓으면서 태자당은 일찌감치 힘을 잃었고, 더욱이 이번에 병이 재발하면서 큰 소란이 벌어져 눈이 있는 사람치고 천휘황제가 태자의 목숨을 이용해 한운석을 억누르려 했다는 것을 모르는 사람이 없었다.

비록 태자이고 목숨도 구했지만 황제의 마음을 얻지 못하면 끝이었다.

원망하고 증오하고 자포자기해도 이상하지 않은데, 뜻밖에도 그는 제일 먼저 일어나 태후와 황제의 체면을 지켜 주었다.

"황조모님, 제가 뭘 가져왔는지 보십시오."

용천묵은 커다란 영지를 손수 받쳐 들고 있었다. 손바닥만큼 크고, 피가 뚝뚝 떨어질 것처럼 짙은 빨간색 영지였다.

영지는 곧 사람들의 주목을 끌었다. 누군가 놀라고 감탄한 목소리로 물었다.

"태자 전하, 진품입니까?"

"무엄하오! 본 태자가 황조모께 어찌 위조품을 바치겠소?"

용천묵이 불쾌한 듯 꾸짖었다.

"태자 전하, 그게 바로 소문으로만 듣던 온갖 병을 치료할 수 있다는 혈영지血靈芝로군요!"

누군가 긴장한 목소리로 말했다.

"바로 그것이오!"

용천묵은 중병에 걸려 온종일 동궁에 누워 있는 동안 줄곧 혈영지를 구하려고 애썼는데, 뜻밖에도 의성에서 완쾌하고 돌아오는 길에 얻게 되었다.

용천묵이 대답하자 장내는 금세 소란스러워졌다. 혈영지는 약 중에서도 으뜸가는 약으로 무슨 병에 걸리든 이것만 있으면 거뜬히 나을 수 있었다.

파사 고양이나 월야명주보다 더 값진 물건이고, 운공대륙 제일의 명약이라 불렸다.

다른 사람들은 몰라도 한운석, 그리고 먼 곳에 앉은 고북월은 탄성을 터트렸다. 한두 포기밖에 없어서 쓰고 나면 완전히 없어지는 약이 있는데, 혈영지가 바로 그런 약이었다!

한운석은 말할 것도 없고 소매 속에 숨은 꼬맹이도 다시 흥분해서 팔딱거렸다. 바깥에서 무슨 일이 벌어지는지 모르지만 이렇게 좋은 것이 많이 있는 것을 보면 이 황궁은 참 좋은 곳이었다. 꼬맹이는 꼭 다시 한 번 와야겠다고 생각했다.

혈영지 하나로 용천묵은 다시 분위기를 되돌려 놓았다.

그는 큰절을 올리고 공손히 말했다.

"황조모님, 이 진품 혈영지를 바치니 부디 오래오래 사시고 복 많이 받으십시오!"

사실 용천묵도 혈영지를 내놓고 싶었던 건 아니었다. 지금 그는 힘이 너무 약해 부황의 미움을 사서도 안 되고 진황숙의 눈 밖에 나서도 안 되기 때문에 가능하다면 중립을 지키고 싶었다.

그러나 최후의 적이 부황인지 진황숙인지는 아직 모르지만, 이렇게 좋은 기회가 찾아온 이상 반드시 부황에게 마음을 표하고 다시금 믿음을 얻어야 했다. 그래야만 강해지고 황위를 빼앗을 힘을 가질 수 있었다.

황위 싸움은 뭐니 뭐니 해도 '인내'였다.

용천묵의 목소리가 쩌렁쩌렁하게 대전 안팎에 울렸다. 그의 영향력은 백리원룡보다 한참 부족했지만 적어도 천휘황제에게 만회할 기회는 마련해 준 셈이었다.

태후는 흥분해서 말이 나오지 않았지만 천휘황제는 마침내 감탄한 눈으로 용천묵을 바라보았다.

용비야는 이를 보고도 전혀 동요하지 않았다. 용천묵을 마음에도 두지 않는 것이 분명했다.

조 할멈이 살그머니 한 걸음 다가와 속삭였다.

"왕비마마, 후회되시지요! 다음번에는 구해 주지 마십시오. 버림을 당하고도 여태 사리분별을 못하는군요!"

한운석은 빙긋 웃었다. 조 할멈도 '재발한 지병' 사건에서 천휘황제가 용천묵을 이용했다는 것을 눈치챈 모양이었다.

비록 대립하는 사이지만 한운석은 용천묵을 싫어하지 않았다. 적어도 그는 그녀가 본 환자 가운데 가장 심지가 굳센 사람으로, 무슨 일이 일어나더라도 결코 포기하지 않았다.

그녀가 그를 구한 것도 사실은 막다른 길에 몰렸기 때문이었다! 그러니 후회할 것도 없었다.

태자가 나서자 필연적으로 누군가가 뒤따랐다. 다름 아닌 둘째 황자 용천경龍天擎이었다.

둘째 황자는 소 귀비의 아들이고 소 귀비는 바로 좌승상 소정신簫正信의 딸이었다.

태자당 세력이 나날이 약해짐에 따라 둘째 황자당의 세력은 나날이 커졌고, 심지어 목 대장군 역시 둘째 황자 일당이라는 소문이 많았다.

태자가 나서자 둘째 황자도 질 수 없었다. 그는 용비야와 한운석 앞으로 걸어와 거만하게 콧방귀를 뀌었는데, 동작이 어찌나 큰지 대전에 있는 모두가 볼 수 있을 정도였다.

아이가 이런 상황에서 태후를 지키고 황제의 눈에 들려고 하는 것은 비난할 일이 아니지만, 진왕을 짓밟아 황제의 환심을 사려는 것은 크나큰 잘못이었다!

태후의 생신 연회 (4)

용천경이 가소로운 듯이 콧방귀를 뀌자 모두 어리둥절했다.

그가 이렇게 거만하게 나올 줄 누가 예상이나 했을까? 진귀한 선물을 꺼내 태후와 천휘황제의 체면을 세워 준 것은 아니지만, 천휘황제에게는 '용기가 가상한' 이 콧방귀 하나가 무엇보다 든든한 지지였다. 반면 진왕에게는 무엇보다 커다란 도발이었다.

장내가 조용해졌다. 다들 무슨 생각을 하는지는 모르지만 어쨌든 한운석은 둘째 황자에게 탄복했다. 정말이지 대단한 용기였다!

그녀도 저처럼 거만하게 용비야에게 경멸을 표할 용기는 없었다.

누군가를 경멸하기 위해서는 우선 그 상대보다 더 뛰어나고 강해야 했다. 그렇지 않고서야 무슨 자격으로 깔볼 수 있을까?

천휘황제는 둘째 황자의 행동에 무척 만족한 듯 입가에 미소를 띄웠고 태후도 흥미를 보였다.

용천경은 그렇게 콧방귀를 뀐 다음 계속 걸었다. 밝은 파랑 예복을 입은 그는 뛰어나고 헌걸찬 모습이었고 걸음걸이도 씩씩하고 기세등등했다.

하지만 사람들이 주목하는 것은 그가 아니라 용비야였다.

용비야는 어떻게 반응할까?

모두가 지켜보는 가운데 용비야는 싸늘한 표정으로 꼼짝도 하지 않았다. 깊고 까만 눈동자는 얼어 버린 샘물처럼 고요해서 아무도 그 속을 들여다볼 수 없었다.

그럼에도 불구하고 많은 이들이 그 얼굴에서, 혹은 그 눈동자에서 요행히 조그마한 실마리라도 발견할 수 있기를 기대하며 그를 응시했다.

사람들이 용비야를 주목하고 있는 동안 용천경은 어느새 태후 앞에 도착했다.

그러나 어떻게 된 셈인지 갑자기 다리에서 통증이 느껴져 똑바로 서 있지 못하고 앞으로 와락 넘어지고 말았다. '쿵' 하는 굉음과 함께 손에 든 선물마저 바닥에 나동그라졌다.

덕분에 그는 결국 사람들의 주목을 받게 되었다!

조금 전까지 위풍당당하던 황자가 바닥에 코를 박고 팔다리를 쫙 벌린 채 널브러져 있으니 지독한 망신이었다.

백여 명이나 되는 사람들이 자리에 앉아 바닥에 고꾸라진 한 사람을 쳐다보는 장면이 보지 않아도 상상이 갔다.

용천경은 재빨리 기어가 허둥지둥 바닥에 떨어진 선물 상자를 열어보았다. 안에 들었던 진귀한 도자기는 벌써 산산조각 나 있었다.

"누가 발을 걸었느냐! 선물을 배상해라!"

당황한 그는 화가 나서 소리소리 질렀으나, 으스대다가 망신당하고 혼자 방방 뛰는 모습이 꼭 어릿광대 같았다.

가만히 있었으면 좋았을 텐데 그가 이런 말까지 하자 한운석은 '호호호' 하고 웃음을 터트리고 말았다. 그 웃음을 신호탄으로 곧 장내에 폭소가 터졌다.

용비야 말고 누가 저렇게 할 수 있을까? 용천경은 정말 멍청한 걸까, 아니면 멍청한 척하는 걸까! 어느 쪽이든 간에 성질을 참지 못하고 어린아이처럼 날뛰는 것은 황자라는 신분과 위엄에 맞지 않는 모습이었다.

용비야는 웃음소리를 들으며 한운석을 흘끗 바라보았지만 아무 말 하지 않았다. 정말 그가 나섰다면 단순히 용천경을 넘어뜨리는 정도로 끝났을까?

모두 그가 한 일이라고 생각했지만 사실은 한운석의 농간이었다.

대전을 가득 채운 웃음소리에 용천경도 마침내 추태를 깨달았다. 일어서서 선물 상자를 열지 않고 계속 앞으로 걸어가는 것이 가장 현명한 행동이었을 텐데!

그가 이번에 준비한 선물은 딱 하나뿐이었다. 무척 진귀한 상고시대의 도자기인데 지금 산산조각 나고 말았으니, 당장 다른 선물을 구할 길이 없었다.

이제 어떻게 해야 하지? 앞으로 나아가 축하를 하고 싶지만 선물이 없었다!

그때 달콤하고 부드러운 목소리가 들려왔다.

"둘째 황자님, 안심하세요. 선물이 없더라도 정성만 있으면 태후마마께서 탓하지 않으실 거예요."

소리 나는 쪽을 돌아보니 말한 사람은 갓 스물을 넘긴 여자이고 꽃처럼 아름답고 부드러운 외모를 갖고 있었는데, 생글생글 미소 짓는 모습이 유난히 따스하고 아름다웠다.

그 여자는 다름 아닌 백리원룡의 막내딸 백리명향百里茗香이었다.

막내딸이라고는 해도 나이가 적지 않아 이미 혼기가 찼는데, 구혼자들이 줄지어 찾아와도 아무에게도 시집가지 않았다.

예전이었다면 별다른 의미가 없는 말이겠지만, 진왕과 백리원룡이 선물을 주지 않은 상황에서 이런 말을 한다는 것은 용천경에게는 지독한 조롱이었다!

천휘황제와 태후마저 분노한 눈길로 그녀를 바라보았고 한운석도 주의 깊게 그녀를 바라보았다. 한운석은 그녀의 아름다움이 남들과는 다르다고 느꼈다. 그 눈동자에 지혜가 담겨 있었던 것이다.

부드럽고 당당하면서 드러내지 않고 공격하는 솜씨를 보면 다른 명문가 규수들에 비해 매우 특출한 재목이었다.

"백리명향, 네가 나설 일이……."

둘째 황자가 분풀이를 하려는데 마침내 천휘황제가 노성을 터트렸다.

"됐다. 썩 물러가거라!"

"부황……."

용천경은 다급해졌다.

"물러가라!"

천휘황제가 성마르게 외쳤다.

용천경은 내키지 않았지만 물러날 수밖에 없었다. 하지만 돌아가면서 다시 한 번 용비야와 한운석에게 콧방귀를 뀌었다. 이번에는 경멸의 콧방귀가 아니라 분풀이용 콧방귀였다.

이번에는 용비야도 용천경을 똑바로 바라보았다. 그 눈길 한 번에 용천경은 체온이 뚝 떨어지는 기분이었다.

그는 필사적이었다. 어차피 오늘 연회가 끝나면 부황과 진왕은 한 하늘을 이고 살지 못할 테니 자연히 부황이 가장 좋아하는 방식으로 입장을 표명하고 싶었다. 하지만 진왕의 눈길을 받자 슬그머니 후회가 밀려왔다.

용천경은 달아나듯 원래 자리로 돌아갔다. 그가 자리에 앉자마자 좌승상 소정신이 일어나 잔을 들고 태후에게 축하 인사를 올렸다.

"신, 태후마마의 생신을 경하드립니다. 만수무강 하십시오!"

말을 마친 그는 술잔을 비운 뒤 선물을 올리지 않고 바로 자리에 앉았다.

동작이 워낙 빨라 장내 모든 사람, 태후와 천휘황제까지도 정신을 차리지 못했다.

좌승상 소정신은 둘째 황자의 외할아버지였다! 그런데 어떻게……, 어떻게 진왕 전하의 사람일 수가?

너무나 뜻밖이었다!

곧이어 또 다른 대신이 일어나 똑같이 잔을 들고 축하 인사만 하고 선물은 생략했다. 이 대신은 호부상서 조자릉趙子陵으로 모두 둘째 황자당으로 알고 있었다!

곧이어 태사 이수일李修一, 소부 임백동林伯桐, 대학사 구양명歐陽鳴 등 여러 고관대작들이 일어났지만 역시 제자리에서 축하 인사만 하고 선물은 올리지 않았다.

둘째 황자 자신마저 멍해졌다. 그들 모두 자신의 당파에 속해 있었기 때문이었다!

어떻게 이럴 수가 있지?

결국 용천경도 후회에 빠졌다. 오늘은 충동적으로 나서지 말았어야 했다!

이 권세가들의 지지가 없다면 무슨 힘으로 태자, 그리고 다른 황자들과 싸울 것이며, 무슨 수로 황위를 얻을 것인가!

이제 천휘황제의 얼굴은 완전히 시커멓게 변해 있었다.

이 권세가들이 지닌 권력과 인맥, 그리고 맡고 있는 직책은 하나같이 무척 중요했다. 특히 좌승상이 그랬다.

이는 둘째 황자에게 치명적인 타격일 뿐 아니라 천휘황제에게도 크나큰 장애였다.

용비야의 방식은 정말이지 너무 자극적이고 너무 모욕적이었다!

그는 노한 눈길로 용비야를 바라보았는데 마침 용비야도 그를 바라보고 있었다. 두 형제가 소리 없이 겨루자 대전 안에 있던 사람들은 조용해졌고 긴장한 나머지 숨도 제대로 쉬지 못했다.

하지만 그런 순간에도 여전히 일어나서 축하를 하는 사람들이 나왔다. 정국공, 평북후, 낙성의 용씨 집안, 택성의 봉씨 집안 등으로, 그들 역시 제자리에서 술로 축하 인사만 했고 뻔히 탁자에 선물을 올려놓고도 바치지 않았다.

그들은 뭘 믿고 간도 크게 황족에게 도전하는 것일까? 당연히 용비야를 믿기 때문이었다!

태후의 낯빛은 창백하다 못해 퍼렇게 질렸다. 망신도 이런 망신이 없었다. 그들은 분명 선물을 가지고 나타났지만 일부러 올리지 않았고 축하 인사조차 별로 길게 하지 않았다.

기대가 컸던 생신 연회가 용비야 손에 철저하게 망가지고 만 것이다.

이건 정변이나 다름없었다!

화가 난 나머지 천휘황제의 가슴이 격렬하게 오르내렸다. 물론 여러 권신과 고위관리들이 일어나 진왕에게 맞서며 선물을 바쳤고, 그와 태후 편에 선 권세가들이 용비야 쪽보다 많았다.

그렇지만, 아무리 많은 사람이 지지해도 분노한 그의 마음을 가라앉히지는 못했다. 황권은 본래 조그마한 도전조차 용납하지 않기 때문이었다.

하지만 오늘 밤, 일일이 세어 본 결과 족히 스물일곱이나 되는 권세가들이 직접 도전했다. 그에게는 치욕이요, 동시에 용비야에게는 무서운 발판이었다.

용비야는 사실을 보여 줌으로써 자신이 황권에 대항할 능력이 있다는 것을 증명했다.

축하 의식은 여전히 계속되었다. 대부분은 그래도 선물을 바쳤지만 누가 주는지, 무엇을 주는지는 더 이상 중요하지 않았다.

천휘황제는 시종 용비야를 노려보고 있었다. 용비야가 어렸을 때 깨끗이 죽여 버리지 않은 것이 진심으로 후회스러웠다. 알다시피 이 아우가 강보에 싸여 있을 때 그는 거의 스무 살이었다. 당시 그에게 선견지명이 있었다면 선제가 특권령을 하사하는 일도 없었을 것이다.

하지만 이런 파란을 일으키고도 용비야는 태산처럼 흔들림이 없고 차분한 얼굴로, 마치 높은 자리에 앉은 방관자처럼 싸늘하게 장내의 사람들을 꿰뚫어 보고 있었다.

지금 그는 목 대장군을 흥미롭게 바라보고 있었다. 목 대장군은 막 태후에게 선물을 바치고 물러나던 중이었다. 그가 준 선물은 평범해서 미움을 사려는 것도 아부를 하려는 것도 아니었다. 이를 볼 때 중립파가 분명했다.

한운석은 용비야 옆에 가만히 앉아 있었다. 그녀도 지금에서야 자신이 용비야의 능력을 얕보았다는 것을 깨달았다. 사실 지난번 용비야가 연금되었을 때도 그녀의 도움은 필요치 않았다. 도성에서 그를 따르는 세력만으로도 천휘황제가 그를 풀어 주도록 몰아붙일 수 있었던 것이다.

바보처럼 그가 약선을 쓰리라고 생각했다니 어리석기 짝이 없었다.

윤곽이 또렷한 용비야 옆얼굴을 바라보던 그녀는 처음으로 그를 아무리 봐도 질리지 않는다는 것을 알게 되었다. 고작 옆얼굴 하나만으로도 심장이 두근거렸다.

마침내 천녕국 모든 권세가들의 축하 인사가 끝나고 바깥에서 온 빈객들의 순서가 되었다.

창칼 없는 싸움을 직접 목격한 빈객들은 여태 정신을 차리지 못하고 있었다.

천녕국 진왕의 명성은 들었지만 그 능력을 본 것은 처음이었다. 확실히 그는 소문대로 함부로 건드릴 수 없는 사람이었다!

방금까지도 초청가의 시선은 용비야에게서 떠나지 못했고, 얼음장 같은 외모 밑에 가려진 심장은 당장이라도 불타오를 것처럼 뜨거웠다.

이 남자가 신처럼 강력하고 위대하다는 것은 알고 있었지만, 그 강력함을 직접 보자 당장 그 발치에 엎드려 복종을 맹세하고 싶은 심정이었다.

"오라버니, 우리도 선물을 주지 말아요."

그녀가 나지막이 의견을 냈다.

오라버니는 주루에서 그녀를 구해 준 뒤 몹시 화를 내면서 천녕국 도성에서 시비를 일으키지 말라고 단단히 꾸짖었다. 그녀는 억울한 마음에 그날 이후로 오라버니에게 말을 걸지 않았다. 하지만 지금은 참을 수가 없었다.

"우리가 결정할 수 있는 일이 아니다."

초천은은 담담하게 말했다. 비록 용비야의 행동에 충격을 받긴 했지만 그가 지켜보는 것은 한운석이었다.

마치 한운석에게서 뭔가를 찾아내려는 것처럼 진지한 눈길이었다.

그때 그들에게서 멀지 않은 곳에 있던 목령아가 일어섰다.

그녀는 약성을 대표해서 온 참이었다.

태후의 생신 연회 (5)

사실 목령아는 약성을 대표해서 올 자격이 없었다.

지난번 의성에서 함께 독짐승을 대항하는 일에 약성 대표로 참가했다가 도중에 실종된 적이 있기 때문이었다. 모두 그녀가 나타나기만을 기다렸지만 그녀는 숫제 의성에는 모습도 드러내지 않았고, 의학원은 목씨 집안 대신 그녀를 찾느라 곳곳을 수색해야 했다.

왕씨 집안과 사씨 집안은 말할 것도 없고 목씨 집안에서도 불만이 적지 않았다.

천녕국 태후의 생신 연회 문제도 삼대명가가 모여 협의를 했으나 결국 영향력이 큰 목씨 집안이 여느 때처럼 참석시킬 대표를 선출할 권한을 얻었다.

목영동은 한운석과 불쾌한 일이 있었기 때문에 한동안 그들 부부를 보고 싶지 않았다. 본래는 목씨 집안 큰도령인 목초연沐超然을 참석시킬 생각이었지만, 뜻밖에도 천녕국 도성에 머물고 있던 목령아가 죽어도 자기가 가겠다고 우기는 바람에 목영동도 타협할 수밖에 없었다.

한 나라의 성대한 연회에 막내딸을 약성 대표로 보내는 것은 적절한 처사가 아니지만, 목령아의 타고난 재능은 운공대륙의 모두가 알고 있으니 약성의 천재 약제사라는 이름이면 충분히 자격이 있었다.

목영동은 몸소 선물을 준비해 목령아에게 주면서, 잘 보관했다가 연회 때 선물을 바치고 축하 인사도 길게 하라고 신신당부했다.

선물은 약성 삼대명가가 함께 고른 것으로, 약재 숲에서 나는 호명단護命丹이었다. 이름에 단약을 뜻하는 '단'자가 들어있지만 조제하는 것이 아니라 약나무에서 열리는 것이었다.

약나무 한 그루에 30년마다 딱 한 알만 열리는 이 약은 목숨이 위급할 때 심맥과 원기를 보호해 의원이 치료할 시간을 벌어주는 효과가 있었다.

이처럼 큰 선물은 약성 입장에서는 성의이자 체면이었고, 목씨 집안 입장에서는 우호를 다지는 의미였다. 목영동은 남몰래 군역사와 손을 잡았지만 겉으로는 천휘황제와 우호관계를 맺으려고 했다. 특히 한운석과 용비야 사건 이후로 더욱 천휘황제에게 기울었다.

목령아가 일어나자 심란하고 답답하던 태후도 마침내 정신을 차렸다.

태후는 약성과 천녕국의 사이가 좋은 것도 알고 있었고, 약성에서는 분명 깜짝 놀랄 만한 선물을 보냈으리라는 것도 알고 있었다.

빈객들은 모두 중립을 지키며 상례대로 선물을 바치고 축하할 뿐, 천녕국의 내분에 끼어들지 않았다. 특히 약성처럼 복잡한 세력은 대표 한 사람이 약성의 입장을 결정할 수 없었다.

자신감에 찬 태후는 목령아가 커다란 선물을 바치리라 생각하고 다시 기대를 품었다.

천휘황제 역시 자신감이 솟았다. 누가 뭐래도 용비야가 나라 밖의 세력까지 끌어들였다고는 믿을 수 없었다! 천휘황제 자신이 천녕국의 주인이며 빈객들도 자신만 인정한다는 것을 용비야에게 보여 주어야 했다.

앞서 몇몇 빈객들이 큰 선물을 바쳤지만 다들 약성만은 못한 세력들이었다. 이제 약성 사람이 나섰으니 용비야에게 실컷 으스대 보일 생각이었다.

이런 까닭에 목령아가 신분을 밝히기도 전에 천휘황제가 먼저 입을 열었다.

"목씨 집안에서 명성이 쟁쟁한 천재 약제사인 령아 낭자가 아닌가?"

다른 사람이었다면 과분한 대우에 놀라 어쩔 줄 몰랐겠지만 목령아는 차분했다.

"그렇습니다."

"목 가주께서는 어찌 동행하지 않았는가?"

천휘황제도 목영동이 오지 않은 것은 알고 있지만 용비야더러 들으라고 일부러 그 이름을 꺼냈다.

약성은 세력이 커서 평범한 이웃이 아니었다!

"아버지께서 몸이 좋지 않으셔서 제가 대신 왔습니다."

목령아는 그렇게 말하다가 황급히 덧붙였다.

"물론 약성을 대표해서 왔습니다."

초청가는 그 말이 몹시 거슬려 앉아 있는 것조차 괴로워서 주먹으로 탁자를 두드렸다. 그러나 신분에 있어서는 자신이 저 못된 계집애보다 뒤떨어진다는 것을 인정할 수밖에 없었다.

며칠 전 주루에서 자신을 구해 갈 때 오라버니가 모습을 드러내지 않은 것도 약성의 눈 밖에 나고 싶지 않았기 때문이 아니었을까? 몇 번이나 오라버니에게 물었지만 돌아온 대답은 눈 흘김뿐이었다.

초청가는 한운석을 바라보았다. 목령아와 한운석이 무슨 관계인지 궁금했다. 전혀 사이 좋아 보이지 않았지만 그날 한운석은 분명히 목령아를 구해 주었다.

가만히 목령아를 바라보고 있는 한운석의 눈빛은 다소 무거우면서 복잡했다.

하지만 그녀 옆에 있는 용비야는 별로 관심이 없었다.

"짐 대신 아버지께 안부 전해 주게."

천휘황제가 진심 어린 목소리로 말했다.

"예."

목령아는 고개를 끄덕인 다음 태후를 돌아보았다.

태후는 자상한 미소를 띤 채, 약성이 얼마나 좋은 선물을 보냈을까하고 벌써부터 기분이 들떠 있었다. 필시 약이겠지만 어떤 약인지는 알아맞히기가 쉽지 않았다.

사실 태후뿐만 아니라 장내의 모두가 무슨 선물일까 추측하던 중이었다. 약성에서 보내는 선물은 늘 놀라웠다.

사람들의 시선 속에 목령아가 자리에서 걸어 나왔다. 한운석을 지나칠 때 그녀는 일부러 곁눈질로 그녀를 흘기며 도발했다.

그러거나 말거나 한운석은 동요하지 않았다.

태후 앞으로 나아간 목령아는 오만하지도 비굴하지도 않게 간소하게 예를 올렸다.

"목령아가 천녕국 태후께 인사 올립니다!"

"됐네, 됐어. 일어나게!"

태후는 흥분을 감추지 못하고 만면에 따스한 웃음을 잔뜩 지어 보였다.

목령아는 다시 한 번 예를 올렸다. 이번에는 큰절이었다.

"목씨 집안과 약성을 대표해 천녕국 태후의 복을 기원합니다. 번창하시고 장수하시고 늘 행복하시고 말년에 복을 누리시고 항상 웃을 일만 함께 하며 천수를 누리십시오!"

그녀가 목청을 높여 인사말을 읊자 조용한 대전에 축사가 구절구절 울려 퍼졌다. 듣고 있는 태후와 천휘황제 모두 무척 만족스러워했다.

"좋구려, 참 좋아! 어린 낭자가 참 말도 잘하는군!"

태후는 좋아서 입을 다물지 못한 채 천휘황제를 돌아보았고, 천휘황제도 인정한다는 듯이 웃으며 고개를 끄덕였다.

"과찬이십니다, 태후마마."

목령아가 겸양을 떨었다.

"이런, 이런. 겸손하기까지."

태후가 웃으며 말했다.

"어서 일어나시게."

목령아는 즉시 몸을 일으켰다. 그리고……, 그리고 휑하니 돌아서서 자리에 들어가 당당하게 앉았다. 그런 다음에는……, 그 다음에는 아무것도 없었다!

선물을 바치지 않은 것이다!

약성에서 이렇게 나오다니, 무슨 뜻일까?

태후의 웃음은 그대로 굳어 버렸고 두 눈은 휘둥그레지고 표정은 공포에 잠겼다.

아무 예고도 없이 벌어진 이 놀라운 광경에 장내는 쥐죽은 듯 조용해졌고, 사람들은 야릇한 분위기 속에 서로를 바라보았다.

약성이 이런 자리에서 공개적으로 천녕국의 내분에 개입해 진왕 전하를 지지하다니!

세상에, 약성이 대체 왜 저러지? 설마 삼대명가와 진왕 전하가 사이가 좋았나?

곧 온갖 추측들이 일어났다. 태후의 숨소리가 조금 무거워지고 두 손에는 힘이 들어갔다. 하늘을 찌를 듯한 분노가 심장을 때려 당장이라도 폭발할 것 같았다.

고얀! 어찌 이렇게 고얀 일이!

저 못된 계집애가 감히 선물을 바치지 않으려 해? 선물을 바치지 않을 거면 뭐 하러 여기까지 왔고 뭐 하러 축하 인사를 늘어놓았지? 무슨 짓이야!

태후는 화가 난 나머지 얼굴이 새하얗게 질린 채 온몸을 바르르 떨었고, 천휘황제의 경우는 숫제 얼굴이 물감이라도 되는 것처럼 이 색 저 색으로 끊임없이 바뀌며 화려함을 뽐냈다.

약성이 공개적으로 용비야를 지지하다니 정말 예상 밖이었다! 목영동은 무슨 생각일까? 왕씨 집안과 사씨 집안은 또 무슨 생각일까?

사람들이 의혹의 눈길을 던지든 말든 목령아는 아무 일도 없었던 것처럼 한가롭게 차를 홀짝였다.

한운석은 꾹 다물었던 입을 서서히 휘면서 미소를 지었다. 그녀는 팔꿈치로 용비야를 툭 치며 말했다.

"말했잖아요. 저 아이 정말 귀여워 죽겠다고요."

용비야는 대답이 없었지만 모처럼 목령아에게 몇 번 눈길을 주었다.

사실 목령아가 아니었더라도 나라 밖에 그의 세력이 있다는 것을 보여 줄 수 있었다. 그 때문에 그는 목령아가 어찌어찌 약성의 대표라는 이름으로 일을 벌이자 구태여 해명하지 않았다.

목령아는 차를 마시면서 한운석을 흘끔거렸으나 한운석이 웃으며 자신을 쳐다보는 것을 보자 즉시 시선을 거두고 오만한 얼굴로 모르는 척했다.

한운석은 나른하게 하품을 한 다음 더는 쳐다보지 않고 차를 마셨다.

이번 사건의 미묘한 관계는 아마도 한운석과 목령아만 알고 있을 것이다. 어쨌든 장내의 사람들은 약성의 태도에 대해 수군수군 의견을 나누었고, 천휘황제 역시 비로소 용비야의 능력을 피부로 느끼고 목령아의 행동이 다른 빈객들의 태도에 영향을 주지 않을까 고민하게 되었다.

연회를 계속 이어갈 수 있을까?

무사히 진행될지 어떨지는 모르지만 반드시 계속해야 했다. 이 연회는 천녕국 황실의 얼굴이었다.

태후는 너무 화가 나서 자리를 박차고 나가고 싶었지만, 역시 태후는 태후였다. 노련한 사람답게 그녀는 여전히 노기를 억누르며 차분하게 자리를 지켰다.

천휘황제는 몹시 불안했지만 그래도 냉정해야만 했다. 용비야의 배후 세력을 새롭게 가늠하고 용비야를 위해 준비해 둔 것은 잠시 미뤄 두어야 했다. 그를 끝까지 몰아붙이면 정말로 병사를 일으켜 모반할 수도 있었다!

천녕국은 천휘황제의 다스림 아래 태평성세를 이루고 있는 것 같지만 사실은 내우외환에 시달리고 있었다. 만에 하나 용비야가 정말 움직인다면 천휘황제에게 좋을 것이 하나도 없었다.

비록 이번에는 용비야가 승리했지만 천휘황제는 인정할 수 없었다. 그래도 저울질을 해 보니 잠시 참는 수밖에 없었다!

"폐하, 무희들이 모후를 위해 성세도화무盛世桃花舞를 준비했다고 하던데 불러들여 흥을 돋우라 할까요?"

운 귀비가 기회를 놓치지 않고 도움의 손길을 내밀었다.

황후는 실성했고, 가장 총애 받는 둘째 황자의 생모 소 귀비는 아버지 때문에 입장이 난처해졌으니 자연히 운 귀비에게 기회가 온 것이었다. 그녀도 자신이 낳은 일곱째 황자를 위해 길을 닦아 주어야 했다.

천휘황제는 고개를 끄덕였다.

"그렇게 하라."

꽃처럼 아름다운 무희들이 좌우에서 사뿐사뿐 춤을 추며 나왔다. 복숭아꽃처럼 고운 얼굴과 팔랑팔랑 날리는 분홍빛 옷자락이 단숨에 사람들의 시선을 휘어잡았다.

물론 사람들은 여전히 조금 전에 있었던 일을 생각하고 있었지만, 최소한 표면적인 분위기는 처음처럼 긴장되어 있지 않았다.

태후는 남몰래 숨을 씩씩거리며 눈동자에 원한을 번뜩였다. 진왕을 건드릴 수는 없으니 최소한 한운석이라도 괴롭히지 않으면 도저히 분이 풀리지 않을 것 같았다.

가무가 펼쳐지는 동안 다른 빈객들이 차례차례 축하 인사를 했는데 목령아 때처럼 놀라운 일은 더 이상 벌어지지 않았다.

단목백엽이 서주국 대표로 태후에게 커다란 선물을 한 것은 누구나 예상한 일이었다.

비록 초청가는 진왕을 지지하고 싶었지만 제 힘으로 단목백엽을 설득하지 못한다는 것을 잘 알기에 나서지 못했다. 그녀는 부러운 마음을 참지 못하고 목령아 쪽을 바라보았다. 그녀 자신이 서주국 대표이거나 서주국 초씨 집안의 단독 대표라면 반드시 용비야 편에 섰을 것이다.

원치 않는 일을 억지로 해야 하는 집안도 있고, 내키는 대로 할 수 있는 집안도 있었다.

빈객들의 축하가 끝나자 마침내 평화가 찾아왔다.

모두 마음 놓고 도화무를 감상했다. 성세도화무가 워낙 아름다워 적잖은 이들이 넋을 빼앗겼다.

태후도 흡족한 것처럼 보였지만, 사실 속으로는 어떻게 한운석을 괴롭혀 줄까 고민하고 있었다.

한운석은 태후의 속마음도 모르고 탁자에 놓인 맛있는 요리를 즐기면서 가무를 구경하느라 여념이 없었다. 이렇게 즐길 기회는 정말 드물었다.

뜻밖에도 바로 그때, 초청가가 웃으며 입을 열었다.

"진왕비……."

태후의 생신 연회 (6)

축하객들은 맛좋은 음식과 술을 맛보며 가무를 구경하면서 삼삼오오 이야기를 나누고 있었다. 초청가가 큰 소리로 말한다고 해서 사람들의 이목을 끌 수는 없었지만, '진왕비'라는 이름은 즉시 모든 사람을 집중시켰다.

그럴 수밖에 없었다. 한운석은 본래 주요 인물이고 오늘 연회에서 진왕부가 커다란 소동을 벌였으니 그 이름이 나오자 사람들이 쳐다보는 것도 당연했다.

시끌시끌해진 지 얼마 되지도 않은 대전은 다시 한 번 조용해졌고, 태후와 천휘황제마저 초청가를 바라보았다.

사실 초청가가 노린 것도 이런 효과였다!

한운석은 뜻밖이었다. 초청가가 주루에서 있었던 일로 복수할 기회를 엿보고 있는 것은 알았지만, 태후의 생신 연회에서 나설 줄은 몰랐던 것이다.

저 여자가 어쩔 생각인지 도무지 알 수 없었다. 태후의 생신 연회라고는 해도 실제로는 남자들의 힘겨룸이 벌어지고 있는 이곳에서 여자인 그녀가 무슨 이유로 나서려는 걸까?

한운석은 싸늘하게 물었다.

"무슨 일이죠?"

"진왕비의 재주가 천녕국에서 으뜸이라더군요. 우리 서주국의 영락공주도 진왕비께 패해 이제 운공대륙에는 영락공주의 재주도 진왕비에 미치지 못한다는 소문이 자자합니다."

초청가는 웃으며 말했지만 옆에 있는 단목백엽의 얼굴은 즉시 어두워졌다.

이 여자는 왜 가만히 있는 요요를 끌어들이는 거야? 그만큼 체면을 깎였는데 부족하다는 건가?

초천은도 짜증스러운 눈길로 초청가를 힘껏 잡아당겼지만 안타깝게도 초청가는 싹 무시하고 계속 말했다.

"재주라 함은 시나 노래, 금기서화를 말하는 것이지요. 하지만 애석하게도 왕비마마께서 영락공주를 이긴 것은 시밖에 없습니다."

그 말이 떨어지자 단목백엽의 얼굴은 즉시 환하게 펴졌다. 이번이 요요가 재기할 수 있는 좋은 기회라는 생각이 퍼뜩 든 것이었다!

알다시피 냉미녀 초청가는 시합이라든지 여자들의 모임 같은 것을 싫어했지만 사실상 그 재주는 요요보다 훨씬 뛰어나, 서주국에서 첫손 꼽는 재녀라고 할 수 있었다.

그녀가 이런 이야기를 꺼낸 것은 분명히 한운석에게 도전하기 위해서였다! 한운석이 질 게 분명했다!

한운석은 그녀가 뭐라 하건 차갑게 바라보며 한마디도 하지 않았다.

초청가는 계속 밀어붙였다.

"진왕비께 한 곡 연주해 주시기를 청합니다. 진왕비의 금 솜씨도 구경할 수 있고 태후마마의 생신을 축하하는 의미도 될 테니까요!"

한운석은 입꼬리를 올리며 비웃음을 지었다. 금 솜씨를 겨뤄 단목요의 복수를 하겠다는 뜻이 분명했다!

게다가 말솜씨는 또 어찌나 현란한지 단 몇 마디로 태후를 같은 편으로 끌어들였다.

그러잖아도 한운석을 괴롭힐 기회를 찾고 있던 태후는 초청가의 제안을 듣자 곧 흥미를 보였다.

한운석이 대답하기도 전에 태후가 탁자를 두드리며 외쳤다.

"좋지! 아주 좋은 생각이구나! 나도 진왕비의 재주가 천하에 유명하다는 것은 들어 알고 있었으니 이번 기회에 한번 보자꾸나."

"태후마마, 저희 둘이 각자 한 번씩 성세도화무의 반주를 하는 것이 어떻겠습니까?"

초청가가 재빨리 제안했다.

"아주 좋군, 아주 좋아!"

태후도 기뻐했다.

이 연주는 시합이고, 시합이 있으면 평가가 따르기 마련이었다. 그녀는 한운석에게 좋은 평을 내릴 생각이 없었고 하물며 합주란 쉬운 일이 아니었다.

현장에서 반주를 하는 것은 금 연주 중에서도 가장 어려운 것이어서, 금을 연주하는 능력을 넘어 음률도 잘 알아야 했다.

현장 반주에는 음률에 관해 어느 정도 지식이 필요한데, 이는 어려서부터 배우고 궁정 악사에게 전문적으로 지도를 받지 않으면 배울 수 없는 수준이었다.

초씨 집안에서는 궁정 악사를 불러 배울 수 있었지만 한운석의 집은……, 후훗.

초청가와 태후는 한운석이 절대 못할 것이라고 확신했다!

확실히 그랬다. 한운석은 반주는 말할 것도 없고 고대의 악보를 볼 줄도 몰랐다.

"운석, 자자, 한 곡 타서 날 즐겁게 해 주려무나."

태후가 반 농담 반 명령조로 말했다.

방금 축하 인사 때는 차마 정색하고 선물을 내놓으라 할 수 없었기 때문에 용비야나 권세가들을 혼내 주지 못했다.

하지만 지금, 한운석 하나 상대하는 것쯤은 충분했다.

진왕이 아무리 강력해도, 한운석이 아무리 반항을 해도, 생신 연회에서 공개적으로 태후의 명령을 거역할 수는 없었다.

한운석은 미적거리다가 한참만에야 대답했다.

"태후마마, 초 낭자에게 먼저 한 곡 타게 하시지요!"

그 말에 초청가와 태후는 속으로 웃음을 터트렸다. 한운석이 저렇게 난처해하니 곧 재미있는 구경을 할 수 있을 것 같았다.

"태후마마, 부끄럽지만 한번 해 보겠습니다."

초청가는 솜씨를 보여 주고 싶어 몸이 달았다.

오늘 이 자리에는 용비야가 와 있었다. 이번 기회에 그의 시선을 끌지 못하면 언제까지 기다려야 할지 몰랐다.

오늘, 자신이 한운석보다 배로 뛰어나다는 것을 반드시 보여 줄 생각이었다!

진귀한 고금이 대전 가운데 놓이고 초청가는 그 뒤에 단정히 앉았다. 옆에 있던 악사들이 연주를 멈추었고 분홍빛 옷자락을 날리던 무희들은 그녀를 가운데 놓고 에워쌌다.

먼지 하나 없는 백의를 입고 도도한 매력을 풍기는 그녀가 분홍빛 아름다운 무희들 사이에 있는 모습은 마치 꿈이나 환상 속의 장면 같았고, 그녀 자신은 환상에 나오는 깨끗하고 맑은 곳에 피어난 복숭아나무 사이에 내려선 선녀 같았다.

사람들은 그 광경에 흠뻑 빠졌고 천휘황제마저 흥미를 보였다. 하지만 유독 용비야만은 마치 딴 세상에 있는 것처럼 혼자 술을 마시며 그 아름다운 광경을 싹 무시했다.

초청가는 용비야가 자신을 쳐다보지도 않자 분노에 차서 연주를 시작했다. 오늘은 그가 쳐다볼 때까지 연주하고 말겠어.

띠링!

연주가 시작되자 무희들이 하늘하늘 춤을 추었다. 초청가는 무희들이 자신의 연주에 맞추지 않아도 되도록 무희들의 움직임에 맞추어 온갖 노력을 기울여 연주했다.

조금 전 성세도화무와는 완전히 다른 반주였다. 추운 겨울의 쌀쌀함부터 봄날 꽃이 활짝 피는 즐거움과 기쁨, 그리고 봄이 가고 꽃이 지면서 느껴지는 낭만과 쓸쓸함까지 연주에 담겨 있었다.

춤과 곡이 놀라우리만치 잘 어우러져 조금 전의 반주는 비할 바가 아니었다.

사람들은 넋을 놓고 바라보다가 초청가가 마지막 음을 끝내고 무희들이 움직임을 멈추자 그제야 천천히 정신을 차렸다.

태후가 두 손을 마주치며 탄성을 질렀다.

"좋아! 아주 좋구나!"

사람들도 차례차례 탄성을 터트리고 칭찬했지만, 초청가의 눈동자에는 오로지 용비야, 처음부터 끝까지 그녀에게 눈길조차 주지 않는 용비야뿐이었다.

초청가는 무척 실망했다.

그녀가 일어나 한운석을 똑바로 바라보았다.

"왕비마마, 마마의 차례입니다."

어쩌면 비교 대상이 있어야 용비야도 그녀가 훨씬 잘한다는 것을 알게 될지도 몰랐다.

"허허허, 운석, 내 체면을 떨어뜨리면 안 된다. 당연히 천녕국의 체면도 떨어뜨리면 안 되겠지."

태후가 참지 못하고 말했다.

그때 한운석은 나른하게 앉아서 일어날 기미조차 없이 한 손으로 턱을 괴고 웃으며 말했다.

"초 낭자는 과연 대단하군요. 방금 연주에 나도 푹 빠졌어요. 아주 훌륭했어요."

"과찬이십니다, 왕비마마. 마마께서는 저보다 훨씬 잘하시겠지요."

초청가가 일부러 겸손을 떨었다.

한운석은 걱정스러운 표정이었다.

"그럴 리가요. 낭자는 무희들과 그렇게나 잘 맞던데, 본 왕비는 그렇게는 못한답니다."

초청가는 그 말이 어딘지 이상하게 느껴졌지만 정확히 무엇이 문제인지 알 수가 없었다.

"운석, 어서 한 곡 타 보려무나."

태후가 재촉했다.

그런데 뜻밖에도 한운석이 웃으며 말했다.

"태후마마, 농담도 잘하시는군요. 저는 노비가 아니랍니다! 그런데 무희들을 위해 반주를 하라니요? 황실의 체통이 어떻게 되겠어요?"

악사건 가희건 무희건 솔직히 말하면 모두 노비들이었고, 노래를 부르건 춤을 추건 연주를 하건 모두 주인의 시중을 들고 주인을 즐겁게 하기 위한 일이었다. 당당한 진왕비인 한운석이 무희와 함께 연주를 하다니 있을 수 없는 일이었다.

조금 전 한운석은 초청가에게 먼저 하라고 했지 연주를 하겠다고 말하지 않았던 것이다.

그녀는 이렇게 말하며 사람 좋게 초청가를 칭찬했다.

"초 낭자가 악사가 되지 않았다니 정말 안타깝군요!"

초청가의 뺨을 후려갈기는 말이나 다름없었다. 어떻게 이럴 수가?

그녀가 자랑스럽게 여기는 일이 한운석에게는 고작 노비가 하는 일이라니!

용비야는? 그도 그렇게 생각할까? 그래서 눈길 한번 주지 않은 걸까?

초청가는 몹시 화가 났지만 보라색 옷을 차려입고 용비야 옆에 앉은 한운석을 보자 저도 모르게 아랫사람이 된 기분이 들었다.

아니야!

무시무시한 기분이었다. 이건 착각이 분명했다.

초청가는 한운석에게 대답하는 대신 태후에게 도움을 청하는 눈길을 보냈다. 태후가 이렇게 좋은 기회를 놓치지 않으리라는 것은 분명히 알고 있었다.

태후는 초청가보다 더 한운석을 미워했다! 기회가 찾아왔는데 쉽사리 놓칠 리 없었다.

"운석, 방금 내게 약속하지 않았느냐. 내 흥을 깨뜨릴 생각이냐?"

태후는 여전히 웃으며 말했지만 웃음 속에 칼을 숨기고 있었다.

"어머나, 태후마마, 초 낭자에게 먼저 한 곡 연주하라고 했지, 저도 하겠다고 말씀드린 적은 없었어요!"

한운석은 일부러 애교를 떨었다.

"초 낭자가 먼저 연주했으니 이제 네 차례가 아니냐."

태후가 참을성 있게 말했다.

"그러겠다고 한 적이 없는 걸요! 초 낭자가 저렇게 연주를 잘하니 한 곡 더 타라고 하시지요!"

한운석은 완전히 배짱을 부렸다.

그 말에 사람들이 쿡쿡 웃기 시작했고, 그중에서 목령아가 가장 큰 소리로 웃었다.

초청가처럼 오만한 사람이 이런 일을 견뎌낼 리 만무했다. 그녀가 씩씩거리며 말했다.

"태후마마, 진왕비라는 분이 식언을 해도 되는 겁니까?"

마침내 태후도 정색을 하고 차갑게 말했다.

"운석, 내 명령……."

그때 한운석이 등 뒤에서 느긋하게 둥글부채 하나를 꺼내더니, 이리저리 뒤집으며 만지작거리다가 곧이어 여유롭게 살짝 부쳤다.

그 부채를 보는 순간 태후는 입을 다물었다.

세상에!

약선이었다. 수십 년간 그렇게 찾아다녔던 약선. 매일매일 저 부채를 그려왔기 때문에 한눈에 알아볼 수 있었다. 저건 분명히 불면증을 치료하는 명약, 약선이었다!

태후는 젊었을 때 불면증이 시작되어 매일 밤 무척 어렵게 잠들어야 했다. 침상에 누우면 한두 시진 뒤척인 후에야 잠이 들었고, 자다가도 조그만 소리에 놀라 깨어나면 다시 잠들지 못하고 뜬눈으로 아침을 맞이하곤 했다.

수없이 약을 먹지 않았다면 오늘까지 살아 있지도 못했고 낮에 정신을 차리고 있지도 못했을 것이다. 하지만 약도 많이 먹으면 독이기 때문에 먹을 때마다 두려웠다.

당시 태의원 수석 어의는 먹지 않아도 되고 신체에 해가 되지 않는 명약을 알려 주었는데, 그것이 바로 약선이었다. 지금까지 애타게 찾아도 소식 한 자 없던 약선이 한운석의 손에 있을 줄이야!

불면증을 앓아 본 사람만이 그 고통을 알 수 있었다. 태후는 괴롭히려던 것도 잊고 한운석 손에 있는 부채만 뚫어져라 바라보았다. 너무 기뻐서 울고 싶을 지경이었다.

약선을 알아보는 사람은 손에 꼽을 정도로 적었다. 초청가는 알아보지도 못했고 태후의 불면증에 대해서도 몰랐기 때문에 태후가 말을 멈추자 다급하게 재촉했다.

"태후마마, 천녕국의 왕비가 약속을 지키지 않아도 되는 것인가요?"

존귀함, 연주하지 않고 승리하기

기뻐서 울음이라도 터뜨릴 것 같은 태후의 표정을 보자 한운석은 무척 만족스러웠다.

약선을 쓸데가 없을 줄 알았는데 지금 보니 아직 쓸모가 있었다!

그녀는 나른하게 허리를 펴고 의자 등받이에 기대 대수롭지 않은 듯 손에 든 약선을 살랑살랑 부쳤다. 약선의 앞뒤에 수놓인 약재가 그녀의 동작을 따라 드러났다 사라졌다 했다.

태후의 시선도 놓칠세라 그녀의 동작을 따라 움직였다. 잠시라도 놓치면 약선이 사라질까 두렵기라도 한 것 같았다.

태후가 선물 받는 것을 좋아하는 것은 선물 그 자체보다는 존경받는 기분과 뜻밖의 기쁨 때문이었다. 하지만 지금 한운석이 든 보물을 보자 진심으로 갖고 싶다는 생각에 사로잡혔다.

초청가는 제자리에 서서 태후의 말을 기다렸지만, 태후는 말을 하다 멈춘 채 그녀를 쳐다보지도 않았다. 초청가로서는 태후가 왜 저렇게 넋이 나갔는지 알 수가 없었다!

한운석과 용비야가 생신 연회를 이런 꼴로 만들어 놓았으니 어떻게든 괴롭혀 주려고 해야 마땅한데, 용비야는 상대가 안 되니 어쩔 수 없다 해도 한운석까지 놓아줄 리는 없었다.

기회를 만들어 주었는데 태후는 왜 그 기회를 잡지 않는 걸까?

"태후마마, 진왕비가 사람을 이처럼 괴롭히니 태후마마께서 사리를 밝혀 주십시오!"

초청가는 더욱더 공격적으로 나갔다.

"어머나, 초 낭자. 여기 있는 모두가 지켜보았어요. 대체 내가 언제 낭자를 괴롭혔다는 거죠? 내가 무슨 약속이라도 했나요?"

한운석은 태연자약하게 말하며 화를 돋우었다.

오만한 초청가는 한운석 같은 막무가내와는 쓸데없이 입씨름을 하고 싶지 않아 정색을 하고 태후를 바라보았다.

예전이었다면 초청가가 이렇게 채근할 것도 없이 한운석을 몰아세웠을 태후지만 지금은 망설였다. 태후의 머릿속은 어떻게 하면 한운석의 손에서 약선을 얻어 낼 수 있을까 하는 생각뿐이었다.

강하게 나가면 뻣뻣하게 대응하는 한운석의 성품으로 보아 억지로 뺏는 것은 방법이 아니었다. 만에 하나 홧김에 약선을 불태워 버리기라도 하면 어디서 저 보물을 구한단 말인가?

서두르지 말고 머리를 써서 얻어 내야 했다!

태후는 이런 중요한 순간에는 한운석을 건드리지 않는 것이 좋겠다고 판단했다. 본래부터 불과 물처럼 사이가 나쁜데 한운석이 원한이라도 품으면 머리를 써도 얻어 내기 힘들 것이다.

자신만의 생각에 깊이 빠진 태후는 초청가가 고발하는데도 쳐다보지 않고 마치 그녀를 없는 사람 취급했다.

대전 안에 가득한 사람들이 보는 앞에서 초청가는 기다리고, 또 기다리고, 짝사랑에 외기러기 된 기분이 들 때까지 기다렸다.

태후, 말 좀 해! 자꾸 이러면 내 입장이 어떻게 되겠어!

마침내 초청가도 견디지 못했다. 그녀는 도도함이니 냉미녀니 하는 자존심마저 집어던지고 파르르 화를 내며 태후를 향해 큰절을 올렸다.

"천녕국 태후마마, 모두가 보고 있으니 부디 사리를 밝혀 주십시오!"

그 말에 태후도 정신이 돌아왔다.

"초 낭자, 어서 일어나시게."

초청가는 숨을 깊이 들이쉬며 일어나 곧바로 본래의 오만한 모습으로 돌아왔다. 태후와 손을 잡으면 한운석이 무슨 말을 해도 소용이 없었다!

그런데 태후는 아무도 예상하지 못한 말을 했다.

"하긴 진왕비는 연주하겠다는 약속을 한 적이 없지. 농담을 한 것뿐이니 너무 진지하게 받아들이지 말게."

뭐라고?

초청가는 벼락을 맞은 것처럼 눈을 휘둥그레 뜬 채 그 자리에 얼어붙었다.

잘못 들은 건 아니겠지? 천녕국 태후가 방금 뭐라고 한 거야?

"영명하십니다, 태후마마! 초 낭자가 연주를 무척 잘하니, 차라리 한 곡 더 연주해서 하객들의 주흥을 돋우게 하는 것이 어떨까요?"

한운석은 수줍은 듯 약선으로 얼굴을 가리고 웃었다.

주흥을 돋워?

조금 전 한운석이 노비들에게 반주를 해 주니 어쩌니 하는 말만 하지 않았어도 흥을 돋우기 위해 연주를 할 수도 있었다. 하지만 한운석 자기 입으로 노비가 아니라서 못 한다고 해 놓고 다른 사람더러 흥을 돋우라니! 그것도 주흥을 돋우라니!

저 여자가 사람을 뭐로 보는 거야?

비록 지위는 진왕의 정비만큼 높지 않지만, 초청가는 서주국 초씨 집안의 대소저이고 초씨 집안은 서주국에서 황족을 제외하면 가장 존귀한 집안이었다!

오만한 초청가는 화가 나서 얼굴이 새빨개지고 당장이라도 울음을 터트릴 것 같은 모습으로 원망스레 태후를 돌아보았다. 아무리 생각해도 태후가 무슨 뜻으로 그런 말을 했는지 알 수가 없었다.

태후도 난처했다. 한운석에게 미움을 살 수도 없지만 그렇다고 초청가에게 해를 입힐 수도 없었다.

태후가 다툼을 중재하고 초청가를 자리로 돌려보내려는데, 갑자기 한운석이 나른하게 입을 열었다.

"태후마마, 초 낭자에게 다시 한 번 연주를 시켜 주시지요. 방금 연주가 무척 훌륭해서 더 듣고 싶군요!"

그녀는 이렇게 말하면서 보란 듯이 부채를 탁자에 놓고 톡톡 두드렸다.

저 동작은……! 태후는 깜짝 놀랐다!

설마 내가 오랫동안 약선을 찾아 헤맸다는 것을 아는 걸까? 불면증을 앓는 것도 알고?

진왕이 그 일을 알고 있으니 한운석이 아는 것도 이상하지는 않았다. 어쩌면 진왕이 약선을 준 것인지도 몰랐다!

저 동작은 협박일까?

고얀 것!

태후는 속으로 욕을 퍼부었지만 아무래도 약선의 유혹을 떨칠 수가 없었다.

20여 년 동안 밤마다 잠을 이루지 못했으니 살아도 사는 것 같지 않았다! 불면증을 치료할 수 있다면 지난 모든 은원을 기꺼이 포기할 수도 있었다.

한운석이 협박을 한다는 것은 곧 약선을 얻을 기회가 있다는 의미였다.

그래, 흥분하지 말고 머리를 쓰자!

"허허, 나도 마찬가지란다. 초 낭자, 한 곡 더 연주해 줄 수 있겠나?"

태후는 웃으며 한운석에게 동조했다.

초청가는 자기 귀를 믿을 수가 없을 정도였다. 화가 머리끝까지 치밀어 눈앞이 까매졌다가 하얘졌다하는 것이 당장이라도 혼절할 것 같았다!

어쩌다 이렇게 되었을까? 태후가 실성을 한 걸까 아니면 귀신에 씌었을까! 한운석을 보호하다니!

대전에 있는 이들 중 초청가에게 이유를 알려 줄 수 있는 사람은 몇 명 없었다. 대부분이 그녀와 마찬가지로 상황을 이해하지 못하고 있기 때문이었다.

천휘황제도 약선을 알아보지 못했기 때문에 태후의 저런 행동이 무척 뜻밖이었다. 천휘황제는 초청가를 돕고 싶었지만, 아무래도 여자들의 일이고 처음부터 나서지 않았기 때문에 이제 와서 끼어들 수가 없었다.

게다가 그도 꺼리는 것이 있었다. 그가 나서면 용비야가 나서서 또 무슨 일을 벌일지 모르니 얻는 것보다 잃는 것이 많았다.

축하 선물을 바치는 의식이 시작되기 전에는 용비야를 두려워하지도 않았고 삼 푼쯤 양보해 준다는 생각이었지만, 선물 사건 이후로는 삼 푼쯤 두려운 마음이 생겼다.

표정 없이 한가로운 척 술을 마시며 용비야를 흘끗 살핀 천휘황제는 결국 나서지 않기로 마음먹었다. 태후가 저렇게 나오는 데는 분명히 이유가 있을 테니 나중에 물어보자고 생각했다.

"태후마마!"

초청가는 몹시 억울했다.

"아니, 나를 위해 한 곡 더 연주하기가 싫은가?"

태후는 실망한 눈치였다.

그 말에 초청가는 피를 토할 것 같은 기분이었다.

사람을 무시해도 분수가 있지, 이건 너무 심하잖아!

단목백엽과 초천은은 옆에서 지켜보고 있었는데, 초천은은 누이동생의 입장을 동정하면서도 공연히 나서서 화를 자초한 것에 화가 치밀어 눈을 잔뜩 찌푸렸다.

한운석을 건드릴 생각 말라고 미리 경고했는데도 누이동생은 기어코 듣지 않았다. 이 일이 아버지 귀에 들어가면 그가 보호해 줄 수도 없었다.

지금 벌어지고 있는 상황은 명확했다. 태후의 행동을 이해할 수는 없지만, 이럴 때는 누가 나서더라도 소용이 없었다.

본래는 한마디 해서 한운석에게 흠집을 내 주려던 단목백엽도 지금은 끼어들지 않은 것을 다행으로 여겼다. 끼어들었다면 그 자신마저 민망한 처지에 빠졌을 것이다.

초청가는 태후의 명을 거절할 수 없었다. 어쨌든 자신이 시작한 일이기 때문이었다.

게다가 그들 남매는 명을 받고 엽 태자와 함께 생신을 축하하러 왔고, 이번 방문의 주 목적은 단목요가 북려국 강왕과 결탁한 일을 해명하고 사죄하는 것이었다. 단목요의 사건이 채 가라앉기도 전에 모두가 보는 앞에서 태후의 심기를 거스를 수는 없었다.

초청가는 어쩔 수 없이 다시 연주를 해야 했다!

"태후마마께서 마음에 드신다면 저야 영광입니다."

어떻게 말을 끝맺었는지 초청가 자신도 몰랐다. 가슴이 답답해서 숨이 막힐 것 같았다.

공교롭게도 한운석이 웃으면서 입을 열었다.

"초 낭자, 무희들에게 반주를 할 생각인가요, 아니면 혼자 연주할 생각인가요?"

초청가는 심호흡을 해서 흥분을 가라앉힌 덕에 가까스로 폭발하지 않고 대답했다.

"혼자 하겠어요!"

그녀가 차갑게 말했다.

당연히 혼자 연주해야 했다. 무희들의 춤에 반주한다는 것은 정말 '노비'가 되어 사람들의 흥을 돋우는 것이나 마찬가지니까.

무희들이 물러나자 초청가는 다시 금 앞에 앉았다. 여전히 아름답고 도도하기 짝이 없어 속세의 사람 같지 않았지만, 조금 전과 같은 자신감과 태연함은 온데간데없었다.

가장 좋은 연주는 마음이었다. 마음이 고요하지 않으면 연주도 잡스럽고 어지러워지는 법이었다.

초청가는 연주를 하면 할수록 정신이 흐트러지고 현을 타면 탈수록 포기하고 싶어졌지만, 고통스러우면서도 끝까지 할 수밖에 없었다.

심지어 비웃는 시선을 마주하게 될까 두려워 고개를 들고 사람들을 볼 수도 없었다. 그런데도 참을 수가 없어 굳이 고개를 들고 한운석을 바라보았다.

한운석은 나른한 모습으로 앉아 흥미롭게 그녀를 '감상'하고 있었다.

혼자 연주하는 쪽을 선택했지만, 존귀하고 우아한 한운석의 자태와 태연자약한 눈빛을 보자 여전히 노비가 되어 한운석에게 연주를 들려주는 기분이었다.

자신만만하게 한운석에게 도전했지만 자신만 두 곡이나 연주하고, 한운석은 존귀한 자리에 앉아서 연주도 하지 않고 승리를 가져갔다.

억울함, 불만, 분노가 울컥 치솟자 연주는 더욱 난잡해졌다.

사람들이 웅성거리기 시작했지만 초청가 자신은 느끼지도 못했다.

곁눈질로 참지 못하고 용비야쪽을 살폈더니 놀랍게도 용비야가 쳐다보고 있었다!

세상에, 그가 드디어 관심을 보였어?

초청가는 심장이 철렁했다. 별안간 '팅' 하는 이상한 소리와 함께 현이 끊어졌다.

그제야 초청가는 정신을 차렸고, 자신이 엉망으로 연주를 하고 있었다는 것을 깨달았다!

그녀는 끊어진 현을 내려다보다가 다시 고개를 들어 용비야를 바라보며, 오랫동안 갈망해 왔던 시선 속에서 어쩔 줄을 몰라 했다.

용비야는 그녀를 바라보았지만, 그가 목격한 것은 가장 낭패한 모습이었다.

용비야는 잠시 바라보기만 했을 뿐, 한운석에게 얼굴을 가까이 가져가 귓가에 대고 친밀한 태도로 뭐라고 말했다. 한운석은 즐거운지 나지막하게 웃음을 터트렸다.

그 장면을 보자 초청가는 심장이 산산조각 나는 것처럼 괴로웠다. 저들이 날 비웃고 있는 걸까?

현이 끊어졌으니 연주를 계속할 수 없었다.

그녀는 이를 악물고 마침내 그 오만하던 고개를 푹 숙인 채 태후에게 허리를 숙여 인사한 뒤 말없이 자리로 돌아갔다.

졌다. 철저하게 지고 말았다.

초청가가 일으킨 소란이 끝나고 천휘황제와 태후도 미리 준비했던 온갖 계획을 어쩔 수 없이 중단했기 때문에 연회는 순조롭게 이어졌다.

이 연회를 정변이라 할 수는 없지만, 천녕국의 정세에 큰 영향을 미쳤다.

연회가 끝나자 용비야와 한운석의 마차가 제일 먼저 떠났다. 하지만 놀랍게도 목령아가 그들보다 빨랐다. 그들이 진왕부에 도착했을 때 목령아는 이미 대문 앞 층계에 앉아 기다리고 있었다.

〈천재소독비〉 7권에서 계속